BEZETEN VAN MIJ

NICCI FRENCH

BEZETEN VAN MIJ

Vertaald door
Molly van Gelder en
Gideon den Tex

Anthos | Amsterdam

Eerste druk 1999
Eenenveertigste druk 2005

ISBN 90 414 0975 0
© 1999 Joined-Up Writing
© 1999 Nederlandse vertaling Ambo|Anthos *uitgevers*, Amsterdam,
Gideon den Tex en Molly van Gelder
Oorspronkelijke titel *Killing Me Softly*
Oorspronkelijke uitgever Michael Joseph, London
Omslagillustratie Michael Trevillion / The Trevillion Picture Library
Omslagontwerp Studio Jan de Boer BNO
Foto auteurs Thomas Pelgrom

Verspreiding voor België:
Veen Bosch & Keuning uitgevers n.v., Wommelgem

Voor Kersti en Philip

Hij wist dat hij ging sterven. En vagelijk, ergens diep in zijn binnenste, wist hij dat hij zoiets niet hoorde te willen. Eigenlijk moest hij iets doen om zichzelf te redden, maar hij kon niet bedenken wat. Misschien wel als hij begreep wat er gebeurd was. Als de wind en de sneeuw nou maar eens afnamen. Die hadden hem zo lang geteisterd dat hij nauwelijks nog onderscheid kon maken tussen het geluid en de striemende kou op zijn gezicht. Altijd was daar die worsteling, in feite de laatste worsteling, om zuurstof te halen uit deze lucht op achtduizend meter boven zeeniveau, waar een mens eigenlijk niet kon leven. De zuurstofflessen waren al lang leeg, de ventielen dichtgevroren, het masker zat alleen maar in de weg.

Het kon nog minuten duren, hoogstwaarschijnlijk nog uren. Maar voor de ochtend zou hij dood zijn. Dat was prima, wat hem betrof. Hij was doezelig en kalm. Onder de lagen windbestendig nylon, GoreTex, wol en polypropyleen voelde hij zijn hart twee keer zo snel slaan als normaal, een gevangene die wanhopig op zijn borst beukte. Toch was hij in zijn hoofd sloom, dromerig. Wat niet deugde, want ze moesten allemaal wakker blijven, in beweging, tot ze gered werden. Hij wist dat hij rechtop moest gaan zitten, overeind komen, driftig in zijn handen klappen, zijn maten wakker maken. Hij lag hier te lekker. Het was heerlijk om eindelijk te kunnen rusten. Hij voelde zich al lange tijd zo moe.

Koud had hij het niet meer, wat een opluchting was. Hij keek naar een van zijn handen die uit de handschoen was geschoten en in een merkwaardige hoek lag. Hij was eerst paars geweest, maar nu – nieuwsgierig boog hij zich voorover – was hij wasachtig wit. Vreemd dat hij zo'n dorst had. In zijn zak zat een bevroren fles, dus daar had hij niets aan. Om hem heen lag overal sneeuw waar hij ook niets aan had. Je zou er bijna om lachen. Gelukkig was hij geen arts, zoals Françoise.

Waar was die trouwens? Toen ze aan het eind van het touw waren, hadden ze eigenlijk op de col in kamp drie moeten zijn. Zij was vooruit gegaan en ze hadden haar niet meer teruggezien. De anderen waren bij elkaar gebleven, hadden wat rond gedwaald, waren alle oriëntatiegevoel kwijtgeraakt, hadden geen idee meer waar ze zaten op de berg en lagen hier nu hopeloos bij elkaar in deze zogenaamde greppel. Maar er was iets wat hij niet mocht vergeten, een ding dat hij nog ergens in zijn hoofd had, maar waar wist hij niet en wat dat was wist hij ook niet.

Zijn voeten kon hij niet eens meer zien. Vanochtend, toen ze op pad waren gegaan, hadden de bergen geglinsterd in de ijle lucht, en hadden ze zich in het felle zonlicht dat over de bergruggen kwam stralen, van het blauw-witte kogelvrije ijs af vonkte, door hun pijnlijke hoofd priemde, langzaam een weg gebaand over de hellende zee van ijs naar de top. Er dreven maar een paar stapelwolken hun kant op, maar ineens was daar die werveling van steenharde sneeuw.

Hij voelde iets naast hem bewegen. Er was nog iemand bij bewustzijn. Moeizaam draaide hij zich op zijn andere zij. Rood jack, dus dat moest Peter zijn. Zijn gezicht ging volledig schuil onder een dikke laag grijs ijs. Hij kon er niets meer aan doen. Ze waren een soort team geweest, maar nu leefden ze allemaal in hun eigen wereld.

Hij vroeg zich af wie er nog meer op de berghelling lag te sterven. Het was allemaal zo misgegaan. Niets aan te doen. In zijn sneeuwpak zat een injectiespuit in een tandenborstelhouder, vol met dexamethason, maar het pakken van een injectiespuit ging zijn krachten nu te boven. Hij kon zijn handen niet eens zo ver krijgen om zijn rugzak af te doen. En trouwens, wat moest hij daarna dan doen? Waar moest hij dan heen? Beter maar even wachten. Ze vonden hen wel. Ze wisten waar ze zaten. Waarom waren ze er nog niet?

De wereld daarbuiten, het leven hiervoor, deze bergen, dat was allemaal onder de oppervlakte van zijn inerte bewustzijn gezakt, tot er alleen nog maar sporen overbleven. Hij wist dat elke minuut dat hij hier boven lag, in deze zuurstofarme zone des doods, er miljoenen hersencellen verloren gingen. Ergens ver weg in zijn hoofd lag hij te kijken hoe hij doodging, vol verschrikking, zelfmedelijden en afschuw. Hij wilde dat het voorbij was. Het enige wat hij wilde was slapen.

De stervensfasen kende hij. Bijna nieuwsgierig had hij toegekeken hoe zijn lijf tegen de omgeving hier op de laatste bergkammen voor de top van de Chungawat protesteerde: de hoofdpijnen, de diarree, het happen naar adem, de gezwollen handen en enkels. Hij wist dat hij niet meer helder kon denken. Misschien kreeg hij wel hallucinaties voor hij doodging. Hij wist dat de bevriezing zich al van zijn handen en voeten meester had gemaakt. Zijn lijf voelde hij niet meer, alleen nog zijn verschroeide longen. Het was alsof zijn brein als enige nog werkte, nog altijd vaag flakkerde in zijn uitgewoonde karkas. Hij lag te wachten tot die vlam nog één keer oplichtte en doofde.

Jammer dat hij de top niet had gehaald. De sneeuw voelde als een kussen tegen zijn wang. Tomas was warm. Had er vrede mee. Wat was er misgegaan? Het had allemaal zo simpel moeten zijn. Er was iets wat hij niet mocht vergeten, iets wat niet klopte, geen zuivere koffie. Een stukje van de puzzel paste niet. Hij deed zijn ogen dicht. De duisternis voelde heilzaam aan. Het leven was zo druk geweest. Al die moeite. Waarvoor? Nergens voor. Hij mocht het echt niet vergeten. Als hij het maar weer wist, dan maakte de rest niet meer uit. Als het gehuil van de wind nou maar eens ophield. Als hij nou maar eens kon denken. Ja, dat was het. Het was zoiets stoms, zoiets eenvoudigs, maar hij begreep het. Hij glimlachte. Hij voelde de kou door zich heen trekken, hem verwelkomen in de duisternis.

Heel stil bleef ik op de stoel met de harde leuning zitten. Mijn keel deed zeer. De neonverlichting flikkerde en maakte me duizelig. Mijn handen legde ik op het bureau tussen ons in, met de vingertoppen zachtjes tegen elkaar, en ik probeerde gelijkmatig adem te halen. Dat alles op zo'n plek moest eindigen.

Om ons heen gingen de telefoons en gonsden de gesprekken, als geruis op de radio. Op de achtergrond kwamen er mannen en vrouwen in uniform druk langslopen. Af en toe wierpen ze wel een blik op ons, maar nieuwsgierig waren ze kennelijk niet. Waarom ook? Ze zagen hier zoveel gebeuren, en ik was maar een gewone vrouw met een blos op de wangen en een ladder in haar kousen. Wisten zij veel. In mijn belachelijke laarsjes deden mijn voeten pijn. Ik wilde niet dood.

Inspecteur Byrne pakte een pen. Met mijn allerlaatste restje hoop deed ik een poging tot glimlachen. Geduldig keek hij me aan, de wenkbrauwen gefronst, en ik wilde gaan huilen en hem vragen om me te redden, alsjeblieft. Het was al zo lang geleden dat ik echt gehuild had. Maar als ik nu begon, waarom zou ik er dan ooit mee ophouden?

'Waar waren we ook al weer, weet u dat nog?' vroeg hij.

Nou, en of ik dat nog wist. Ik wist het nog allemaal.

1

'Alice! Alice! Je bent laat. Kom op nou.'

Ik hoorde een zacht weerspannig gebrom en besefte dat dit uit mijn mond kwam. Buiten was het koud en donker. Ik kroop dieper weg onder het opgebolde donsdek, kneep mijn ogen toe tegen de flauwe glinstering van winterlicht.

'Alice, opstaan.'

Jake rook naar scheerschuim. Rond zijn boord hing een das los omlaag. Weer een dag. Het zijn eerder de kleine gewoontes dan de grote beslissingen die je tot een echt stel maken. Je komt vanzelf in een patroon terecht, je kruipt allebei zonder dat bewust te besluiten in huishoudelijke rollen die elkaar aanvullen. Jake en ik waren 's werelds grootste kenners van elkaars trivialiteiten. Ik wist dat hij in zijn koffie meer melk wilde dan in zijn thee, hij wist dat ik maar een drupje in mijn thee wilde en niks in mijn koffie. Hij wist waar die harde knoop bij mijn linkerschouderblad ging zitten als ik een zware tijd op kantoor had gehad. Voor hem deed ik geen fruit in de salades en voor mij deed hij er geen kaas in. Wat wilde je nog meer in een relatie? Als stel raakten we al aardig op elkaar ingespeeld.

Ik had nooit eerder met een man samengewoond – ik bedoel, met een man met wie ik een relatie had – en vond het interessant om te zien hoe de huishoudelijke rollen verdeeld werden. Jake was ingenieur en had grenzeloos veel verstand van alle draden en buizen achter onze muren en onder onze vloeren. Ik heb een keer tegen hem gezegd dat het enige wat hij vervelend vond aan onze flat het feit was dat hij die niet zelf van de grond af had opgetrokken, en dat vatte hij niet op als een belediging. Ik was afgestudeerd in biochemie, dus ik verschoonde de lakens en leegde de vuilnisbak in de keuken. Hij repareerde de stofzuiger, maar ik gebruikte hem. Ik hield het bad schoon, behalve wanneer hij zich erin geschoren had. Daar trok ik de grens.

Het rare was dat Jake altijd al het strijkwerk deed. Hij zei dat de mensen tegenwoordig niet meer wisten hoe je overhemden moest strijken. Dat vond ik zo'n intens stompzinnige opmerking en ik had het vast als een belediging opgevat, als het niet zo lastig was om beledigd te blijven wanneer je zelf met een drankje voor de tv ligt en iemand anders het strijkwerk doet. Hij haalde de krant en ik las over zijn schouder mee en daar ergerde hij zich weer aan. We deden allebei de boodschappen, maar ik maakte een lijstje en streepte alles af en hij kocht lukraak en was veel duurder uit dan ik. Hij ontdooide de koelkast. Ik gaf de planten water. En hij bracht me elke ochtend thee op bed.

'Je bent laat,' zei hij. 'Hier is je thee, en ik ben er over precies drie minuten vandoor.'

'Ik haat januari,' zei ik.

'Van december zei je dat ook.'

'Januari is net zoiets als december. Maar dan zonder de kerst.'

Maar hij was de kamer al uit. Ik nam snel een douche en trok mijn havermoutkleurige broekpak aan, met een jasje dat tot mijn knieën kwam. Ik haalde een borstel door mijn haar en stak dat losjes op.

'Je ziet er chic uit,' zei Jake, toen ik de keuken binnenkwam. 'Is het nieuw?'

'Dat heb ik al jaren,' loog ik, en ik schonk mezelf nog een kop thee in, dit keer een lauwe.

Samen liepen we naar de metro, onder één paraplu, en we

ontweken alle plassen. Bij het tourniquet gaf hij me een zoen, met de paraplu onder zijn arm en zijn stevige handen op mijn schouders.

'Dag schat,' zei hij, en op dat moment bedacht ik: hij wil trouwen. Hij wil dat we een getrouwd stel worden. Met die verbazingwekkende gedachte in mijn hoofd vergat ik iets terug te zeggen. Hij merkte niets, stapte de roltrap op en voegde zich bij de menigte afdalende mannen in regenjas. Hij keek niet om. Het leek wel of we al getrouwd waren.

Ik had geen zin in die vergadering. Ik voelde me er bijna fysiek niet toe in staat. Gisteravond was ik met Jake uit eten geweest. Pas na middernacht waren we thuis, pas tegen enen lagen we in bed en het zal halfdrie geweest zijn voor we ook echt sliepen. We hadden samen iets te vieren – voor het eerst. Veel aanleiding was er niet, maar bij Jake en mij zijn aanleidingen schaars. We hebben het wel eens geprobeerd, maar we kunnen ons geen van beiden herinneren wanneer we elkaar voor het eerst ontmoet hebben. Samen draaiden we al zo lang in hetzelfde kringetje rond, als bijen om dezelfde korf. Wanneer we bevriend raakten weten we niet meer. We zaten in een fluctuerend groepje mensen, en na een tijdje hadden we het stadium bereikt dat als iemand me had gevraagd om een lijstje van mijn drie of vier, vier of vijf beste vrienden te maken, Jake daar op had gestaan. Maar niemand heeft me dat ooit gevraagd. Van elkaars ouders, schooltijd, liefdesleven wisten we alles. Een keer, toen zijn vriendin bij hem weg was gegaan, zijn we samen afgrijselijk dronken geworden, onder een boom in Regent's Park, we leegden een halve fles whisky met ons tweeën, half huilerig, half lacherig, al die tijd heel sentimenteel. Ik vertelde hem dat zij erop achteruitging, en hij kreeg de hik en gaf me een aai over mijn wang. We lachten om elkaars mopjes, dansten met elkaar op feestjes, maar niet op schuifelnummers, bedelden om geld en liften en goeie raad. Maatjes waren we.

Wel wisten we allebei wanneer we voor het eerst met elkaar naar bed waren geweest. Dat was op 17 januari van het afgelopen jaar. Op een woensdag. We zouden met een ploegje mensen naar een nachtfilm gaan, maar een aantal mensen kon niet, dus tegen de tijd dat we bij de bioscoop stonden waren alleen Jake en ik overgebleven en tijdens de film keken we elkaar op een zeker moment aan en lachten nogal schaapachtig, en ik vermoed dat we toen allebei beseften dat dit een afspraakje was geworden, en misschien vroegen we ons toen allebei af of dit wel zo'n goed idee was.

Na afloop vroeg hij of ik bij hem thuis nog wat kwam drinken. Het was één uur in de ochtend. Hij had een pak gerookte zalm in de koelkast en – daar moest ik wel om lachen – een zelfgebakken brood erbij. In ieder geval moest ik daar achteraf om lachen, want sinsdien heeft hij nooit meer een brood of wat dan ook gebakken. Wij zijn een stel van afhaal- en diepvriesmaaltijden. Maar op het moment dat we voor het eerst zoenden moest ik wel bijna lachen, want dat maakte zo'n rare, bijna incestueuze indruk, als zulke gewone goeie vrienden. Ik zag zijn gezicht steeds dichterbij komen, zijn vertrouwde trekken vervagen tot iets vreemds, en ik kreeg de neiging om te giechelen of me terug te trekken, als ik maar die plotselinge ernst, die zo andere stilte tussen ons verbrak. Maar het voelde meteen goed, alsof ik thuiskwam. Als er al tijden waren dat ik geen zin had in dit soort vastigheid (hoe moest het nou met al die plannen om in het buitenland te gaan werken, avonturen te beleven, een heel ander mens te worden?) of dat ik me zorgen maakte dat ik bijna dertig was, en dit dan mijn leven werd – nou, dan wuifde ik dat allemaal gewoon weg.

Ik weet dat stellen eigenlijk een duidelijke beslissing moeten nemen om te gaan samenwonen. Het is een fase in je leven, net zoals het uitwisselen van een ring of sterven. Dat hebben wij nooit gedaan. Ik bleef bij hem slapen. Jake ruimde een la uit voor mijn onderbroeken en panty's. Daarna bleef er wel eens een jurk hangen. Ik liet conditioner en oogpotloden in de badkamer liggen. Na een paar weken zo doorgaan merkte ik op een dag dat ongeveer de helft van de video's mijn handschrift op de labels vertoonde. Het is gewoon zo dat als je niet noteert welk programma je hebt opgenomen, al is het maar een krabbel, je het nooit meer terugvindt als je het wilt zien.

Op een dag vroeg Jake of het nog wel zin had dat ik huur betaalde voor mijn kamer, aangezien ik daar nooit was. Ik zat te mitsen en te maren, ik piekerde, maar kwam niet tot een definitief besluit. Mijn nichtje Julie kwam in de zomer voor een vakantiebaantje naar Londen voor het studiejaar begon, dus ik stelde voor dat ze een tijdje bij mij kon wonen. Om plaats voor haar te maken moest ik nog meer spullen weghalen. Eind augustus – toen we op een warme zondagavond in een pub zaten en over de rivier bij St. Paul's uitkeken – had Julie het er steeds maar weer over dat ze een vast adres wilde zoeken en stelde ik voor dat ze voor vast in mijn kamer introk. En zo woonden Jake en ik samen en was het enige wat we te vieren hadden onze eerste keer.

Maar na het feest kwam de afrekening. Als je geen zin hebt in een vergadering en je je zorgen maakt of je jezelf wel recht doet of dat je onrecht wordt aangedaan, zorg dan wel dat je kleren gestreken zijn en dat je op tijd bent. Dat staat nou niet direct in de tien manager-geboden, maar die donkere ochtend dat ik alleen nog trek had in thee, leek zo'n stelregel wel een overlevingsstrategie. In de metro probeerde ik mijn gedachten te ordenen. Ik had me beter moeten voorbereiden, aantekeningen moeten maken of zoiets. In de hoop dat mijn nieuwe pak geen kreukels opliep, bleef ik staan. Een paar beleefde mannen boden me een zitplaats aan en keken gegeneerd toen ik die weigerde. Waarschijnlijk dachten ze dat het iets ideologisch was.

Wat gingen ze allemaal doen, mijn medepassagiers? Stilletjes wedde ik dat het niet zoiets raars was als ik ging doen. Ik was onderweg naar het kantoor van een kleine divisie van een heel groot multinationaal farmaceutisch bedrijf voor een vergadering over een klein voorwerp van plastic en koper dat op een new age-speld leek, maar in werkelijkheid een onbevredigend prototype van een nieuw anticonceptiemiddel was.

Ik had meegemaakt dat mijn baas Mike achtereenvolgens verbijsterd, razend, gefrustreerd en in de war was, omdat we zo weinig vooruitgang boekten met de Drakloop IV, het anticonceptiemiddel van ons bedrijf Drakon, dat als het ooit uit het laboratorium kwam een revolutie in anticonceptieland zou veroorzaken. Een halfjaar geleden was ik voor dit project in dienst genomen, maar ik werd nu geleidelijk in het bureaucratische moeras van budgetberekeningen, marktdoelstellingen, tekorten, klinisch onderzoek, specificaties, afdelingsvergaderingen, regionale vergaderingen, vergaderingen over vergaderingen en die hele onmogelijke hiërarchie van het besluitvormingsproces omlaaggezogen. Bijna was ik vergeten dat ik een wetenschapper was, die werkte aan een project op het grensgebied van de vrouwelijke vruchtbaarheid. Ik had de baan aangenomen omdat het idee dat ik een product creëerde en verkocht net leek alsof ik vakantie van de rest van mijn leven nam.

Deze donderdagochtend maakte Mike alleen maar een norse indruk, maar ik wist hoe gevaarlijk die stemming kon zijn. Hij was net een roestige oude zeemijn uit de Tweede Wereldoorlog die op het strand was aangespoeld. Het zag er wel onschadelijk uit, maar als iemand er op de verkeerde plek in ging poeren, vloog die de lucht in. Mij niet gezien, vandaag in ieder geval niet.

De vergaderruimte stroomde vol mensen. Ik had al een plaats uitgezocht met mijn rug naar de deur zodat ik uit het raam kon kijken. Het kantoor lag net ten zuiden van de Theems, in een doolhof van smalle straten genoemd naar kruiden en de verre landen waar ze vandaan kwamen. Achter ons gebouw lag een recyclingbedrijf dat altijd op het punt stond aangekocht en gerenoveerd te worden. Eén grote hoop troep. In een hoek lag een reusachtige berg flessen. Op zonnige dagen blonk die betoverend, maar ook op een akelige dag als vandaag was er een kans dat ik mocht meemaken dat er een graafmachine langskwam en er een nog grotere stapel van maakte. Dat was interessanter dan alles wat er in vergaderruimte C kon gebeuren. Ik keek om me heen. Er zaten drie mannen, enigszins slecht op hun gemak, die voor deze vergadering van het lab in Northbridge waren gekomen en dit uitstapje onmiskenbaar betreurden. Philip Ingalls van boven, mijn zogenaamde assistente Claudia en Mikes assistente Fiona waren ook aanwezig. Een aantal mensen ontbrak. Mikes voorhoofd kreeg een diepere plooi en hij ging verwoed aan zijn oorlellen zitten trekken. Ik keek uit het raam. Mooi. De graafmachine kwam op de berg flessen af. Ik voelde me meteen beter.

'Komt Giovanna nog?' vroeg Mike.

'Nee,' zei een van de onderzoekers. Neil heette hij volgens mij. 'Ze heeft mij gevraagd of ik voor haar wilde invallen.'

Met een onheilspellend schouderophalen accepteerde Mike dit. Ik ging rechtop zitten, trok een oplettend gezicht en pakte optimistisch mijn pen. De vergadering begon met verwijzingen naar de vorige bijeenkomst en het opdreunen van allerlei routinematige zaken. Ik zat poppetjes te tekenen en probeerde toen een schets te maken van Neils gezicht, dat wel wat op dat van een jachthond leek, met droevige ogen. Daarna draaide ik de knop helemaal om en keek naar de graafmachine die al een flink eind was opgeschoten. Helaas was het geluid van brekend glas niet te horen, maar het bleef leuk. Met enige moeite draaide ik de knop weer terug naar de vergadering toen Mike naar de plannen voor februari vroeg. Neil zei iets over anovulatiebloedingen en ineens raakte ik absurd genoeg geïrriteerd bij het idee dat een mannelijke wetenschapper het met een mannelijke manager over een technische vinding met betrekking tot de vrouwelijke anatomie had. Ik haalde diep adem om iets te zeggen, veranderde van gedachten en richtte mijn aandacht weer op het recyclingcentrum. De graafmachine reed nu achteruit, het werk was gedaan. Ik vroeg me af hoe je aan zo'n baantje kwam.

'En wat jou betreft...' Ik werd me bewust van mijn omgeving, alsof ik plotseling in mijn slaap was gestoord. Mike had zich tot mij gericht en iedereen had zich naar me omgedraaid om te kijken hoe de dreigende schade uitviel. 'Jij moet hier orde op zaken stellen, Alice. Er heerst malaise op deze afdeling.'

Nam ik de moeite om daar wat tegen in te brengen? Nee.

'Goed, Mike,' zei ik lief. Maar ik gaf hem wel een knipoog, al was het om hem te laten weten dat ik niet met me liet sollen, en ik zag zijn gezicht rood aanlopen.

'En kan iemand 's een keer die klotelamp repareren?' schreeuwde hij.

Ik keek omhoog. Een van de fluorescerende buizen produceerde een bijna onderbewuste flikkering. Zodra je je daarvan bewust werd, was het net alsof iemand vanbinnen aan je hersenpan zat te krabben. Krab krab krab.

'Dat doe ik wel,' zei ik. 'Ik bedoel, ik zorg wel dat iemand ernaar kijkt.'

Ik was bezig met een rapport dat Mike aan het eind van de maand naar Pittsburgh kon sturen, dus ik had tijd genoeg om de rest van de dag weinig uit te voeren. Een halfuur lang, belangrijk, heb ik twee kledingcatalogi van postorderbedrijven zitten doorbladeren. Ik sloeg terug naar een paar keurige laarsjes, een lange fluwelen jurk die als 'onontbeerlijk' omschreven werd, en een korte duifgrijze zijden rok. Dat zou me nog eens 137 pond verder in de schulden werken. Na de lunch met een pr-vrouw – een aardig mens met een bleek gezichtje dat gedomineerd werd door een smalle rechthoekige zwarte bril – sloot ik mezelf op in mijn kamer en zette mijn koptelefoon op.

'Je suis dans la salle de bains,' zei een stem al te opgewekt in mijn oor.

'Je suis dans la salle de bains,' herhaalde ik gehoorzaam.

'Je suis en haut!'

Wat betekende 'en haut' ook alweer? Ik wist het niet meer. 'Je suis en haut,' zei ik.

De telefoon ging en ik trok de koptelefoon van mijn hoofd en weg was ik uit die wereld van zonneschijn en lavendelvelden en caféterrassen, terug in het havengebied in januari. Het was Julie, met een probleem over de flat. Ik stelde voor om na het werk samen even wat te gaan drinken. Ze had al met een stel mensen afgesproken, dus ik belde Jake mobiel en stelde voor dat hij ook naar de Vine kwam. Nee. Hij was de stad uit, om te kijken hoe het ging met de aanleg van een tunnel door een gebied dat niet alleen rijk was aan natuurschoon maar dat ook heilige grond was voor een aantal religies. Mijn werkdag was bijna voorbij.

Julie zat met Sylvie en Clive aan een hoektafeltje toen ik daar aankwam. Achter haar stond een stel klimplanten. Het wingerdmotief van de Vine.

'Je ziet er vreselijk uit,' zei Sylvie meelevend. 'Kater?'

'Weet ik niet,' zei ik behoedzaam. 'Maar ik kan wel iets tegen een kater gebruiken. Ik bestel voor jou ook wel wat.'

Clive zat net te vertellen over een vrouw die hij gisteravond op een feestje had ontmoet.

'Een heel interessante vrouw,' zei hij. 'Ze is fysiotherapeut. Ik heb haar verteld van mijn elleboog, je weet wel…'

'Ja, dat weten we.'

'Ze pakte die op zo'n speciale manier vast en hij voelde meteen beter. Wonderlijk, toch?'

'Hoe ziet ze eruit?'

'Hoezo?'

'Hoe ziet ze eruit?' drong ik aan.

De drankjes kwamen eraan. Hij nam een slokje. 'Ze is heel lang,' zei hij. 'Langer dan jij. Ze heeft bruin haar, ongeveer tot op haar schouders. Ze is mooi, gebruind, ze heeft van die knetterblauwe ogen.'

'Geen wonder dat je elleboog beter voelde. Heb je een afspraakje met haar gemaakt?'

Hij keek verontwaardigd, maar ook een beetje betrapt. Hij trok zijn das los. 'Tuurlijk niet.'

'Je wilde het duidelijk wel.'

'Je kan toch niet zomaar met een vrouw een afspraakje maken.'

'Jawel hoor,' kwam Sylvie tussenbeide. 'Ze heeft toch je elleboog aangeraakt.'

'Nou en? Ik geloof m'n oren niet. Ze raakt mijn elleboog aan, als fysiotherapeut, en dat betekent dat ze er wel voor in is?'

'Niet meteen,' zei Sylvie preuts. 'Maar vraag het eens aan haar. Bel haar op. Mij klinkt ze wel begeerlijk in de oren.'

'Uiteraard was ze… aantrekkelijk, maar er zijn twee problemen. Ten eerste, zoals je weet heb ik nog niet het gevoel dat ik echt over Christine heen ben. En ten tweede, zoiets kan ik niet. Ik moet een aanleiding hebben.'

'Weet je hoe ze heet?' vroeg ik.

'Ze heet Gail. Gail Stevenson.'

Peinzend nam ik een slokje van mijn bloody mary.

'Bel haar op.'

Over Clives gezicht trok een lachwekkend panische uitdrukking. 'Maar wat moet ik dan zeggen?'

'Geeft niet wat je zegt. Als zij jou aardig vond – en omdat ze op dat feestje je elleboog vastpakte, lijkt het daar wel op – dan gaat ze met je uit, wat je ook zegt. Als ze je niet aardig vond, dan kan je zeggen wat je wil, maar gaat ze nooit met je uit.' Clive leek in verwarring. 'Bel haar maar eens op,' zei ik. 'En dan zeg je: "Ik ben die man van die elleboog die jij behandeld hebt op dat feestje, waar weet ik niet meer, van die avond, heb je zin om met me uit te gaan?" Misschien vindt ze dat wel charmant.'

Hij keek verschrikt. 'Zomaar?'

'Zeker weten.'

'Maar waar moet ik haar dan mee naartoe nemen?'

Ik lachte. 'Wat wil je dat ik doe? Nog een kamer voor je regelen ook?'

Ik ging nog wat te drinken halen. Toen ik terugkwam, zat Sylvie én te roken én met theatrale gebaren te praten. Ik was moe en luisterde maar half. Aan de andere kant van de tafel vertelde Clive volgens mij – maar dat wist ik niet zeker want ik ving alleen flarden op – aan Julie over de verborgen betekenissen in het patroon op een pakje Marlboro. Ik vroeg me af of hij dronken was of niet goed bij zijn hoofd. Ik treuzelde met mijn laatste bodempje drank, want ik voelde me al een beetje wazig worden. Dit was een deel van de club, een groepje mensen dat elkaar voor het merendeel op de universiteit had ontmoet en bij elkaar bleef, contact bleef houden, samen dingen deed. Zij waren meer familie voor me dan mijn eigen familie.

Toen ik weer thuis voor de deur stond, deed Jake open zodra ik de sleutel in het slot stak. Hij had al een spijkerbroek en een geruit overhemd aangetrokken.

'Ik dacht dat je pas laat thuis zou zijn,' zei ik.

'Het probleem loste zich vanzelf op,' zei hij. 'Ik kook vanavond.'

Ik keek naar de tafel. Er lagen allerlei pakjes. Gekruide kip. Taramasalata. Pita-brood. Een piepklein puddinkje met basterdsuiker. Room. Een fles wijn. Een video. Ik gaf hem een zoen. 'Een magnetron, een tv en jij,' zei ik. 'Perfect.'

'En daarna ga ik de hele nacht met je vrijen.'

'Alweer? Ouwe tunnelaar dat je bent.'

2

De volgende ochtend was de metro drukker dan anders. Onder al die lagen kleren had ik het heel warm, dus probeerde ik aan andere dingen te denken terwijl ik tegen lijven aan zwierde en de metro door de duisternis ratelde. Dat ik naar de kapper moest. Ik kon voor de lunch nog een afspraak maken. Of er nog genoeg eten voor vanavond in huis was, of dat we misschien iets moesten halen. Of ergens gaan dansen. Vanochtend had ik mijn pil niet ingenomen, dus dat moest gebeuren zodra ik op mijn werk kwam. Die pil deed me denken aan het spiraaltje en de vergadering van gisteren, waardoor ik vanochtend nog minder zin had om uit bed te komen.

Een magere jonge vrouw met een grote roodaangelopen baby wurmde zich door de wagon. Niemand stond voor haar op, dus bleef ze waar ze was met haar kind op haar hoekige heup, overeind gehouden door alle lijven om haar heen. Alleen het verhitte boze babygezicht was te zien. Algauw begon het kind inderdaad te brullen, maar de vrouw reageerde niet, alsof niets tot haar doordrong. Haar ogen stonden wezenloos in haar lijkbleke gezicht. Haar baby was gekleed voor een expeditie naar de Zuidpool, maar zij droeg alleen een dunne jurk en een openhangende parka. Ik ging bij mezelf na of ik enig moederinstinct bezat. Niets. Daarna keek ik om me heen naar alle mannen en vrouwen in pak. Ik boog me voorover naar een man in een prachtige kasjmier jas, tot ik zijn puistjes kon zien, en zei toen zachtjes in zijn oor: 'Sorry. Vindt u het erg om voor die mevrouw op te staan?' Hij keek verwonderd, afwerend. 'Ze moet even zitten.'

Hij stond op en de moeder schuifelde erheen en zette zich klem tussen twee *Guardians*. De baby bleef jammeren en zij bleef recht voor zich uit staren. Nu kon de man zich een deugdzaam mens voelen.

Ik was blij dat ik er bij mijn halte uit kon, hoewel ik niet op de komende dag zat te wachten. Als ik aan werk dacht, kwam er een lethargisch gevoel over me, alsof al mijn ledematen zwaar en alle compartimenten van mijn brein muf waren. Op straat was het ijskoud en mijn adem wolkte door de lucht. Ik wikkelde mijn sjaal wat strakker om mijn hals. Ik had iets op mijn hoofd moeten doen. Misschien kon ik er tijdens de koffiepauze even tussenuit om een paar laarsjes te kopen. Om me heen haastten mensen zich met het hoofd omlaag naar hun kantoor. In februari zouden Jake en ik eigenlijk even weg moeten, naar iets warms en verlatens. Als het maar weg van Londen was. Ik zag een wit strand en een blauwe hemel voor me, met mij slank en bruin in een bikini. Ik keek te veel naar de reclames. Ik droeg altijd een badpak. Nou ja. Jake had al zitten zeuren dat we moesten sparen.

Ik stopte bij het zebrapad. Een vrachtwagen kwam langsrazen. Precies in de maat stoven een duif en ik achteruit. Ik ving een blik op van de bestuurder, hoog in zijn cabine en blind voor alle mensen onder hem die naar hun werk sjokten. De volgende wagen kwam met piepende remmen tot stilstand en ik stapte de weg op.

Van de andere kant stak een man over. Ik zag dat hij een zwarte spijkerbroek en een zwart leren jack aan had, en toen keek ik hem aan. Ik weet niet meer of hij eerst bleef staan of ik. Allebei stonden we midden op de weg naar elkaar te staren. Volgens mij heb ik een claxon horen loeien. Ik kon me niet verroeren. Het leek wel een eeuw, maar waarschijnlijk heeft het maar een seconde geduurd. In mijn maag zat een leeg, hongerig gevoel en ik kon niet goed ademhalen. Weer klonk er een claxon. Iemand riep iets. Zijn ogen waren angstaanjagend blauw. Ik liep door, en hij ook, en we passeerden elkaar op centimeters afstand, de ogen strak op elkaar gericht. Als hij me had aangeraakt, had ik me volgens mij omgedraaid en was met hem meegegaan, maar dat deed hij niet, dus kwam ik in mijn eentje bij het trottoir aan.

Ik wandelde verder naar het pand waar Drakon in gevestigd was, bleef toen staan en keek om. Hij stond daar nog steeds, en hij staarde naar me. Hij lachte niet en gebaarde niet. Met moeite draaide ik me weer om, alsof zijn blik me naar hem terugtrok. Bij het kantoor duwde ik me door de draaideur en keek nog één keer achterom. Weg was hij, de man met de blauwe ogen. Nou ja, dat was dan dat.

Onmiddellijk liep ik naar het toilet, sloot mezelf op en leunde tegen de deur. Ik was duizelig, mijn knieën trilden en achter mijn ogen drukte er iets zwaars, als ongehuilde tranen. Misschien werd ik wel verkouden. Misschien werd ik wel ongesteld. Ik moest aan de man denken en aan de manier waarop hij me aangestaard had, en deed mijn ogen dicht alsof ik hem daarmee buitensloot. Er kwam iemand het toilet binnen die een kraan opendraaide. Heel stil bleef ik staan en hoorde onder mijn bloes mijn hart bonken. Ik hield mijn hand tegen mijn brandende wang, daarna tegen mijn borst.

Even later kon ik weer normaal ademhalen. Ik gooide wat koud water tegen mijn gezicht, haalde een kam door mijn haar en bedacht op tijd om een pilletje uit de doordrukstrip te halen en dat in te nemen. De pijn in mijn maag zakte, en inmiddels voelde ik me alleen nog breekbaar, bibberig. Godzijdank had niemand iets gezien. Ik nam een kop koffie uit de automaat op de eerste verdieping, en een reep chocola want ik stierf van de honger, en liep naar mijn kamer. Met beverige, onhandige vingers plukte ik de wikkel en daarna de goudkleurige folie van de chocola en at de reep met grote happen op. De werkdag was begonnen. Ik nam mijn post door en smeet het meeste in de prullenmand, schreef een memo aan Mike en belde toen Jake op zijn werk.

'Hoe is jouw dag tot nu toe?' vroeg ik.

'Die is nog maar net begonnen.'

Ik voelde me alsof ik uren geleden van huis was gegaan. Als ik achteroverleunde en mijn ogen dichtdeed, zou ik uren kunnen slapen.

'Leuk was het gisteravond,' zei hij zachtjes. Misschien zaten er mensen bij.

'Mmm. Maar ik voelde me vanochtend wel een beetje raar, Jake.'

'Gaat het nu weer?' klonk hij bezorgd. Ik ben nooit ziek.

'Ja hoor. Goed. Heel goed. En met jou?'

Ik wist niks meer te zeggen, maar had geen zin om op te hangen. Ineens klonk Jake afgeleid. Ik hoorde hem iets tegen iemand anders zeggen wat ik niet verstond.

'Ja hoor, schat. Zeg, ik moet ophangen. Dag.'

De ochtend verstreek. Ik ging weer eens naar een vergadering, deze keer met de marketingafdeling, en kreeg het voor elkaar om een kan water om te gooien en mijn mond niet open te trekken. Ik las het onderzoeksrapport door dat Giovanna me had geëmaild. Om halfvier zou ze langskomen. Ik belde de kapper en maakte een afspraak voor één uur. Ik dronk sloten bittere, lauwe koffie uit piepschuimen bekertjes. Ik gaf mijn planten water. Ik leerde hoe ik moest zeggen: 'Je voudrais quatre petits pains' en 'Ça fait combien?'

Vlak voor enen pakte ik mijn jas, liet een boodschap achter voor mijn assistente dat ik een uurtje wegbleef en klepperde de trap af de straat op. Het begon net te motregenen en ik had geen paraplu bij me. Ik keek omhoog naar de wolken, haalde mijn schouders op en liep snel Cardamom Street in, waar ik een taxi kon nemen naar de kapper. Stokstijf bleef ik staan en de wereld werd troebel. Mijn maag draaide om. Ik kreeg het gevoel alsof ik elk moment dubbel kon klappen.

Daar stond hij, een paar meter van me vandaan. Alsof hij sinds vanochtend niet van zijn plaats was geweest. Nog altijd in zijn zwarte jack en spijkerbroek, nog altijd zonder te lachen. Hij stond daar gewoon en keek me aan. Het voelde alsof er voor het eerst echt naar me gekeken werd, en ineens werd ik me scherp bewust van mezelf – van het bonzen van mijn hart, het op- en neergaan van mijn ademhaling, de tinteling van paniek en opwinding over mijn lijf.

Hij was zo'n beetje van mijn leeftijd, begin dertig. Je zou kunnen zeggen dat hij mooi was, met zijn bleekblauwe ogen en warrige bruine haar en zijn hoge platte jukbeenderen. Maar op dat moment wist ik alleen maar dat hij zo op mij gericht was dat ik voor mijn gevoel niet onder zijn starende blik uit kon komen. Mijn adem klonk als een zachte schorre zucht, maar ik verroerde me niet en kon me niet omdraaien.

Wie de eerste stap zette, weet ik niet meer. Misschien ben ik naar hem toe gewankeld, of bleef ik gewoon op hem wachten, maar toen we eenmaal tegenover elkaar stonden, zonder elkaar aan te raken, handen langs de zij, zei hij met een lage stem: 'Ik heb op je staan wachten.'

Eigenlijk had ik het uit moeten proesten. Dit was niks voor mij, dit kon mij niet overkomen. Ik was Alice Loudon maar, onderweg naar de kapper op een natte dag in januari. Maar lachen of glimlachen lukte me niet. Ik kon alleen nog maar naar hem kijken, in zijn wijd uiteenstaande blauwe ogen, naar zijn half openstaande mond, zijn tedere lippen. Hij had witte gelijkmatige tanden, alleen van de voorste was een stukje af. Op zijn kin zaten stoppels. In zijn nek zat een schram. Zijn haar was nogal lang en ongekamd. O nou, of hij mooi was. Ik wilde zijn mond aanraken, heel zachtjes, met mijn duim. Ik wilde zijn stoppels in mijn hals voelen schuren. Ik wilde iets zeggen, maar het enige wat ik kon uitbrengen was een tuttig en afgeknepen 'O'.

'Alsjeblieft,' zei hij toen, me nog steeds strak aankijkend, 'ga je met me mee?'

Het kon wel een straatrover zijn, een verkrachter, een psychopaat. Zonder iets te kunnen zeggen knikte ik, en hij stapte de straat op en hield een taxi aan. Hij hield het portier voor me open, maar raakte me nog steeds niet aan. Eenmaal in de taxi gaf hij de chauffeur een adres en keek toen in mijn ogen. Ik zag dat hij onder zijn zwarte jack alleen een donkergroen T-shirt aanhad. Om zijn hals hing een leren snoer met een zilveren helix. Om zijn vingers zat niets. Ze waren lang, met keurige schone nagels. Over een duim liep een hoekig litteken. Zijn handen zagen er praktisch uit, sterk, gevaarlijk.

'Mag ik weten hoe je heet?'

'Alice,' zei ik. Ik herkende mijn eigen stem niet.

'Alice,' herhaalde hij. 'Alice.' Uit zijn mond klonk de naam vreemd. Hij bracht zijn handen omhoog en maakte zachtjes, heel voorzichtig, zonder contact te maken met mijn huid, mijn sjaal los. Hij rook naar zeep en zweet.

De taxi stopte en ik zag dat we in Soho waren. Een kiosk, een delicatessenzaak, restaurants. Ik rook koffie en knoflook. Hij stapte uit en hield het portier weer voor me open. Ik voelde het bloed kloppen in mijn lijf. Hij duwde een haveloze deur open naast een kledingwinkel en ik liep achter hem aan een smalle trap op. Hij haalde een bos sleutels uit zijn zak en opende twee sloten. Achter de deur lag niet zomaar een kamer, maar een kleine flat. Ik zag boekenkasten, boeken, schilderijen, een tapijt. Ik aarzelde op de drempel. Dit was mijn laatste kans. Door de ramen kwam het lawaai van de straat binnenfilteren, het aanzwellen en wegsterven van stemmen, het denderen van auto's. Hij deed de deur dicht en schoof de grendel ervoor.

Eigenlijk had ik bang moeten zijn en dat was ik ook, maar niet voor hem, voor deze vreemdeling. Ik was bang voor mezelf. Ik kende mezelf niet meer terug. Ik vervloeide met mijn begeerte, alsof de contouren van mijn lijf onwerkelijk werden. Ik wou mijn jas uitdoen, met klunzige vingers op mijn fluwelen knopen, maar hij hield me tegen.

'Wacht,' zei hij. 'Dat doe ik wel.'

Eerst deed hij mijn sjaal af en hing die zorgvuldig aan de kapstok. Daarna kwam mijn jas, in alle rust. Hij knielde op de vloer en schoof mijn schoenen van mijn voeten. Ik steunde met een hand op zijn schouder zodat ik niet omviel. Hij ging weer staan en knoopte mijn vest los, en ik zag dat zijn handen lichtjes trilden. Hij maakte mijn rok los en trok die langs mijn heupen omlaag, met een rasperig geluid over mijn panty. Hij rukte mijn panty uit, propte die tot een rommelige bal die hij naast mijn schoenen legde. Nog altijd had hij mijn huid nauwelijks beroerd. Hij trok mijn hemdje uit en schoof mijn onderbroek naar beneden, en daar stond ik naakt in die vreemde kamer, lichtjes te bibberen.

'Alice,' zei hij een beetje kreunend. 'God, wat ben je mooi, Alice.'

Ik deed zijn jack uit. Zijn armen waren sterk en bruin, en van de elleboog naar de pols liep nog een lang gerimpeld litteken. Net als hij knielde ik bij zijn voeten neer om zijn schoenen en sokken uit te trekken. Aan zijn rechtervoet had hij maar drie tenen, en ik boog me voorover en kuste de plek waar de andere twee hadden gezeten. Zachtjes zuchtte hij. Ik sjorde zijn T-shirt uit zijn broek en als een klein jongetje hield hij zijn armen omhoog terwijl ik het over zijn hoofd trok. Hij had een platte buik met een streep haar van boven naar beneden. Ik ritste zijn broek open en schoof die langzaam over zijn billen omlaag. Zijn benen waren knokig, heel bruin. Ik deed zijn onderbroek uit en liet die op de grond vallen. Eén van ons kreunde, maar ik weet niet of hij het was of ik. Hij tilde een hand op en stopte een lok haar achter mijn oor, daarna ging hij met een wijsvinger over mijn lippen, heel langzaam. Ik deed mijn ogen dicht.

'Niet doen,' zei hij. 'Kijk me aan.'

'Alsjeblieft,' zei ik. 'Alsjeblieft.'

Hij maakte mijn oorbellen los en liet ze vallen. Ik hoorde ze op de houten vloer rinkelen.

'Kus me, Alice,' zei hij.

Nog nooit was me zoiets overkomen. Nog nooit had ik dit soort seks meegemaakt. Wel onverschillige seks, gênante seks, nare seks, goeie seks, fantastische seks. Dit leek meer op verwoestende seks. We knalden tegen elkaar op, in een poging voorbij de grens van huid en vlees te komen. We hielden elkaar vast alsof we aan het verdrinken waren. We hapten naar elkaar alsof we uitgehongerd waren. En al die tijd bleef hij me aankijken. Alsof ik het mooiste was wat hij ooit had gezien, en liggend op die harde stoffige vloer voelde ik me ook mooi, schaamteloos, helemaal verloren.

Toen het voorbij was, hielp hij me opstaan en nam me mee naar de douche en spoelde me schoon. Hij zeepte me in, mijn borsten en tussen mijn benen. Hij waste mijn voeten en mijn dijen. Zelfs mijn haar, deskundig de shampoo erin masserend, mijn hoofd achterover houdend zodat ik niets in mijn ogen kreeg. Daarna droogde hij me af en zorgde ervoor dat ik ook onder mijn armen en tussen mijn tenen droog werd, en ondertussen bestudeerde hij me aandachtig. Ik voelde me net een kunstwerk, maar ook een prostituee.

'Ik moet weer naar mijn werk,' zei ik uiteindelijk. Hij kleedde me aan, raapte mijn kleren van de grond, deed mijn oorbellen weer in en veegde mijn natte haar uit mijn gezicht.

'Wanneer ben je klaar met je werk?' vroeg hij. Ik dacht aan Jake die thuis zat te wachten.

'Zes uur.'

'Dan ben ik er,' zei hij. Eigenlijk had ik tegen hem moeten zeggen dat ik een partner had, een huis, een heel ander leven. Maar ik trok zijn gezicht naar het mijne toe en kuste zijn gehavende lippen. Met moeite kreeg ik mezelf zover dat ik me van hem losrukte.

In de taxi, alleen, zag ik hem voor me, dacht terug aan zijn aanrakingen, hoe hij smaakte, hoe hij rook. Zijn naam kende ik niet.

3

Buiten adem kwam ik terug op kantoor. Ik griste een paar boodschappen uit Claudia's uitgestrekte hand en ging naar mijn kamer. Vlug nam ik ze door. Niets wat niet even kon wachten. Buiten schemerde het al, en ik probeerde mezelf in het raam te bekijken. Mijn kleren zaten niet lekker. Ze voelden vreemd aan omdat ze door een vreemde uitgetrokken en weer aangedaan waren. Ik was bang dat dit voor andere mensen net zo goed te zien was als voor mij. Had hij soms een knoopje verkeerd dichtgedaan? Of was er misschien iets in de verkeerde volgorde aangetrokken? Het leek er allemaal prima uit te zien, maar ik was daar niet zeker genoeg over. Met wat make-upspullen rende ik naar het toilet. In het onbarmhartige felle licht controleerde ik of mijn lippen gezwollen waren of dat er blauwe plekken te zien waren. Met lippenstift en eyeliner deed ik wat herstelwerk. Mijn hand beefde. Met een dreun op de wastafel moest ik die tot rust manen.

Ik belde Jake op zijn mobiele telefoon. Hij klonk alsof hij ergens middenin zat. Ik zei dat ik een vergadering had en misschien laat thuiskwam. Hoe laat? Dat wist ik niet, dat was niet te zeggen. Of ik terug was met het eten? Ik zei dat hij niet op me moest wachten. Ik hing op en zei tegen mezelf dat ik alleen maar aan het proberen was om alles netjes te regelen. Waarschijnlijk was ik eerder thuis dan Jake. Daarna ging ik zitten nadenken over wat ik had gedaan. Ik zag zijn gezicht. Ik snoof aan mijn pols en rook de zeep. Zijn zeep. De rillingen liepen over mijn rug, en toen ik mijn ogen dichtdeed voelde ik de tegels onder mijn voeten en hoorde de douche tegen het gordijn kletteren. Zijn handen.

Van twee dingen kon er één gebeuren, waarmee ik bedoelde dat van twee dingen er één hoorde te gebeuren. Hoe hij heette of waar hij woonde, wist ik niet. Of ik zijn flat kon vinden, gesteld dat ik dat wilde, wist ik niet zeker. Dus als ik om zes uur naar buiten kwam en hij er niet stond, was het in ieder geval allemaal over. Als hij daar wel stond, dan moest ik hem hetzelfde gedecideerd en helder mededelen. Klaar uit. Dit was een waanzinnige actie geweest en het beste was nu om te doen alsof het nooit gebeurd was. Dat was de enige verstandige weg.

In een waas was ik op kantoor teruggekomen, maar nu voelde mijn hoofd zo helder als het in weken niet geweest was en ik barstte van de nieuwe werklust. Het uur daarop heb ik na een kort babbeltje met Giovanna een tiental telefoontjes gepleegd die allemaal terzake waren. Ik belde mensen terug, maakte afspraken, informeerde naar cijfers. Sylvie belde om even te kletsen, maar tegen haar zei ik dat ik haar morgen of overmorgen wel zou spreken. Of ik vanavond al wat had? Ja. Een vergadering. Ik verstuurde een aantal berichten, ruimde mijn bureau op. Op een dag zou ik helemaal geen bureau meer hebben en twee keer zoveel voor elkaar krijgen als nu.

Ik keek op de klok. Vijf voor zes. Ik stond net te zoeken naar mijn tas toen Mike binnenkwam. De volgende dag had hij vroeg in de ochtend een telefonische vergadering, dus hij moest nog wat dingen met me doornemen.

'Ik heb een beetje haast, Mike. Ik moet naar een afspraak.'

'Met wie dan?'

Even dacht ik erover om te doen alsof ik met iemand van het lab moest vergaderen, maar een laatste restje overlevingsinstinct bracht me op andere gedachten. 'Het is iets persoonlijks.'

Hij trok een wenkbrauw op. 'Sollicitatiegesprek?'

'In deze kleren?'

'Je ziet er inderdaad een beetje verfomfaaid uit.' Meer zei hij niet. Waarschijnlijk ging hij ervan uit dat het iets vrouwelijks, iets gynaecologisch betrof. Maar weggaan deed hij ook niet. 'Dit is zo gebeurd.' Hij ging zitten, met zijn aantekeningen die we punt voor punt moesten doornemen. Een of twee dingetjes moest ik even nakijken en over een ander punt moest ik iemand bellen. Met mezelf had ik afgesproken dat ik niet op de klok zou kijken. Wat maakte dat ook uit? Uiteindelijk viel er even een stilte en ik zei dat ik er nu echt vandoor moest. Mike knikte. Ik keek op mijn horloge. Zes voor halfzeven. Vijf voor half. Ik maakte geen haast, ook niet toen Mike weg was. Opgelucht dat de zaak zich vanzelf opgelost had liep ik naar de lift. Zo was het maar het beste, dat ik het gewoon helemaal vergat.

Schuin lag ik over het bed, met mijn hoofd op Adams buik. Adam heette hij. Dat had hij me verteld in de taxi naar zijn flat. Dat was bijna het enige wat hij had gezegd. Het zweet liep over mijn gezicht. Overal voelde ik het, op mijn rug, mijn benen. Mijn haar was nat. En op zijn huid voelde ik het ook. Het was zo warm in zijn flat. Dat het in januari nog ergens zo warm kon zijn. De krijtsmaak in mijn mond wilde niet weggaan. Ik hees mezelf op en keek hem aan. Zijn ogen zaten half dicht.

'Heb je hier wat te drinken?' vroeg ik.

'Weet ik niet,' zei hij slaperig. 'Waarom ga je niet even kijken?'

Ik stond op en keek of er iets lag wat ik aan kon doen, maar bedacht toen: waarom ook? De flat was voor de rest bijna leeg. Je had deze kamer met een bed en een hoop vloerruimte, een badkamer waar ik eerder een douche had genomen, en een piepkleine keuken. Ik deed de koelkast open: een stel half leeggeknepen tubes, wat potten, een pak melk. Geen frisdrank. Nu voelde ik de kou pas. Op een plank stond een fles met een soort geconcentreerd sinaasappelsap. Sinds mijn jeugd had ik geen aangelengde limonade meer gedronken. Ik vond een whiskyglas en maakte wat voor mezelf, dronk dat in een paar slokken op, maakte nog wat en nam dat mee naar de slaapkamer, woonkamer, of wat het ook was. Adam zat rechtop tegen het hoofdeind. Heel even stond ik mezelf toe terug te denken aan Jake, aan zijn knokigere, wittere verschijning, het uitstekende sleutelbeen en de knobbelige ruggengraat. Adam keek me aan toen ik binnenkwam. Hij had vast naar de deuropening zitten kijken, wachtend op mij. Hij lachte niet, hij keek alleen strak naar mijn naakte lijf, alsof hij dat in zijn geheugen opborg. Ik lachte naar hem, maar hij lachte niet terug en er welde een gevoel van intense vreugde in me op.

Ik liep naar hem toe en bood hem het glas aan. Hij nam een slokje en gaf het glas terug. Ik nam een slokje en gaf het weer aan hem. Zo leegden we samen het glas, en daarna boog hij zich over me heen en zette het glas op het vloerkleed. Het donsdek was op de grond geschopt. Dat trok ik weer over ons heen. Ik keek rond in de kamer. De foto's op het dressoir en de schoorsteenmantel waren allemaal van landschappen. Op de boekenplank stond een aantal boeken en die bekeek ik een voor een aandachtig: een paar kookboeken, een groot salontafelboek over Hogarth, de verzamelde werken van W.H. Auden en Sylvia Plath. Een bijbel. *Woeste hoogten*, wat reisboeken van D.H. Lawrence. Twee gidsen over wilde bloemen in Groot-Brittannië. Een boek met wandelingen in en om Londen. Tientallen gidsen op een rij en in stapels. Over de metalen stang van het voeteneind hingen wat kleren, en er lagen er een paar netjes gevouwen op de rieten stoel bij het bed: een spijkerbroek, een zijden overhemd, nog een leren jasje, T-shirts.

'Ik probeer erachter te komen wie je bent,' zei ik. 'Door naar je spullen te kijken.'

'Niks is hier van mij. Dit is het huis van iemand die ik ken.'

'O.'

Ik draaide me naar hem om. Hij lachte nog steeds niet. Dat vond ik verwarrend. Ik wilde wat zeggen, maar toen lachte hij ineens heel even, schudde zijn hoofd en raakte met één vinger mijn lippen aan. We zaten toch al bijna tegen elkaar aan, dus hij schoof een paar centimeter naar me toe en gaf me een zoen.

'Waar denk je aan?' vroeg ik, terwijl ik mijn vingers door zijn lange zachte haar liet gaan. 'Zeg eens wat tegen me. Vertel me eens wat.'

Hij gaf niet onmiddellijk antwoord. Hij sloeg het dekbed van me af en rolde me op mijn rug. Hij pakte mijn handen vast en strekte mijn armen boven mijn hoofd op het laken, alsof hij ze daar vastpinde. Ik voelde me net zo bekeken als een monster onder een microscoop. Zachtjes raakte hij mijn voorhoofd aan en liet zijn vingers over mijn gezicht, mijn hals omlaaggaan tot ze in mijn navel uitkwamen. Rillend probeerde ik me los te wurmen. 'Sorry hoor,' zei ik.

Hij boog voorover en stak zijn tong in mijn navel. 'Ik zat eraan te denken,' zei hij, 'dat het haar onder je oksels, hier, zo op je schaamhaar lijkt. Hier. Maar niet op dat prachtige haar op je hoofd. En dat je lekker smaakt. Ik bedoel, overal anders maar toch even lekker. Het liefst likte ik je helemaal af.' Hij nam mijn lijf van top tot teen op alsof het een landschap was. Ik moest giechelen, en hij keek me recht aan. 'Waar is dat voor?' vroeg hij, met een bijna panische blik in zijn ogen.

Ik lachte naar hem. 'Volgens mij behandel je me als een lustobject.'

'Niet doen,' zei hij. 'Geen grapjes maken.'

Ik voelde dat ik bloosde. Bloosde ik nou over mijn hele lijf? 'Sorry hoor,' zei ik. 'Ik maakte geen grapje. Ik vind het lekker. Ik ben zo doezelig.'

'Waar denk jij aan?'

'Ga jij nu eens op je rug liggen,' zei ik, en dat deed hij. 'En doe je ogen dicht.' Ik liet mijn vingers over zijn lijf gaan, dat naar seks en zweet rook. 'Waar ik aan dacht? Dat ik volstrekt krankzinnig ben en dat ik niet weet wat ik hier doe, maar het was…' Ik zweeg. Die seks met hem kon ik niet onder woorden brengen. Van de gedachte alleen al kabbelde het genot door me heen. Weer werd ik koortsig van begeerte. Mijn lijf voelde zacht en jong en lag open voor hem. Ik krulde mijn vingers om de fluwelen huid aan de binnenkant van zijn dij. Waar dacht ik nog meer aan? Ik moest mezelf dwingen. 'Ik moet er ook aan denken… Ik zit ook te bedenken dat ik een vriend heb. Meer dan een vriend. Ik woon samen.'

Wat ik verwachtte, weet ik niet. Woede misschien, ontwijkend gedrag. Adam verroerde zich niet. Hij deed niet eens zijn ogen open. 'Maar je bent toch hier,' was alles wat hij zei.

'Nou,' zei ik. 'Mijn god, zeg dat wel.'

Daarna bleven we heel lang zo liggen. Een uur, twee uur. Jake zei altijd dat ik me nooit lang kan ontspannen, nooit lang stil kan zitten, mijn mond kan houden. Nu zeiden we bijna niets tegen elkaar. We raakten elkaar aan. Rustten uit. Keken naar elkaar. Ik ging liggen luisteren naar de geluiden van stemmen en auto's op straat. Onder zijn handen voelde mijn lijf dun en ontveld aan. Uiteindelijk zei ik dat ik moest gaan. Ik nam een douche en kleedde me aan onder zijn ogen. Daar kreeg ik de rillingen van.

'Geef me je telefoonnummer,' zei hij.

Ik schudde mijn hoofd. 'Geef mij maar dat van jou.'

Ik boog me voorover en gaf hem een lichte zoen. Hij legde een hand op de mijne en trok mijn hoofd omlaag. In mijn borst deed het zo zeer dat ik nauwelijks adem kon halen, maar ik rukte me toch los. 'Moet ervandoor,' fluisterde ik.

Het was na middernacht. Binnen in de flat was het donker. Jake was naar bed. Op mijn tenen liep ik naar de badkamer. Ik deed mijn onderbroek en panty in de was. Voor de tweede keer binnen een uur ging ik onder de douche. De vierde keer die dag. Met mijn eigen zeep waste ik mijn hele lijf nog eens. Met mijn eigen shampoo waste ik mijn haar. Ik kroop naast Jake in bed. Hij draaide zich om en mompelde iets.

'Ik ook van jou,' zei ik.

4

Jake wekte me met mijn thee. In zijn badjas ging hij op de rand van het bed zitten en streek het haar van mijn voorhoofd terwijl ik uit mijn slaap verrees. Ik staarde hem aan, en daar kwam die herinnering weer aangolven, rampzalig en overweldigend. Mijn lippen waren pijnlijk en gezwollen, mijn lijf deed zeer. Hij wist het vast, gewoon door naar me te kijken. Ik trok het laken op tot aan mijn kin en lachte naar hem.

'Je ziet er prachtig uit vanochtend,' zei hij. 'Heb je enig idee hoe laat het is?'

Ik schudde mijn hoofd.

Theatraal keek hij op zijn horloge. 'Bijna halftwaalf. Gelukkig is het weekend. Hoe laat ben jij vannacht thuisgekomen?'

'Twaalf uur. Misschien iets later.'

'Je werkt te hard,' zei hij. 'Drink maar snel op. Lunchen bij mijn ouders, weet je nog?'

Dat wist ik niet meer. Alleen mijn lijf wist kennelijk nog dingen: Adams handen op mijn borst, Adams lippen bij mijn keel, Adams ogen die recht in de mijne staarden. Jake lachte naar me en wreef over mijn nek, en daar lag ik dan, ziek van begeerte naar een andere man. Ik pakte zijn hand en gaf er een zoen op. 'Je bent een aardige man,' zei ik.

Hij trok een gezicht. 'Aardig?'

Hij boog zich voorover en kuste me op de lippen, en ik kreeg het gevoel alsof ik iemand bedroog. Jake? Adam?

'Zal ik het bad alvast voor je laten vollopen?'

'Dat zou heerlijk zijn.'

Ik goot een straal citroenolie in het water en waste mezelf weer helemaal schoon, alsof ik alles wat er gebeurd was van me af kon spoelen. Gisteren had ik niets gegeten, maar de gedachte aan voedsel deed me gruwen. Ik sloot mijn ogen en lag daar in het warme diepe, aangenaam geurende water en mocht van mezelf aan Adam denken. Ik moest hem nooit, echt nooit meer zien, dat was duidelijk. Ik hield van Jake. Ik had een leuk leven. Ik had me stuitend gedragen en zou zo alles kwijtraken. Ik moest hem nog een keer zien, nu meteen. Het enige wat nog telde was de aanraking van zijn handen, de hunkering van mijn vlees, de manier waarop hij mijn naam uitsprak. Ik zou hem nog één keer zien, één keertje maar, alleen om hem te vertellen dat het voorbij was. Dat was ik hem op zijn minst verschuldigd. Wat een geklets. Ik zat Jake én mezelf voor de gek te houden. Als ik hem weer zag, weer in dat prachtige gezicht keek, dan zou ik met hem neuken. Nee, ik moest me maar distantiëren van alles wat gisteren gebeurd was. Me op Jake concentreren. Werken. Nog één keertje dan, een allerlaatste keer.

'Tien minuutjes, Alice. Oké?'

Het geluid van Jakes stem bracht me weer bij mijn positieven. Natuurlijk bleef ik bij hem. We zouden gaan trouwen, misschien, en kinderen krijgen en op een dag zou dit allemaal alleen nog maar een herinnering zijn, een van die absurde dingen die je een keer had gedaan voordat je volwassen werd. Nog eenmaal douchte ik mezelf helemaal af en keek hoe de belletjes van een lijf af stroomden dat me ineens vreemd voorkwam. Daarna klom ik uit bad. Jake reikte me een handdoek aan. Onder het afdrogen voelde ik zijn ogen op me gericht.

'Misschien kunnen we toch wel wat later komen,' zei hij. 'Kom eens hier.'

Dus liet ik Jake met me vrijen en tegen me zeggen dat hij van me hield en bleef ik vochtig en lijdzaam onder hem liggen. Ik kreunde van gespeeld genot, maar hij had niets door, zag niets aan me. Dit bleef mijn geheim.

De lunch bestond uit spinazietaart met knoflookbrood en een groene salade. Jakes moeder kan lekker koken. Met mijn vork prikte ik een krullerig blaadje sla, stopte dat in mijn mond en kauwde langzaam. Het was lastig door te slikken. Ik nam een flinke slok water en probeerde het nog eens. Dit kreeg ik nooit allemaal naar binnen.

'Gaat het een beetje, Alice?' Geïrriteerd keek Jakes moeder me aan. Ze vindt het verschrikkelijk als ik niet opeet wat zij voor me gemaakt heeft. Meestal probeer ik toch nog een tweede keer op te scheppen. Ik val beter in de smaak dan Jakes vorige vriendinnen, want normaal heb ik een grote eetlust en neem een aantal stukken van haar chocoladetaart. Ik spieste een puntje spinazietaart, propte dat in mijn mond en begon vastberaden te kauwen. 'Prima hoor,' zei ik toen ik alles doorgeslikt had. 'Ik voel me al een stuk beter.'

'En vanavond ook nog?' vroeg Jake. Ik keek verwonderd. 'Dat weet je toch, suffie, we gaan met de club in Stoke Newington Indiaas eten. Daarna is er een feestje, als we daar nog zin in hebben. Een beetje dansen.'

'Geweldig,' zei ik.

Ik nam een klein hapje knoflookbrood. Jakes moeder hield me in de gaten.

Na de lunch gingen we met zijn allen een langzame wandeling door Richmond Park maken, tussen de makke kuddes herten, en daarna, toen het donker werd, reden Jake en ik naar huis. Hij ging nog even melk en brood kopen en ik pakte een oud Interflora-kaartje uit mijn portemonnee, met Adams nummer achterop. Ik liep naar de telefoon, nam de hoorn van de haak en toetste de eerste drie cijfers in. Ik hing weer op en bleef daar zwaar ademend staan. Ik scheurde het kaartje in kleine stukjes en spoelde alles door de wc. Sommige snippers wilden niet verdwijnen. In paniek vulde ik een emmer met water en plensde ze weg. Eigenlijk maakte het niks uit, want dat nummer kon ik wel onthouden. Op dat moment kwam Jake fluitend met de boodschappen de trap op. Erger dan dit wordt het nooit, zei ik tegen mezelf. Elke dag zal het een beetje beter gaan. Het is gewoon een kwestie van wachten.

Toen we bij het Indiase restaurant aankwamen, was iedereen er al. Op tafel stonden een fles wijn en glazen bier en in het kaarslicht kreeg ieders gezicht een opgewekte en zachte glans.

'Jake, Alice!' riep Clive van het eind van de tafel. Ik nam plaats naast Jake, met mijn dij tegen de zijne gedrukt, maar Clive zwaaide dat ik bij hem moest komen zitten. 'Ik heb haar gebeld,' zei hij.

'Wie?'

'Gail,' zei hij lichtelijk verontwaardigd. 'Ze heeft ja gezegd. Volgende week gaan we samen wat drinken.'

'Zie je wel,' zei ik, terwijl ik geforceerd deed of ik plezier had. 'Ik word nog eens een freelance Lieve Lita.'

'Ik wou eerst voorstellen dat ze vanavond ook kwam. Maar toen bedacht ik dat voor zo'n eerste keer de club misschien wat veel voor haar zou zijn.'

Ik keek de tafel rond. 'Soms wordt de club mij ook wat te veel.'

'Ach, kom nou, jij bent hier juist de gangmaker.'

'Waarom klinkt dat nou zo saai, vraag ik me af.'

Ik zat naast Sylvie. Tegenover me zat Julie met een man die ik niet kende. Aan de andere kant van Sylvie zat Pauline, de zus van Jake, die Tom, haar betrekkelijk nieuwe man, had meegenomen. Pauline ving mijn blik op en groette me met een lach. Zij is mijn beste vriendin, kun je wel zeggen, maar de afgelopen dagen had ik mijn best gedaan om niet aan haar te denken. Ik lachte terug.

Ik nam een stukje van de gefrituurde uienringen van iemand anders en concentreerde me op wat Sylvie me aan het vertellen was, over een man met wie ze wat had, om preciezer te zijn, over wat ze samen in bed, op bed of op de vloer hadden gedaan. Ze stak nog een sigaret op en inhaleerde diep. 'Wat de meeste mannen kennelijk niet snappen is dat als ze je benen over hun schouders leggen zodat zij dieper in je kunnen, het echt pijn kan doen. Toen Frank dat gisteravond deed, dacht ik even dat hij mijn spiraaltje eruit wilde halen. Maar jij bent de spiraaltjes-expert,' voegde ze er met een ernstig analytisch gezicht aan toe.

Sylvie was de enige van mijn kennissen die mijn grote belangstelling voor wat mensen nu eigenlijk doen als ze met elkaar naar bed gaan, wist te bevredigen. Zelf was ik over het algemeen terughoudend met bekentenissen over wat ik deed. Vooral nu. 'Misschien moet ik je aan een van onze vormgevers voorstellen,' zei ik. 'Dan kan jij ons nieuwe anticonceptiemiddel uittesten.'

'Uittesten?' zei Sylvie met een wolfachtige grijns, haar tanden wit en haar lippen felrood. 'Een nacht met Frank is een slijtageslag. Vandaag op mijn werk had ik zo'n pijn dat ik nauwelijks meer kon zitten. Ik wil er tegen Frank wel wat van zeggen, maar dat vat hij dan op als een dubbelzinnig compliment, wat ik helemaal niet zo bedoel. Ik weet zeker dat jij veel beter bent dan ik in het krijgen wat je wilt. Op seksueel gebied, bedoel ik dan.'

'Dat weet ik nog zo net niet,' zei ik, om me heen kijkend of iemand zat mee te luisteren. Vaak viel er aan tafel, of zelfs in een heel restaurant, een stilte als Sylvie aan het woord was. Ik sprak haar liever onder vier ogen, zodat we geen enkel risico liepen afgeluisterd te worden. Ik schonk mezelf nog een glas rode wijn in en sloeg de helft ervan in een teug achterover. In dit tempo en op een praktisch lege maag zou ik heel gauw beschonken raken. Misschien zou ik me dan niet zo ellendig voelen. Ik staarde naar de menukaart. 'Ik neem, eh...' Mijn stem stierf weg. Ik dacht dat ik voor het raam iemand in een zwart leren jack had zien staan.

Maar toen ik nog eens keek, stond daar niemand. Uiteraard niet. 'Misschien alleen maar iets vegetarisch,' zei ik.

Ik voelde Jakes hand op mijn schouder toen hij bij ons kwam zitten. Hij wilde bij mij in de buurt zijn, maar dat kon ik net op dit moment nauwelijks verdragen. Ik kreeg de absurde neiging om hem alles te vertellen. Ik vlijde mijn hoofd op zijn schouder, nam nog wat wijn en lachte met iedereen mee en knikte af en toe als iemands intonatie kennelijk om een reactie vroeg. Als ik hem gewoon nog één keertje kon zien, dan hield ik het wel uit, zei ik tegen mezelf. Er stond wel iemand buiten. Hij was het natuurlijk niet, maar er stond iemand in een donker jack buiten in de kou. Ik keek naar Jake. Hij was in een geanimeerd gesprek verwikkeld met Sylvie over een film die ze allebei vorige week hadden gezien. 'Nee, hij deed maar alsof,' zei hij.

Ik stond op, met luid geschraap van mijn stoel. 'Sorry hoor, maar ik moet even naar de wc. Ben zo terug.'

Ik liep helemaal naar voren, waar de trap omlaagging naar het toilet, en keek om. Niemand lette op me; ze zaten allemaal met het gezicht naar elkaar toe te drinken en te praten. Wat leek het toch een tevreden stel mensen. Ik glipte via de voordeur naar buiten. De lucht die ik binnenkreeg was zo koud dat mijn adem even stokte. Ik keek om me heen. Daar stond hij, een paar meter verderop, naast een telefooncel. Te wachten.

Ik rende naar hem toe. 'Hoe durf je mij te volgen?' siste ik. 'Hoe durf je?' Daarna zoende ik hem. Ik begroef mijn gezicht in het zijne, duwde mijn lippen tegen de zijne, sloeg mijn armen om hem heen en drukte me tegen hem aan. Ruw haalde hij zijn handen door mijn haar, rukte mijn hoofd achterover zodat ik hem recht in de ogen keek, en zei: 'Je was niet van plan me te bellen, hè?' Hij ramde me tegen de muur, hield me daar en zoende me opnieuw.

'Nee,' zei ik. 'Nee, ik kan het niet. Dit kan ik niet.' O, maar ik kan het wel, ik kan het wel.

'Je moet,' zei hij. Hij sleurde me mee naar de schaduw van de telefooncel, maakte mijn jas open en betastte mijn borst onder mijn bloes. Kreunend liet ik mijn hoofd achterover hangen, en hij kuste mijn hals. Zijn stoppels schuurden over mijn huid.

'Ik moet weer terug,' zei ik, maar ik bleef me tegen hem aan drukken. 'Ik kom naar je flat, dat beloof ik.'

Hij haalde zijn hand van mijn borst, ging ermee naar mijn been, daarna omhoog naar mijn onderbroek, en ik voelde een vinger in me.

'Wanneer?' vroeg hij terwijl hij me recht aankeek.

'Maandag,' zuchtte ik. 'Maandagochtend om negen uur.'

Hij liet me los en bracht zijn hand omhoog. Doelbewust, zodat ik het zag, stopte hij zijn glimmende vinger in zijn mond en likte die af.

's Zondags hebben we mijn toekomstige werkkamer geverfd. Met een sjaaltje bond ik mijn haar naar achteren en ik had een van Jakes oude spijkerbroeken aan, maar kreeg het toch voor elkaar om druppels erwtengroene verf op mijn handen en gezicht te morsen. We aten een late lunch en 's middags keken we arm in arm op de bank naar een oude film op tv. Na een uur lang in bad te hebben gelegen, ben ik vroeg naar bed gegaan, met als excuus dat ik nog een beetje buikpijn had. Toen Jake later naast me kroop, deed ik alsof ik sliep, terwijl ik urenlang geen oog dichtdeed. Ik lag te bedenken wat ik aan zou doen. Hoe ik hem zou vasthouden, zijn lijf ging ontdekken, zijn ribben en rugwervels aftasten, met mijn vinger zijn zachte volle lippen aanraken. Ik was doodsbenauwd.

De volgende ochtend stond ik als eerste op, ging nog een keer in bad en zei tegen Jake dat ik tot heel laat moest werken en misschien naar Edgware moest voor een vergadering met klanten. Op het metrostation belde ik Drakon en liet een boodschap achter voor Claudia dat ik ziek in bed lag en of ze me alsjeblieft onder geen beding wilde storen. Ik hield een taxi aan – met de metro gaan kwam niet bij me op – en noemde Adams adres. Ik probeerde niet na te denken over wat ik deed. Ik probeerde niet aan Jake te denken, niet aan zijn vrolijke benige gezicht, zijn enthousiasme. Door het raam van de taxi, voortkruipend in het spitsverkeer, keek ik naar buiten. Weer haalde ik een borstel door mijn haar en speelde met de fluwelen knopen aan de jas die Jake me als kerstcadeau had gegeven. Ik probeerde me mijn oude telefoonnummer weer voor de geest te halen, maar dat lukte niet. Als iemand de taxi inkeek, zou die alleen maar een vrouw zien in een sobere zwarte jas op weg naar haar werk. Ik kon nog van gedachten veranderen.

Ik belde aan en nog voor ik mijn lach kon opzetten, mijn grapje ter begroeting kon bedenken, was Adam er al. Op de trap stonden we al bijna te neuken, maar we kwamen toch nog de flat in. Onze kleren deden we niet uit en liggen was er niet bij. Hij sloeg mijn jas open, tilde mijn rok boven mijn middel en schoof in me, en even later was alles voorbij.

Daarna deed hij mijn jas uit, streek mijn bloes glad en zoende me op mijn ogen en mond. En heelde me weer.

'We moeten praten,' zei ik. 'We moeten bedenken hoe...'

'Weet ik. Wacht even.' Hij liep naar het keukentje en ik hoorde hem koffie malen. 'Zo.' Op een tafeltje zette hij een pot koffie en een paar amandelcroissants. 'Die heb ik beneden gekocht.'

Ik merkte dat ik stierf van de honger. Hij keek toe terwijl ik at, alsof ik iets bijzonders deed. Een keertje boog hij zich naar voren en haalde een stukje croissant van mijn onderlip. Hij schonk me nog een kop koffie in.

'We moeten praten,' zei ik weer. Hij wachtte. 'Ik bedoel, ik weet niet eens wie jij bent. Ik weet je achternaam niet, ik weet helemaal niks van je.'

Hij haalde zijn schouders op. 'Ik heet Adam Tallis,' zei hij simpelweg, alsof dat een antwoord was op al mijn vragen.

'Wat doe je?'

'Wat ik doe?' vroeg hij, alsof dat allemaal ver van hem afstond en lang geleden was. 'Van alles, op allerlei plaatsen, als ik maar betaald word. Maar wat ik echt doe is klimmen, wanneer ik maar kan.'

'Hè? Bergen?' Ik klonk ongeveer als een twaalfjarige, met een verbijsterde piepstem.

Hij moest lachen. 'Bergen, ja. In m'n eentje, of als gids.'

'Gids?' Zo langzamerhand werd ik een echo.

'Tenten opzetten, rijke toeristen beroemde toppen op hijsen zodat ze kunnen doen alsof ze die beklommen hebben. Dat soort dingen.'

Ik moest denken aan zijn littekens, zijn sterke armen. Een bergbeklimmer. Nou ja, ik had er nog nooit eentje ontmoet.

'Klinkt...' Ik wilde 'spannend' zeggen, maar slikte toen iets anders stoms in en zei: ' ...als iets waar ik niks vanaf weet.' Licht in het hoofd lachte ik naar hem, zo nieuw was alles voor me. Hoogtevrees.

'Geeft niet,' zei hij.

'Ik heet Alice Loudon,' zei ik met een opgelaten gevoel. Even daarvoor hadden we staan vrijen en hadden we onze ogen niet van elkaar af kunnen houden. Hoe kon ik iets over mezelf vertellen wat in dit kamertje logisch zou klinken? 'Ik ben wetenschapper, in zekere zin, maar nu werk ik voor een bedrijf dat Drakon heet. Dat is een heel erg bekend bedrijf. Ik ben daar manager van een project. Ik kom uit Worcestershire. Ik heb een vriend met wie ik samenwoon. Eigenlijk hoor ik hier niet te zijn. Dit deugt niet. Dat is het zo'n beetje.'

'Nee, dat is het niet,' zei Adam. Hij pakte de kop koffie uit mijn handen. 'Dat is het helemaal niet. Je hebt blond haar en diepgrijze ogen en een wipneus, en als je lacht, komen er plooitjes in je gezicht. Ik zag je daar lopen en kon mijn ogen niet van je afhouden. Je bent een heks, je hebt me betoverd. Je weet niet wat je hier doet. Het hele weekend heb je erover gedaan om te besluiten dat je me nooit meer wou zien. Maar ik wist het hele weekend dat wij bij elkaar horen. Wat jij nu wilt doen, is voor mijn ogen al je kleren uittrekken, nu meteen.'

'Maar mijn hele leven…' wilde ik zeggen. Maar ik kwam niet verder, want ik wist niet meer wat ik met mijn hele leven wilde. Hier zaten we nou, in een kamertje in Soho en uitgewist was het verleden, en ook de toekomst, en met z'n tweeën zaten we hier, en ik had geen idee wat ik moest doen.

De hele dag heb ik er doorgebracht. We hebben gevreeën, we hebben gepraat, al wist ik later niet meer waarover, gewoon kleine dingetjes, rare herinneringen. Om elf uur trok hij een spijkerbroek aan en een sweatshirt en sportschoenen en ging naar de markt. Hij kwam terug en voerde me koude sappige meloen. Om één uur maakte hij een omelet, met tomatenpartjes erbij, en trok een fles champagne open. Echte champagne, niet gewoon mousserende witte wijn. Hij hield het glas vast terwijl ik dronk. Hij dronk zelf en voerde me vanuit zijn mond. Hij legde me op de grond en vertelde me alles over mijn lijf, somde alle mooie dingen eraan op alsof hij ze catalogiseerde. Hij luisterde naar alles wat ik zei, luisterde echt, alsof hij alles opsloeg voor later. Tussen seks en praten en eten vervaagden de grenzen. We aten alsof we elkaar opaten en raakten elkaar onder het praten aan. We neukten in de douche en op het bed en op de vloer. Ik wilde dat er aan deze dag nooit meer een eind kwam. Mijn geluksgevoel was zo groot dat het zeer deed, ik werd zo'n ander mens dat ik mezelf nauwelijks herkende. Telkens als hij zijn handen van me terugtrok, voelde ik me koud, in de steek gelaten.

'Ik moet ervandoor,' zei ik eindelijk. Buiten was het donker.

'Ik wil je iets geven,' zei hij, en hij maakte het leren snoer met de zilveren helix los.

'Maar dat kan ik niet dragen.'

'Raak het dan af en toe aan. Stop het in je beha, in je onderbroek.'

'Je bent gek.'

'Gek op jou.'

Ik nam het halssnoer aan en beloofde dat ik zou bellen, en deze keer wist hij dat ik het zou doen. Daarna ging ik terug naar huis. Naar Jake.

5

De dagen daarop waren één groot waas van lunchpauzes, vroege avonden, een hele nacht toen Jake weg was voor een symposium, een waas van seks en eten dat makkelijk gekocht en gegeten kon worden: brood, fruit, kaas, tomaten, wijn. En ik maar liegen en liegen en liegen, zoals ik nooit eerder in mijn leven had gedaan, tegen Jake en tegen vrienden en tegen mensen op het werk. Ik was gedwongen om een reeks vervangende werelden uit mijn duim te zuigen van afspraken en vergaderingen en bezoeken, waarachter ik mijn geheime leven met Adam kon leiden. Die leugens op elkaar afstemmen, onthouden wat ik tegen wie had gezegd, kostte enorm veel energie. Mag ik tot mijn verdediging aanvoeren dat ik dronken was van iets wat ik nauwelijks begreep?

Op een keer had Adam zich aangekleed om voor ons iets te eten te halen. Zodra hij de trap af gestommeld was, sloeg ik het dekbed om me heen, liep naar het raam en zag hoe hij tussen de auto's door de straat overstak naar de Berwick-markt. Nadat hij uit het zicht was verdwenen, keek ik naar de andere mensen op straat, haastig onderweg ergens heen, of treuzelend voor de etalages. Hoe konden zij nou leven zonder de passie die ik voelde? Hoe konden zij het nou belangrijk vinden om met hun werk op te schieten of hun vakantie te plannen of iets te kopen, terwijl het in het leven hierom ging, om de manier waarop ik me voelde?

Mijn hele leven buiten die kamer in Soho had iets onverschilligs. Werk was een maskerade die ik voor mijn collega's opvoerde. Ik speelde de rol van een drukke ambitieuze manager. Om mijn vrienden gaf ik nog steeds, ik wilde ze alleen niet zien. Mijn huis voelde aan als een kantoor of een wasserette, een plek waar ik noodzakelijkerwijs af en toe moest zijn. En dan Jake. En dan Jake. Dat was de nare kant. Ik voelde me net iemand in een op hol geslagen trein. Ergens in de verte, één kilometer of vijfduizend kilometer verderop, lag het eindpunt, wachtten buffers en een ramp, maar voorlopig voelde ik alleen maar een extatische snelheid. Adam verscheen om de hoek. Hij keek omhoog naar het raam en zag me staan. Hij lachte niet en zwaaide niet, maar ging wel vlugger lopen. Ik was zijn magneet, hij de mijne.

Toen we klaar waren met eten likte ik de tomaatresten van zijn vingers.

'Weet je waarom ik zo dol op jou ben?'

'Nou?'

'Onder andere. Alle andere mensen die ik ken dragen een soort uniform, met dingen die daarbij horen: sleutels, portefeuilles, creditcards. Jij ziet eruit alsof je net naakt van een andere planeet bent komen vallen, her en der wat kleren hebt gevonden en die gewoon hebt aangetrokken.'

'Wil je dan dat ik me aankleed?'

'Nee, maar…'

'Maar wat?'

'Toen jij zonet naar buiten ging, heb ik je staan nakijken. En eigenlijk dacht ik alleen maar hoe heerlijk dit allemaal was.'

'Klopt,' zei hij.

'Ja, maar volgens mij zat ik stiekem ook te denken dat we op een dag naar buiten moeten, de wereld in, ik bedoel, wij samen, op een of andere manier. Om mensen te ontmoeten, dingen te doen, weet je wel.' Mijn eigen woorden klonken me vreemd in de oren, alsof ik het had over Adam en Eva die uit het paradijs verdreven werden. Ik schrok. 'Uiteraard hangt het er maar van af wat jij wil.'

Hij fronste zijn voorhoofd. 'Ik wil jou,' zei hij.

'Ja,' zei ik, zonder te weten wat dat betekende. Heel lang zwegen we, maar daarna zei ik: 'Jij weet zo weinig van mij en ik zo weinig van jou. Wij komen uit totaal verschillende werelden.' Hij haalde zijn schouders op. Volgens hem maakte het allemaal niets uit – mijn levensomstandigheden niet, mijn werk niet, mijn vrienden niet, mijn politieke opvattingen niet, mijn ethische landschap niet, mijn verleden niet – niets. Hij had een soort kern van Alice herkend. In mijn andere leven zou ik heftig met hem van mening hebben verschild over zijn mystieke idee van totale liefde, want voor mij was de liefde altijd biologisch, Darwiniaans, pragmatisch, van omstandigheden afhankelijk, moeizaam, breekbaar. Maar nu was ik zo verblind en roekeloos dat ik niet meer wist waar ik stond, en leek het of ik weer uitgekomen was bij dat kinderlijke idee van liefde als iets wat je van de echte wereld redde. Dus nu zei ik alleen maar: 'Het is ongelooflijk. Ik bedoel, ik weet niet eens wat ik je moet vragen.'

Adam streelde mijn haar en ik rilde helemaal. 'Waarom zou je me iets vragen?' zei hij.

'Wil jij dan niet iets van me weten? Wil jij dan niet weten wat mijn werk allemaal inhoudt?'

'Vertel jij dan maar wat jouw werk allemaal inhoudt.'

'Je wil het niet echt weten.'

'Wel. Als jij wat jij doet belangrijk vindt, dan wil ik daar iets van weten.'

'Ik heb je al verteld dat ik voor een groot farmaceutisch bedrijf werk. Sinds een jaar zit ik bij een groep die bezig is een nieuw anticonceptiemiddel te ontwikkelen. Zo.'

'Je hebt me niks verteld over jezelf,' zei hij. 'Ontwerp je dat ding?'

'Nee.'

'Doe je het wetenschappelijk onderzoek?'

'Nee.'

'Doe je dan het marktonderzoek?'

'Nee.'

'Wat doe je dan wél, verdomme?'

Ik lachte. 'Dat doet me denken aan zondagsschool. Ik heb een keer mijn vinger opgestoken en gezegd dat ik wist dat de Vader God was en de Zoon Jezus, maar wat deed die Heilige Geest nou?'

'Wat zei de dominee toen?'

'Die heeft er een gesprek met mijn moeder over gehad. Maar bij de ontwikkeling van Drakloop III fungeer ik als de Heilige Geest. Ik organiseer, ik regel, ik loop wat rond, ga naar vergaderingen. Kortom, ik ben manager.'

Hij lachte, maar keek toen ernstig. 'Vind je het leuk?'

Ik dacht even na. 'Dat weet ik niet. Volgens mij ben ik er niet zo duidelijk over, ook niet tegen mezelf. De moeilijkheid is dat ik vroeger de dagelijkse sleur van het wetenschappelijk werk, wat andere mensen zo saai vinden, juist zo leuk vond. Dat werken aan protocollen, apparatuur instellen, waarnemingen doen, berekeningen, resultaten noteren.'

'Wat is er dan gebeurd?'

'Ik zal er wel te goed in geweest zijn. Ze hebben me een hogere functie gegeven. Maar eigenlijk moet ik dit allemaal niet vertellen. Als ik niet oppas, kom je erachter wat een saai mens je in je bed hebt gelokt.' Hij lachte niet en zei niets, dus ik wist met mijn houding even geen raad en probeerde klunzig over iets anders te beginnen. 'Ik kom niet zo vaak in de ongerepte natuur. Ben jij hoge bergen op geweest?'

'Af en toe.'

'Echt hoge ook? Zoals de Everest?'

'Af en toe.'

'Ongelooflijk.'

Hij schudde zijn hoofd. 'Dat is niet ongelooflijk. De Everest is niet…' Hij zocht naar het juiste woord. '…is technisch geen interessante uitdaging.'

'Wil jij dan beweren dat zoiets makkelijk is?'

'Nee, niks boven de achtduizend meter is makkelijk. Maar als je niet al te veel pech hebt met het weer, loop je zo door naar de top. Er zijn daar mensen naar boven gebracht die niet eens echte klimmers waren. Die zijn gewoon rijk genoeg om mensen in te huren die wel echt kunnen klimmen.'

'Maar jij bent wel op de top geweest?'

Hij leek slecht op zijn gemak, alsof dit moeilijk uit te leggen viel aan iemand die er niets van begreep. 'Ik ben een aantal keren die berg op geweest. In '94 was ik gids bij een commerciële expeditie en heb ik de top gehaald.'

'Hoe was dat?'

'Afschuwelijk. Ik stond op de top met tien man die allemaal foto's aan het maken waren. En de berg… de Everest hoort iets heiligs te zijn. Toen ik daar kwam, leek het net een toeristenoord dat in een vuilnisbelt aan het veranderen was: oude zuurstofflessen, stukken tent, overal bevroren drollen, klapperende touwen, sneeuwankers. Op de Kilimanjaro is het nog erger.'

'Heb je onlangs nog geklommen?'

'Niet sinds afgelopen lente.'

'Was dat de Everest?'

'Nee. Ik was een van de ingehuurde gidsen op een berg die de Chungawat heet.'

'Nooit van gehoord. Ligt die in de buurt van de Everest?'

'Wel in de buurt, ja.'

'Is die nog gevaarlijker dan de Everest?'

'Ja.'

'Heb je de top gehaald?'

'Nee.'

Hij was somber geworden. Zijn ogen waren samengeknepen, onmededeelzaam. 'Wat is er, Adam?' Hij gaf geen antwoord. 'Komt het...?' Ik liet mijn vingers over zijn been omlaag glijden naar zijn voet met de verminkte tenen.

'Ja,' zei hij.

Ik kuste ze. 'Was het heel erg?'

'Met die tenen, bedoel je? Niet echt.'

'Ik bedoel, helemaal?'

'Ja, dat was het.'

'Ga je me daar een keer alles over vertellen?'

'Een keer. Maar niet nu.'

Ik kuste zijn voet, zijn enkel en ging zo omhoog. Een keer, sprak ik met mezelf af.

'Je ziet er moe uit.'

'Werkdruk,' loog ik.

Eén iemand kon ik voor mijn gevoel niet afschepen. Vroeger ging ik bijna elke week met Pauline lunchen en meestal liepen we dan samen nog een of twee winkels binnen waar zij goeiig toekeek hoe ik allerlei onpraktische kleren paste: zomerjurken in de winter, fluweel en wol in de zomer, kleren voor een ander leven. Vandaag liep ik met haar mee terwijl zij winkelde. We namen een paar broodjes in een café aan de rand van Covent Garden, gingen in de rij staan bij een koffiewinkel en daarna nog eens bij een kaaswinkel.

Onmiddellijk had ik door dat ik iets verkeerds had gezegd. Dingen als 'werkdruk' zeiden wij nooit tegen elkaar. Ineens voelde ik me net een dubbelagent.

'Hoe gaat het met Jake?' vroeg ze.

'Heel goed,' zei ik. 'Dat met die tunnel is bijna... Jake is een schat. Een echte schat.'

Weer keek ze me bezorgd aan. 'Gaat het wel goed met je, Alice? Weet je wel dat je het over mijn grote broer hebt? Als iemand

Jake een echte schat noemt, dan moet er iets aan de hand zijn.'

Ik moest lachen en zij ook, en even later waren we het vergeten. Ze kocht haar grote zak koffiebonen en twee bekertjes koffie om mee te nemen, en we wandelden langzaam naar Covent Garden waar we een bank vonden. Dit was iets beter. Het was een zonnige, heldere, hele koude dag, en de koffie brandde me aangenaam op de lippen.

'Hoe staat het met het getrouwde leven?' vroeg ik.

Ze keek me heel ernstig aan. Ze was een opvallende verschijning, met steil donker haar dat iets strengs kon hebben, als je niet beter wist. 'Ik ben met de pil gestopt,' zei ze.

'Vanwege al die paniekverhalen?' vroeg ik. 'Daar is in feite geen…'

'Nee hoor,' lachte ze. 'Ik ben gewoon gestopt. Ik gebruik even niks.'

'O mijn god,' zei ik half schreeuwend, en ik omhelsde haar. 'Ben je daar wel klaar voor? Is dat niet wat vroeg?'

'Volgens mij komt zoiets altijd te vroeg,' zei ze. 'Trouwens, er is nog niks gebeurd.'

'Dus je gaat na de seks nog niet op je hoofd staan, of wat je ook hoort te doen?'

Waarna we hebben zitten kletsen over vruchtbaarheid en zwangerschap en zwangerschapsverlof, maar hoe meer we praatten, des te slechter ik me voelde. Tot dusverre had ik Adam gezien als een duister, strikt persoonlijk bedrog. Ik wist dat ik Jake iets afschuwelijks aandeed, maar nu ik Pauline zo zag, haar wangen blozend van de kou maar ook van de opwinding, misschien, over de aanstaande zwangerschap, haar handen om de koffie geklemd en het vocht tussen haar smalle lippen, kreeg ik ineens het krankzinnige idee dat dit allemaal het gevolg was van een misverstand. De wereld was helemaal niet zoals zij dacht dat die was, en dat was mijn schuld.

Allebei keken we in ons lege bekertje, lachten en stonden op.

Ik omhelsde haar innig en drukte mijn gezicht tegen het hare.

'Dank je wel,' zei ik.

'Waarvoor?'

'De meeste mensen vertellen je pas dat ze bezig zijn een kind te maken als ze al ruim drie maanden zwanger zijn.'

'Ach, Alice,' zei ze, me terechtwijzend. 'Zoiets kan ik voor jou toch nooit verborgen houden.'

'Ik moet ervandoor,' zei ik plotseling. 'Ik heb een vergadering.'

'Waar?'

'O,' zei ik, van mijn stuk gebracht. 'In, eh, Soho.'

'Dan loop ik wel met je mee. Ik moet ook die kant op.'

'Dat zou lief van je zijn,' zei ik vol ontzetting.

Onderweg had Pauline het over Guy die nog geen anderhalf jaar geleden zo plotseling en hardvochtig met haar gebroken had.

'Weet je nog hoe ik er toen aan toe was?' vroeg ze met lichtelijk vertrokken mond, waardoor ze heel even op haar broer leek. Ik knikte en dacht koortsachtig na hoe ik dit moest regelen. Doen alsof ik een kantoor binnenging? Dat werkte niet. Zeggen dat ik het adres vergeten was? 'Natuurlijk weet je dat nog. Je hebt toen mijn leven gered. Wat jij toen allemaal voor me gedaan hebt, dat kan ik volgens mij nooit meer voor je terugdoen.' Ze hield haar tas met koffie omhoog. 'Waarschijnlijk heb ik bij jou in je oude flat wel zoveel koffie van je gedronken, tussen het huilen in je whisky door. God, ik dacht echt dat ik nooit meer in mijn eentje de straat over zou kunnen steken, laat staan dat ik weer zou functioneren en me goed voelen.'

Ik kneep in haar hand. Ze zeggen dat je beste vriend iemand is die gewoon kan luisteren, en als dat waar is dan was ik tijdens die vreselijke wandeling de beste van allemaal. Dit was het dan, zei ik tegen mezelf, de vreselijke straf voor al mijn bedrog. Op het moment dat we Old Compton Street insloegen zag ik een vertrouwde gestalte voor ons lopen. Adam. In mijn hoofd trok een mist op, en even dacht ik dat ik ook nog ging flauwvallen. Ik draaide me om en zag een deur van een winkel openstaan. Ik kon geen woord uitbrengen, maar ik greep Pauline bij de hand en trok haar mee naar binnen.

'Hè?' vroeg ze paniekerig.

'Ik moet even wat…' Ik keek in het glazen uitstalkastje op de toonbank. 'Wat…'

Het woord wilde niet komen.

'Parmezaan,' zei ze.

'Parmezaan,' zei ik instemmend. 'En nog wat dingen.'

Ze keek om zich heen. 'Maar er staat zo'n lange rij. Het is vrijdag.'

'Het moet.'

Ze keek besluiteloos, ging van het ene been op het andere staan. Keek op haar horloge. 'Sorry hoor,' zei ze, 'ik ga maar 's terug.'

'Ja,' zei ik opgelucht.

'Hè?'

'Prima,' zei ik. 'Ga maar. Ik bel je nog wel.'

We gaven elkaar een zoen en ze ging weg. Ik telde tot tien en keek toen op straat. Ze was verdwenen. Ik keek naar mijn handen. Ze beefden niet, maar mijn hoofd tolde.

Die nacht droomde ik dat iemand mijn benen met een keukenmes eraf aan het snijden was en dat ik dit toestond. Ik wist dat ik niet moest gaan schreeuwen of klagen, want dit had ik verdiend. Vroeg in de ochtend werd ik wakker, zwetend en verward, en even wist ik niet meer wie er naast me lag. Ik stak mijn hand uit en voelde warm vlees. Jakes ogen knipperden open. 'Hallo Alice,' zei hij, en hij viel weer in slaap, zo vredig.

Zo kon het niet langer. Ik had mezelf altijd voor een eerlijk mens gehouden.

6

Ik was te laat op mijn werk, want ik moest wachten tot de poster-winkel om de hoek van het kantoor openging. Ik heb daar een tijdje naar de rivier staan kijken, gehypnotiseerd door de verrassende kracht van zijn stromingen die alle kanten op kolkten. Daarna heb ik veel te veel tijd besteed aan het uitzoeken van een ansicht uit de molen. Niet eentje leek goed. De reproducties van oude meesters niet, de zwartwitfoto's van straten in de stad en pittoreske arme kinderen niet, die dure kaarten met collages van lovertjes en schelpen en veren decoratief in het midden niet. Uiteindelijk kocht ik er twee: een stemmig Japans landschap met zilverkleurige bomen tegen een donkere hemel en een stukje knipkunst à la Matisse in vrolijke, simpele tinten blauw. Ook kocht ik een vulpen, terwijl ik daar een heel bureau vol van had.

Wat moest ik schrijven? Ik deed de deur van mijn kamer dicht, pakte de twee kaarten en legde ze voor me. Een aantal minuten moet ik daar zo hebben gezeten en er alleen maar naar hebben gestaard. Om de zoveel tijd mocht zijn gezicht even in mijn bewustzijn langs komen zweven. Zo mooi. De manier waarop hij me in de ogen keek. Niemand had me ooit zo aangekeken. Het hele weekend had ik hem niet gezien, sinds vrijdag niet meer, en nu…

Nu draaide ik de Japanse kaart om en schroefde de dop van mijn vulpen. Ik wist niet hoe ik moest beginnen. Niet met 'lieve

Adam' of 'liefste Adam' of 'allerliefste schat'; dat kon niet meer. Geen 'beste Adam' – dat was te kil. Niet zomaar 'Adam'. Helemaal niks dan maar: gewoon schrijven.

'Ik kan je nooit meer zien,' schreef ik, erop lettend dat ik geen inktvlekken maakte. Ik hield op. Wat moest ik nog meer zeggen? 'Probeer me alsjeblieft niet om te praten. Het was…' Was wat? Zo leuk? Zo'n kwelling? Zo verrukkelijk? Zoiets verkeerds? Het heerlijkste wat me ooit is overkomen? Het heeft mijn hele leven op z'n kop gezet?

De kaart met de Japanse bomen scheurde ik aan stukken en gooide ik in de prullenmand. Ik pakte het spectaculaire knipwerk. 'Ik kan je niet meer zien.'

Voor ik er iets bij kon schrijven schoof ik de kaart in een envelop en zette daarop in keurige blokletters Adams naam en adres. Daarna liep ik ermee het kantoor uit en nam de lift naar de receptie, waar Derek met zijn pasjes en zijn *Sun* zat.

'Zou jij iets voor me kunnen doen, Derek? Deze brief moet de deur uit en ik vroeg me af of jij die met een fietskoerier kon meesturen. Normaal vraag ik dat aan Claudia, maar…' Ik liet de zin onafgemaakt in de lucht hangen. Derek pakte de envelop aan en keek naar het adres.

'Soho. Zakelijk zeker?'

'Ja.'

Hij legde de envelop naast zich neer. 'Nou ja, goed, voor deze ene keer dan.'

'Dat vind ik erg aardig van je. Jij zorgt dat-ie onmiddellijk de deur uitgaat?'

Tegen Claudia zei ik dat ik een hoop werk moest inhalen en of zij me met niemand wilde doorverbinden, behalve als het Mike of Giovanna of Jake was. Ze keek me verwonderd aan, maar zei niets. Het was halfelf. Hij dacht nu nog dat ik met de lunch bij hem zou zijn, in zijn verduisterde kamer, waar de hele wereld wat ons betrof kon doodvallen. Tegen elven zou hij mijn berichtje hebben gekregen. Hij zou de trap af rennen, de envelop oprapen, zijn vinger onder de flap schuiven en die ene zin lezen. Ik had moeten schrijven dat het me speet, op zijn minst. Of dat ik van hem hield. Ik deed mijn ogen dicht. Ik voelde me een vis op het droge. Ik hapte naar lucht en elke ademhaling deed zeer.

Jake was een paar maanden geleden gestopt met roken en tegen mij zei hij dat het de kunst was om niet aan niet roken te denken: wat je jezelf ontzegt, zo had hij verteld, wordt dubbel zo begerenswaardig en dan zit je jezelf eigenlijk te kwellen. Met een vinger raakte ik mijn wang aan en stelde me voor dat Adam dit deed. Ik mocht me hem niet voor de geest halen. Ik mocht hem niet bellen. Ik mocht hem niet zien. Cold turkey.

Om elf uur sloot ik de jaloezieën tegen de grijze druilerige dag, voor het geval hij naar het kantoor toe kwam en buiten op me bleef wachten. Ik keek niet op straat. Claudia kwam met een lijstje mensen die hadden gebeld en een boodschap hadden achtergelaten. Adam zat er niet bij. Misschien was hij niet thuis en wist hij het nog niet. Misschien kreeg hij het bericht pas als hij thuiskwam voor onze afspraak.

Ik ben niet gaan lunchen, maar heb in mijn donkere kamer naar mijn computer zitten staren. Iedereen die binnenkwam, zou hebben gedacht dat ik het druk had.

Om drie uur belde Jake om te zeggen dat hij die vrijdag misschien een paar dagen naar Edinburgh moest, voor zaken.

'Mag ik mee?' vroeg ik. Maar dat was geen slim idee. Hij moest daar de hele dag werken, en op dit moment kon ik niet zomaar bij Drakon weglopen.

'Binnenkort gaan we samen weg,' beloofde hij. 'Laten we vanavond plannetjes gaan maken. We kunnen voor de verandering eens een keer thuisblijven. Ik ga wel even bij de afhaal langs. Chinees of Indiaas?'

'Indiaas,' zei ik. Ik moest bijna kotsen.

Ik ging naar onze wekelijkse vergadering, waar Claudia ons

onderbrak om te vertellen dat een man me dringend moest spreken, maar niet wilde zeggen hoe hij heette. Ik zei dat ze hem maar moest mededelen dat ik niet beschikbaar was. Met een geïnteresseerde blik liep ze weg.

Om vijf uur besloot ik vroeg naar huis te gaan. Via de achteruitgang verliet ik het pand en nam een taxi door de spits. Bij het passeren van de hoofdingang hield ik mijn handen voor mijn gezicht en mijn ogen dicht. Ik was als eerste thuis, liep recht door naar de slaapkamer – onze slaapkamer – en liet opgekruld op bed liggend de tijd aan me voorbij gaan. De telefoon rinkelde, maar ik nam niet op. Ik hoorde de brievenbus klapperen, er viel iets op de mat, dus ik worstelde me overeind. Dat moest ik pakken voordat Jake het vond. Maar het was gewoon reclamepulp. Of ik mijn vloerbedekking op een speciale manier gereinigd wilde hebben. Ik ging weer op bed liggen en probeerde rustig adem te halen. Jake zou zo thuis zijn. Jake. Ik dacht aan Jake. Ik zag voor me hoe hij zijn wenkbrauwen fronste als hij lachte. Hoe hij zijn tong iets uitstak als hij zich concentreerde. Hoe luidruchtig hij altijd moest lachen. Buiten was het donker en verspreidden de straatlantaarns een oranje gloed. Ik hoorde auto's, stemmen, kwebbelende kinderen. Op een gegeven moment viel ik in slaap.

In de duisternis trok ik Jake naar me toe. 'Die curry kan wel even wachten,' zei ik.

Ik zei dat ik van hem hield en hij zei dat hij ook van mij hield. Ik wilde het wel blijven zeggen, maar ik beheerste me. Buiten regende het zachtjes. Later aten we het koude afhaaleten uit de bakjes van zilverfolie, of liever gezegd, hij at en ik nam af en toe een hapje, weggespoeld met grote slokken goedkope rode wijn. Toen de telefoon ging, liet ik Jake opnemen hoewel mijn hart heftig bonkte in mijn borst.

'Die hing meteen op,' zei hij. 'Zal wel een geheime bewonderaar van je zijn.'

Daar moesten we allebei hartelijk om lachen. Ik zag hem voor me, op zijn bed in zijn lege flat, en nam nog een slok wijn. Jake stelde voor een weekend naar Parijs te gaan. De Eurostar had deze tijd van het jaar leuke aanbiedingen.

'Nog een tunnel,' zei ik. Ik zat te wachten tot de telefoon weer ging. Deze keer moest ik opnemen. Wat moest ik zeggen? Ik probeerde een manier te bedenken om 'niet meer bellen' te zeggen zonder dat Jake dat verdacht vond. Maar de telefoon ging niet. Misschien was ik wel gewoon een lafbek en had ik het hem recht in zijn gezicht moeten zeggen. Maar dat zou ik niet gekund hebben. Elke keer als ik hem in het gezicht keek, klom ik in zijn armen.

Ik keek opzij naar Jake, hij lachte naar me en geeuwde.

'Bedtijd,' zei hij.

Ik heb het geprobeerd. De paar dagen daarna heb ik het echt, echt geprobeerd. Op kantoor kreeg hij me telefonisch niet te spreken. Hij heeft er zelfs een brief heen gestuurd, maar die heb ik ongeopend aan snippers gescheurd en in de grote metalen vuilnisbak bij de koffieautomaat gegooid. Een paar uur later, toen iedereen aan het lunchen was, wilde ik hem er uithalen, maar toen was de bak al geleegd. Eén klein stukje lag er nog, met zijn schuine handschrift: '… maar een paar…' stond er. Ik staarde naar de pennenstreken, bevoelde het stukje papier alsof er nog iets van hem op zat, die onuitwisbare man. Hele zinnen heb ik rond die drie neutrale woorden geconstrueerd.

Op rare tijden, via de achteruitgang, soms onder dekking van grote massa's mensen, ging ik weg van mijn werk. In het centrum kwam ik niet meer, voor het geval dat. Sterker nog, ik kwam helemaal niet meer in de stad. Ik bleef thuis bij Jake, met de gordijnen dicht tegen het smerige weer, keek naar video's op tv en dronk een beetje te veel, in ieder geval zoveel dat ik elke nacht wankelend mijn bed opzocht. Jake was heel zorgzaam. Hij zei dat ik de laatste dagen een tevredener indruk maakte, 'niet meer zo van het ene naar het andere liep te hollen'. Ik zei dat ik me ook goed voelde, geweldig zelfs.

Op donderdagavond, drie dagen na zijn briefje, kwam de club bij ons eten: Clive, Julie, Pauline en Tom, Duncan – een vriend van Tom – en Sylvie. Clive had Gail meegenomen, de vrouw die op dat feestje zijn elleboog had beetgepakt. Die elleboog had ze nog steeds beet, maar ze keek wel een beetje verbaasd, overigens terecht, aangezien dit pas hun tweede afspraakje was en ze het gevoel moet hebben gekregen alsof ze aan een hele familie werd voorgesteld.

'Jullie praten allemaal zoveel,' zei ze tegen mij, toen ik haar vroeg of het wel ging. Ik keek om me heen. Ze had gelijk: het leek wel of iedereen in onze zitkamer door elkaar heen praatte. Ineens kreeg ik een verhit en claustrofobisch gevoel. De kamer werd me te klein, te vol, te lawaaierig. Ik bracht mijn hand naar mijn hoofd. De telefoon ging.

'Neem jij hem even?' riep Jake, die bier uit de koelkast aan het pakken was. Ik nam op.

'Hallo?'

Stilte.

Ik wachtte op zijn stem, maar er kwam niets. Ik hing op en liep verdwaasd terug naar de kamer. Ik keek om me heen. Dit waren mijn beste en oudste vrienden. Ik kende ze al tien jaar en over tien jaar zou ik ze nog kennen. We bleven samen afspreken en elkaar dezelfde verhalen vertellen. Ik keek naar Pauline die met Gail zat te praten, ze legde iets uit. Ze legde haar hand op Gails arm. Clive kwam naar hen toe, nerveus, verlegen, en de twee vrouwen lachten naar hem, lief. Jake kwam bij mij zitten en gaf me een blikje bier. Hij sloeg een arm om mijn schouder en knuffelde me. Morgenochtend ging hij naar Edinburgh.

Uiteindelijk, dacht ik, ging het toch steeds een beetje beter. Ik kon zonder hem. Dagen zouden voorbijgaan. Algauw zou het een week zijn. Daarna een maand…

We speelden poker, waarbij Gail won en Clive verloor. Voor haar hing hij de grappenmaker uit en zij moest om hem giechelen. Ze was aardig, vond ik. Beter dan Clives gebruikelijke soort vriendinnen. Hij zou haar aan de kant schuiven omdat ze niet wreed genoeg was om zijn bewondering vast te houden.

De volgende dag ben ik op de normale tijd en via de hoofdingang van mijn werk weggegaan. Ik kon me niet voor de rest van mijn leven voor hem verschuilen. Met een duizelig gevoel duwde ik me door de deuren heen en keek rond. Hij was er niet. Ik was er zeker van dat hij er zou zijn. Misschien was hij er al die keren dat ik via de achteruitgang weg was geglipt ook niet geweest. Tot mijn verbazing kwam er een vreselijk teleurgesteld gevoel bij me boven. Tenslotte wilde ik hem negeren als ik hem zag. Niet dan?

Ik had geen zin om naar huis te gaan en ook niet om naar de Vine te lopen waar iedereen zat. Ineens besefte ik hoe moe ik was. Het kostte me zo'n moeite om de ene voet voor de andere te krijgen. Tussen mijn ogen voelde ik een doffe, zeurende pijn. Ik zwierf maar wat over straat, door al het gedrang van de spits heen. Ik bleef staan kijken voor etalages. In geen eeuwen had ik nieuwe kleren gekocht. Ik moest van mezelf in de uitverkoop een staalblauwe bloes aanschaffen, maar dat voelde een beetje alsof ik mezelf dwong om te eten. Daarna slenterde ik wat tussen de uitdunnende menigten, zonder enig doel. Een schoenenwinkel. Een kantoorboekhandel. Een speelgoedwinkel, met een reusachtige roze beer midden in de etalage. Een wolwinkel. Een boekwinkel, maar dan met nog andere dingen in de etalage: een kleine bijl, een bos dun touw. Door de open deur kwam een vlaag warme lucht, en ik ging naar binnen.

Een echte boekhandel was het niet, hoewel er wel boeken stonden. Het was een klimsportzaak. Dat moet ik al die tijd al geweten hebben. Er waren maar een paar mensen, allemaal mannen. Ik staarde om me heen, naar de nylon jacks, de handschoenen van mysterieuze moderne materialen, de slaapzakken in stapels op een grote plank achterin. Aan het plafond hingen lantaarns en kleine kampeerbranders. Tenten. Enorme zware bergschoenen, glimmend en hard. Rugzakken met overal zijvakken. Vlijmscherpe messen. Houten hamers. Een plank vol plakband, jodiumwatten, latex handschoenen. Er lagen zakjes met voedsel, energierepen. Het leek wel de uitrusting van mensen die de ruimte in gaan.

'Kan ik u misschien helpen?' Een jongeman met borstelhaar en een mopsneus stond naast me. Waarschijnlijk klom hij zelf ook. Ik kreeg een schuldig gevoel, alsof ik hier onder valse voorwendselen in de winkel stond.

'Eh, nee, niet echt.'

Ik stapte opzij naar de planken met boeken en liet mijn ogen over de titels gaan: *De Everest op ijle lucht alleen*, *De woeste hoogten*, *Door touwen verbonden*, *De derde pool*, *Klimmen van A tot Z*, *Eerstehulp voor klimmers*, *Het hoofd in de wolken*, *Een zeker voorrecht*, *Op het dak van de wereld*, *Leven op grote hoogten*, *K2. Een tragedie*, *K2. De verschrikkelijke zomer*, *Klimmen voor hun leven*, *Op de rand*, *Het ravijn*...

Ik pakte zomaar wat boeken en keek in het register bij de T. Daar stond hij, in *Op het dak van de wereld*, een salontafelboek over beklimmingen in de Himalaya. Alleen al de aanblik van zijn naam in drukletters bezorgde me de rillingen en een misselijk gevoel. Alsof ik mezelf had kunnen wijsmaken dat hij buiten die kamer in Soho niet bestond, geen ander leven had dan het leven dat hij met mij, op mij doorbracht. Dat hij een bergbeklimmer was, iets waar ik niets vanaf wist, had het me makkelijker gemaakt om met hem om te gaan als een fantasiefiguur, een zuiver lustobject, alleen aanwezig als ik er ook was. Maar hij stond wel in dit boek, zwart op wit. Tallis, Adam, pagina's 12-14, 89-92, 168.

Ik sloeg de kleurenfoto's midden in het boek op en staarde naar de derde afbeelding waarop een groepje mannen en een paar vrouwen in nylon of donzen jacks, tegen een achtergrond van sneeuw en puin, naar de camera lachten. Alleen hij lachte niet, hij stond te staren. Toen kende hij me nog niet, had hij een heel ander leven. Waarschijnlijk hield hij toen van iemand anders, hoewel we het nooit over andere vrouwen hadden gehad. Hij zag er jonger uit, minder somber. Zijn haar was korter en had meer krullen. Ik bladerde verder en daar stond hij, in z'n eentje, wegkijkend van de camera. Hij had een zonnebril op, dus er viel niet op te maken hoe hij keek of waar hij naar keek. Een eind achter hem stond een groen tentje en in de verte strekte zich een weids gebergte uit. Hij had dikke bergschoenen aan en de wind waaide door zijn haar. Ik vond dat hij er verdrietig uitzag, en ook al was dat lang geleden en in een andere wereld, toch voelde ik een intens verlangen om hem te troosten. Dit hernieuwde verlangen deed zo'n pijn dat ik even geen adem meer kreeg.

Ik klapte het boek dicht en zette het terug op de plank. Ik pakte een ander en keek weer bij het register. Daar stond hij niet.

'Het spijt me, maar we gaan sluiten.' De jongeman weer. 'Wilt u nog iets afrekenen?'

'Sorry hoor, dat had ik niet in de gaten. Nee, ik denk van niet.'

Moeizaam liep ik naar de deur. Maar het lukte niet. Ik ging terug, pakte *Op het dak van de wereld* en liep ermee naar de kassa.

'Kan ik dit nog even afrekenen?'

'Natuurlijk.'

Ik betaalde en stopte het boek in mijn tas. Ik deed mijn nieuwe blauwe bloes eromheen, zodat je het zowat niet meer zag.

7

'Zo ja, linkertouw een beetje aantrekken, voorzichtig dat 't niet tegen het andere aan komt. Kijk, leuk hè?'

In elke hand hield ik een spoel met touw dat door de windvlagen trok en zwiepte. Boven ons schoot de vlieger – een cadeau van Jake uit Edinburgh – heen en weer. Het was een nogal modieuze rood-gele stuntvlieger, met een lang lint dat klapperde elke keer als de wind draaide.

'Voorzichtig nou, Alice, anders dondert-ie naar beneden. Trekken.'

Jake had een muts op met zo'n belachelijk bolletje erop. Zijn neus was rood van de kou. Hij leek wel zestien, als een jongetje zo blij dat hij eropuit mocht. Ik rukte zomaar wat aan de touwen en de vlieger vloog opzij en stortte omlaag. De touwen kwamen slap te hangen en het ding boorde zich de grond in.

'Wacht maar. Ik pak 'm wel,' brulde Jake.

Hij holde de heuvel af, raapte de vlieger op, liep een stukje tot de touwen weer strak stonden en liet hem toen nog eens de lage witte hemel in zeilen, waar de vlieger aan zijn teugels begon te rukken. Ik dacht erover om Jake uit te leggen dat het leuke aan vliegeren – die korte tijd dat hij in de lucht was – wat mij betrof niet opwoog tegen al die keren dat hij in het gras lag en het touw met klunzige verkleumde vingers ontward moest worden. Maar ik deed het niet.

'Als er sneeuw komt,' zei hij, weer hijgend naast me, 'dan gaan we sleeën.'

'Wat heb je ineens? Je bent wel energiek, zeg.'

Hij ging achter me staan en schoof zijn armen om me heen. Ik bleef me op de vlieger concentreren.

'We kunnen dat grote dienblad gebruiken,' zei hij. 'Of gewoon van die grote vuilniszakken. Of misschien moeten we een slee kopen. Zo'n ding kost niks en gaat jaren mee.'

'Ondertussen,' zei ik, 'sterf ik van de honger. En ik heb geen gevoel meer in mijn vingers.'

'Geef maar hier.' Hij nam de vlieger van me over. 'In mijn zak zitten handschoenen. Doe die maar aan. Hoe laat is het?'

Ik keek op mijn horloge. 'Bijna drie uur. Het wordt zo donker.'

'Laten we crumpets kopen. Daar ben ik dol op.'

'Echt waar?'

'Er zijn zoveel dingen die jij nog niet van me weet.' Hij begon de vlieger in te halen. 'Wist jij bijvoorbeeld dat ik op m'n vijftiende smoorverliefd was op een meisje dat Alice heette? Ze zat een klas hoger dan ik. Voor haar was ik natuurlijk maar een puisterig jochie. Wat heb ik geleden.' Hij lachte. 'Voor geen goud zou ik nog een keer jong willen zijn. Al die zorgen. Ik kon niet vroeg genoeg volwassen zijn.'

Hij knielde op de grond, vouwde de vlieger zorgvuldig op en stopte die in zijn krappe nylon tas. Ik hield mijn mond. Lachend keek hij me aan. 'Uiteraard kent het volwassen zijn ook zo zijn problemen. Maar je voelt je nu tenminste niet meer de hele tijd zo onhandig en verlegen.'

Ik hurkte naast hem neer. 'En wat zijn die problemen nu dan, Jake?'

'Nu?' Hij fronste zijn voorhoofd en keek toen verrast. 'Die zijn er eigenlijk niet.' Hij sloeg zijn armen om mijn schouders, waardoor ik bijna omviel. Ik kuste het puntje van zijn koude neus. 'Toen ik nog met Ari ging, had ik het gevoel dat ik altijd op proef was en nooit helemaal voldeed. Met jou heb ik dat nooit. Jij zegt wat je bedoelt. Je kan wel boos worden, maar je manipuleert nooit. Met jou weet ik waar ik sta.' Ari was zijn vorige vriendin, een lange, forse mooie vrouw met roodbruin haar, een schoenenontwerpster van wie ik de schoenen altijd op vleespasteitjes vond lijken, en die Jake in de steek had gelaten voor een man die bij een oliemaatschappij werkte en de helft van het jaar niet thuis was.

'En jij?'

'Hoezo?'

'Wat zijn jouw problemen als volwassene?'

Ik ging staan en trok hem overeind. 'Eens kijken. Werk waar ik gek van word. Een fobie voor vliegen en mieren en al het andere ongedierte. En een slechte bloedsomloop. Kom mee, ik heb het ijskoud.'

We hebben ook echt crumpets gegeten, van die afschuwelijke plastic-achtige dingen met gaatjes waar de boter uit lekt zodat het een vieze troep wordt. Daarna zijn we naar de vroege avondfilm gegaan, die treurig eindigde zodat ik mocht huilen. Deze keer zijn we niet iets in de Vine gaan drinken, met alle anderen, of een curry gaan eten, maar zijn we naar een goedkoop Italiaans restaurant bij ons in de buurt gegaan, gewoon met z'n tweetjes, en hebben daar spaghetti met mosselen gegeten met zure rode wijn erbij. Jake was in een nostalgische bui. Hij praatte nog wat door over Ari en over de vrouwen voor haar, en samen draaiden we weer dat hele toneelstukje af van 'hoe we elkaar voor het eerst hebben ontmoet' – het lievelingsverhaal van elk gelukkig stel. Geen van ons wist nog wanneer we elkaar voor het eerst opgevallen waren.

'Ze zeggen dat de eerste paar seconden van een relatie allesbepalend zijn,' zei hij. Ik moest aan Adam denken, zoals hij me van de overkant van een straat aanstaarde, me met zijn blauwe ogen in zijn greep hield. 'We gaan naar huis.' Abrupt stond ik op.

'Wil je geen koffie?'

'Die kunnen we thuis wel zetten.'

Hij vatte dit op als een uitnodiging om met me naar bed te gaan, en in zekere zin was dat ook zo. Ik wilde me ergens verstoppen, en waar kon ik dat beter doen dan in bed, in zijn armen, in het donker, de ogen dicht, geen vragen, geen onthullingen. We kenden elkaars lijf zo goed dat het bijna anoniem aanvoelde: naakt vlees tegen naakt vlees.

'Wat is dit in godsnaam?' vroeg hij na afloop, toen we zweterig tegen elkaar aan lagen. Hij hield *Op het dak van de wereld* omhoog dat ik gisteravond, toen hij in Edinburgh zat, onder mijn kussen had gestopt.

'Dat?' Ik probeerde nonchalant te klinken. 'Dat heeft iemand van mijn werk me geleend. Die zei dat het fantastisch was.'

Jake bladerde het boek door. Ik hield mijn adem in. Daar. De foto's. Hij keek naar Adam op een foto. 'Ik had niet gedacht dat dit iets voor jou was.'

'Nee, nou ja, dat is het ook niet echt. Waarschijnlijk lees ik het niet eens.'

'Om dat soort bergen te beklimmen moet je niet goed bij je hoofd zijn,' zei hij. 'Weet je nog van al die mensen die vorig jaar in de Himalaya zijn omgekomen?'

'Mm-mm.'

'Alleen maar om op die berg te kunnen staan en weer naar beneden te gaan.'

Ik reageerde niet.

De volgende ochtend had het gesneeuwd, maar nog niet genoeg om te gaan sleeën. We zetten de verwarming hoog, lazen de zondagskranten en dronken sloten koffie. Ik leerde hoe ik in het Frans om een tweepersoonskamer moest vragen, en zinnen als 'janvier est le premier mois de l'année' en 'février est le deuxième mois'. En daarna heb ik een aantal wetenschappelijke tijdschriften doorgeploegd die zich opgestapeld hadden en las Jake verder in het klimmersboek. Hij was al halverwege. 'Dit zou je toch eens moeten lezen, weet je.'

'Ik ga even wat voor de lunch halen. Pasta?'

'Dat hebben we gisteravond al gegeten. Laten we een lekkere vette hap nemen. Dan kook ik wel en was jij af.'

'Maar jij kookt nooit,' protesteerde ik.

'Ik ben aan het veranderen.'

Na de lunch kwamen Clive en Gail langs. Die hadden duidelijk de ochtend in bed doorgebracht. Er hing een postcoïtale gloed om hen heen, en af en toe lachten ze naar elkaar alsof ze iets wisten wat wij niet wisten. Ze zeiden dat ze gingen bowlen en of wij meegingen en misschien konden we Pauline en Tom vragen of ze ook zin hadden.

Dus ben ik de hele middag bezig geweest een zware zwarte bal op de kegels af te laten glijden, zonder ze één keer te raken. Samen hebben we heel wat afgegiecheld: Clive en Gail omdat ze wisten dat ze hierna meteen weer in bed zouden duiken, Pauline omdat ze een kind wilde en maar niet kon geloven dat alles zo meezat, Tom en Jake omdat het aardige mannen waren, en meedoen makkelijker is dan niet meedoen. En ik giechelde omdat iedereen dat van me verwachtte. Ik had pijn in mijn borst. Mijn klieren deden zeer. Mijn hoofde tolde van het gegalm en het felle licht in de bowlinghal. Ik giechelde tot mijn ogen vochtig werden.

'Alice,' zei Jake, op hetzelfde moment dat ik 'Jake' zei.

'Sorry, zeg jij het maar,' zei ik.

'Nee, jij eerst.'

We zaten op de bank met een mok thee, zo'n vijftien centimeter van elkaar. Buiten was het donker en de gordijnen waren dicht. Alles was stil, zoals wanneer er sneeuw valt die al het geluid dempt. Hij had een oude grijs-gespikkelde trui aan en een verschoten spijkerbroek, maar geen schoenen. Zijn haar zat helemaal door de war. Heel aandachtig keek hij me aan. Ik mocht hem zo graag. Ik haalde diep adem. 'Het gaat zo niet langer, Jake.'

Aanvankelijk veranderde er niets aan zijn gezichtsuitdrukking. Ik dwong mezelf recht in zijn ogen, zijn lieve bruine ogen te kijken.

'Hè?'

Ik pakte een van zijn handen, en slapjes rustte die in de mijne. 'Ik moet bij je weg.'

Hoe had ik het kunnen zeggen? Elk woord was alsof ik een baksteen wegsmeet. Hij keek alsof ik hem heel hard had geslagen, verdwaasd en pijnlijk getroffen. Ik wilde het allemaal inslikken, ik wilde terug naar het moment daarvoor, dat we samen met onze thee op de bank zaten. Waarom ik dit deed, wist ik niet meer. Hij zei niets.

'Ik ben iemand anders tegengekomen. Het is allemaal zo…' Ik zweeg.

'Wat bedoel je?' Hij staarde me aan als door een dichte nevel. 'Hoe bedoel je, bij me weg? Bedoel je dat je niet meer bij me wil wonen?'

'Ja.'

Dat woord uitbrengen kostte me zoveel kracht dat ik sprakeloos achterbleef. Wezenloos staarde ik hem aan. Nog steeds hield ik zijn hand vast, maar die lag levenloos in de mijne. Hoe ik die moest loslaten, wist ik niet.

'Wie?' Zijn stem brak een beetje. Hij schraapte zijn keel. 'Sorry. Wie ben je dan tegengekomen?'

'Gewoon… iemand die jij niet kent. Het is gewoon… God, het spijt me zo, Jake.'

Hij haalde een hand over zijn gezicht. 'Maar dit slaat nergens op. De laatste tijd waren we zo gelukkig met elkaar. Dit weekend, ik bedoel…' Ik knikte naar hem. Dit was nog vreselijker dan ik me had kunnen voorstellen. 'Ik dacht… Ik… Hoe ben je hem dan tegengekomen? Wanneer?'

Dit keer kon ik hem niet in de ogen kijken. 'Dat maakt niks uit, daar gaat het niet om.'

'Is de seks met hem zó goed? Nee, sorry, sorry, dat bedoel ik niet zo, Alice. Ik snap er niks van. Jij laat alles in de steek? Zomaar?' Hij keek om zich heen naar al onze spullen, het hele gewicht van de wereld die we samen opgebouwd hadden. 'Waarom?'

'Dat weet ik niet.'

'Zo mis is het dus?'

Zijn lijf hing slap op de bank. Ik wilde dat hij tegen me ging schreeuwen, boos werd of zoiets, maar hij glimlachte alleen maar naar me. 'Weet je wat ik wou zeggen?'

'Nee.'

'Ik wou gaan zeggen dat we volgens mij een kind moeten nemen.'

'Ach, Jake.'

'Ik was zo gelukkig.' Zijn stem klonk gedempt. 'En al die tijd was jij, was jij…'

'Nee, Jake,' smeekte ik. 'Ik was ook gelukkig. Jij hebt me gelukkig gemaakt.'

'Hoe lang is dit al aan de gang?'

'Een paar weken.'

Ik keek hoe hij nadacht, het recente verleden nog eens naging. Zijn gezicht betrok. Hij staarde de andere kant op, in de richting van het raam met het dichte gordijn, en zei heel formeel: 'Maakt het nog wat uit als ik vraag of je bij me wil blijven, Alice? Ons nog een kans wil gunnen? Alsjeblieft.'

Hij keek me niet aan. Allebei staarden we recht voor ons uit, hand in hand. Op mijn borst lag een groot rotsblok.

'Alsjeblieft, Alice,' zei hij weer.

'Nee.'

Hij haalde zijn hand uit de mijne. Zwijgend bleven we zo zitten, en ik vroeg me af wat de volgende stap was. Moest ik zeggen dat ik later mijn spullen wel zou uitzoeken? De tranen liepen over zijn wangen, in zijn mond, maar hij bleef heel stil zitten en maakte geen aanstalten om ze weg te vegen. Ik had hem nog nooit zien huilen. Ik wilde zijn tranen voor hem afvegen, maar abrupt, eindelijk boos, draaide hij zich van me vandaan. 'Jezus, Alice, wat wil je nou? Wil je me nu gaan troosten of zo? Wil je me soms écht zien janken? Als je toch weggaat, ga dan gewoon.'

Ik liet alles liggen. Mijn kleren, mijn cd's, mijn make-up en mijn sieraden. Mijn boeken en tijdschriften. Mijn foto's. Mijn koffertje vol papieren van mijn werk. Mijn adresboekje en dagboek. Mijn wekker. Mijn sleutelbos. Mijn cursus Frans. Met mijn portemonnee, mijn tandenborstel, mijn pillenstrips en de dikke zwarte jas die Jake me voor Kerstmis had gegeven, liep ik op de verkeerde schoenen de natte sneeuw in.

8

In dit soort tijden hoor je je vrienden nodig te hebben. Ik wilde niemand zien. In familie had ik geen zin. Ik had wilde ideeën over op straat slapen, ergens onder een galerij, maar ook zelfkastijding kende zijn grenzen. Waar kon ik een goedkope slaapplaats vinden? Nog nooit had ik in Londen in een hotel geslapen. Ik herinnerde me een straat met hotels die ik gisteren vanuit het raam van een taxi had gezien, ten zuiden van Baker Street. Vooruit maar. Ik pakte de metro, wandelde in mijn eentje langs het planetarium, stak over en liep door tot de volgende zijstraat. Dat was een lange straat met witgepleisterde huizen, allemaal tot hotels omgebouwd. Ik koos er willekeurig een uit, het Devonshire, en liep naar binnen.

Achter de receptie zat een heel dikke vrouw die op dringende toon iets tegen me zei wat ik vanwege haar accent niet verstond. Maar aan het bord achter haar zag ik genoeg sleutels hangen. Het was geen hoogseizoen. Ik wees op de sleutels. 'Ik wou graag een kamer.'

Ze schudde haar hoofd en bleef doorpraten. Ik wist niet eens zeker of ze het tegen mij had of dat ze naar iemand in de kamer achter haar zat te roepen. Ik vroeg me af of ze dacht dat ik een prostituee was, maar geen enkele prostituee ging zo slecht, of in ieder geval zo saai gekleed als ik. Anderzijds had ik geen bagage bij me. Ergens vond ik het wel leuk te bedenken waarvoor ze me aanzag. Ik haalde een creditcard uit mijn portemonnee en legde die op de balie. Ze pakte de kaart en haalde hem door de scanner. Zonder het te bekijken tekende ik een stukje papier. Zij gaf me een sleutel.

'Kan ik nog iets te drinken krijgen?' vroeg ik. 'Thee of zoiets?'

'Geen drinken meer,' schreeuwde ze.

Ik kreeg het gevoel alsof ik om een kopje spiritus had gevraagd. Even overwoog ik ergens wat te gaan drinken, maar daar zag ik tegenop. Ik pakte de sleutel en liep twee trappen op naar mijn kamer. Zo slecht was die niet. Er was een wastafel en een raam met uitzicht op een binnenplaats en de achterkant van een ander huis. Ik deed het gordijn dicht. Ik zat in mijn eentje in een Londense hotelkamer en bezat niets. Op mijn ondergoed na kleedde ik me uit en stapte in bed. Ik stapte er weer uit, deed de deur op slot en ging weer onder de dekens. Gehuild heb ik niet. De hele nacht over mijn leven gepiekerd ook niet. Ik ben meteen in slaap gevallen. Maar wel met het licht aan.

Ik werd laat wakker, met een duf hoofd, maar zonder zelfmoordplannen. Ik stond op, deed mijn beha en onderbroek uit en waste me aan de wastafel. Daarna trok ik ze weer aan. Zonder tandpasta poetste ik mijn tanden. Als ontbijt nam ik de pil met een plastic bekertje water. Ik kleedde me aan en ging naar beneden. Zo te zien was er niemand. Ik keek in een eetzaal met een glanzende vloer met marmerpatroon waar om alle tafels plastic stoelen stonden. Ergens hoorde ik stemmen en rook gebakken spek. Ik liep de zaal door en schoof een gordijn opzij. Om een keukentafel zaten de vrouw van gisteravond, een man van haar leeftijd en omvang, klaarblijkelijk haar echtgenoot, en een aantal kleine dikke kinderen. Ze keken me aan.

'Ik ga ervandoor,' zei ik.

'Wilt u ontbijt?' vroeg de man glimlachend. 'We hebben eieren, vlees, tomaten, champignons, bonen, cornflakes.'

Zwakjes schudde ik mijn hoofd.

'U heeft er wel voor betaald.'

Ik accepteerde een kop koffie, maar bleef in de deuropening staan kijken hoe ze de kinderen in gereedheid brachten voor school. Voordat ik wegging keek de man me bezorgd aan. 'Gaat het wel met u?'

'Ja, hoor.'

'Blijft u nog een nacht?'

Ik schudde mijn hoofd weer en vertrok. Buiten was het koud, maar tenminste wel droog. Ik bleef even staan en dacht na, om me te oriënteren. Hiervandaan kon ik wel lopen. Onderweg op Edgware Road kocht ik bij een drogist papieren zakdoekjes met citroengeur, tandpasta, mascara en lippenstift, en daarna een stel eenvoudige witte slipjes. In Oxford Street vond ik een winkel met degelijke kleren. Ik nam een zwarte bloes en een simpel jasje mee naar het pashokje. Ik trok ook een nieuw slipje aan, nam met de zakdoekjes mijn gezicht en hals af tot mijn huid ervan prikte en deed toen wat make-up op. Allemaal net genoeg om het een verbetering te noemen. In ieder geval zag ik er nu niet meer uit of ik elk moment geopereerd kon worden. Vlak na tienen belde ik Claudia. Ik had me voorgenomen om iets te verzinnen over stukken die ik moest doornemen, maar toen ik haar eenmaal aan de lijn kreeg, viel ik in een merkwaardige opwelling terug op iets half eerlijks. Ik vertelde haar dat ik in een persoonlijke crisis zat waar ik wat aan moest doen en dat ik niet in staat was om naar kantoor te komen. Ze liet me bijna niet ophangen.

'Ik verzin wel iets om tegen Mike te zeggen,' besloot ze.

'Denk er wel aan dat je mij dat ook vertelt voordat ik hem spreek.'

Van Oxford Street was het maar een paar minuten lopen naar Adams flat. Eenmaal voor de buitendeur besefte ik dat ik eigenlijk geen idee had wat ik tegen hem moest zeggen. Ik bleef daar even staan, maar er schoot me niets te binnen. De deur was niet op slot, dus ik liep de trap op en klopte bij hem aan. Er werd opengedaan. Ik deed een pas naar voren, wilde iets zeggen, maar kwam toen niet verder. In de deuropening stond een vrouw. Een verontrustend aantrekkelijke vrouw. Ze had donker haar, waarschijnlijk lang haar, maar dat zat nu slordig opgestoken. Ze liep in een spijkerbroek en een geruit overhemd met een zwart T-shirt eronder. Ze zag er moe en afwezig uit.

'Ja?' vroeg ze.

Mijn maag draaide zich om en mijn gezicht werd warmrood van gêne. Ik kreeg het gevoel alsof ik mijn hele leven naar de klote had geholpen, alleen maar om mezelf belachelijk te maken.

'Is Adam thuis?' vroeg ik als verdoofd.

'Nee,' zei ze energiek. 'Die is verhuisd.'

Het was een Amerikaanse.

'Weet u ook waar naartoe?'

'Mijn god, daar vraag je me wat. Kom even binnen.' Ik liep achter haar aan omdat ik niets beters wist. Vlak achter de deur stonden een heel grote haveloze rugzak en een open koffer. Overal op de vloer lagen kleren.

'Sorry hoor,' zei ze, wijzend op de puinhoop. 'Ik ben vanochtend net uit Lima gekomen. Ik voel me zo shit. In de pot zit nog koffie.' Ze stak haar hand uit. 'Deborah,' zei ze.

'Alice.'

Ik keek op het bed. Deborah pakte er een voor mij bekende stoel bij en schonk me een bekende mok koffie in, en voor haarzelf ook een bekende mok. Ze bood me een sigaret aan. Ik weigerde en ze stak de hare op.

'Jij bent een vriendin van Adam,' zei ik op de gok.

Ze blies een dikke wolk rook uit en haalde haar schouders op. 'Ik heb een paar keer met hem geklommen. We hebben samen af en toe in hetzelfde team gezeten. Je kan wel zeggen dat ik een vriendin van 'm ben, ja.' Ze nam nog een diepe haal en vertrok haar gezicht. 'Jezus, ik heb een gigantische jetlag. En die lucht hier. Ik ben anderhalve maand niet onder de vijftienhonderd meter geweest. En jij bent ook een vriendin van Adam?' ging ze door.

'Nog niet zo lang,' zei ik. 'We hebben elkaar pas ontmoet. Maar, je kan wel zeggen dat ik z'n vriendin ben, ja.'

'Ja,' zei ze, met voor mijn gevoel een veelbetekenende glimlach waar ik zeer verlegen van werd, maar ik bleef haar recht in de ogen kijken totdat die lach zich tot iets vriendelijkers en minder spottends verzachtte.

'Ben jij met hem samen op de Chunga-nog-wat geweest?' Of, heb jij een verhouding met hem gehad? Ben jij ook een geliefde van hem?

'Chungawat. Je bedoelt afgelopen jaar? O god, nee. Dat soort dingen doe ik niet.'

'Waarom niet?'

Ze moest lachen. 'Als God gewild had dat we boven de achtduizend meter kwamen, dan had hij ons wel anders gemaakt.'

'Ik weet dat Adam bij die afschuwelijke expeditie van vorig jaar betrokken was.' Ik probeerde rustig te blijven praten, alsof ik zomaar bij haar aan had geklopt voor een kopje koffie en een praatje. Waar zat hij nou? In mijn hoofd schreeuwde ik het uit. Ik moest hem zien, nu, voordat het te laat was, hoewel het dat waarschijnlijk al was.

'Betrokken? Weet jij dan niet wat daar gebeurd is?'

'Ik weet dat er mensen zijn omgekomen.'

Ze stak nog een sigaret op. 'Vijf mensen. De arts die een, eh…' Ze keek me aan. '… goeie vriendin was van Adam. Vier klimmers.'

'Wat afschuwelijk.'

'Dat bedoelde ik niet.' Ze nam een diepe haal van haar sigaret. 'Wil je het horen?' Ik knikte. Waar zat hij nou? Ze leunde achterover, nam er de tijd voor. 'Toen de storm losbarstte, was de leider, Greg McLaughlin, een van de topjongens in de Himalaya, die volgens hemzelf dé methode had ontwikkeld om de gemiddelde boerenlul een berg op te krijgen, helemaal de weg kwijt. Hij had last van acute hypoxie, of zoiets. Adam heeft hem naar beneden gebracht en de leiding toen overgenomen. De andere gids, een Franse jongen, Claude Bresson, een fantastische klimmer, die had het helemaal gehad, die liep te hallucineren.' Ze tikte op haar borst. 'Hij had longoedeem. Adam heeft die klootzak helemaal naar het kamp gedragen. Toen liepen er nog elf klimmers rond. Het was donker en ruim vijftig graden onder nul. Adam is weer omhooggegaan, met een zuurstoffles, heeft ze in groepjes tegelijk naar beneden gebracht. Bleef maar gaan. Die is niet kapot te krijgen. Maar één groepje raakte verdwaald. Hij heeft ze niet kunnen vinden. Kansloos waren ze.'

'Waarom doen mensen dat soort dingen?'

Deborah wreef in haar ogen. Ze zag er verschrikkelijk moe uit. Met haar sigaret gebaarde ze in de lucht. 'Je bedoelt, waarom doet Adam zoiets? Ik kan je wel vertellen waarom ik het doe. Toen ik nog medicijnen studeerde, had ik een vriendje dat bergen beklom. Dus heb ik met hem meegeklommen. Mensen willen altijd dat er een arts bij is. Dus ga ik om de zoveel tijd mee. Soms blijf ik in het basiskamp hangen. Soms ga ik mee naar de top.'

'Met je vriend.'

'Die is omgekomen.'

'Ach, wat erg voor je.'

'Dat was jaren geleden.'

Er viel een stilte. Ik probeerde nog iets te verzinnen. 'Jij bent Amerikaanse.'

'Canadese. Ik kom uit Winnipeg. Ken je dat?'

'Sorry.'

'Daar maken ze de graven voor de winter al in de herfst.' Ik moet verwonderd hebben gekeken. 'De grond bevriest. Ze maken een schatting hoeveel mensen er volgens hen in de winter doodgaan en graven eenzelfde aantal kuilen. Opgroeien in Winnipeg heeft z'n nadelen, maar je leert er wel respect voor de kou te krijgen.' Ze stak de sigaret tussen haar lippen en hief haar handen de lucht in. 'Kijk eens. Wat zie je hier?'

'Geen idee.'

'Tien vingers. Allemaal aanwezig en volkomen gaaf.'

'Adam mist een aantal tenen,' zei ik. Ze lachte beschuldigend naar me en ik lachte quasi-meelijwekkend terug. 'Misschien heeft hij me dat wel gewoon vertéld.'

'Ja, klopt. Dat is iets anders. Dat was een beslissing. Ik zal je vertellen, Alice, die mensen mochten van geluk spreken dat hij daar was. Ben jij wel eens in een storm op een berg geweest?'

'Ik ben nog nooit op een berg geweest.'

'Je ziet niks, je hoort niks, je weet niet meer wat boven of beneden is. Je hebt spullen nodig, en ervaring, maar dat is nog niet genoeg. Ik weet niet wat het is. Sommige mensen blijven kalm en rationeel. Zo iemand is Adam.'

'Ja,' zei ik, en ik liet een stilte vallen zodat ik niet te gretig leek. 'Weet jij waar ik hem kan bereiken?'

Ze dacht even na. 'Het is wel een ongrijpbaar iemand. Hij had geloof ik een afspraak in een café, ergens bij Notting Hill Gate. Hoe heette dat ook alweer? Wacht even.' Ze liep naar de andere kant van de kamer en kwam terug met een telefoonboek. 'Hier.' Ze schreef een naam en een adres op een gebruikte envelop.

'Hoe laat moet hij daar zijn?'

Ze keek op haar horloge. 'Nu, volgens mij.'

'Dan kan ik maar beter gaan.'

Ze liep met me mee naar de deur. 'Als hij er niet is, dan weet ik wel wat mensen bij wie je het kan proberen. Ik geef je m'n nummer even.' Op dat moment moest ze lachen. 'Ach, dat heb je al, of niet soms?'

In de taxi, over heel Bayswater Road, zat ik me af te vragen of hij er zou zijn. In mijn hoofd stelde ik allerlei scenario's op. Hij is er niet en ik leef de komende paar dagen nog in hotels en loop wat over straat te zwerven. Hij is er wel, maar met een vrouw, en van een afstand moet ik hem nu bespioneren om erachter te komen wat er aan de hand is en hem volgen tot ik hem onder vier ogen te spreken kan krijgen. Ik dirigeerde de taxi een eindje voorbij het café op All Saints Road en wandelde behoedzaam terug. Meteen zag ik hem zitten, bij het raam. Maar niet met een vrouw. Hij was in het gezelschap van een zwarte man met lang rastahaar in een paardenstaart. In de taxi had ik ook overwogen hoe ik hem zo kon aanspreken dat ik niet op een stalker leek, maar er was me niets te binnen geschoten. Hoe dan ook, alle mogelijke strategieën bleken uiteindelijk niet ter zake, want op het moment dat ik hem in het oog kreeg, kreeg Adam mij ook in de gaten en hij keek nog eens goed, zoals in de film. Zoals ik daar stond met al mijn huidige wereldse bezittingen – oude onderbroeken, oude bloes, pas aangeschafte make-up – in een Gap-tas, voelde ik me net zo'n zielig Victoriaans-aandoend scharminkel. Ik zag hem iets tegen de man zeggen, waarna hij opstond en wegliep. Daarna kwam er een merkwaardig moment, ongeveer tien seconden, waarop de man zich omdraaide en me aankeek en zich duidelijk afvroeg: 'Wie denkt zij wel niet dat ze is?'

Even later hield Adam me in zijn armen. Ik had me staan afvragen wat we tegen elkaar moesten zeggen, maar hij zei helemaal niets. Hij hield mijn gezicht in zijn grote handen en gaf me een diepe tongzoen. Ik liet de tas vallen en sloeg mijn armen om hem heen, zo strak als ik kon, zodat ik zijn oude trui en zijn krachtige lijf voelde. Uiteindelijk namen we een beetje afstand en keek hij me met een peinzende blik aan.

'Deborah heeft me verteld dat je hiernaartoe kwam.' Toen moest ik huilen. Ik liet hem los, pakte een zakdoekje uit mijn zak en snoot mijn neus. Hij nam me niet in zijn armen, zei geen dingen als 'zo erg is het nou ook weer niet', maar keek me aan alsof ik een exotisch dier was dat hem fascineerde en hij nieuwsgierig was wat ik nu ging doen. Ik beheerste me en zei wat ik moest zeggen. 'Ik moet je iets vertellen, Adam. Sorry van die kaart. Ik wou dat ik die nooit verstuurd had.' Hij zei niets. 'En.' Ik nam een aanloop voor de grote sprong. 'Ik ben bij Jake weg. Vannacht heb ik in een hotel geslapen. Dit vertel ik je alleen maar. Niet om druk op je uit te oefenen. Als je wil dat ik wegga, moet je het gewoon zeggen en dan zie je me nooit meer.'

Mijn hart klopte zo snel dat het zeer deed. Zijn gezicht was zo vlak bij het mijne dat ik zijn adem kon voelen. 'Wil je dat ik tegen je zeg dat je weg moet?'

'Nee, dat wil ik niet.'

'Dan ben je helemaal van mij.'

Ik moest slikken. 'Ja.'

'Mooi,' zei hij, niet verbaasd of blij, maar alsof iets vanzelfsprekends bevestigd werd. Misschien was dat ook wel zo. Hij keek in de richting van het raam en toen weer naar mij. 'Dat is Stanley,' zei hij. 'Draai je om en zwaai even naar 'm.' Ik zwaaide nerveus. Stanley stak zijn duim naar me op. 'Wij gaan naar een flat hier om de hoek, van een vriend van Stanley.' Wij. Er ging een golf van seksueel genot door me heen. Adam knikte naar Stanley. 'Stanley ziet wel dat we hier staan te praten, maar hij kan niet liplezen. We gaan nog even naar binnen en dan neem ik je mee naar de flat en ga ik je neuken. Zodat het pijn doet.'

'Goed,' zei ik. 'Doe maar wat je wil.'

Hij boog zich vooruver en zoende me weer. Hij liet zijn hand over mijn rug omlaagglijden en daarna onder mijn bloes. Ik voelde zijn vingers onder mijn behabandje, een nagel over mijn ruggengraat. Hij greep een vleesplooi en kneep hard, gemeen hard. Ik snikte het uit. 'Dat deed pijn,' zei ik.

Zachtjes ging hij met zijn lippen langs mijn oor. 'Jij hebt mij pijn gedaan,' fluisterde hij.

9

Ik werd wakker van de telefoon. Het licht deed zeer aan mijn ogen. Hij stond toch naast het bed, of niet? Op de tast vond ik hem.

'Hallo?'

Ik hoorde geluiden, verkeer misschien, maar niemand zei iets en de hoorn werd neergelegd. Ik hing op. Een paar seconden later ging hij weer. Ik nam op. Dezelfde niemand. Klonk daar iets aan de andere kant? Gefluister, heel zacht. Ik wist het niet. Nogmaals hoorde ik de begintoon.

Ik keek Adam in zijn slaperig opengaande ogen.

'Ouwe liedje,' zei ik. 'Als een vrouw opneemt, hang je op.' Ik toetste vier cijfers in op de telefoon.

'Wat ben je allemaal aan het doen?' vroeg Adam geeuwend.

'Kijken wie er gebeld heeft.' Ik wachtte.

'En?' vroeg hij.

'Telefooncel,' zei ik ten slotte.

'Misschien konden ze de munten er niet op tijd in krijgen,' zei hij.

'Misschien,' zei ik. 'Ik heb niks om aan te trekken.'

'Waarom zou je iets moeten aantrekken?' Zijn gezicht was een paar centimeter van het mijne. Hij stopte wat slierten haar achter mijn oor en ging met een vinger langs mijn hals omlaag. 'Je ziet er perfect uit zo. Toen ik vanochtend wakker werd, dacht ik dat ik droomde. Ik heb gewoon liggen kijken hoe jij sliep.' Hij trok het laken van mijn borsten en bedekte die met zijn handen. Hij kuste mijn voorhoofd, mijn oogleden, daarna mijn lippen, eerst zachtjes en daarna hard. In mijn mond proefde ik een metalige bloedsmaak. Ik liet mijn handen langs zijn knobbelige rug omlaagglijden naar zijn billen en trok hem naar me toe. Allebei slaakten we een zucht en gingen iets verliggen. Mijn hart bonkte tegen het zijne – of was het zijn hart tegen het mijne? De kamer rook naar seks en de lakens waren nog een beetje vochtig.

'Om te werken, Adam,' zei ik. 'Zonder andere kleren kan ik niet werken. Ik kan niet zomaar de hele dag in bed blijven liggen.'

'Waarom niet?' Hij kuste mijn hals van opzij. 'Waarom zou dat niet kunnen? We hebben zoveel tijd in te halen.'

'Ik kan niet zomaar van mijn werk wegblijven.'

'Waarom niet?'

'Nou, dat kan gewoon niet. Zo iemand ben ik niet. Moet jij dan nooit werken?'

Hij fronste zijn voorhoofd, maar gaf geen antwoord. Even later zoog hij weloverwogen aan zijn wijsvinger en schoof die in me. 'Ga nog niet weg, Alice.'

'Tien minuutjes dan. Ah, jezus, Adam…'

Een tijdje later had ik nog steeds niks om aan te trekken. De kleren die ik gisteren aan had gehad lagen op een zweterig hoopje op de grond, en meer had ik niet meegenomen.

'Hier, doe dit maar aan,' zei Adam, en hij smeet een verschoten spijkerbroek op bed. 'Die pijpen kunnen we wel oprollen. En dit. Dat moet maar genoeg zijn voor vanochtend. We spreken af om halfeen en dan ga ik wel wat met je kopen.'

'Maar ik kan net zo goed gewoon mijn spullen uit de flat halen…'

'Nee. Laat die nog maar even liggen. Je moet daar niet meer naartoe gaan. Ik koop wel wat voor je. Veel heb je niet nodig.'

Ondergoed liet ik maar zitten. Ik trok de spijkerbroek aan, die nogal loszat en te lang was, maar er met een riem niet zo slecht uitzag. Daarna het zwarte zijden overhemd dat zacht over mijn gevoelige huid gleed en naar Adam rook. Uit mijn tas haalde ik het leren snoer en deed dat om mijn hals.

'Zo.'

'Prachtig.'

Hij pakte een borstel en haalde die door mijn warrige haar. Hij wilde me per se zien plassen, mijn tanden poetsen en mascara aanbrengen op mijn wimpers. Geen moment verloor hij me uit het oog.

'Ik ben kapot,' zei ik tegen hem in de spiegel, met een poging tot een lach.

'Denk maar de hele ochtend aan mij.'

'Wat ga jij dan doen?'

'Aan jou denken.'

Inderdaad heb ik de hele ochtend aan hem gedacht. Mijn lijf was koortsig van het aan hem denken. Maar ik moest ook aan Jake denken, en aan die hele wereld waar Jake en ik samen toe hadden behoord. Ergens begreep ik niet dat ik hier nog zat, in mijn vertrouwde kamer, en al die clichés over anticonceptie en vrouwelijke vruchtbaarheid aan elkaar reeg, terwijl ik toch een bom in mijn oude leven had gegooid en toegekeken had hoe die ontplofte. Ik probeerde me voor te stellen wat er sinds mijn vertrek allemaal gebeurd was. Waarschijnlijk zou Jake het wel aan Pauline verteld hebben. En had zij het doorverteld. Iedereen kwam natuurlijk bij elkaar om erover te praten, met een drankje erbij, en zijn verbazing, zijn geschoktheid te uiten, en om Jake te troosten. En ik, die zo lang zo'n vast deel van die groep had uitgemaakt, was dan het doelwit van hun geschokte roddels. Iedereen had zijn mening over me klaar, zijn eigen meevoelende verhaal.

Als ik die wereld was uitgestapt – en ik neem aan dat dat het geval was – hoorde ik dan nu bij die van Adam, vol mannen die bergen beklommen en vrouwen die op hen wachtten? Zittend aan mijn bureau en wachtend op de lunch bedacht ik hoe weinig ik eigenlijk van Adam wist, van zijn verleden, zijn heden en zijn plannen voor de toekomst. En hoe meer ik besefte dat hij een vreemde voor me was, des te meer verlangde ik naar hem.

Hij had al een aantal slipjes en beha's voor me gekocht. Half verscholen stonden we achter een rek met jurken en lachten naar elkaar en streken elkaar over de hand. Dit was ons eerste echte afspraakje buiten de flat.

'Deze zijn belachelijk duur,' zei ik.

'Probeer dit eens,' zei hij.

Hij koos een rechte zwarte jurk en een strakke broek. In het pashokje deed ik ze aan, over mijn nieuwe ondergoed, en staarde naar mezelf in de spiegel. Dure kleren maakten verschil. Toen ik te voorschijn kwam, met al die kleren in mijn armen, wierp hij me een chocoladebruine fluwelen jurk toe, met een lage hals, lange mouwen, diagonaal gesneden, en tot op de grond. Hij stond me fantastisch middeleeuws en aan het prijskaartje zag ik waarom. 'Dit kan ik niet.'

Hij fronste zijn voorhoofd. 'Ik wil dat je het doet.'

Met twee tassen vol kleren die meer hadden gekost dan mijn maandsalaris, kwamen we de winkel uit. Ik had de zwarte broek en een roomwitte zijden bloes aan. Ik moest eraan denken hoe Jake had gespaard voor mijn jas en hoe enthousiast en trots hij gekeken had toen hij die aan me gaf.

'Ik voel me net jouw bezit.'

'Luister.' Hij bleef midden op het trottoir staan en de mensen stroomden om ons heen. 'Ik wil dat je voor altijd van mij bent.'

Uit zijn mond klonk een luchthartige opmerking vaak dodelijk serieus. Ik bloosde en lachte, maar hij staarde me alleen maar aan, nors bijna.

'Mag ik je mee uit eten nemen?' vroeg ik. 'Ik wil dat je me over je leven vertelt.'

Maar eerst moest ik een paar dingen uit de flat ophalen. Mijn adresboekje lag daar nog, mijn dagboek, al mijn werkspullen. Zolang ik die niet had, was het voor mij alsof ik nog half daar woonde. Met een misselijk gevoel in mijn buik belde ik Jake op zijn werk, maar daar zat hij niet. Ze zeiden dat hij ziek was. Ik belde de flat en na één keer overgaan nam hij op.

'Jake, met Alice,' zei ik stompzinnig.

'Ik herkende je stem,' antwoordde hij droog.

'Voel je je niet lekker?'

'Nee.'

Er viel een stilte.

'Sorry hoor, maar ik moet even een paar dingen bij je komen ophalen.'

'Morgen overdag zit ik op mijn werk. Doe het dan maar.'

'Ik heb de sleutels niet meer.'

Ik hoorde hem aan de andere kant van de lijn ademhalen. 'Jij hebt echt al je schepen verbrand, hè Alice?'

We regelden het zo dat ik om halfzeven langs zou komen. Er viel nog een stilte. Daarna zeiden we elkaar allebei beleefd gedag en hing ik op.

Het is onvoorstelbaar hoe weinig je echt hoeft te werken op je werk, en wat je allemaal kan maken als het je niet meer kan schelen. Ik wilde dat ik dat eerder had ontdekt. Kennelijk had niemand gemerkt hoe laat ik die ochtend gekomen was en hoe lang ik was gaan lunchen. 's Middags ben ik weer naar een vergadering geweest, waar ik opnieuw heel weinig zei en achteraf door Mike gefeliciteerd werd met mijn doortastende optreden. 'Blijkbaar heb jij op het ogenblik de zaken goed onder controle, Alice,' had hij op nerveuze toon gezegd. In een e-mail eerder die dag had

Giovanna bijna hetzelfde gezegd. Ik verplaatste wat papier op mijn bureau en schoof het meeste in de prullenmand en zei tegen Claudia dat ik niet bereikbaar was. Iets na halfzes liep ik naar het damestoilet, borstelde mijn haar, waste mijn gezicht, deed lippenstift op mijn pijnlijke lippen en knoopte mijn jas goed dicht zodat er geen spoor van mijn nieuwe glamourkleren te zien was. Daarna nam ik mijn oude vertrouwde route terug naar de flat.

Ik was vroeg, dus ik heb nog wat rondgewandeld. Ik wilde niet bij Jake binnenvallen als hij zich nog niet op me voorbereid had en wilde hem zeker niet op straat tegen het lijf lopen. Ik probeerde te bedenken wat ik tegen hem moest zeggen. Dat ik me van hem had losgebroken, had van hem ogenblikkelijk een vreemde gemaakt, dierbaarder en kwetsbaarder dan de ironische bescheiden Jake met wie ik samengewoond had. Even na halfzeven liep ik naar de deur en drukte op de bel. Ik hoorde voeten de trap af rennen, zag door het melkglas een gedaante op me afkomen.

'Hallo, Alice.'

Het was Pauline.

'Pauline.' Ik wist niet wat ik moest zeggen. Mijn beste vriendin, wier hulp ik anders altijd in had geroepen. Ze bleef in de deuropening staan. Haar donkere haar zat in een streng knotje. Ze zag er moe uit. Onder haar ogen zaten lichte vegen. Ze lachte niet. Ik besefte dat ik haar bekeek alsof we elkaar niet een paar dagen, maar maanden niet hadden gezien.

'Mag ik binnenkomen?'

Ze stapte opzij en ik liep langs haar de trap op. Onder Jakes jas fluisterden mijn dure kleren tegen mijn huid. In de flat zag alles er hetzelfde uit, natuurlijk. In de gang hingen mijn jasjes en sjaals nog aan de kapstok. Op de schoorsteenmantel stond nog een foto van Jake en mij, arm in arm met een grote grijns op ons gezicht. Op de vloer van de woonkamer, bij de bank waar we zondag hadden gezeten, lagen mijn roodleren pantoffels. In de vaas, een beetje futloos weliswaar, stonden nog de narcissen die ik eind vorige week had gekocht. Op de tafel stond een halfvol kopje thee en ik wist zeker dat dit hetzelfde kopje was als waar ik twee dagen geleden uit had gedronken. Even wist ik niet hoe ik het had en ik liet me op de bank neerploffen. Pauline bleef staan en keek naar me. Ze had geen woord gezegd.

'Pauline,' sprak ik hees, 'ik weet dat wat ik gedaan heb vreselijk is, maar het moest.'

'Wil je dan dat ik het je vergeef?' vroeg ze. Haar stem klonk vernietigend.

'Nee.' Dat was een leugen, uiteraard wilde ik dat wel. 'Nee, maar jij bent mijn beste vriendin. Ik dacht, nou ja, ik ben geen koud of harteloos iemand. Het enige wat ik tot mijn verdediging kan aanvoeren is dat ik gewoon verliefd ben geworden, zoiets snap jij toch wel.'

Ik zag haar ineenkrimpen. Natuurlijk snapte ze dat. Anderhalf jaar geleden was zij ook in de steek gelaten omdat hij gewoon verliefd was geworden. Ze ging aan het andere eind van de bank zitten, zo ver van me vandaan als maar kon.

'Het punt is, Alice,' begon ze, en het viel me op dat we nu zelfs anders tegen elkaar praatten, formeler en belerender, 'dat ik zoiets best snap als ik dat wil. Tenslotte was je niet getrouwd, had je geen kinderen. Maar ik wíl zoiets helemaal niet snappen, weet je. Niet op dit moment. Hij is mijn oudste broer en hij heeft het er heel erg moeilijk mee.' Haar stem trilde en even klonk ze weer als de Pauline die ik kende: 'Echt, Alice, als je hem nou zag, als je zag hoe kapot hij ervan is, dan zou jij niet...' Maar ze hield zich in. 'Misschien kunnen we op een dag wel weer vrienden zijn, maar als ik nu naar jouw kant van het verhaal zou luisteren en me probeerde in te denken hoe jij je voelde, zou ik het idee krijgen dat ik hem verraadde of zo.' Ze stond op. 'Ik heb geen zin jou een eerlijke kans te gunnen. Eigenlijk heb ik zin om jou te haten.'

Ik knikte en stond ook op. Dat begreep ik best, natuurlijk begreep ik dat. 'Dan ga ik maar wat kleren pakken.'

Ze knikte en liep naar de keuken. Ik hoorde hoe ze de ketel vulde.

In de slaapkamer was alles zoals het altijd geweest was. Ik pakte mijn koffer van de klerenkast en legde die open op de grond. Naast mijn kant van het keurig opgemaakte bed lag het boek over de geschiedenis van de klok, dat ik aan het lezen was. Aan Jakes kant lag het klimmersboek. Ik pakte ze allebei en stopte ze in de koffer. Ik maakte de kast open en schoof de kleren van de hangers. Mijn handen trilden, dus ik kon ze niet goed opvouwen. Ik nam er toch niet veel mee – ik kon me niet voorstellen dat ik nog oude kleren zou dragen, ik kon niet geloven dat ze me nog zouden passen.

Ik staarde in de kast waar mijn spullen naast die van Jake hingen: mijn jurken naast zijn enige nette pak, mijn rokken en topjes tussen zijn werkoverhemden, gestreken en netjes met de knopen dicht aan hun hangers. Van een paar overhemden waren de manchetten gerafeld. De tranen prikten me in de ogen, en verwoed knipperde ik ze weg. Wat had ik allemaal nodig? Ik probeerde me mijn nieuwe leven met Adam voor te stellen en merkte dat dit me niet lukte. Alleen het vrijen met hem. Ik pakte een stel truien in, wat spijkerbroeken en T-shirts, twee doordeweekse pakken en al mijn ondergoed. Ik nam mijn favoriete mouwloze jurk mee en twee paar schoenen, en liet de rest achter – er was zoveel, al dat onmatige winkelen met Pauline, al die hebbedingerige verrukkelijke aankopen.

Ik harkte al mijn crèmes en lotions en make-up de koffer in, maar aarzelde even bij mijn sieraden. Jake had me zoveel gegeven: een aantal oorbellen, een schitterende hanger, een brede koperen armband. Ik wist niet wat kwetsender was: ze meenemen of juist niet. Ik zag voor me hoe hij vanavond de kamer in kwam en zou zien wat ik meegenomen en achtergelaten had en uit die onbelangrijke aanwijzingen probeerde op te maken hoe ik me voelde. Ik nam de oorbellen mee die mijn oma me had nagelaten en de spullen die ik vóór Jake al had. Even later veranderde ik van gedachten, haalde het hele laatje leeg en donderde alles in de koffer.

In de hoek lag een stapel wasgoed, en daar viste ik wat dingen uit. Mijn vuile onderbroeken rond laten slingeren, dat ging me te ver. Ik dacht nog aan mijn aktetas, onder de stoel bij het raam, en aan mijn adresboekje en dagboek. Aan mijn paspoort, geboortebewijs, rijbewijs, verzekeringspolis en spaarbankboekje, die samen met al Jakes persoonlijke bescheiden in een map zaten. Het schilderij boven het bed nam ik niet mee, hoewel mijn vader me dat had gegeven, jaren voordat ik iets met Jake kreeg. Boeken en cd's nam ik geen van alle mee. En over de auto, waar ik een half-jaar geleden de aanbetaling voor had gedaan en waarvoor Jake nog steeds automatisch de afbetaling deed, ging ik geen ruzie maken.

Pauline zat op de bank met een kop thee. Ze keek hoe ik drie aan mij gerichte brieven van tafel pakte en in mijn aktetas deed. Ik was klaar. Ik had een koffer vol met kleren en een plastic zak vol met van alles en nog wat.

'Is dat alles? Alleen wat je echt nodig hebt, zeker?'

Mismoedig haalde ik mijn schouders op. 'Ik weet dat ik het binnenkort allemaal eens goed moet uitzoeken. Maar nu nog niet.'

'Dus het is niet zomaar een scharrel?'

Ik keek haar aan. Bruine ogen, net als Jake. 'Nee, dat is het niet.'

'En Jake hoeft dus niet te blijven hopen dat jij nog terugkomt, thuis te gaan zitten wachten voor het geval je komt opdagen?'

'Nee.'

Ik moest daar weg om even te kunnen janken. Ik liep naar de deur en plukte onderweg nog een sjaal van de kapstok. Buiten was het koud en donker.

'Pauline, kan jij tegen Jake zeggen dat ik akkoord ga…' – ik maakte een breed vaag gebaar naar de kamer, naar alles wat we samen deelden – '… met hoe hij dit wil regelen?'

Ze keek me aan, maar gaf geen antwoord.

'Tot kijk dan maar,' zei ik.

We staarden elkaar aan. Ik zag dat zij ook wilde dat ik wegging, zodat zij kon huilen.

'Ja,' zei ze.

'Ik zie er vast afgrijselijk uit.'

'Nee hoor.' Met een puntje van zijn overhemd veegde hij mijn ogen en mijn snotterige neus af.

'Sorry hoor. Maar dit doet zo'n pijn.'

'Uit pijn worden de mooiste dingen geboren. Natuurlijk doet zoiets pijn.'

Vroeger zou ik dat hebben weggehoond. Volgens mij is pijn niet iets noodzakelijks of louterends. Maar ik was te ver heen. Weer golfde er een snik op uit mijn borst. 'En ik ben zo bang, Adam.' Hij zei niets. 'Alles heb ik voor jou opgegeven. O, mijn god.'

'Dat weet ik,' zei hij. 'Dat weet ik heel goed.'

We liepen naar een simpel restaurant om de hoek. Ik moest op hem steunen, alsof ik anders om zou vallen. We gingen in een donker hoekje zitten en namen ieder een glas champagne, die direct naar mijn hoofd steeg. Onder tafel legde hij zijn hand op mijn dij, en ik probeerde me op de menukaart te concentreren. We namen zalmfilets met wilde paddestoelen en een groene salade, met een fles koude vinho verde erbij. Ik wist niet of ik nu dol van vreugde of volkomen wanhopig was. Alles leek me te veel. Elke keer dat hij me aankeek was het alsof hij me aanraakte, elk slokje wijn schoot door mijn bloed. Mijn handen trilden als ik iets probeerde te snijden. Zodra hij me onder tafel aanraakte, voelde het alsof mijn lijf in zachte stukjes uiteen zou vallen.

'Heb jij wel eens zoiets meegemaakt?' vroeg ik, en hij schudde zijn hoofd.

Ik vroeg hem wie hij vóór mij had gehad en hij staarde me even aan. 'Ik vind het moeilijk om daarover te praten.' Ik wachtte. Mijn hele wereld had ik voor hem in de steek gelaten, dus hij moest nu toch op zijn minst vertellen wie zijn vorige vriendin was geweest. 'Ze is gestorven,' zei hij toen.

'Ach.' Ik was geschokt, maar verloor ook alle moed. Hoe moest ik nou tegen een dode vrouw opboksen?

'Op de berg,' ging hij door, in zijn glas starend.

'Je bedoelt, op díe berg?'

'De Chungawat, ja.'

Hij nam nog wat wijn en gaf de ober een seintje. 'Kunnen wij twee whisky krijgen, alstublieft?'

Die werden gebracht, en we sloegen ze in één teug achterover. Ik pakte zijn hand op tafel vast. 'Hield je van haar?'

'Niet zoals van jou,' zei hij. Ik hield zijn hand tegen mijn gezicht. Hoe kon ik nou zo jaloers zijn op iemand die dood was gegaan voordat hij mij ooit had gezien?

'Zijn er veel andere vrouwen in je leven geweest?'

'Als ik bij jou ben, weet ik dat er niemand is geweest,' antwoordde hij, wat uiteraard betekende dat er heel veel waren geweest.

'Waarom ik?'

Hij leek in gedachten verzonken. 'Het zou niemand anders kunnen zijn,' zei hij uiteindelijk.

10

Onverwacht had ik even wat tijd over voor een vergadering begon, dus ik daagde mezelf uit en belde Sylvie. Ze is advocaat, en in het verleden had ik gemerkt dat ze over het algemeen moeilijk aan de lijn te krijgen is. Meestal kwam het erop neer dat zij me uren later of de volgende ochtend pas terugbelde.

Deze keer had ik haar bijna meteen te pakken.

'Alice, ben jij dat?'

'Ja,' zei ik slapjes.

'Ik moet met je praten.'

'Dat zou ik leuk vinden. Maar weet je dat wel zeker?'

'Heb je vandaag al wat? Na het werk?'

Ik dacht na. Ineens leek alles zo ingewikkeld. 'Ik heb een afspraak… eh, met iemand in de stad.'

'Waar dan? Met wie?'

'Het klinkt stom, maar bij een boekhandel in Covent Garden. Om halfzeven.'

'We zouden daarvoor kunnen afspreken.'

Ze stond erop. We konden allebei iets eerder van ons werk gaan en om kwart voor zes afspreken bij een koffieshop die zij kende in een zijstraat van St. Martin's Lane. Dit was niet handig. Ik moest een telefonische vergadering verzetten, maar om tien over halfzes, buiten adem en nerveus, kwam ik daar binnen en zat zij al aan een tafeltje met een kop koffie en een sigaret. Ik liep naar haar toe en ze stond op en omhelsde me. 'Ik ben blij dat je belde,' zei ze.

We gingen zitten. Ik bestelde koffie. 'Ik ben blij dat jij daar blij om bent,' zei ik. 'Ik vind dat ik mensen heb laten vallen.'

Ze keek me aan. 'Waarom?'

Hier had ik niet op gerekend, dus ik voelde me onvoorbereid. Ik was hier gekomen met het idee dat ik op m'n lazer zou krijgen, dat ze me een schuldgevoel zou aanpraten.

'Om te beginnen Jake.'

Ze stak nog een sigaret op en lachte flauwtjes. 'Ja, om te beginnen Jake.'

'Heb je hem nog gesproken?'

'Ja.'

'Hoe gaat 't met hem?'

'Mager. Rookt weer. Af en toe heel stil en dan praat hij weer zoveel over jou dat niemand er een woord tussen krijgt. Sentimenteel. Is dat wat je wil horen? Maar hij komt er wel overheen. Zo gaat dat nu eenmaal. Die blijft niet de rest van zijn leven treuren. Aan een gebroken hart gaan niet zoveel mensen dood.'

Ik nam een slokje koffie. Die was nog steeds te heet. Ik moest ervan hoesten. 'Ik hoop het maar. Sorry Sylvie, maar ik heb het gevoel alsof ik net terugkom uit het buitenland en niet meer zo op de hoogte ben van wat er allemaal gaande is.'

Er viel een stilte waar we allebei duidelijk geen raad mee wisten.

'Hoe is het met Clive?' flapte ik er wanhopig uit. 'En hoe-heet-ze-ook-al-weer?'

'Gail,' zei ze. 'Hij is weer eens verliefd. En zij is een leuke meid.'

Weer een stilte. Ze staarde me strak aan, met een bedachtzame uitdrukking op haar gezicht. 'Wat is het voor iemand?' vroeg ze.

Ik voelde dat ik rood werd en wist raar genoeg niks te zeggen.

Met een raadselachtige steek in mijn hart realiseerde ik me dat hét – Adam en ik – altijd iets geheims was gebleven en nooit ten behoeve van anderen onder woorden was gebracht. Nooit waren we samen naar een feestje geweest. Niemand zag ons als een stel. Nu was Sylvie hier, omdat ze zelf nieuwsgierig was, maar ook, vermoedde ik, omdat ze door de club afgevaardigd was om informatie te verzamelen waar de anderen zich te goed aan konden doen. Even had ik de neiging om het nog een tijdje geheim te houden. Ik had zin om me weer terug te trekken in een kamer, gewoon wij met z'n tweeën. Ik wilde niet dat anderen me claimden, over me roddelden en speculeerden. Als ik alleen al aan Adam en zijn lichaam dacht, gingen de rillingen door me heen. Het idee van een geregeld bestaan, als Adam en Alice die ergens woonden en samen dingen hadden en samen naar van alles toe gingen, benauwde me ineens. Maar tegelijkertijd wilde ik zoiets juist.

'Jeetje,' zei ik. 'Ik weet niet waar ik moet beginnen. Hij heet Adam en… ja, zo iemand als hij heb ik nog nooit ontmoet.'

'Ik weet het,' zei ze. 'In het begin is dat zo heerlijk, hè?'

Ik schudde mijn hoofd. 'Zo ligt het niet. Kijk, mijn hele leven is eigenlijk min of meer volgens plan verlopen. Ik was heel goed op school, iedereen vond me leuk, ik ben nooit gepest of zo. Met mijn ouders kon ik goed opschieten, niet fantastisch, maar, nou ja, daar weet jij alles van. En ik had aardige vriendjes, af en toe ging ik bij hen weg en af en toe gingen zij bij mij weg, en ik ben gaan studeren en heb een baan gevonden en ik ben Jake tegengekomen en ben bij hem ingetrokken, maar… wat heb ik eigenlijk al die jaren gedáán?'

Haar welgevormde wenkbrauwen schoten omhoog. Even keek ze boos. 'Gewoon leven, net als wij allemaal.'

'Of liep ik overal maar omheen, zonder iets echt te raken, zonder mezelf te laten raken? Daar hoef je geen antwoord op te geven. Ik zat even hardop te denken.'

We namen een slokje van onze kouder wordende koffie.

'Wat voor werk doet hij?' vroeg ze.

'Een echte baan zoals wij allemaal hebben, heeft hij niet. Om aan geld te komen pakt hij van alles aan. Zijn eigenlijke werk is bergbeklimmer.'

Tot mijn bevrediging keek ze oprecht verbijsterd. 'Echt waar? Je bedoelt, van die hoge bergen?'

'Ja.'

'Wat moet ik daar nou van zeggen. Waar zijn jullie elkaar dan tegengekomen? Toch niet op een berg?'

'Gewoon zomaar ergens,' zei ik vaag. 'We zijn elkaar gewoon tegen het lijf gelopen.'

'Wanneer dan?'

'Een paar weken geleden.'

'En sinds die tijd zijn jullie het bed niet meer uit geweest.' Ik reageerde niet. 'Je bent al bezig om bij hem in te trekken?'

'Lijkt er wel op.'

Ze nam een haal van haar sigaret. 'Dus het is allemaal heel echt.'

'Het is allemaal heel wat. Ik weet niet wat me overkomt.'

Met een snaakse blik in haar ogen boog ze zich naar me toe. 'Je moet wel oppassen. Zo is het in het begin altijd. Hij kan niet van je afblijven, is helemaal bezeten van je. De hele tijd willen ze je neuken, in je gezicht klaarkomen, dat soort dingen…'

'Sylvie!' riep ik vol afschuw. 'In godsnaam, zeg.'

'Nou, maar dat doen ze,' zei ze monter, opgelucht dat ze weer op bekend terrein was, de roekeloze Sylvie die schunnige praatjes verkocht. 'In ieder geval klopt het beeld wel. Je moet gewoon oppassen, dat is alles. Ik zeg niet dat je het niet moet doen. Geniet er maar van. Doe het maar allemaal, ga maar tekeer, zolang je maar geen echt lijfelijk gevaar loopt.'

'Waar heb je het over?'

Ineens keek ze preuts. 'Dat weet je best.'

We bestelden nog een koffie en zij bleef me met vragen bestoken totdat ik op mijn horloge keek en zag dat het nog maar een paar minuten voor half was. Ik pakte mijn portemonnee. 'Ik moet ervandoor,' zei ik vlug. Nadat ik afgerekend had ging Sylvie met me mee naar buiten. 'En, welke kant moet jij op?'

'Ik loop een stukje met je mee, Alice, als je dat niet erg vindt.'

'Waarom?'

'Er is nog een boek dat ik wil hebben,' zei ze schaamteloos. 'Jij moet toch naar een boekwinkel, of niet?'

'Prima,' zei ik. 'Dan kan je hem ontmoeten. Maakt me niets uit.'

'Het gaat mij alleen om dat boek,' zei ze.

Het was maar een klein stukje verderop, een zaak gespecialiseerd in reisboeken en kaarten.

'Is hij er?' vroeg ze toen we naar binnen liepen.

'Ik zie 'm niet,' zei ik. 'Ga jij maar vast je boek zoeken.'

Ze mompelde iets weifelends, en allebei liepen we wat rond. Ik bleef staan voor een uitstalkast met wereldbollen. Als hij niet kwam opdagen, kon ik altijd terug naar de flat. Vanachteren werd ik even aangeraakt, daarna kwamen er armen om me heen en zat er iemand met zijn neus in mijn nek. Ik draaide me om. Adam. Hij nam me zo in zijn armen dat ik het gevoel kreeg dat hij ze twee keer om me heen had geslagen. 'Alice,' zei hij.

Hij liet me los, en ik zag dat hij twee geamuseerd kijkende mannen bij zich had. Ze waren allebei lang, net als Adam. Eentje had lichtbruin, bijna blond haar, een gave huid en uitstekende jukbeenderen. Hij had een zwaar canvas jack aan dat eruitzag alsof het eigenlijk door een diepzeevisser gedragen hoorde te worden. De ander was donkerder, met heel lang golvend bruin haar. Hij had een lange grijze jas aan, die bijna tot op zijn enkels kwam. Adam gebaarde naar de blonde man. 'Dit is Daniël,' zei hij. 'En dit is Klaus.'

Om de beurt schudde ik hun enorme hand.

'Leuk om je te ontmoeten, Alice,' zei Daniël met een lichte

buiging van zijn hoofd. Hij klonk buitenlands, Scandinavisch misschien. Mij had Adam niet voorgesteld, maar ze wisten hoe ik heette. Hij had ze vast over me verteld. Taxerend bekeken ze me, Adams nieuwste vriendin, en ik staarde ze recht in de ogen, wilde dat ze naar me bleven kijken, en stond ondertussen op zeer korte termijn een middagje decadent winkelen te plannen.

Ik voelde dat er iemand naast me kwam staan. Sylvie. 'Adam, dit is een vriendin van me, Sylvie.'

Langzaam keek hij om. Hij schudde haar uitgestoken hand.

'Sylvie,' zei hij, bijna alsof hij die naam in zich opnam.

'Ja,' zei ze. 'Ik bedoel, hallo.'

Plotseling zag ik Adam en zijn vrienden door haar ogen: grote sterke mannen die van een andere planeet leken te komen, met rare kleren aan, mooi en vreemd en gevaarlijk. Gefascineerd stond ze Adam aan te staren, maar hij richtte zijn aandacht weer op mij. 'Daniël en Klaus lijken misschien een beetje afwezig. Maar ze zitten wat hun biologische klok betreft nog in Seattle.' Hij pakte mijn hand en hield die tegen zijn gezicht. 'We moeten hier om de hoek zijn. Zin om mee te gaan?' Dit laatste was aan Sylvie gericht, en hij keek haar indringend aan. Van schrik maakte Sylvie bijna een sprongetje, ik zweer het.

'Nee,' zei ze, bijna alsof ze een zeer verleidelijk maar heel gevaarlijk hallucinerend middel kreeg aangeboden. 'Nee, nee. Ik, eh, moet…'

'Ze moet nog een boek kopen,' zei ik.

'Ja,' zei ze hakkelend. 'En nog wat andere dingen. Dat moet.'

'Andere keer dan maar,' zei Adam, en wij gingen ervandoor. Ik draaide me om en knipoogde naar haar, alsof ik in een trein zat die het station verliet en zij achterbleef. Ze keek ontzet, of vol ontzag of zoiets. Onder het lopen dirigeerde Adam me met zijn hand tegen mijn rug. Een paar keer gingen we een hoek om, en bij de laatste kwamen we in een smal steegje. Vragend keek ik Adam aan, maar hij drukte op een bel naast een naamloze deur, en toen die ontgrendeld werd, liepen we een paar trappen op naar een gezellige ruimte met een bar en een open haard en hier en daar wat tafels en stoelen.

'Is dit soms een sociëteit?'

'Ja, dit is een sociëteit,' zei Adam, alsof dat zo voor de hand lag dat het eigenlijk het vermelden niet waard was. 'Ga maar even daar verderop zitten. Ik haal wel bier. Dan kan Klaus je over dat rotboek van hem vertellen.'

Samen met Daniël en Klaus liep ik door naar een kleinere ruimte, ook met een stel tafels en stoelen. We kozen een tafel uit. 'Wat voor boek?' vroeg ik.

Klaus lachte. 'Je…' Hij hield zich in. 'Adam is pissig op me. Ik heb een boek geschreven over vorig jaar op de berg.' Hij klonk Amerikaans.

'Was jij daarbij?'

Hij hield zijn handen op. Aan zijn linker had hij geen pink meer. En van zijn ringvinger was nog maar de helft over. Aan zijn rechterhand ontbrak de helft van zijn pink.

'Ik heb nog geluk gehad,' zei hij. 'Heel veel geluk. Adam heeft me mee naar beneden gesleept. Mijn leven gered.' Hij lachte nog eens. 'Dat kan ik nou wel zeggen als hij er niet bij is. Als hij terugkomt kan ik 'm wel weer vertellen wat een klootzak ie is.'

Met flesjes tegen zich aan gedrukt kwam Adam de kamer in, liep toen weer weg en kwam daarna met een bord met sandwiches aanlopen.

'Zijn jullie allemaal al lang vrienden van elkaar?' vroeg ik.

'Vrienden, collega's,' zei Daniël.

'Daniël is ingehuurd voor nog zo'n georganiseerde reis naar de Himalaya volgend jaar. Hij wil dat ik meega.'

'Ga je mee?'

'Denk van wel.' Ik keek vast zorgelijk, want Adam moest lachen. 'Is er soms een probleem?'

'Dat is jullie werk,' zei ik. 'Een probleem is er niet. Je moet alleen uitkijken waar je loopt.'

Zijn gezicht werd serieus en hij kwam dicht bij me zitten en kuste me zachtjes. 'Mooi,' zei hij, alsof ik voor een examen was geslaagd.

Ik nam een slokje bier, leunde achterover en keek toe terwijl zij het over dingen hadden waar ik nauwelijks iets van begreep, over logistiek en uitrusting en mogelijkheden. Of liever gezegd, niet dat ik het niet begreep, maar ik had geen zin om te volgen wat ze daar precies over zeiden. Luisteren hoe Adam en Daniël en Klaus praatten over iets wat zoveel voor hen betekende, maakte mij vanbinnen helemaal warm van plezier. Die technische woorden waar ik niets van snapte, die vond ik leuk, en af en toe keek ik stiekem naar Adam. Zijn dwingende blik deed me aan iets denken, en toen wist ik het weer. Met die blik had ik hem voor het eerst gezien. Voor het eerst gezien dat hij mij zag.

Later, in bed, met onze kleren overal op de grond, waar we ze maar hadden uitgegooid, Sherpa snorrend aan onze voeten. De kat hoorde bij het huis. Daarvóór had hij nog geen naam gehad, dus had ik hem Sherpa genoemd, als verwijzing naar het enige wat ik wist van klimmen in de Himalaya. Adam hoorde me uit over Sylvie. 'Wat heeft ze allemaal gezegd?'

De telefoon ging.

'Neem jij 'm deze keer maar,' zei ik.

Adam trok een gezicht en nam op. 'Hallo?'

Er viel een stilte, dus hij hing weer op.

'Elke avond en elke ochtend,' zei ik met een grimmig lachje. 'Iemand die er z'n werk van maakt. Zo langzamerhand krijg ik er de kriebels van, Adam.'

'Waarschijnlijk is het iets technisch,' zei Adam. 'Of is het iemand die de vorige huurder moet hebben. Wat zei ze allemaal?'

'Ze wou iets over jou weten,' zei ik. Hij snoof minachtend. Ik gaf hem een zoen, beet heel even in zijn heerlijke onderlip, en toen iets harder. 'En ze zei dat ik er maar van moest genieten. Zolang ik maar niet echt gewond raakte.'

De hand die mijn rug streelde, drukte me ineens op het bed. Ik voelde zijn lippen tegen mijn oor. 'Ik heb vandaag crème gekocht,' zei hij. 'Reinigende crème. Ik wil je niet verwonden. Ik wil je alleen pijn doen.'

11

'Niet bewegen. Rustig blijven liggen.' Adam stond aan het voeteneind van het bed en keek naar me door de zoeker van een camera, een Polaroid. Wazig staarde ik terug. Ik lag naakt op de lakens. Alleen mijn voeten waren onder de dekens. Waterig scheen de winterzon door het dunne gesloten gordijn.

'Ben ik weer in slaap gevallen? Hoe lang sta jij daar al?'

'Niet bewegen, Alice.' Even zag ik niets meer door het flitslicht, er klonk gezoem en er verscheen een plastic kaart, alsof de camera zijn tong naar me uitstak.

'Je gaat er tenminste niet mee naar Boots om 'm te laten ontwikkelen.'

'Hou je armen eens boven je hoofd. Zo ja.' Hij kwam naar me toe, streek het haar uit mijn gezicht en ging weer naar achteren. Hij was helemaal aangekleed, had zijn camera in de aanslag en zijn gezicht stond geconcentreerd maar emotieloos. 'Doe je benen nog wat verder van elkaar.'

'Ik heb het koud.'

'Ik maak je zo wel warm. Even wachten.'

Opnieuw flitste de camera.

'Waarom doe je dit allemaal?'

'Waarom?' Hij legde de camera weg en kwam bij me zitten. De twee foto's werden naast me op bed gesmeten. Ik keek hoe ik vorm aannam. De foto's zagen er onbarmhartig uit, mijn huid was rood aangelopen, bleek, vlekkerig. Ik moest denken aan politiefotografen in films op de plaats van het misdrijf en probeerde dat beeld uit mijn hoofd te zetten. Hij pakte mijn hand, die nog steeds gehoorzaam boven mijn hoofd lag, en drukte die tegen zijn wang. 'Omdat ik dat wil.' Hij draaide zijn mond naar mijn handpalm.

De telefoon ging en we keken elkaar aan. 'Laat maar bellen,' zei ik. 'Dat zal hem wel weer zijn.'

'Hem?'

'Of haar.'

We wachtten tot de telefoon ophield.

'En als het nou eens Jake is?' zei ik. 'Die steeds maar belt?'

'Jake?'

'Wie zou het anders moeten zijn? Hiervoor had je dat nooit, zeg jij, en zodra ik hier introk, is het begonnen.' Ik keek hem aan. 'Of misschien is het wel een vriendin.'

Hij haalde zijn schouders op. 'Misschien wel,' zei hij, en hij pakte de camera weer, maar ik worstelde me overeind.

'Ik moet opstaan, Adam. Kan jij het elektrische kacheltje even voor me aandoen?'

De flat op de bovenste etage van een hoog Victoriaans huis was spartaans ingericht. Er was geen centrale verwarming en weinig meubilair. Mijn kleren namen een hoekje van de grote donkere kast in beslag en Adams bezittingen lagen keurig in een hoek van de slaapkamer opgestapeld, nog altijd ingepakt. De vloerbedekking was versleten, de gordijnen waren dun en in de keuken hing een kaal peertje boven het fornuis. We kookten zelden, maar aten elke avond in kleine, schaars verlichte restaurants en gingen dan terug naar het hoge bed en het diepe gevoel. Ik leek wel half verblind van de hartstocht. Alles was troebel en onwerkelijk, behalve Adam en ik. Tot dan toe was ik een onafhankelijke vrouw geweest, de baas over mijn eigen leven en heel zeker welke kant ik op wilde. Geen van mijn relaties had me van dat spoor afgebracht. Nu voelde ik me stuurloos, verdwaald. Alles had ik ervoor over om zijn handen op mijn lijf te voelen. Af en toe, in de donkere vroege uren van de ochtend als ik het eerste wakker werd, in niemands armen, in een vreemd bed, en hij nog in een geheime droomwereld was, of misschien als ik van mijn werk kwam, voordat ik Adam zag en zijn onophoudelijke vervoering voelde, werd ik bang. Mezelf verliezen in een ander.

Vanochtend deed het overal zeer. In de badkamerspiegel zag ik een blauwgrijze schram in mijn hals en mijn lippen waren opgezwollen. Adam kwam binnen en ging achter me staan. Onze ogen vonden elkaar in de spiegel. Hij likte aan een vinger en ging daarmee over de schram. Ik trok mijn kleren aan en draaide me naar hem om.

'Wie waren er allemaal vóór mij, Adam? Nee, niet je schouders ophalen. Ik meen het.'

Hij zweeg even, alsof hij de mogelijkheden afwoog.

'We spreken dit af,' zei hij. Dat klonk afschuwelijk formeel, maar even later besefte ik dat het zo moest. Meestal lekken de bijzonderheden van je liefdesleven uit tijdens bekentenissen in het holst van de nacht, gesprekken na het vrijen, kleine snippertjes informatie die als teken van intimiteit of vertrouwen losgelaten worden. Dat hadden wij allemaal niet gedaan. Adam gaf me mijn jasje aan. 'We gaan eerst ergens laat ontbijten, daarna moet ik even weg om wat op te halen. En daarna,' hij deed de deur open, 'zien we elkaar hier weer en kan jij me vertellen wie jij gehad hebt en andersom.'

'Allemaal?'

'Allemaal.'

'… en daarvoor was er Rob. Rob was grafisch ontwerper, hij beschouwde zichzelf als kunstenaar. Hij was een stuk ouder dan ik en had een dochtertje van tien van zijn eerste vrouw. Hij was nogal stil, maar…'

'Wat hebben jullie gedaan?'

'Hè?'

'Wat hebben jullie samen gedaan?'

'Je weet wel, films, de pub, wandelen…'

'Je weet best wat ik bedoel.'

Ik wist wat hij bedoelde, natuurlijk wist ik dat. 'Jeetje, Adam. Van alles, je weet wel. Het is zo lang geleden. Wat precies weet ik niet meer.' Een leugen, uiteraard.

'Was je verliefd op hem?'

Weemoedig dacht ik terug aan Robs aardige gezicht, wat leuke momenten. Dol was ik op hem geweest, een tijdje dan. 'Nee.'

'Ga door.'

Dit werd ongemakkelijk. Adam zat tegenover me, met de tafel tussen ons in. Zijn handen plat omhoog tegen elkaar, zijn ogen boorden zich in me. Praten over seks was voor mij al moeilijk genoeg, laat staan dat ik er door hem over ondervraagd werd.

'Toen was er Laurence, maar dat heeft niet lang geduurd,' mompelde ik. Laurence was een grappig, wanhopig iemand.

'Ja?'

'En toen Joe, met wie ik vroeger heb gewerkt.'

'Op hetzelfde kantoor?'

'Zoiets. Nee, Adam, we hebben het niet achter het kopieerapparaat gedaan.'

Stug ploeterde ik door. Ik had verwacht dat dit een wederzijdse erotische bekentenis zou worden die in bed zou eindigen. Maar het was een koude droge opsomming aan het worden van de mannen die voor mij niet ter zake deden en onbelangrijk waren op een manier die ik hem niet hier aan deze tafel wilde uitleggen.

'En daarvoor was het school en universiteit, en, nou ja, je weet wel…' Ik maakte het niet af. Het idee dat ik die eigenlijk nogal korte lijst van vriendjes en jongens voor één nacht moest aflopen, werd me te veel. Ik haalde diep adem. 'Nou ja, als jij dat zo graag wil. Michael. Toen Gareth. En toen Simon, met wie ik anderhalf jaar gegaan ben, en een man die Christopher heette, voor een keertje.' Hij keek me aan. 'En een man van wie ik nooit heb geweten hoe hij heette, op een feestje waar ik niet naartoe wou. Zo.'

'Dat zijn ze?'

'Ja.'

'En met wie ben je voor het eerst naar bed geweest? Hoe oud was je toen?'

'Vergeleken bij mijn vriendinnetjes was ik oud. Met Michael, toen ik zeventien was.'

'Hoe was dat?'

Om de een of andere reden bracht die vraag me niet in verlegenheid. Misschien omdat het allemaal zo lang geleden speelde en het meisje dat ik toen was, nu zo'n vreemde was voor de vrouw die ik nu was. Het was boeiend geweest. Vreemd. Fascinerend.

'Afschuwelijk,' zei ik. 'Pijnlijk. Vreugdeloos.'

Hij leunde over tafel, maar raakte me nog altijd niet aan.

'Heb jij altijd van seks gehouden?'

'Eh, niet altijd.'

'Heb je wel eens gedaan alsof?'

'Dat heeft elke vrouw.'

'Met mij?'

'Nooit. O god, nee.'

'Kunnen we nu neuken?' Nog steeds zat hij ver van me af, met een rechte rug op de oncomfortabele keukenstoel.

Ik perste er een lach uit. 'Geen denken aan, Adam. Jij bent aan de beurt.'

Zuchtend leunde hij achterover en telde zijn relaties als een accountant af op zijn vingers. 'Vóór jou was er Lily, die ik afgelopen zomer heb ontmoet. Daarvoor een paar jaar Françoise. Daar weer voor, eh…'

'Is dat zo moeilijk te onthouden?' vroeg ik sarcastisch, maar met een bibber in mijn stem. Ik hoopte dat hij dat niet hoorde.

'Zo moeilijk is het niet,' zei hij. 'Lisa. En voor Lisa was er een meisje dat Penny heette.' Hij zweeg even. 'Goeie klimster.'

'Hoe lang heeft dat met Penny geduurd?' Ik had een catalogus van veroveringen verwacht, niet deze efficiënte lijst met serieuze relaties. Van paniek golfde het zuur op uit mijn maag.

'Anderhalf jaar, zoiets.'

'O.' We zwegen allebei. 'Was je haar trouw?' Ik dwong mezelf dit te vragen. Eigenlijk wilde ik weten of ze allemaal mooi waren, mooier dan ik.

Van de andere kant van de tafel keek hij me aan. 'Dat speelde niet. Het was allemaal niet zo exclusief.'

'Hoe vaak ben je ontrouw geweest?'

'Ik had wel eens een ander.'

'Hoeveel dan?'

Hij fronste zijn wenkbrauwen.

'Kom op nou, Adam. Eén, twee, twintig, veertig of vijftig?'

'Zoiets.'

'Veertig of vijftig?'

'Alice, kom eens hier.'

'Nee! Nee, dit is… ik krijg hier zo'n rotgevoel van, ik bedoel, waarom ben ik zo anders?' Ineens bedacht ik iets. 'Je bent toch niet…'

'Nee…!' Zijn stem klonk fel. 'Jezus, Alice, zie je dat dan niet, voel je dat dan niet? Buiten jou is er nu niemand.'

'Hoe weet ik dat nou?' Ik hoorde de huilerige toon in mijn stem. 'Ik heb het gevoel dat ik een beetje laat op het feest ben gekomen.' Al die vrouwen in zijn leven. Volstrekt kansloos was ik.

Hij stond op en liep om de tafel heen. Hij trok me overeind en hield mijn gezicht in zijn handen. 'Dat weet jij best, Alice.'

Ik schudde mijn hoofd.

'Alice, kijk me eens aan.' Hij dwong mijn hoofd omhoog en keek me diep, heel diep in de ogen. 'Alice, wil je mij vertrouwen? Wil jij iets voor me doen?'

'Dat hangt ervan af,' zei ik, mokkend als een boos kind.

'Wacht dan even,' zei hij.

'Waar?'

'Hier,' zei hij. 'Ik ben zo terug.'

Dat duurde wel iets langer. Ik had net een kop koffie op toen er aangebeld werd. Hij heeft de sleutel, zei ik tegen mezelf, dus ik reageerde niet, maar hij kwam niet binnen en belde nog eens. Dus liep ik zuchtend naar beneden. Ik deed open, maar er stond geen Adam. Iemand toeterde en ik schrok me wild. Ik keek om en zag dat hij in een auto zat, een oud en onopvallend ding. Ik liep naar hem toe en boog mijn gezicht naar het raampje aan zijn kant.

'Wat vind je ervan?'

'Is die van ons?' vroeg ik.

'Vanmiddag wel. Stap maar in.'

'Waar gaan we dan heen?'

'Laat dat maar aan mij over.'

'Als het maar iets leuks is. Moet ik niet even afsluiten?'

'Dat doe ik wel. Ik moet nog iets hebben.'

Ik zat er serieus over te denken om het niet te doen, maar liep toen toch om en stapte aan de andere kant in. Ondertussen rende hij naar boven en kwam even later terug.

'Wat moest je hebben?'

'Mijn portefeuille,' zei hij. 'En dit.' Hij smeet de Polaroid-camera op de achterbank.

O god, dacht ik, maar zei niets.

Ik heb nog bewust meegemaakt dat we via de M1 Londen uit reden, maar daarna ben ik, zoals altijd als ik bij iemand in de auto zit, in slaap gevallen. Op een gegeven moment werd ik wakker geschud en zag ik dat we ergens buiten waren, tussen het struikgewas.

'Waar zijn we?'

'Dat blijft een verrassing,' zei Adam lachend.

Ik sukkelde weer in slaap, en toen ik echt wakker werd, zag ik langs de weg een oude Saksische kerk in een voor de rest vlak landschap. 'Eadmund met een "a",' zei ik slaperig.

'Hij was zijn kop kwijt,' zei Adam naast me.

'Hè?'

'Het was een Angelsaksische koning. De Vikingen hebben hem gevangengenomen en vermoord en hem toen aan stukken gesneden en alle ledematen her en der begraven. Zijn onderdanen konden hem niet vinden, en toen is er een wonder gebeurd. Dat hoofd riep: "Hier ben ik", net zo lang tot ze het vonden.'

'Ik wou dat sleutelbossen dat ook konden. Dat mijn huissleutels zouden roepen: "Hier zijn we", zodat ik niet alle zakken van al mijn kleren moet afzoeken om ze te vinden.'

Bij een kruising stond een barok oorlogsmonument met een adelaar erop voor de mensen van de RAF. Wij sloegen rechtsaf.

'We zijn er,' zei hij.

Hij parkeerde langs de kant van de weg en zette de motor af.

'Waar dan?' vroeg ik.

Hij pakte de camera van de achterbank. 'Kom maar mee,' zei hij.

'Ik had mijn wandelschoenen moeten aantrekken.'

'Het is maar een paar honderd meter.'

Hij pakte mijn hand en we namen een pad van de weg af. Even later verlieten we dat pad en liepen door de bomen een helling op, nog glad van de rottende bladeren van afgelopen herfst. Adam zweeg en was in gedachten verzonken. Ik schrok bijna toen hij iets zei.

'Een paar jaar geleden heb ik de K2 beklommen,' zei hij. Ik knikte en zei iets bevestigends, maar hij leek in zijn eigen wereld te zijn. 'Veel, heel veel grote klimmers is dat nooit gelukt, en velen heeft dat het leven gekost. Toen ik op de top stond, wist ik verstandelijk dat dit bijna zeker de grootste klimprestatie was die ik ooit zou verrichten, maar ik voelde niets. Ik keek om me heen, maar…' Hij maakte een wegwerpgebaar. 'Ik heb daar ongeveer een kwartier staan wachten tot Kevin Doyle ook bovenkwam. Al die tijd was ik bezig tijdschema's te maken, mijn uitrusting te checken, in mijn hoofd de voorraden na te lopen, de route terug te bepalen. Zelfs toen ik om me heen keek, was de berg nog steeds gewoon een probleem.'

'Waarom doe je het dan?'

Hij keek me stuurs aan. 'Nee, je snapt niet wat ik bedoel. Kijk.' We lieten de bomen achter ons en kwamen uit op een grasvlakte, bijna moerasland. 'Dit is het landschap waar ik van hou.' Hij sloeg zijn armen om me heen. 'Ik ben hier een keer eerder geweest en toen vond ik het een van de schitterendste plekjes die ik ooit heb gezien. Wij leven op een van de dichtstbevolkte eilanden op aarde, maar hier staan we op een stukje gras, ver van elk pad, ver van elk spoor, ver van de weg. Kijk er eens naar door mijn ogen, Alice. Kijk daar, naar die kerk waar we net langs zijn gekomen, in het land genesteld alsof die eruit voortgesproten is. En kijk naar die weiden, daar in de diepte, maar toch zo dichtbij: een groen tafelland. Kom eens bij me staan, bij deze meidoorn.'

Heel zorgvuldig zette hij me waar ik moest staan en stelde zich toen recht tegenover me op, om zich heen kijkend alsof hij zich nauwkeurig stond te oriënteren. In de war en niet op mijn gemak rukte ik me los. Wat had dit allemaal te maken met de tientallen keren dat hij iemand ontrouw was geweest?

'En dan ben jij er, Alice, mijn enige liefde,' zei hij, en hij deed een pas achteruit en keek me aan alsof ik een kostbaar ornament was dat hij net in een etalage had gelegd. 'Je kent dat verhaal dat we allemaal in tweeën gesplitst zijn en ons hele leven naar onze andere helft op zoek zijn. In elke verhouding die we hebben, hoe stompzinnig of banaal ook, zit dat beetje hoop dat dit het misschien is, onze andere ik.' Plotseling werden zijn ogen donker, als het wateroppervlak van een meer wanneer er een wolk voor de zon komt. Ik stond te rillen bij de meidoorn. 'Daarom lopen ze vaak zo slecht af, omdat je het gevoel krijgt dat je bedrogen bent.' Hij keek om zich heen en toen weer naar mij. 'Maar met jou weet ik het gewoon.' Ik merkte dat ik naar lucht stond te happen, dat mijn ogen vochtig werden. 'Niet bewegen. Ik wil een foto van je maken.'

'Jezus, Adam, doe niet zo raar. Geef me gewoon een zoen, hou me even vast.'

Hij schudde zijn hoofd en bracht de camera voor zijn gezicht. 'Ik wil hier op deze plek een foto van je nemen, op het moment dat ik je heb gevraagd om met me te trouwen.'

Hij flitste. Ik voelde mijn knieën slap worden. Ik ging op het natte gras zitten en hij rende naar me toe en pakte me vast. 'Gaat het met je?'

Of het met me ging? Een ontzaglijke vreugde welde in me op. Lachend ging ik staan en zoende hem stevig op de mond: een gelofte.

'Betekent dat ja?'

'Natuurlijk, idioot dat je bent. Ja. Ja ja ja.'

'Kijk,' zei hij. 'Hier komt ze.'

En daar kwam ik inderdaad, met open mond, grote ogen, een gestalte, steeds diepere kleuren, scherpere contouren.

'Daar is-ie,' zei hij, en hij gaf de foto aan mij. 'Het is maar een moment, maar ook een belofte. Voor altijd.'

Ik pakte de foto aan en stopte die in mijn tas. 'Voor altijd,' zei ik.

Hij greep mijn pols zo dwingend vast dat ik ervan schrok. 'Dat meen je toch wel, hè Alice? Ik heb mezelf al eerder gegeven en ben steeds teleurgesteld. Daarom heb ik je hier mee naartoe genomen, zodat we deze gelofte aan elkaar konden doen.' Hij keek me fel aan, alsof hij me bedreigde. 'Deze gelofte is belangrijker dan wat voor soort huwelijk ook.' Daarna werd hij zachter. 'Ik zou het niet kunnen verdragen als ik je kwijtraakte. Ik zou het nooit kunnen verdragen als ik je los moest laten.'

Ik sloeg mijn armen om hem heen. Ik nam zijn hoofd in mijn handen en kuste zijn mond, zijn ogen, zijn stevige kaak en zijn hals. Ik zei dat ik van hem was en hij van mij. Ik voelde zijn tranen op mijn huid, warm en zout. Mijn enige liefde.

12

Ik heb mijn moeder geschreven. Ze zou er wel van staan te kijken. Ik had haar alleen nog maar verteld dat Jake en ik uit elkaar waren. Over Adam had ik het helemaal nog niet gehad. Ik heb Jake geschreven en deed mijn best de juiste woorden te vinden. Ik wilde niet dat hij het van iemand anders hoorde. Ik heb nog wat vrienden en collega's van Adam ontmoet – mensen met wie hij had geklommen, de tent had gedeeld, gepoept had en zijn leven in de waagschaal had gesteld – en overal waar ik kwam, voelde ik Adams taxerende ogen op me zodat mijn huid ervan tintelde. Ik ging naar mijn werk en zat aan mijn bureau, helemaal slap van de gedachte aan het genot dat geweest was en nog komen ging, en verplaatste wat paperassen en woonde vergaderingen bij. Ik was van plan om Sylvie te bellen, en Clive, en zelfs Pauline, maar om de een of andere reden stelde ik dat steeds uit. Bijna elke dag kregen we nu stille telefoontjes. Ik raakte eraan gewend om de hoorn iets van mijn oor te houden, de raspende adem te horen en weer op te hangen. Op een dag duwde iemand natte bladeren en aarde door onze brievenbus, maar dat negeerden we ook. Af en toe was ik wel een beetje bang, maar dat werd door al die andere woelige emoties overspoeld.

Ik ontdekte dat Adam heerlijk Indiaas kon koken. Dat hij tv kijken vervelend vond. Dat hij heel snel liep. Dat hij de weinige kleren die hij bezat met veel zorg verstelde. Dat hij van single malt whisky hield en goede rode wijn en witbier en een hekel had aan witte bonen in tomatensaus en vis met graten en puree. Dat zijn vader nog leefde. Dat hij nooit literatuur las. Dat hij bijna vloeiend Spaans en Frans sprak, de rotzak. Dat hij met één hand knopen kon leggen. Dat hij vroeger bang was geweest voor afgesloten ruimtes, totdat hij op de Annapurna zes dagen in een tent op een richel van zestig centimeter had gezeten. Dat hij weinig slaap nodig had. Dat zijn bevroren voet af en toe nog pijn deed. Dat hij van katten en roofvogels hield. Dat zijn handen altijd warm waren, hoe ijzig het op straat ook was. Dat hij sinds zijn twaalfde, toen zijn moeder stierf, niet meer gehuild had. Dat hij het verschrikkelijk vond als er een deksel niet op een pot werd gedaan en een la open bleef staan. Dat hij op zijn minst twee keer per dag douchte en een aantal keren per week zijn nagels knipte. Dat hij altijd papieren zakdoekjes bij zich had. Dat hij me met één hand kon neerdrukken. Dat hij zelden glimlachte of lachte. En als ik wakker werd, lag hij naast me en staarde naar me.

Ik liet hem foto's van me nemen. Me bekijken in bad, op de wc, en als ik me opmaakte. Ik liet me door hem vastbinden. Op het laatst kreeg ik het gevoel alsof ik binnenstebuiten was gekeerd en mijn hele innerlijke landschap, alles wat alleen aan mij had toebehoord, in kaart was gebracht. Ik denk dat ik heel, heel gelukkig was, maar als dit geluk was, dan was ik nooit echt gelukkig geweest.

Donderdag, vier dagen nadat Adam me ten huwelijk had gevraagd en drie dagen nadat we naar de burgerlijke stand waren geweest, de aankondigingen hadden verstuurd, allerlei formulieren hadden ingevuld en geld hadden betaald, belde Clive me op mijn werk. Sinds het bowlingmiddagje, de dag dat ik bij Jake was weggegaan, had ik hem niet meer gesproken of gezien. Hij deed beleefd en formeel, maar vroeg wel of Adam en ik op Gails dertigste verjaardag wilden komen. Dat was morgen, vrijdag, om negen uur, met eten en dansen.

Ik aarzelde. 'Komt Jake ook?'

'Uiteraard.'

'En Pauline?'

'Ja.'

'Weten die dat je mij ook uitnodigt?'

'Ik had jou nooit gebeld als ik het er niet eerst met hen over gehad had.'

Ik haalde diep adem. 'Geef me het adres maar.'

Ik dacht dat Adam hier geen zin in zou hebben, maar hij verbaasde me. 'Prima, als jij dat belangrijk vindt,' zei hij achteloos.

Ik droeg de jurk die hij voor me gekocht had, van chocoladebruin fluweel met lange mouwen, lage hals en wijde rok met split. Dit was de eerste keer in weken dat ik me mooi maakte. Het viel me op dat ik sinds Adam merkwaardigerwijs weinig aandacht had besteed aan wat ik droeg of hoe ik eruitzag. Ik was magerder geworden en bleek. Ik moest nodig naar de kapper en onder mijn ogen zaten wallen. Toch had ik het gevoel, toen ik mezelf in de spiegel bekeek voordat we die avond de deur uitgingen, dat ik op een andere manier mooi was. Maar misschien was ik gewoon ziek, of gek.

Gails appartement was in een groot krakkemikkig huis in Finsbury Park. Toen we daar aankwamen, waren alle ramen verlicht en op het trottoir hoorden we al muziek en lachende stemmen en zagen we mensen lopen achter de ramen. Ik greep Adams arm stevig vast. 'Is dit wel een goed idee? Misschien hadden we beter niet kunnen gaan.'

'We proberen het even. Dan zie jij iedereen die je moet zien en kunnen we daarna nog ergens wat gaan eten.'

Gail deed open. 'Alice!' Uitbundig zoende ze me op beide wangen, alsof we oude vriendinnen waren, en draaide zich toen vragend om naar Adam, alsof ze geen benul had wie hij was.

'Adam, dit is Gail. Gail, Adam.'

Adam zei niets, maar schudde haar hand en hield die even vast. Ze keek hem aan. 'Sylvie had gelijk,' giechelde ze. Ze was al dronken.

'Gefeliciteerd met je verjaardag, Gail,' zei ik droog, en ze dwong zichzelf om haar aandacht weer op mij te richten.

De kamer was vol mensen met een glas wijn of een blikje bier in hun hand. In een hoek stonden morsige muzikanten met hun instrumenten, maar ze speelden niet. De tetterende muziek kwam van de stereo-installatie. Ik pakte twee glazen van tafel, liet daar voor Adam en mij wat wijn in klokken en keek om me heen. Jake stond bij het raam te praten met een lange vrouw met een opvallend kort leren rokje. Hij had me niet zien binnenkomen, of hij deed alsof.

'Alice.'

Ik draaide me om. 'Pauline. Leuk om je te zien.' Ik deed een stap naar voren en zoende haar op de wang, maar ze gaf me geen zoen terug. Gegeneerd stelde ik Adam aan haar voor.

'Dat had ik al begrepen,' zei ze.

Adam pakte haar bij de elleboog en zei met een heldere, ver dragende stem: 'Pauline, een vriendin verliezen, daar is het leven te kort voor.'

Ze keek onthutst, maar wist nog wel iets te zeggen. Langzaam verwijderde ik me van hen, in de richting van Jake. Ik moest dit even doen. Hij had me nu gezien. Hij stond nog altijd met de vrouw in het rokje te praten, maar keek steeds even mijn kant op. Ik liep naar hen toe. 'Hallo, Jake,' zei ik.

'Hallo, Alice.'

'Heb je mijn brief gekregen?'

De vrouw draaide zich om en liep weg. Jake lachte naar me en zei: 'Mijn god, dat schoot niet op, zeg. Het is niet makkelijk om weer vrijgezel te zijn. Ja, je brief heb ik gekregen. In ieder geval heb je niet geschreven dat je hoopte dat we vrienden konden blijven.'

Ik zag dat Adam aan de andere kant van de kamer met Sylvie en Clive stond te praten. Pauline stond nog steeds naast hem en hij hield nog altijd haar arm vast. Ik zag hoe alle vrouwen naar hem keken, langzaam zijn kant op bewogen, en voelde een jaloerse steek in mijn hart. Maar op dat moment keek hij op en vonden onze ogen elkaar en plooide hij zijn mond in een komisch verwongen grijns. Jake zag het. 'Nu weet ik waarom je ineens zo in klimboeken geïnteresseerd was,' zei hij met een zuur lachje. Ik reageerde niet. 'Ik voelde me zo'n belachelijke stomkop. Dat gebeurde maar allemaal vlak onder mijn neus en ik wist van niks. O ja, gefeliciteerd nog.'

'Hè?'

'Wanneer gaat het plaatsvinden?'

'O. Over tweeënhalve week.' Hij vertrok zijn gezicht. 'Ja, nou ja, waarom zouden we wachten…' Ik zweeg. Mijn stem klonk te hoog en opgewekt. 'Gaat het wel goed met je, Jake?'

Adam stond nu alleen met Sylvie te praten. Hij stond met zijn rug naar me toe, maar zij staarde naar hem met een verrukte uitdrukking op haar gezicht die ik maar al te goed kende.

'Dat zijn jouw zaken niet meer,' zei Jake met een ietwat beverige stem. 'Mag ik je nog iets vragen?' Ik zag dat er tranen in zijn ogen stonden. Alsof nadat ik bij hem was weggegaan er een nieuwe Jake boven was gekomen – een die zijn milde vrolijke humeur en zijn ironie kwijt was, een die makkelijk huilde.

'Wat?' Ik besefte dat hij een beetje dronken was. Hij boog zich naar me toe zodat ik zijn adem tegen mijn wang voelde.

'Als, je weet wel, hij er niet was geweest, zou je dan bij mij gebleven zijn en…'

'Alice, we gaan.' Adam sloeg van achteren zijn armen om me heen en liet zijn hoofd op mijn haar rusten. Hij hield me te stijf vast. Ik kon nauwelijks ademhalen.

'Adam, dit is Jake.'

De twee mannen zeiden geen woord. Adam liet me los en stak

zijn hand uit. Aanvankelijk verroerde Jake zich niet, maar toen gaf hij met een verwonderde blik in zijn ogen Adam een hand. Adam knikte. Man tot man. Een giechel borrelde op in mijn keel, maar ik onderdrukte 'm.

'Dag, Jake,' zei ik onhandig. Ik wilde hem nog een zoen op zijn wang geven, maar Adam trok me mee.

'Kom op, liefje,' zei hij, en hij dirigeerde me de kamer uit. Ik zwaaide nog half naar Pauline en ging weg.

Buiten bleef Adam staan en draaide me naar hem toe. 'Tevreden?' vroeg hij, en hij kuste me wild. Ik schoof mijn armen onder zijn jasje en overhemd en drukte me tegen hem aan. Toen ik me weer van hem losmaakte, zag ik Jake nog steeds voor het raam staan. We keken elkaar recht in de ogen, maar hij maakte geen enkel gebaar.

13

Ik probeerde de vraag terloops te laten klinken, hoewel ik dagen lang in mijn hoofd bezig was geweest hem vorm te geven en te herformuleren. We lagen in bed, uitgeput, ver na middernacht, ineengestrengeld in het donker, toen ik mijn kans schoon zag.

'Die vriend van je, Klaus,' zei ik, 'die heeft geschreven over wat er gebeurd is op de Chunga-nog-wat. Die naam kan ik maar niet onthouden.'

'Chungawat,' zei Adam.

Meer zei hij niet. Ik moest hem nog een duwtje in de rug geven.

'Hij zei dat jij zo pissig was dat hij het geschreven had.'

'O ja?' zei hij.

'Is dat zo? Ik snap niet waarom dat zo'n probleem is. Deborah heeft me verteld wat jij toen hebt gedaan, wat een held je was.'

Adam zuchtte. 'Ik was geen…' Hij zweeg even. 'Dat was niet vanwege dat held-zijn. Ze hadden daar helemaal niet moeten zijn, de meesten dan. Ik…' Hij probeerde het opnieuw. 'Als het misgaat op die hoogte, in die omstandigheden, kunnen de meeste mensen, ook fitte mensen die veel ervaring hebben opgedaan in andere omstandigheden, niet in hun eentje overleven.'

'Is dat dan jouw fout, Adam?'

'Greg had het helemaal niet moeten organiseren, ik had niet mee moeten gaan. De rest had niet moeten denken dat je zo'n berg maar gewoon even kan beklimmen.'

'Deborah zei dat Greg een onfeilbare methode had om ze de berg op te krijgen.'

'Dat was wel de bedoeling. Maar toen stak er een storm op en zijn Greg en Claude ziek geworden en is er van dat plan niet veel terechtgekomen.'

'Waarom dan?'

Zijn toon werd geïrriteerd. Hij werd ongeduldig omdat ik hem zo onder druk zette, maar ik was niet van plan daarmee op te houden.

'We waren geen team. Slechts één van de klimmers was ooit de Himalaya in geweest. Ze konden niet met elkaar communiceren. Allejezus, ik bedoel, die Duitse kerel, Tomas, die sprak geen woord Engels.'

'Maar ben je dan niet nieuwsgierig naar wat Klaus te melden heeft?'

'Ik weet wat hij te melden heeft.'

'Hoe dan?'

'Ik heb een exemplaar van dat boek.'

'Hè! Heb je het dan gelezen?' vroeg ik.

'Ik heb het doorgekeken,' zei hij bijna minachtend.

'Ik dacht dat het nog niet uit was.'

'Dat is het ook niet. Klaus heeft me zo'n eerste ruwe versie opgestuurd, hoe heet zoiets ook al weer?'

'Een drukproef. Heb je die hier?'

'Die zit ergens in een tas.'

Ik kuste mezelf een weg omlaag langs zijn borst, zijn buik en nog verder tot ik mezelf op hem proefde.

'Ik wil het lezen. Dat vind je toch niet erg, hè?'

Ik had met mezelf afgesproken dat ik Adam nooit met Jake zou vergelijken. Dat was voor mij nog een laatste zwakke poging om eerlijk te zijn tegenover Jake. Maar soms lukte dat niet. Jake deed nooit zomaar iets, ging nooit zomaar de deur uit. Daar was hij te zorgzaam en attent voor. Hij vroeg me of het kon, of vertelde me het of plande het van tevoren en vroeg dan waarschijnlijk of ik mee wilde of wat ik van plan was. Adam was totaal anders. Meestal ging hij helemaal in me op, wilde hij me aanraken, proeven, bij me naar binnen of gewoon naar me kijken. Andere keren regelde hij precies waar en wanneer we afspraken, schoot dan een jas aan en ging ervandoor.

De volgende ochtend stond hij bij de deur toen het me te binnen schoot. 'Dat boek van Klaus,' zei ik. Hij fronste zijn wenkbrauwen. 'Je hebt het beloofd,' zei ik.

Zwijgend liep hij de kale kamer door en ik hoorde gerommel. Hij kwam tevoorschijn met een boek met een slap lichtblauw omslag. Hij smeet het naast me op de bank. Ik keek op het omslag: *Berg der zuchten*, door Klaus Smith.

'Het is maar één kijk op de zaak,' zei hij. 'Dus ik zie je om zeven uur in de Pelican.'

En weg was hij, roffelend de trap af. Ik liep naar het raam, zoals ik altijd deed als hij wegging, en keek hoe hij in beeld verscheen en de straat overstak. Hij bleef even staan, draaide zich om en keek omhoog. Ik gaf hem een luchtzoen en hij lachte en draaide zich weer om. Ik ging terug naar de bank. Ik neem aan dat ik van plan was om een beetje te lezen, koffie te zetten, een bad te nemen, maar ik ben drie uur lang niet van mijn plaats geweest. Aanvankelijk bladerde ik wat en zocht naar zijn heerlijke naam, die ik vond, en naar foto's, die ik niet vond, omdat die pas in de laatste versie kwamen. Daarna ging ik terug naar het begin, naar de eerste pagina.

Het boek was opgedragen aan de leden van de Chungawat-expeditie in 1997. Onder de opdracht stond een citaat uit een oud klimboek uit de jaren dertig: 'Mogen wij, die daar verkeren waar de lucht dicht is en de geest helder, ons bedenken voor wij oordelen over mannen die zich in dat wonderland, dat tegenrijk op het dak van de wereld, wagen.'

De telefoon ging en ik luisterde even naar de stilte voor ik weer ophing. Af en toe maakte ik mezelf wijs dat ik het ademhalen herkende, dat het een bekende was aan de andere kant van de lijn. Op een keer probeerde ik het met 'Jake?' om te kijken of er gereageerd werd, of de adem even stokte. Deze keer kon het me niet echt schelen. Ik wilde verder met *Berg der zuchten*.

Het boek begon ruim vijfentwintig miljoen jaar geleden, toen het Himalaya-gebergte ('jonger dan het Braziliaanse regenwoud') door het verschuiven van het Indiase subcontinent in plooien omhooggestuwd werd. Daarna maakte het een sprong naar een rampzalige Britse expeditie vlak na de Eerste Wereldoorlog. Deze poging om de top te bereiken werd abrupt afgebroken doordat een majoor uit het Britse leger zijn evenwicht verloor en drie kameraden met zich mee naar beneden sleurde, en zoals Klaus droogjes schreef, van Nepal zo'n tweeduizend meter naar beneden in China viel.

Vlug las ik een stel hoofdstukken door over expedities eind jaren vijftig en zestig, waarbij de Chungawat voor het eerst werd beklommen, daarna via verschillende routes, volgens verschillende methodes die zogenaamd zuiverder of zwaarder of mooier moesten zijn. Dat interesseerde me niet erg, alleen werd mijn aandacht wel getrokken door een uitspraak die Klaus had opgetekend uit de mond van 'een anonieme Amerikaanse klimmer uit de jaren zestig': 'Een berg is net een lekker wijf. Eerst wil je d'r neuken, daarna wil je d'r op een paar andere manieren neuken en dan ga je een deurtje verder. Aan het begin van de jaren zeventig was de Chungawat sufgeneukt en keek niemand er meer naar om.'

Blijkbaar bood de Chungawat technisch niet voldoende uitdaging voor de topklimmers, maar het bleef een mooie berg en er waren gedichten over geschreven en een klassiek reisboek, en dat bracht Greg McLaughlin begin jaren negentig op zijn grote idee. Klaus beschreef een gesprek met Greg in een kroeg in Seattle, waarbij Greg lyrisch uitweidde over georganiseerde klimreizen boven de achtduizend meter. Mensen betaalden dan dertigduizend dollar, en Greg en een stel andere experts brachten hen naar een van de hoogste toppen in de Himalaya met uitzicht op drie landen. Greg dacht dat hij de Thomas Cook van de Himalaya kon worden en had een plan om dit voor elkaar te krijgen. De bedoeling was dat elke gids een vast touw uitzette, bevestigd aan paaltjes, waar de klimmers dan met een karabiner aan werden vastgemaakt. De touwen voerden via een veilige route van kamp naar kamp. Elke gids was verantwoordelijk voor zijn touw, en ieder touw had een andere kleur, dus men hoefde er alleen maar voor te zorgen dat de klanten de juiste uitrusting droegen en goed aan het touw gezekerd waren. 'Het enige risico,' had hij tegen Klaus gezegd, 'was dat je doodging van verveling.' Klaus was een oude vriend en Greg vroeg hem of hij voor een schappelijke prijs mee wilde op de eerste expeditie om hem te helpen met de logistiek. Klaus legde zijn motieven onbarmhartig op tafel. Vanaf het begin had hij zijn twijfels gehad, het idee om van bergbeklimmen iets toeristisch te maken vond hij walgelijk, maar toch ging hij mee omdat hij nog nooit in de Himalaya was geweest en dat graag wilde.

Klaus was ook behoorlijk vooringenomen ten opzichte van zijn medeklimmers, onder wie een beurshandelaar van Wall Street en een plastisch chirurg uit Californië. Ten opzichte van één persoon was hij niet vooringenomen. Toen de naam van Adam voor het eerst viel, voelde ik iets vanbinnen omdraaien:

'De jonge god van de expeditie was Gregs tweede gids, Adam Tallis, een slungelige, knappe, zwijgzame Engelsman. Met zijn dertig jaar was Tallis al een van de allerbeste klimmers van de jongere generatie. Maar voor mijn gemoedsrust telde vooral dat hij uitgebreide ervaring had in de gebergten van de Himalaya en de Karakoram. Adam, al heel lang een vriend van me, is niet iemand die ergens

woorden aan verspilt, maar klaarblijkelijk had hij ook zo zijn twijfels over de hele opzet van de expeditie. Het verschil was dat als er
iets misging, de gidsen hun leven waagden.'

Daarna draaide mijn maag zich weer om, toen Klaus beschreef
dat Adam voorstelde dat zijn ex-vriendin, Françoise Colet, die
dolgraag een keer in de Himalaya wilde klimmen, als arts meeging. Daar had Greg eerst geen zin in, maar hij stemde toe dat ze
meeging als toerist, tegen een fikse korting.

Over bureaucratie, sponsors, rivaliteit met andere klimmers,
de aanlooproute door Nepal, ging hij (voor mij) iets te lang door,
maar toen, als een openbaring, was daar de eerste aanblik van de
Chungawat met zijn beruchte Gemini-graat, die van de col vlak
onder de top omlaag liep en zich in tweeën splitste, de ene kant
naar een ravijn (waar de Engelse majoor en zijn kameraden in
weggegleden waren) en de andere kant licht glooiend langs de
helling omlaag. Het was alsof ik er onder het lezen zelf bij was,
zelf het steeds feller worden van het licht en het ijler worden van
de lucht ervoer. Aanvankelijk hing er nog een luchthartige sfeer,
met toasts en gebeden aan de zittende godheid. Klaus beschreef
een seksscène in een van de tenten, tot vermaak en ontzetting
van de sherpa's, maar liet op discrete wijze na te vermelden wie
daarbij betrokken waren. Ik vroeg me af of Adam bij haar in de
slaapzak had gelegen – van wie die ook was, waarschijnlijk van de
plastisch chirurg Carrie Frank, bedacht ik. Inmiddels ging ik ervan uit dat hij met zo'n beetje iedereen die zijn pad kruiste had
geslapen, bijna alsof dat erbij hoorde. Met Deborah, bijvoorbeeld, de bergbeklimmende arts uit Soho. Er was iets in haar blik
waardoor ik dacht dat ze iets met elkaar gehad hadden.

Naarmate ze hoger kwamen en kampen inrichtten, hield het
boek bijna op een boek te zijn en werd het een koortsdroom, een
hallucinatie die ik als lezer deelde. De leden van de groep raakten verblind van de hoofdpijn, kregen geen eten meer naar

binnen, liepen krom van de maagkrampen en zelfs dysenterie. Ze discussieerden en ruzieden. Greg McLaughlin werd gek van het geregel, voelde zich heen en weer geslingerd tussen zijn zorgen als gids en zijn verantwoordelijkheid als reisleider. Boven de achtduizend meter ging alles minder en trager. Echt klimmen was er niet bij, maar zelfs de lichtste helling kostte een enorme inspanning. Oudere leden van de groep hielden de hele boel op, wat weer wrevel veroorzaakte. Bij dat alles ging Greg gebukt onder het idee dat hij iedereen op de top moest zetten, dat hij moest bewijzen dat dit soort toerisme kans van slagen had. Klaus beschreef hem als een bezeten mens, die onsamenhangend doorratelde over dat ze haast moesten maken, dat de top bereikt moest worden binnen de periode van mooi weer aan het eind van mei, voordat juni stormen en rampen bracht. Maar toen, in het laatste kamp voor de top, kwam er een dag met laaghangende bewolking en hoorde Klaus hoe Greg, Adam en Claude Bresson ruzie maakten. Die dag bleef het weer stabiel, dus voor zonsopgang ging de groep omhoog over de Gemini-graat langs een vast touw, dat door Greg en twee van de sherpa's was uitgezet. Het was een gelopen koers, zoals Greg dat zelf formuleerde, zo simpel dat het voor hetzelfde geld bedacht kon zijn voor een stel kleuters. Gregs vaste touwen waren rood, die van Claude blauw, die van Adam geel. De klimmers werd verteld bij welke kleur ze hoorden en dat ze die moesten volgen. Zodra ze voorbij de graat waren en zich zo'n vijftig verticale meters onder de top bevonden, zag Klaus, die achter in de groep van Claude liep, dat er vanuit het noorden onheilspellende wolken binnendreven. Hij vroeg daar wat over aan Claude, maar die reageerde niet. Klaus wist niet of Claude nu koste wat het kost de top wilde halen, of dat hij al ziek was, of dat hij het gewoon niet had gehoord. Ze ploeterden door, en ongeveer een halfuur later barstte de storm los en werd het aardedonker.

De rest van het boek was eigenlijk één delirische beschrijving

van de manier waarop Klaus – ziek, gedesoriënteerd en doods-
bang als hij was – de hele ramp had beleefd. Hij zag niets, hoorde
niets, af en toe doken er gedaantes op uit de sneeuwstorm en verdwenen weer. De klimmers hadden zich een weg gebaand over de
col tot het punt waar Claude in theorie het blauwe touw had uitgezet dat hen naar de top zou voeren, maar tegen die tijd was er
nog maar een halve meter zicht en moesten ze in elkaars oren
schreeuwen om zich verstaanbaar te maken. De enige die in alle
chaos duidelijk overeind bleef, als een gedaante die door bliksem
verlicht werd, was Adam. Hij doemde op uit de storm, hij daalde
af, verdween, klom weer naar boven. Hij was overal, onderhield
de communicatie, dirigeerde de twee groepen klimmers naar een
betrekkelijk beschutte plek op de col. Allereerst was het zaak om
Greg en de ernstig zieke Claude te redden. Met behulp van Klaus
droegen ze Claude bijna langs het touw omlaag naar het hoogste
kamp. Daarna ging Klaus met Adam terug en hielpen ze Greg
naar beneden.

Inmiddels was Klaus zelf ook volledig in de war van vermoeid-
heid, kou en dorst, dus zocht hij zijn tent op en viel daar flauw.
Adam ging weer omhoog om de feitelijk hulpeloze toeristen te
halen. Hij bracht de eerste groep, onder wie Françoise en vier
anderen, naar het begin van het touw, vanwaar ze op de tast omlaag moesten naar het kamp. Adam ging terug de berg op naar de
tweede groep. Maar toen hij die naar beneden had gebracht, was
het vaste touw nergens meer te zien. Dat was klaarblijkelijk weggeblazen. Het werd nu donker en door de wind was de gevoels-
temperatuur vijftig graden onder nul. Adam leidde de tweede
groep terug naar de col. Daarna ging hij in zijn eentje langs de
graat omlaag, zonder touw, om zijn eigen touw op te halen en te
kijken of er hulp kon komen. Greg, Claude en Klaus waren buiten bewustzijn en van de eerste groep was geen spoor te bekennen.

Dus Adam klom weer langs de graat omhoog, zette het gele

touw uit en bracht de tweede groep zelf naar beneden. Sommigen hadden dringend medische hulp nodig, maar zodra hij ze verzorgd had, ging hij nogmaals omhoog, in zijn eentje, in het donker, om de vermiste groep te zoeken. Het was hopeloos. Laat die nacht kwam Klaus bij en hij ging er in zijn delirische toestand van uit dat ze Adam ook kwijt waren geraakt, totdat die de tent binnen kwam vallen en bewusteloos ineenzakte.

De eerste groep werd de volgende dag gevonden. Wat hun overkomen was, was het gevolg van een tragische maar simpele vergissing. In het donker en in die sneeuw en dat geraas, zonder het vaste touw, losgeraakt en weggeblazen in de diepte, waren ze langs de verkeerde kant van de Gemini-graat omlaaggestrompeld, waardoor ze hopeloos en onherroepelijk verdwaald waren tot bij een winderige bergkam die steeds smaller werd, met aan beide kanten een diep ravijn. De lichamen van Françoise Colet en een Amerikaanse toerist, Alexis Hartounian, zijn nooit gevonden. Zij waren vast in de diepte gestort, misschien terwijl ze zich weer omhoog worstelden langs de kam of doorploeterden naar het kamp waarvan ze dachten dat het voor hen lag. De anderen kropen tegen elkaar aan in de duistere storm en stierven een langzame dood. De volgende ochtend werden ze aangetroffen door de sherpa's die hen waren gaan zoeken. Allemaal dood, schreef Klaus, op één na, een andere Amerikaan, Pete Papworth, die dat ene trieste woordje zat te mompelen: 'Help. Help.' Steeds maar weer. Help. Help. Roepend om hulp, zo schreef Klaus met de pijn van een man die dwars door alles heen had geslapen, hulp die niemand hem kwam brengen.

De laatste pagina's las ik in een waas, nauwelijks nog in staat om adem te halen, en daarna ging ik maar wat op de bank liggen, waar ik uren moet hebben geslapen.

Toen ik wakker werd, moest ik me haasten. Ik ging onder de douche en trok een jurk aan. Ik nam een taxi naar de Pelican in Holland Park, terwijl lopen sneller zou zijn geweest, maar in mijn huidige geestestoestand zou ik vast zijn verdwaald. Ik betaalde de chauffeur en ging naar binnen. Er waren maar een paar tafeltjes bezet. In een hoek zaten Adam en een man en een vrouw die ik niet kende. Ik liep meteen naar hen toe, geschrokken keken ze om.

'Sorry hoor,' zei ik tegen de anderen. 'Adam, kan je even met me naar buiten komen?'

Hij keek achterdochtig. 'Hoezo?'

'Gewoon even komen. Het is heel belangrijk. Duurt niet lang.'

Hij haalde zijn schouders op en knikte verontschuldigend naar de anderen aan tafel. Ik pakte hem bij zijn hand en nam hem mee naar buiten. Zodra we uit het zicht van zijn kennissen stonden, draaide ik me om en nam zijn gezicht in mijn handen zodat ik hem recht in de ogen kon kijken. 'Ik heb Klaus z'n boek gelezen,' zei ik. In zijn ogen kwam een flikkering van paniek. 'Ik hou van je, Adam. Ik hou zoveel van je.'

Ik begon te huilen en zag niets meer, maar ik voelde wel zijn armen om me heen.

14

'Mevrouw heeft smalle voeten, meneer Tallis.' Hij hield mijn voet vast alsof het een stuk klei was en liet die in zijn magere handen draaien.

'Klopt, zorg nou maar dat-ie goed om de enkel past. In blaren heeft ze geen zin, oké?'

In zo'n winkel was ik nog nooit geweest, maar ik was er wel eens langs gelopen en had in die onafzienbare dure schemer staan turen. Ik zat geen schoenen te passen, nee, mijn maat en pasvorm werden opgenomen. In dit gezelschap zag mijn sok – violet en versleten – er slonzig uit.

'En een hoge wreef.'

'Ja, dat heb ik gezien.' Adam pakte mijn andere voet en bekeek die aandachtig. Ik voelde me net een paard dat van de smid een nieuw hoefijzer kreeg.

'Wat voor soort wandelschoen had u in gedachten?'

'Nou, aangezien ik niet…'

'Een gewone wandelschoen. Flink hoog, zodat haar enkel steun heeft. Licht,' zei Adam gedecideerd.

'Zoals die ene die ik heb gemaakt voor…?'

'Ja.'

'Voor wie?' vroeg ik. Allebei deden ze alsof ze me niet hoorden. Ik trok mijn voet los en stond op.

'Komende vrijdag moet ik ze kunnen ophalen,' zei Adam.

'Dat is onze trouwdag.'

'Daarom moet ik ze tegen die tijd kunnen ophalen,' zei hij, alsof dat vanzelf sprak. 'Dan kunnen we in het weekend gaan wandelen.'

'O,' zei ik. Ik had gerekend op twee wittebroodsdagen in bed, met champagne, gerookte zalm en een warm bad tussen de seks door.

Adam keek me aan. 'Die zaterdag moet ik een demonstratie geven in het Lake District,' zei hij kortaf. 'Je kan met me mee.'

'Als een echt vrouwtje,' zei ik. 'Heb ik ook nog wat in te brengen?'

'Kom nou maar mee. We moeten opschieten.'

'Waar gaan we nu dan heen?'

'Dat vertel ik je wel in de auto.'

'Welke auto?'

Adams hele bestaan leek te berusten op een ruilsysteem. Zijn flat was eigendom van een vriend. De auto verderop in de straat was van een kennis uit de klimwereld. Uitrusting lag opgeslagen bij mensen op zolder en op andere plekken. Ik snapte niet hoe hij bijhield waar alles was. Via via kwam hij aan allerlei baantjes. Bijna altijd was dat omdat iemand hem een wederdienst moest bewijzen voor iets wat hij op een of andere berg had gedaan. Een bevriezing die hij had voorkomen, zwaar gidswerk dat hij had verricht, enige kalmte onder moeilijke omstandigheden, een liefdevol gebaar tijdens een storm, een leven dat hij toevallig had gered.

Ik deed mijn best om hem niet als een held te zien. Ik had geen zin om met een held getrouwd te zijn. Het idee maakte me bang, wond me op en schiep een subtiele erotische afstand tussen ons. Ik wist dat ik hem, sinds ik gisteren dat boek gelezen had, met andere ogen bekeek. Zijn lijf, dat ik tot vierentwintig uur geleden slechts zag als iets wat me neukte, was een lijf geworden dat dingen kon doorstaan die niemand anders aankon. Zijn schoonheid, die voor mij zo verleidelijk was geweest, leek nu iets wonderbaarlijks. Wankelend had hij door een ijle luchtsoep gelopen, door een krakende kou, geteisterd door wind en pijn, en toch wekte hij een ongeschonden indruk. Nu ik dat allemaal wist, was alles aan Adam doortrokken van die roekeloze kalme moed. Als hij me broeierig aankeek of aanraakte, dacht ik altijd dat ik het voorwerp van begeerte was waar hij alles voor op het spel moest zetten om dat te veroveren. En ik wilde ook veroverd worden, echt waar. Ik wilde overrompeld en overwonnen worden. Ik wilde graag dat hij me pijn deed en ik wilde graag tegenstribbelen om me vervolgens gewonnen te geven. Maar hoe moest dat dan later, als ik als een triomf op de kaart gezet en toegeëigend was? Wat ging er dan met me gebeuren? Onderweg door de natte grijze sneeuw naar de geleende auto, nog maar zes dagen verwijderd van onze trouwdag, vroeg ik me af hoe ik ooit nog zonder Adams obsessie kon leven.

'Dit is 'm.'

Het was een hele oude zwarte Rover met verende leren stoelen en een prachtig walnoten dashboard. Het rook er naar sigaretten. Hij maakte het portier voor me open en stapte zelf aan de bestuurderskant in, alsof de wagen van hem was. Hij draaide het contactsleuteltje om en voegde rustig in tussen het zaterdagochtendverkeer.

'Waar gaan we heen?'

'Even ten westen van Sheffield, het Peak District.'

'Is dit soms weer zo'n leuke verrassing?'

'Even bij mijn vader langs.'

Het was een majestueus huis, maar ook nogal somber, zoals het daar op die vlakte lag, van alle kanten aan de wind blootgesteld. Het zal wel op een compromisloze manier mooi zijn geweest, maar vandaag had ik behoefte aan comfort, niet aan zuinige eenvoud. Adam parkeerde naast het huis, bij een stel gammele bijgebouwtjes. Grote vederlichte sneeuwvlokken daalden langzaam neer door de lucht. Ik verwachtte dat er een hond blaffend op ons af zou rennen, of dat een ouderwetse dienstbode de deur zou opendoen. Maar niemand kwam ons verwelkomen, en ik kreeg de akelige indruk dat er ook helemaal niemand was.

'Weet hij dat we komen?' vroeg ik.

'Nee.'

'Weet hij überhaupt wel van ons, Adam?'

'Nee, daarom zijn we hier.'

Hij liep naar de dubbele voordeur, klopte voor de vorm en duwde hem open.

Binnen was het ijskoud en heel donker. De hal was een kil vierkant van geboend parket met een staande klok in de hoek. Adam pakte me bij de elleboog en dirigeerde me naar een woonkamer vol oude banken en leunstoelen. Aan het andere eind van het vertrek was een open haard die de indruk maakte alsof hij vele jaren geen vuur meer had gezien. Ik trok mijn jas dicht. Adam deed zijn sjaal af en sloeg die om mijn hals.

'We blijven niet lang, lieverd,' zei hij.

In de keuken, met zijn koude vierkante tegels en houten aanrecht, was ook niemand, maar er stond een bord vol kruimels op tafel met een mes erbij. De eetkamer was een van die vertrekken die maar één keer in het jaar gebruikt worden. Op de ronde geboende tafel en het sobere mahoniehouten buffet stonden ongebruikte kaarsen.

'Ben jij hier opgegroeid?' vroeg ik, want ik kon me niet voorstellen dat er in dit huis ooit kinderen hadden gespeeld. Hij knikte en wees op een zwartwitfoto op de schoorsteenmantel. Een man in uniform, een vrouw in japon en tussen hen in een kind, poserend voor het huis. Allemaal keken ze zeer ernstig en formeel. De ouders zagen er veel ouder uit dan ik had verwacht.

'Ben jij dat?' Ik pakte de foto en hield hem in het licht om hem beter te kunnen zien. Hij zal toen ongeveer negen geweest zijn, met donker haar en boze wenkbrauwen. Zijn moeders handen rustten op zijn weerspannige schouders. 'Je ziet er nog precies zo uit, Adam, ik had je overal herkend. Wat was je moeder mooi.'

'Ja. Dat was ze zeker.'

Boven waren in alle kamers de eenpersoonsbedden opgemaakt, de kussens opgeschud. Op elke vensterbank stond een heel oud bosje droogbloemen.

'Wat was jouw kamer?' vroeg ik.

'Deze.'

Ik keek om me heen naar de witte muren, de gele kapoksprei, de lege klerenkast, het saaie landschapje, de kleine handige spiegel.

'Maar van jou is hier niks te zien,' zei ik. 'Geen spoor.' Hij keek ongeduldig. 'Wanneer ben je hier weggegaan?'

'Voorgoed, bedoel je? Op m'n vijftiende, denk ik, hoewel ik op m'n zesde op kostschool werd gedaan.'

'Waar ben je toen naartoe gegaan, op je vijftiende?'

'Dan weer hier, dan weer daar.'

Ik kreeg in de gaten dat een rechtstreekse vraag geen goede methode was om informatie uit Adam te krijgen.

We liepen een kamer in waarvan hij zei dat die van zijn moeder was geweest. Haar portret hing aan de muur en – dit was iets heel spookachtigs – naast het droogboeket lag een opgevouwen paar zijden handschoenen.

'Hield je vader veel van haar?' vroeg ik.

Hij keek me een beetje raar aan. 'Nee, volgens mij niet. Kijk, daar is-ie.' Ik kwam naast hem staan bij het raam. Een heel oude man liep door de tuin naar het huis. Op zijn witte haar zat een laagje sneeuw en zijn schouders waren ook met sneeuw bestrooid. Hij droeg geen overjas. Hij zag er zo mager uit dat hij bijna doorzichtig leek, maar hij liep kaarsrecht. Hij had een wandelstok, maar gebruikte die kennelijk alleen om naar eekhoorntjes uit te halen die spiraalsgewijs in de oude beuken omhoogschoten.

'Hoe oud is je vader, Adam?' vroeg ik.

'Ongeveer tachtig. Ik was een nakomertje. Mijn jongste zus was zestien toen ik geboren werd.'

Adams vader – kolonel Tallis, zoals hij zei dat ik hem moest aanspreken – maakte op mij een angstaanjagend stokoude indruk. Zijn huid was bleek en papierachtig. Op beide handen zaten levervlekken. Zijn ogen, net zo opvallend blauw als die van Adam, stonden troebel. Hij leek totaal niet verbaasd om ons hier aan te treffen.

'Dit is Alice,' zei Adam. 'Vrijdag ga ik met haar trouwen.'

'Goeiemiddag, Alice,' zei hij. 'Blondje, hè? Dus jij gaat met mijn zoon trouwen.' Hij keek bijna hatelijk. Daarna wendde hij zich weer tot Adam. 'Schenk dan maar eens een glaasje whisky in.'

Adam ging de kamer uit. Ik wist niet goed wat ik tegen de oude heer moest zeggen en kennelijk vond hij het niet interessant om met mij te praten.

'Gisteren heb ik drie eekhoorns doodgemaakt,' kondigde hij ineens aan, na een korte stilte. 'Met een val, weet je wel.'

'O.'

'Ja, ongedierte is het. En ze blijven maar komen. Net als de konijnen. Daar heb ik er zes van geschoten.'

Adam kwam de kamer weer in met drie tumblers vol amberkleurige whisky. Hij gaf er een aan zijn vader en de andere aan mij. 'Drink maar lekker op, dan gaan we daarna naar huis,' zei hij.

Ik dronk. Ik had geen idee hoe laat het was, maar buiten werd het al wel donker. Ik had geen idee wat we hier deden en had vast gezegd dat ik wilde dat we hier niet naartoe waren gegaan, als ik niet een nieuw en levendig beeld van Adam als jongetje had gekregen: eenzaam, overschaduwd door twee bejaarde ouders, achtergelaten door zijn moeder toen hij twaalf was, in dit grote koude huis. Wat een leven moet dat zijn geweest, helemaal alleen opgroeien met deze surrogaatvader. De whisky brandde in mijn keel en verwarmde mijn borst. De hele dag had ik nog niet gegeten en hier kreeg ik duidelijk ook niets. Ik had mijn jas niet eens uitgedaan, besefte ik. Nou ja, dat had nu ook niet veel zin meer.

Kolonel Tallis zat op de bank, zonder een woord te zeggen, en dronk ook zijn whisky. Plotseling viel zijn hoofd achterover, ging zijn mond iets open en klonk er een krakerig gesnurk. Ik nam de lege tumbler uit zijn hand en zette die op het tafeltje naast hem.

'Kom eens hier,' zei Adam. 'Kom eens mee.'

We gingen weer de trap op naar een slaapkamer. Adams oude kamer. Hij deed de deur dicht en duwde me op het smalle bed. Mijn hoofd tolde. 'Jij bent mijn thuis,' zei hij ruw. 'Snap je dat? Mijn enige thuis. Niet bewegen. Geen centimeter.'

Toen we weer beneden kwamen, werd de kolonel half wakker.

'Gaan jullie alweer?' vroeg hij. 'Kom gerust nog eens langs.'

'Neem nog een stuk shepherd's pie, Adam.'

'Nee, dank u wel.'

'Of wat sla. Neem alsjeblieft nog wat sla. Ik heb te veel gemaakt, dat weet ik. Het is altijd zo lastig om de goeie hoeveelheid te maken, hè? Maar daarom is een vriezer ook zo handig.'

'Nee, dank u wel, ik hoef geen salade meer.'

Mijn moeder was helemaal roze en babbelziek van de zenuwen. Mijn vader, die in goeden doen al zwijgzaam is, had bijna niets gezegd. Hij zat aan het hoofd van de tafel en werkte moeizaam zijn lunch naar binnen.

'Nog wijn?'

'Geen wijn meer, dank u.'

'Alice was als klein kind altijd zo dol op shepherd's pie, hè, Alice liefje?' Ze deed zo haar best. Ik lachte naar haar, maar wist niet wat ik moest zeggen, want in tegenstelling tot haar zat ik altijd met een mond vol tanden als ik nerveus werd.

'O ja?' Onverwacht klaarde Adams gezicht op. 'Waar was ze nog meer dol op?'

'Schuimgebak.' Van de opluchting dat ze een gespreksonderwerp had gevonden, ontspande haar gezicht. 'En kaantjes. En mijn bramen-en-appelgebak. Bananentaart. Ze was vroeger altijd zo'n mager ding, onvoorstelbaar zo veel als die kon eten.'

'Ik kan me dat wel voorstellen.'

Adam legde zijn hand op mijn knie. Ik voelde dat ik bloosde. Mijn vader kuchte veelbetekenend en wilde wat zeggen. Adams hand schoof onder de zoom van mijn rok en streelde mijn dij.

'Het is wel allemaal een beetje plotseling,' verklaarde mijn vader.

'Ja,' zei mijn moeder haastig. 'We zijn heel blij, natuurlijk zijn we heel blij, en ik weet zeker dat Alice heel gelukkig zal zijn, en trouwens het is haar leven, daar mag ze mee doen wat ze wil, maar wij dachten: waarom zo snel allemaal? Als je zo zeker van elkaar bent, waarom dan niet even wachten en later…'

Adams hand schoof naar boven. Hij zette een zelfbewuste duim in mijn kruis. Met een bonkend hart en kloppend lijf bleef ik heel stil zitten.

'Vrijdag gaan we trouwen,' zei hij. 'Dat is zo plotseling omdat de liefde zo plotseling komt.' Hij lachte best wel vriendelijk naar mijn moeder. 'Ik weet, je moet er even aan wennen.'

'En jullie willen niet dat wij erbij zijn?' zong ze.

'Het is niet dat we jullie er niet bij willen hebben, mam, maar…'

'Twee getuigen, zo van de straat,' zei hij koel. 'Twee vreemden, zodat het echt iets tussen mij en Alice wordt. Dat is wat we willen.' Hij keek me recht aan en ik kreeg het gevoel alsof hij me voor de ogen van mijn ouders aan het uitkleden was. 'Toch?'

'Ja,' zei ik zachtjes. 'Ja, zo willen we het, mam.'

In mijn oude kamer, het museum van mijn jeugd, pakte hij elk ding op alsof het een aanwijzing bood. Mijn zwemdiploma's. Mijn oude teddybeer, nu met één oor minder. Mijn stapel oude elpees met krassen. Mijn tennisracket, nog altijd in de hoek, naast de prullenmand van pitriet die ik op school had gemaakt. Mijn schelpenverzameling. Mijn vrouwenbeeldje van porselein, een cadeau van mijn oma toen ik ongeveer zes was. Een siera-dendoos, vanbinnen met roze zijde bekleed, waar maar één kra-lenketting in zat. Hij stopte zijn gezicht in de plooien van mijn oude badjas die nog altijd aan de deur hing. Hij rolde een school-foto uit 1977 open en zag al snel mijn gezicht, onzeker lachend op de tweede rij. Hij vond de foto van mijn broer en mij, veertien en vijftien jaar, en bestudeerde die aandachtig, met gefronst voor-hoofd, afwisselend naar mij en de foto kijkend. Hij raakte alles even aan, liet zijn vingers overal even overheen glijden. Hij ging met zijn vingers over mijn gezicht en verkende elk vlekje en elk puistje.

We maakten een wandeling langs de rivier, over de bevroren modder, onze handen raakten elkaar af en toe, elektrische schokjes gingen door mijn rug, de wind waaide in mijn gezicht. Als afgesproken bleven we staan en staarden naar het trage brui-ne water, vol glinsterende belletjes en stukken afval en plotseling zuigende draaikolken.

'Je bent nu van mij,' zei hij. 'Mijn eigen liefde.'

'Ja,' zei ik. 'Ik ben van jou.'

Toen we zondagavond terugkwamen in de flat, laat en slaperig, voelde ik iets onder mijn voeten zodra ik de mat op stapte. Het was een bruine envelop zonder naam of adres. Alleen maar 'Flat 3'. Onze flat. Ik maakte hem open en haalde een enkel vel papier tevoorschijn. De boodschap was geschreven in grote zwarte vilt-stiftletters: IK WEET WAAR JE WOONT.

Ik gaf hem aan Adam. Hij keek ernaar en trok een gezicht.

'Dat telefoneren vond-ie zeker saai worden,' zei hij.

Aan die stille telefoontjes, dag en nacht, was ik gewend geraakt. Maar dit was naar mijn gevoel anders. 'Iemand is aan de deur geweest,' zei ik. 'Heeft dat door de brievenbus geschoven.'

Adam leek niet onder de indruk. 'Makelaars doen dat soort dingen toch ook, of niet?'

'Moeten we de politie niet bellen? Het is gewoon absurd als we dit maar door laten gaan en niks doen.'

'En wat moeten we dan zeggen? Dat iemand weet waar wij wonen?'

'Het zal wel aan jou gericht zijn.'

Hij keek serieus. 'Dat hoop ik maar.'

15

Die week had ik vrij genomen. 'Om de bruiloft voor te bereiden,' zei ik vaag tegen Mike, terwijl er eigenlijk niks voor te bereiden viel. We gingen 's ochtends trouwen, in een gemeentehuis dat eruitzag als het presidentiële paleis van een stalinistische dictator. Ik zou de fluwelen jurk dragen die Adam voor me gekocht had ('met niks eronder,' had hij me geïnstrueerd), en we zouden twee vreemden van straat plukken als getuigen. En 's middags reden we dan naar het Lake District. Hij wilde me iets laten zien, zei hij. Daarna gingen we naar huis en zou ik weer aan het werk gaan. Misschien.

'Een beetje vakantie verdien je wel,' zei Mike enthousiast. 'De afgelopen tijd heb je te hard gewerkt.'

Verbaasd keek ik hem aan. Eigenlijk had ik helemaal niet gewerkt.

'Klopt,' loog ik. 'Ik moet er even uit.'

Er waren nog een paar dingen die voor vrijdag moesten gebeuren. Om te beginnen was er iets wat ik al een tijd voor me uit had geschoven.

Jake had ervoor gezorgd dat hij thuis was toen ik dinsdagochtend met een gehuurd busje de rest van mijn spullen kwam halen. Echt hebben wilde ik ze niet, maar ik wou ze ook niet in onze oude flat laten staan, alsof ik op een dag naar dat leven terug zou gaan of weer in die kleren zou stappen.

Hij gaf me een kop koffie, maar bleef in de keuken, demonstratief gebogen over een map met werk waarvan ik zeker wist dat hij er nauwelijks naar keek. Hij had zich die ochtend geschoren en droeg een blauw overhemd dat ik voor hem gekocht had. Ik keek de andere kant op, deed mijn best om dat vermoeide, intelligente, vertrouwde gezicht niet te zien. Hoe had ik toch kunnen denken dat hij die telefoontjes had gepleegd, die anonieme briefjes had verstuurd? Al die gruwelijke gedachten zakten weg, totdat er alleen een dof en een beetje triest gevoel over was.

Ik ging zo zakelijk mogelijk te werk. Kleren stapelde ik in plastic zakken, serviesgoed verpakte ik in kranten en stopte ik in dozen die ik had meegebracht, boeken trok ik van de planken en de ontstane gaten dichtte ik door de andere boeken door te schuiven. De stoel uit mijn studententijd laadde ik in het busje, met mijn oude slaapzak en wat cd's.

'De planten laat ik staan, goed?' vroeg ik Jake.

'Als je dat liever hebt.'

'Ja. En mocht ik nou nog wat vergeten zijn...'

'Dan weet ik waar je woont,' zei hij.

Er viel een stilte. Ik dronk het lauwe restje koffie op en zei toen: 'Jake, het spijt me heel erg. Meer weet ik niet te zeggen.'

Hij keek me rustig aan en glimlachte toen, heel even. 'Ik red het wel, Alice,' zei hij. 'Een tijdje ging het niet, maar het komt wel goed. En jij?' Hij bracht zijn gezicht dichter bij het mijne, tot ik het niet meer helemaal scherp in beeld kreeg. 'Zal het met jou ook goed gaan?'

'Dat weet ik niet,' zei ik, me terugtrekkend. 'Ik heb weinig keus.'

Ik had overwogen om bij mijn ouders langs te gaan en alle spullen die ik niet nodig had daar te stallen, maar net zo goed als ik niet wilde dat er iets bij Jake op me lag te wachten, zo wilde ik eigenlijk dat er nergens iets op me lag te wachten. Een frisse start maakte ik, een nieuw begin. Ik kreeg zo'n zin om mijn schepen achter me te verbranden dat ik er duizelig van werd. Ik stopte bij de eerste Oxfam-winkel die ik tegenkwam en gaf de verbijsterde bediende alles: boeken, kleren, serviesgoed, cd's en zelfs mijn stoel.

Ik had ook afgesproken met Clive. Hij had me op mijn werk gebeld en wilde me per se spreken voordat ik ging trouwen. Op woensdag zijn we gaan lunchen in een klein donker café in Clerkenwell. Onhandig zoenden we elkaar op beide wangen, als beminnelijke vreemden, en gingen toen aan een tafeltje bij de open haard zitten en bestelden artisjokkensoep met hompen bruin brood en twee glazen rode huiswijn.

'Hoe gaat het met Gail?' vroeg ik.

'O, vast wel goed. Die heb ik de laatste tijd eigenlijk niet zoveel gezien.'

'Bedoel je dat het uit is?'

Hij grijnsde zogenaamd zielig naar me, een flits van de Clive die ik zo goed kende en met wie ik nog steeds geen raad wist. 'Ja, waarschijnlijk wel. God, je weet toch hoe hopeloos ik ben in relaties, Alice. Ik word verliefd, maar zodra het serieus wordt, raak ik in paniek.'

'Arme Gail.'

'Maar daar wilde ik het niet over hebben.' Chagrijnig roerde hij met zijn lepel in de dikke groenige soep.

'Jij wilde het zeker over Adam hebben, klopt dat?'

'Dat klopt.' Hij nam een slok wijn, roerde weer in zijn soep en zei toen: 'Nu ik hier zit, weet ik niet meer hoe ik het moet zeggen. Het gaat niet om Jake, oké? Het... Nou ja, ik heb Adam ontmoet, weet je nog, en, natuurlijk, bij hem vergeleken waren alle andere aanwezige mannen weekdieren. Maar weet je wel waar je aan begint, Alice?'

'Nee, maar dat geeft niks.'

'Hoezo?'

'Wat ik zeg, dat geeft niks.' Voor het eerst sinds ik Adam had ontmoet merkte ik dat ik erover wilde praten. 'Kijk, Clive, ik ben gewoon helemaal voor hem gevallen. Ben jij wel eens zo begeerd dat…'

'Nee.'

'Het leek wel een aardbeving.'

'Vroeger stak jij altijd de draak met mij omdat ik zulke dingen zei. Jij gebruikte altijd woorden als "vertrouwen" en "verantwoordelijkheid". Jij zei altijd' – hij wees met zijn lepel naar me – 'dat alleen mannen dingen zeiden als "het gebeurde gewoon" en "het leek wel een aardbeving".'

'Wat wil je dan dat ik zeg?'

Hij keek me belangstellend maar klinisch aan. 'Hoe zijn jullie elkaar tegengekomen?' vroeg hij.

'Op straat.'

'Zomaar?'

'Ja.'

'Jullie kwamen elkaar tegen en zijn zo het bed ingedoken?'

'Ja.'

'Dat is gewoon geilheid, Alice. Je kan toch niet je hele leven om geilheid vergooien.'

'Lul niet, Clive.' Kennelijk vond hij dat wel een redelijk antwoord. Dus ging ik door. 'Hij is alles voor me. Ik doe alles voor hem. Het is als een betovering.'

'En jij noemt jezelf wetenschapper?'

'Ik bén wetenschapper.'

'Waarom kijk je dan alsof je elk moment kan gaan huilen?'

Ik lachte. 'Ik ben gelukkig.'

'Jij bent niet gelukkig,' zei hij. 'Jij bent in de war.'

En ik had met Lily afgesproken, hoewel ik niet wist waarom. Er was voor mij een brief afgegeven op kantoor, met alleen 'Alice' erop. Misschien wist ze mijn achternaam niet.

'Ik moet met je praten over de man die je van me hebt afge-pakt,' stond er, waarop ik de brief meteen had moeten weggooi-en. 'Het is dringend en moet tussen ons blijven. Zeg niets tegen hem.' Ze had er een telefoonnummer bij gezet.

Ik moest denken aan de boodschap die bij ons door de brie-venbus was geschoven. Dit was ander papier, het handschrift was klein en netjes, als dat van een schoolmeisje. Totaal anders, maar wat zei dat? Iedereen kon zijn handschrift veranderen. Ik besefte dat ik wilde dat het Lily was en niet Jake. Ik had de brief direct aan Adam moeten laten lezen, maar dat deed ik niet. Ik maakte mezelf wijs dat hij al genoeg zorgen had. Klaus' boek kwam binnenkort uit. Al twee journalisten hadden Adam gebeld om een interview over 'hoe het voelde om een held te zijn' en hem ge-vraagd in hoeverre Greg er moreel voor verantwoordelijk was dat er amateurklimmers waren omgekomen, die onder zijn lei-ding de berg hadden beklommen. Hij had een hekel aan het woord 'held' en weigerde commentaar te geven op wat Greg had gedaan. Maar ik hoorde Klaus en hem er wel vaak over praten. Klaus bleef maar doorgaan over dat vaste touw, en dat hij geen oordeel wilde vellen, maar dat hij niet snapte dat Greg zo slordig had kunnen zijn. Adam herhaalde keer op keer dat mensen bo-ven de achtduizend meter niet verantwoordelijk gehouden kon-den worden voor hun daden.

'Het had ons allemaal kunnen overkomen,' zei hij.

'Maar voor jou gold dat niet,' riep ik, waarop de twee mannen zich goedwillend en minzaam naar me omdraaiden.

'Dan heb ik geluk gehad,' antwoordde hij heel bedaard. 'En Greg pech.'

Ik geloofde hem niet. En ik dacht nog steeds dat daar in die bergen iets was gebeurd wat hij voor me achterhield. Af en toe lag ik 's nachts naar hem te kijken, als hij sliep met één arm op mijn dij en eentje boven zijn hoofd, zijn mond half open, puffend bij het uitademen. Wat voor dromen zogen hem mee naar diepten waar ik hem niet meer kon volgen?

Hoe dan ook, ik besloot met Lily af te spreken zonder het aan hem te vertellen. Misschien wilde ik gewoon eens zien wat voor mens ze was, of mezelf met haar vergelijken, of een kijkje nemen in Adams verleden. Ik belde haar op en zij zei, snel pratend met een lage hese stem, dat ik donderdagochtend naar haar flat in Shepherd's Bush moest komen. De dag voor het huwelijk.

Ze was mooi. Uiteraard was ze mooi. Ze had zilvergrijs haar, dat er natuurlijk en een beetje vet uitzag, en het langbenige voorkomen van een fotomodel. Haar grijze ogen waren immens en stonden ver uiteen in de bleke driehoek van haar gezicht. Ze had een verschoten spijkerbroek aan, en, ondanks het gure weer, een heel klein smoezelig T-shirtje waaronder haar middenrif perfect uitkwam. Haar voeten waren bloot en slank.

Ik staarde haar aan en wenste dat ik niet gekomen was. We gaven elkaar geen hand of zoiets. Ze ging me voor naar haar souterrain, en toen ze haar deur opendeed, deinsde ik vol afschuw achteruit. Die piepkleine benauwde flat was een vuilnisbelt. Overal slingerden kleren, kommen en schalen stonden in stapels in de gootsteen en op tafel, midden op de vloer stond een stinkende kattenbak. Overal lagen tijdschriften of stukken van tijdschriften. Het grote bed in de hoek van de woonkamer was één grote berg vuile lakens en oude kranten. Op het kussen lag een bord met een halve geroosterde boterham, en daar in de buurt lag een halflege fles whisky. Aan de muur – en dat joeg me bijna op de vlucht – hing een kolossale zwartwitfoto van Adam, heel serieus kijkend. En zodra me die was opgevallen, zag ik ook andere sporen van Adam. Op de schoorsteenmantel was een aantal foto's neergezet die duidelijk uit klimboeken waren gescheurd, en overal stond hij op. Een vergeeld krantenartikel zat met plakkertjes tegen de muur, met een foto van Adam, die strak naar voren keek. Naast het bed stond een foto van Lily en Adam samen. Hij had zijn arm om haar heen en zij zat hem verrukt aan te staren. Heel even deed ik mijn ogen dicht en wilde dat ik ergens kon gaan zitten.

'Ik heb al een tijdje niet meer schoongemaakt,' zei Lily.

'Nee.'

Allebei bleven we staan.

'Dat was ons bed,' zei ze.

'Ja,' zei ik, en ik keek ernaar. Ik moest bijna overgeven.

'De lakens heb ik sinds hij weg is niet meer verschoond. Ik ruik hem nu nog.'

'Hoor eens,' zei ik met enige moeite, want ik had het gevoel dat ik een verschrikkelijke nachtmerrie binnen was gelopen en nu in de val zat. 'Jij zei dat je me iets dringends te vertellen had.'

'Je hebt 'm van me afgepakt,' ging ze door, alsof ik niets had gezegd. 'Hij was van mij, maar jij hebt 'm zomaar onder m'n neus vandaan gekaapt.'

'Nee,' zei ik. 'Nee. Hij heeft mij eruit gepikt. We hebben elkaar eruit gepikt. Sorry, Lily. Ik wist van jouw bestaan niks af, maar ja…'

'Zonder één moment aan mij te denken heb je mijn leven kapotgemaakt.' Ze keek rond in haar rampzalige flat. 'Om mij gaf je niks.' Haar stem zakte. 'En nu?' vroeg ze, in een lusteloos afgrijzen om zich heen kijkend. 'Wat moet ik nu beginnen?'

'Luister, ik denk dat ik maar beter kan gaan,' zei ik. 'Hier hebben we geen van beiden wat aan.'

'Kijk,' zei ze, en ze deed haar T-shirt uit. Bleek en mager bleef ze daar staan. Haar borsten waren klein, met grote bruinige tepels. Ik kon mijn ogen niet van haar afhouden. Daarna draaide ze zich om. Blauwgrijze striemen liepen over haar rug. 'Dat heeft hij gedaan,' zei ze triomfantelijk. 'Wat zeg je daar nou van?'

'Ik moet ervandoor,' zei ik, aan de grond genageld.

'Om te laten zien hoeveel hij van me hield. Hij heeft me gebrandmerkt als van hem. Heeft hij dat bij jou ook gedaan? Nee? Maar bij mij heeft hij dat gedaan omdat ik van hem ben. Hij kan me niet zomaar wegdoen.'

Ik liep naar de deur.

'Dat is niet het enige,' zei ze.

'Morgen gaan we trouwen.' Ik deed de deur open.

'Dat is niet het enige wat hij…'

Er schoot me iets te binnen. 'Weet je waar hij woont?'

Ze keek me verwonderd aan. 'Hoezo?'

'Tot ziens.'

Ik sloot de deur in haar gezicht en rende de trap op tot ik weer op straat stond. Na Lily's flat roken zelfs de uitlaatgassen schoon.

We zijn samen in bad gegaan en hebben elkaar van top tot teen schoongeboend. Ik waste zijn haar en hij het mijne. Op het water dreef warm schuim en om ons heen was het stomig en geurig. Heel zorgvuldig schoor ik zijn gezicht. Hij kamde mijn haar uit en hield het met zijn andere hand vast om klitten voorzichtig te verwijderen, zodat het geen pijn deed.

We droogden elkaar af. De spiegel was beslagen, maar volgens hem hoefde ik die ochtend mijn gezicht alleen maar in zijn ogen te zien. Ik mocht geen make-up opdoen. Ik trok mijn jurk aan over mijn blote lijf en schoot in mijn schoenen. Hij trok een spijkerbroek aan, en een zwart T-shirt met lange mouwen.

'Kunnen we?' vroeg hij.

'We kunnen,' zei ik.

'Nu ben je mijn vrouw.'

'Ja.'

'Mag ik dit doen? Niet terugtrekken.'

'Ja.'

'En dit?'

'Nee… ja. Ja.'

'Hou je van me?'
'Ja.'
'Voor altijd?'
'Voor altijd.'
'Zeg maar als ik moet ophouden.'
'Ja. Hou je van me?'
'Ja. Voor altijd.'
'O god, Adam, ik zou m'n leven voor je geven.'

16

'Hoe ver is het nog?' Ik deed mijn best om rustig te klinken, maar het kwam er toch uit als een schorre zucht en kostte me zoveel moeite dat ik er pijn van in mijn borst kreeg.

'Nog maar een kilometer of twaalf,' zei Adam, terwijl hij zich naar me omdraaide. 'Als je iets sneller kan lopen, moeten we daar voor het donker kunnen zijn.' Emotieloos keek hij me aan, deed zijn rugzak af, waar ook al mijn spullen in zaten en haalde er een thermosfles uit. 'Hier, neem wat thee en een stukje chocola,' zei hij.

'Dank je. Heerlijke wittebroodsweken, schát. Ik had zin in een hemelbed en champagne.' Ik pakte de plastic beker met thee aan met mijn gehandschoende hand. 'Hebben we het steile stuk nu zo'n beetje gehad?'

'Liefje, dit is gewoon een ommetje. We moeten daar overheen.'

Ik moest mijn hoofd helemaal achter in mijn nek leggen om te zien waar hij naartoe wees. De wind sneed me in het gezicht, mijn kin voelde rauw aan. 'Nee,' zei ik. 'Jij misschien wel, maar ik niet.'

'Ben je soms moe?'

'Moe? Nee hoor, helemaal niet. Door al dat geloop naar de metro ben ik fit genoeg. Ik heb blaren van die nieuwe wandelschoenen. Mijn kuiten branden. Ik krijg van die steken in mijn zij, alsof iemand er met een mes in zit te prikken. Mijn neus is ijskoud. In mijn vingers heb ik geen gevoel meer. En ik heb verdomme hoogtevrees. Ik blijf hier.' Ik ging op het dunne laagje sneeuw zitten en schoof twee vierkante stukjes koude, harde chocola in mijn mond.

'Hier?' Hij keek om ons heen naar de verlaten heide die omzoomd was door spitse heuvels. In de zomer kwamen hier kennelijk nogal wat mensen wandelen – maar niet op deze zaterdag, eind februari, nu het gras tot stekelige bosjes verijsd was, de weinige kale bomen schuin stonden in de wind en onze adem opwolkte in de grijze lucht.

'Oké. Ik blijf niet hier, ik zit me gewoon een beetje aan te stellen.'

Hij kwam naast me zitten en begon te lachen. Volgens mij was het de eerste keer dat ik hem echt hoorde lachen. 'Ik ben met een slap trutje getrouwd,' zei hij, alsof dat de leukste mop was op aarde. 'Ik beklim mijn hele leven bergen, maar ik ben getrouwd met een vrouw die bij de eerste glooiing al steken in haar zij krijgt.'

'Ja, en ik ben getrouwd met een man die me de rimboe in sleurt en dan gaat zitten lachen als ik het zwaar heb en me voor schut voel staan.' Ik keek hem boos aan.

Hij stond op en trok me overeind. Hij deed iets met mijn handschoenen zodat mijn polsen niet meer bloot kwamen. Hij haalde een sjaal uit zijn rugzak en sloeg die om mijn hals. Hij trok mijn schoenveters iets aan zodat mijn schoenen niet meer zo los om mijn voeten zaten. 'Zo,' zei hij, 'nou moet je proberen een ritme te vinden. Niet jezelf opjagen. Niet dat je dat tot nu toe gedaan hebt. Gewoon een pas zoeken en doorgaan. Gelijkmatig blijven ademhalen. Niet kijken waar we heen gaan, gewoon één voet voor de andere zetten tot het net mediteren wordt. Kunnen we?'

'Ja, kapitein.'

Achter elkaar aan liepen we over het pad dat geleidelijk omhoogging tot we er bijna tegenop moesten klauteren. Adam zag eruit alsof hij maar wat liep te slenteren, maar hij liet me al snel achter zich. Ik deed geen poging om hem in te halen, maar probeerde wel te doen wat hij had gezegd. Links, rechts, links, rechts. Mijn neus liep en mijn ogen waren vochtig. Mijn benen deden zeer en voelden als lood. Ik deed wat rekensommetjes voor mezelf. Ik probeerde een oud liedje te zingen over de scheikundige elementen dat ik tijdens een opvoering op de universiteit had gedaan. 'Je hebt antimoon, arsenicum, aluminium, seleen…' Wat kwam er daarna ook weer? Daar had ik toch niet genoeg lucht voor. Af en toe struikelde ik over stenen op het pad of bleef haken in de dichte braamstruiken. Mediteren is het voor mijn gevoel nooit geworden, maar ik bleef doorgaan en even later werden de steken een doffe pijn en mijn handen warmer en voelde de schone lucht fris en niet meer zo schraal als ik ademhaalde.

Op een bepaald hoger gelegen punt moest ik van Adam blijven staan en om me heen kijken.

'Alsof we helemaal alleen op de wereld zijn,' zei ik.

'Dat is precies de bedoeling.'

Het werd al donker toen we vlak onder ons de hut zagen.

'Wie gebruiken die allemaal?' vroeg ik onderweg naar beneden, tussen de contouren van reusachtige rotsblokken en misvormde bomen die uit de schemer opdoemden.

'Dat is een hut voor klimmers en wandelaars. Die is van de British Alpine Club. Als je lid bent, mag je daar overnachten. Ik heb de sleutel bij me.' En hij tikte op een zijzak van zijn jack.

Binnen was het ijskoud en al het vanzelfsprekende comfort ontbrak. Adam stak een grote gaslamp aan die aan een van de balken hing en ik staarde naar de smalle houten richels langs de wanden die als bed moesten dienen, naar de lege open haard, naar het fonteintje met een kraan voor koud water.

'Is dit alles?'

'Zeker.'

'Waar is de wc?'

'Daar.' Hij wees naar buiten, waar al die sneeuw lag.

'O.' Ik ging op een hard bed zitten. 'Lekker.'

'Geduld.'

In een hoek stond een aantal grote kisten met houtblokken en takken. Hij sleepte er een naar de open haard, begon de kleinere takken in stukken te breken en bouwde daarmee een keurige koepel om een stel proppen krantenpapier. Hij streek een lucifer af, stak de brand in het papier, en de vlammen begonnen langs het hout te lekken. Aanvankelijk was het een fel vuur zonder enige warmte, maar even later overwoog ik toch om mijn jack en mijn handschoenen uit te doen. De hut was klein en goed geïsoleerd; over een halfuur zou het er warm zijn.

Adam haalde een kampeerbrander onder zijn rugzak vandaan, vouwde die uit en stak 'm aan. Hij vulde een gedeukte koperen ketel met water uit de kraan en zette die op het vuur. Hij schudde de twee slaapzakken uit en ritste ze open zodat het net dekbedden waren en legde die voor de haard.

'Kom maar hier zitten,' zei hij. Ik deed mijn jack uit en ging bij hem voor de vlammen zitten. Hij pakte een fles whisky uit de rugzak, daarna een lang stuk salami en zo'n superhandig zakmes met schroevendraaier, flesopener en kompas. Ik keek toe hoe hij dikke plakken salami afsneed en die op de vettige verpakking legde. Hij schroefde de fles whisky open en gaf die aan mij.

'Eten,' zei hij.

Ik nam een grote slok whisky en daarna een paar brokken salami. Het was ongeveer zeven uur en doodstil. Nog nooit had ik zo'n stilte meegemaakt, zo intens en totaal. Achter de ramen zonder gordijnen was het inktzwart, op de speldenknoppen van de sterren na. Ik moest plassen. Ik stond op en liep naar de deur. Zodra ik die opendeed, sloeg de ijskoude lucht me in het gezicht. Ik deed de deur achter me dicht en liep de avond in. Ik had het huiveringwekkende gevoel dat we echt helemaal alleen waren – en nu ook altijd alleen zouden blijven. Ik hoorde Adam de hut uit komen en de deur achter zich dichtdoen. Ik voelde hoe hij zijn armen van achteren om me heen sloeg en me in zijn stevige warmte hulde.

'Zo krijg je het weer koud,' zei hij.

'Ik weet niet of ik dit allemaal wel zo leuk vind.'

'Kom mee naar binnen, m'n lief.'

We dronken nog wat whisky en keken naar de figuren die de vlammen maakten. Adam legde er nog wat blokken op. Het was nu erg warm en in de kleine ruimte hing een heerlijke harsgeur. Heel lang zeiden we niets en raakten we elkaar niet aan. Toen hij uiteindelijk zijn hand op mijn arm legde, ging er een schok door mijn huid. We kleedden onszelf uit, ondertussen naar de ander kijkend. Naakt, met de benen gevouwen, gingen we tegenover elkaar zitten en keken elkaar recht in het gezicht. Vreemd genoeg kreeg ik een verlegen, onbehaaglijk gevoel. Hij tilde mijn hand op, met die nieuwe gouden ring om de derde vinger, bracht die naar zijn mond en kuste hem.

'Vertrouw je me?'

'Ja.' Of: nee nee nee nee.

Hij gaf me de fles whisky en ik nam een teug die door mijn keel omlaag brandde.

'Ik wil iets met je doen wat niemand ooit heeft gedaan.'

Ik reageerde niet. Het was net alsof ik droomde. Een nachtmerrie had. We zoenden, heel zachtjes. Met zijn vingers ging hij over mijn borsten en omlaag naar mijn buik. De mijne liet ik langs zijn ruggengraat naar beneden glijden. Heel voorzichtig hielden we elkaar vast. Aan één kant was mijn lijf te warm van het vuur, aan de andere verkleumd. Hij zei dat ik op mijn rug moest gaan liggen en dat deed ik. Misschien had ik al te veel whisky op en te weinig salami. Het leek wel alsof ik boven een afgrond hing, ergens in de koude, koude duisternis. Ik deed mijn ogen dicht, maar hij draaide mijn gezicht naar zich toe en zei: 'Kijk me aan.'

Over zijn gezicht vielen schaduwen. Van zijn lijf kon ik maar een deel onderscheiden. Het begon allemaal zo teder en werd maar geleidelijk zo wreed. Tandje voor tandje naar de pijn. Ik moest denken aan Lily en haar gehavende rug. In mijn verbeelding zag ik Adam hoog in de bergen, te midden van al die angst en dood. Hoe was ik hier verzeild geraakt, in deze verschrikkelijke stilte? Waarom liet ik hem dit allemaal met me doen en wie was ik geworden dat ik zoiets toestond? Ik deed mijn ogen weer dicht en deze keer zei hij niet dat ik ze open moest doen. Hij legde zijn handen om mijn hals en zei: 'Niet verroeren, niet ongerust worden.' Daarna begon hij te knijpen. Ik wilde tegen hem zeggen dat hij moest ophouden, maar om de een of andere reden deed ik dat niet, kon ik dat niet. Ik bleef op die slaapzakken voor het vuur liggen, in het donker, en hij drukte me omlaag. Ik hield mijn ogen dicht en mijn handen stil. Mijn huwelijkscadeau aan hem: mijn vertrouwen. Op mijn oogleden dansten de vlammen en onder zijn lijf kronkelde het mijne, alsof ik er niet meer de baas over was. Ik voelde het bloed door mijn lijf razen, mijn hart bonken, mijn hoofd knetteren. Dit was geen pijn, geen genot meer. Ik was ergens anders, in een andere wereld waar alle grenzen vervaagd waren. O christus. Hij moest nu ophouden. Hij moest ophouden. Achter het felle licht van zuiver lijfelijke gewaarwording kwam de duisternis aanrollen.

'Het is goed, Alice.' Hij riep me terug. Zijn duimen lieten langzaam mijn strottenhoofd los. Hij boog zich voorover en kuste mijn hals. Ik deed mijn ogen open. Ik was misselijk en moe en verdrietig en verslagen. Hij trok me overeind en hield me tegen zich aan. Het misselijke gevoel ebde weg, maar mijn keel deed erg zeer en ik wilde huilen. Ik wilde naar huis. Hij pakte de fles whisky, nam een slok, hield hem toen bij mijn mond en kiepte de drank door mijn keel alsof ik een baby was. Ik ging weer op de slaapzakken liggen en hij dekte me toe, en een tijdlang heb ik in de vlammen liggen staren terwijl hij naast me zat en over mijn haar streek. Heel langzaam viel ik in slaap, en ondertussen legde hij naast me nog wat hout op het dovende vuur.

Ergens midden in de nacht werd ik wakker, en hij lag naast me, vol warmte en kracht. Iemand op wie je kon vertrouwen. Het vuur was uitgegaan, maar de as gloeide nog na. Mijn linkerhand was koud, waar die half onder de slaapzak uit was gegleden.

17

'Nee,' zei Adam, en hij sloeg met zijn vuist keihard op tafel, zodat de glazen opsprongen. Iedereen in de pub keek om. Kennelijk merkte hij dat niet. Hem ontbrak elk gevoel voor wat mijn moeder decorum noemde. 'Ik wil niet geïnterviewd worden door een of andere waardeloze journalist.'

'Luister eens, Adam,' zei Klaus sussend. 'Ik weet dat jij…'

'Ik wil het niet hebben over wat er op die berg gebeurd is. Dat is verleden tijd, voorbij, klaar. Ik heb geen zin om nog eens te bespreken hoe dat op zo'n kutzooi heeft kunnen uitlopen, ook niet om jou te helpen je boek te verkopen.' Hij draaide zich naar mij om. 'Zeg jij het maar tegen hem.'

Ik haalde mijn schouders op. 'Hij wil het niet, Klaus.'

Adam pakte mijn hand, drukte die tegen zijn gezicht en deed zijn ogen dicht.

'Als je er nou eentje geeft, dan…'

'Hij wil het niet, Klaus,' herhaalde ik. 'Hoor je niet wat hij zegt?'

'Oké, oké.' Zogenaamd zich overgevend stak hij zijn handen in de lucht. 'In ieder geval heb ik een huwelijkscadeau voor jullie twee.' Hij bukte zich en haalde uit een canvas tas bij zijn voeten een fles champagne tevoorschijn. 'Ik, eh, wens jullie veel voorspoed, en dat jullie maar erg gelukkig worden met elkaar. Drink deze maar een keer samen in bed op.'

Ik gaf hem een zoen op zijn wang. Adam lachte half en leunde achterover in zijn stoel.

'Oké, goed dan, één interview.' Hij stond op en bood me zijn hand aan.

'Gaan jullie al? Daniël zei dat hij nog even langs zou komen.'

'Wij gaan die champagne in bed opdrinken,' zei ik. 'Dat kan niet wachten.'

Toen ik de volgende dag thuiskwam van mijn werk was de journaliste er al. Ze zat tegenover Adam, bijna met haar knieën tegen de zijne, en op de tafel naast haar stond een bandrecorder te draaien. Op haar schoot had ze een notitieblok, maar ze schreef niets op. Ze keek geconcentreerd naar Adam en knikte telkens als hij iets zei.

'Let maar niet op mij,' zei ik toen ze wilde opstaan. 'Ik zet even een kop thee voor mezelf en daarna ben ik weg. Willen jullie nog iets drinken?' Ik deed mijn jas en handschoenen uit.

'Whisky,' zei Adam. 'Dit is Joanna, van de *Participant*. En dit is Alice.' Hij pakte mijn pols en trok me naar zich toe. 'Mijn vrouw.'

'Leuk om je te ontmoeten, Alice,' zei Joanna. 'In mijn knipsels stond nergens dat jullie getrouwd waren.'

Slimme ogen achter een zwaar montuur keken me strak aan.

'Dat konden jouw knipsels ook niet weten,' zei Adam.

'Klim jij ook?' vroeg Joanna.

Ik moest lachen. 'Mij niet gezien, ik klim niet eens een trap op als er een lift is.'

'Het zal wel vreemd voor je zijn om steeds achter te moeten blijven,' ging ze door. 'En je zorgen om hem te moeten maken.'

'Dat achterblijven moet nog gebeuren,' zei ik vaag, en ik liep weg om de ketel op te zetten. 'En ik heb mijn eigen leven,' voegde ik eraan toe, me afvragend of dat nu niet gelogen was.

Ik moest weer denken aan ons wittebroodsweekend in het

Lake District. En wat er tussen ons gebeurd was in die hut – dat geweld dat hij me had aangedaan, met mijn toestemming – dat zat me nog steeds dwars. Ik probeerde er niet te vaak aan te denken. In mijn hoofd was het een duister gebied geworden. Ik had mezelf aan hem overgeleverd, en heel even, zoals ik daar onder hem lag, dacht ik dat hij me ging vermoorden, maar toch had ik me niet verzet. Ergens was ik daar ontzet over, maar ergens wond het me ook op.

Terwijl ik bij de ketel stond, half luisterend naar het interview, zag ik een verfrommeld stukje papier liggen met een groot zwart handschrift erop. Wetend wat ik kon verwachten vouwde ik het open. IK LAAT JE NIET MET RUST, stond er. Die briefjes, daar kreeg ik de kriebels van. Ik begreep niet waarom we niet al lang naar de politie waren gegaan. Het was alsof we er van onszelf aan hadden mogen wennen, zodat die dreiging in ons leven als een onweerswolk was die we gewoon voor lief namen. Ik keek op en zag dat Adam me in de gaten hield, dus ik lachte naar hem, scheurde het papier in kleine snippers en gooide die minachtend in de vuilnisbak. Hij gaf me een goedkeurend knikje en richtte zijn aandacht weer op Joanna.

'Je had het over die laatste paar uur,' zei Joanna, zich weer tot Adam wendend. 'Had jij enig voorgevoel dat er iets rampzaligs ging gebeuren?'

'Als je soms bedoelt of ik dacht dat al die mensen dood zouden gaan, nee, natuurlijk niet.'

'Maar wanneer kreeg je dan door dat het helemaal misging?'

'Toen het helemaal misging. Kan ik die whisky nog krijgen, Alice?'

Joanna keek op haar notitieblok en probeerde een ander spoor. 'En dat vaste touw dan?' vroeg ze. 'Naar ik heb begrepen hebben Greg McLaughlin en de andere expeditieleiders ieder een andere kleur touw uitgezet dat via de graat naar de top moest voeren. Maar ergens is het laatste stuk touw losgekomen, wat voor de klimmers wel het verschil tussen leven en dood kan hebben betekend.'

Adam staarde haar aan. Ik bracht hem een grote bel whisky.

'Wil jij soms ook, Joanna?' vroeg ik. Ze schudde haar hoofd en wachtte tot Adam antwoordde. Ik schonk mezelf een glaasje in en dronk dat in één keer leeg.

'Hoe is dat volgens jou gegaan?'

'Hoe moet ik dat godverdomme weten?' zei hij uiteindelijk. 'Het was ijzig koud. Het stormde. Iedereen was ten einde raad. Niks deed het meer, niemand deed meer iets. Ik weet niet wat er met dat touw gebeurd is, dat weet niemand. Wat jij wil, is iemand de schuld geven, of niet?' Hij slurpte wat whisky naar binnen. 'Jij wil een keurig net verhaaltje schrijven dat zus-en-zo een groepje mensen de dood in gejaagd heeft. Nou, dame, zo gaan dat soort dingen niet, daarboven in de zone des doods. Daar is niemand een held en niemand een schurk. Daar zijn we gewoon allemaal mensen die vastzitten op een berg terwijl onze hersencellen met bakken tegelijk afsterven.'

'In het boek wordt gesuggereerd dat jij een held was,' zei Joanna, volstrekt niet onder de indruk van zijn uitbarsting. Adam zei niets. 'En,' ging ze behoedzaam verder, 'ook wordt er half en half gesuggereerd dat de leider van de expeditie er toch enigszins voor verantwoordelijk moet zijn. Greg.'

'Kan ik er nog eentje van je krijgen, Alice?' Hij gaf zijn glas aan. Op het moment dat ik het aanpakte, boog ik me voorover en gaf hem een zoen. Ik vroeg me af wanneer ik Joanna moest vragen om op te stappen.

'Ik heb gehoord dat Greg er slecht aan toe is. Komt dat door schuldgevoel, denk je?'

Opnieuw zei Adam niets. Even deed hij zijn ogen dicht en liet zijn hoofd achterover vallen. Hij zag er erg moe uit.

Ze probeerde het nog eens. 'Vind jij dat die reis een onnodig risico inhield?'

'Kennelijk wel. Er zijn mensen bij omgekomen.'

'Betreur jij het dat de bergen vercommercialiseerd worden?'

'Ja.'

'Maar je doet er zelf ook aan mee.'

'Ja.'

'Een van de mensen die omgekomen zijn,' zei Joanna, 'was een intieme vriendin van je. Een ex, volgens mij.'

Hij knikte.

'Heeft het feit dat jij haar niet kon redden je erg aangegrepen?'

Ik bracht de tweede whisky en Adam sloeg zijn arm om mijn middel toen ik me naar hem toe boog.

'Niet weggaan,' zei hij, alsof hij het over onze relatie had. Ik ging op de leuning van zijn stoel zitten en liet mijn hand op zijn ongekamde haar rusten. Even keek hij Joanna taxerend aan.

'Verdomme, wat denk je zelf?' antwoordde hij ten slotte. Hij stond op. 'Ik vind het zo wel mooi geweest, jij niet?'

Joanna verroerde zich niet, maar keek alleen even of de spoelen van de bandrecorder nog liepen.

'Ben je er al overheen?' vroeg ze. Ik boog voorover en zette de recorder af, en zij keek me aan. Onze ogen vonden elkaar en ze knikte naar me, goedkeurend, volgens mij.

'Overhéén.' Zijn toon was vernietigend. Daarna zei hij op een heel andere toon: 'Zal ik je mijn geheim vertellen, Joanna?'

'Heel graag.'

Reken maar dat ze dat graag wilde horen.

'Ik heb nu Alice,' zei hij. 'Alice wordt mijn redding.' En hij lachte nogal maf.

Nu stond Joanna dan toch op.

'Nog een laatste vraag,' zei ze, terwijl ze haar jas aantrok. 'Ga je wel door met bergen beklimmen?'

'Ja.'

'Waarom?'

'Omdat ik een bergbeklimmer ben. Dat is wat ik ben.' Zijn stem klonk een tikje wazig door de whisky. 'Ik hou van Alice en ik beklim bergen.' Hij leunde tegen me aan. 'Op die manier vind ik genade.'

'Ik ben zwanger,' zei Pauline. We waren aan het wandelen in St. James Park, arm in arm, maar nog steeds niet erg bij elkaar op ons gemak. Het was haar idee geweest om af te spreken en ik had er eigenlijk geen zin in. Heel mijn oude leven leek zo ver van me af te staan, bijna onwerkelijk, alsof het iemand anders was overkomen. In dat leven was ik dol op Pauline geweest en had ik op haar gerekend. In dit leven had ik voor zo'n intense vriendschap geen plaats. Tijdens de wandeling naar ons ontmoetingspunt op die vrieskoude zaterdagmiddag in februari, besefte ik dat ik onze vriendschap in de koelkast had gezet voor slechtere tijden. Ik ging ervan uit dat ik die wel weer kon oppakken, maar dat dit nog niet het juiste moment was. Samen hadden we door het park gewandeld tot het donker werd en voorzichtig om dingen heen gepraat, terwijl we vroeger eigenlijk alles tegen elkaar konden zeggen. 'Hoe gaat het met Jake?' had ik gevraagd, waarop zij haar gezicht even vertrok en zei dat het wel ging.

'Hoe bevalt jouw nieuwe leven?' had zij gevraagd, zonder het echt te willen weten, waarop ik haar ook geen echt antwoord had gegeven.

Maar nu bleef ik staan en pakte haar bij de magere schouders. 'Dat is fantastisch nieuws,' zei ik. 'Hoe zwanger?'

'Acht à negen weken. Genoeg om me bijna de hele dag ellendig te voelen.'

'Ik ben zo blij voor je, Pauline,' zei ik. 'Fijn dat je het me vertelt.'

'Natuurlijk vertel ik het je,' antwoordde ze formeel. 'Jij bent mijn vriendin.'

We kwamen bij de weg. 'Ik moet die kant op,' zei ik. 'Ik heb een eindje verderop met Adam afgesproken.'

Opgelucht gaven we elkaar een zoen op allebei de wangen en ik sloeg de onverlichte straat in. Op dat moment stapte er een lange jongeman op me af en voordat ik veel meer kon waarnemen dan zijn lijkwitte gezicht en opzichtige bos rode haar, rukte hij mijn tas van mijn schouder.

'Hé!' brulde ik, en ik graaide naar hem terwijl hij van me wegdook. Ik kreeg mijn tas te pakken, waar bijna niets van waarde in zat, en probeerde die uit zijn handen te trekken. Vliegensvlug draaide hij zich om en keek me aan. Op zijn linkerwang zat een tatoeage van een spinnenweb en over zijn keel liep een streep met de woorden HIER SNIJDEN. Ik wilde hem een trap tegen zijn scheenbeen verkopen, maar miste, dus ik deed nog een poging. Zo, dat zal wel pijn gedaan hebben.

'Lamelos, trut,' gromde hij naar me. De riem van mijn tas sneed in mijn vlees en glipte uit mijn handen. 'Stom kutwijf.' Met zijn vlakke hand sloeg hij me in het gezicht, en ik kon nog net blijven staan en bracht een hand naar mijn wang. Het bloed liep langs mijn hals omlaag. Zijn mond stond open en ik zag dat hij een dikke paarse tong had. Weer wilde hij me slaan. Mijn god, dit was een gek. Ik weet nog dat ik dacht dat dit vast de man was die ons briefjes stuurde, onze stalker. Daarna deed ik mijn ogen dicht: laat maar komen, dan hebben we het gehad. Maar de klap kwam niet.

Ik deed ze weer open en als in een droom zag ik dat hij een mes in zijn hand had, niet op mij gericht, maar op Adam. Daarna zag ik dat Adam de man met zijn vuist in het gezicht beukte. Hij schreeuwde het uit van de pijn en liet het mes vallen. Weer raakte Adam hem, deze keer met een ongelooflijke knal in zijn nek. Daarna in zijn maag. De getatoeëerde man klapte dubbel. Uit zijn linkeroog stroomde bloed. Ik zag Adams gezicht: versteend, zonder enige uitdrukking. Opnieuw raakte hij de man en deed een pas achteruit om hem te laten vallen, zodat hij nu jammerend, met beide handen zijn buik vasthoudend, aan mijn voeten lag.

'Hou op!' kon ik nog net uitbrengen. Er was een kleine menigte om ons heen komen staan. Pauline stond erbij, haar mond in een 'O' van ontzetting.

Adam gaf hem een schop in zijn maag.

'Adam.' Ik greep zijn arm beet en klampte me eraan vast. 'In godsnaam, hou op, alsjeblieft. Zo is het wel genoeg.'

Adam keek naar het kronkelende lijf op straat. 'Alice wil dat ik ophou,' zei hij. 'Dus daarom hou ik op. Anders had ik je vermoord, alleen omdat je de gore moed had haar aan te raken.' Hij raapte mijn tas van de grond, draaide zich naar mij om en nam mijn gezicht in zijn handen. 'Je bloedt,' zei hij. Hij likte wat bloed van mijn gezicht af. 'Lieve Alice, hij heeft je aan het bloeden gemaakt.'

Als door een mist zag ik dat er nog meer mensen bij kwamen staan, dat ze met elkaar praatten, elkaar vroegen wat er gebeurd was. Adam hield me vast. 'Doet het erg pijn? Gaat het wel? Moet je dat mooie gezicht van je nou zien.'

'Ja. Ja, ik weet het niet. Hoe gaat het met die man? Is hij er erg...?'

Ik keek naar de man op de grond. Hij bewoog nog wel, maar niet veel. Adam negeerde hem. Hij pakte een zakdoek, maakte een puntje nat en begon de snee op mijn wang schoon te wrijven. Vlakbij loeide een sirene en over Adams schouder zag ik een politieauto aan komen rijden, gevolgd door een ambulance.

'Mooi werk, maatje.' Een zwaargebouwde man in een lange overjas kwam naar ons toe en stak zijn hand uit naar Adam. 'Geef me de vijf.' Vol afschuw keek ik hoe ze elkaar een hand gaven. Dit was een nachtmerrie, een farce.

'Alice, gaat het met je?' Dat was Pauline.

'Het gaat wel.'

Nu stonden er politiemensen. Er stond een auto. Dit was een officieel incident, wat het kennelijk op de een of andere manier beheersbaar maakte. Ze bogen zich over de man en trokken hem overeind. Hij werd weggevoerd, uit mijn zicht.

Adam deed zijn jack uit en drapeerde dat om mijn schouders. Hij streek mijn haar achterover.

'Ik ga een taxi halen,' zei hij. 'Die politie kan wel even wachten. Niet weglopen.' Hij draaide zich om naar Pauline. 'Let jij even op d'r,' zei hij en hij sprintte weg.

'Hij had 'm wel kunnen vermoorden,' zei ik tegen Pauline.

Ze trok een raar gezicht. 'Hij aanbidt je, hè?' zei ze.

'Ja, maar als hij…'

'Hij heeft je gered, Alice.'

De volgende dag belde Joanna, de journaliste, weer. Ze had in de avondkrant over de knokpartij gelezen, en die was van het grootste belang voor haar interview, van het allergrootste belang. Ze wilde alleen dat we er allebei commentaar op gaven.

'Rot toch op,' zei Adam mild, en hij gaf de telefoon aan mij.

'Hoe voelt dat nou,' vroeg ze, 'om getrouwd te zijn met een man als Adam?'

'Wat voor man is dat dan?'

'Een held,' zei ze.

'Geweldig,' zei ik, maar hoe dat precies voelde, wist ik niet.

We lagen tegenover elkaar in het halfdonker. Mijn wang schrijnde. Mijn hart bonkte. Zou ik ooit aan hem wennen?

'Waarom ben je zo bang?'

'Raak me alsjeblieft even aan.'

Door de dunne gordijnen van het slaapkamerraam schenen de oranje straatlantaarns naar binnen. Ik zag zijn gezicht, zijn prachtige gezicht. Ik wilde dat hij me zo stevig en dicht tegen zich aan hield dat ik in hem verdween.

'Vertel eerst waarom je zo bang bent.'

'Ik ben bang dat ik je kwijtraak. Daar, leg je hand daar.'

'Draai je om, zo ja. Alles komt goed. Ik ga nooit bij jou weg en jij gaat nooit bij mij weg. Hou je ogen open. Kijk me aan.'

Later kregen we honger want we hadden die avond niets gegeten. Ik liet me uit het hoge bed op de koude houten vloer glijden en trok Adams overhemd aan. In de koelkast vond ik wat parmaham, wat stokoude champignons en een driehoekje harde kaas. Sherpa, die haar lijfje om mijn blote benen kronkelde, gaf ik te eten en daarna maakte ik voor ons een reusachtige sandwich van ietwat muf ruikend, dun Italiaans brood. In onze karige doos met levensmiddelen naast de deur stond een fles rode wijn die ik openmaakte. We aten in bed, met de kussens in de rug en overal kruimels rondstrooiend.

'Het punt is,' zei ik tussen twee happen door, 'dat ik er niet aan gewend ben dat mensen zo doen.'

'Hoe dan?'

'Iemand voor me in elkaar slaan.'

'Hij sloeg jou in elkaar.'

'Ik dacht dat je hem ging vermoorden.'

Hij schonk me nog een glas wijn in. 'Ik was boos.'

'Je meent het. Adam, hij had een mes, heb je daar niet aan gedacht?'

'Nee.' Hij fronste zijn voorhoofd. 'Had je liever gehad dat ik zo'n vriendelijk iemand was die hem beleefd vroeg of hij daarmee wilde ophouden? Of dat ik naar de politie was gerend?'

'Nee. Ja. Ik weet het niet.'

Ik zuchtte en leunde achterover in de kussens, doezelig van de seks en de wijn. 'Wil je mij eens wat vertellen?'

'Misschien.'

'Is er daar in de bergen soms wat gebeurd? Ik bedoel, neem jij iemand in bescherming?'

Adam leek niet te schrikken van die vraag, en hij werd er ook niet kwaad om. Hij keek niet eens op. 'Natuurlijk doe ik dat,' zei hij.

'Ga je mij daar ooit over vertellen?'

'Daar hoeft niemand iets over te weten,' zei hij.

18

Op de dag dat het artikel verscheen, ging ik beneden de post halen en vond weer een bruine envelop. Er zat geen postzegel op, maar er stond wel: AAN MEVR. TALLIS.

Ik maakte hem onmiddellijk open, daar beneden in de gemeenschappelijke gang, op de deurmat die aan mijn voetzolen prikte. Het was hetzelfde papier, en het handschrift was ook hetzelfde, alleen wat kleiner omdat de boodschap langer was:

Gefeliciteerd met uw huwelijk, Mevrouw Tallis. Kijk wel uit.
P.S. Waarom brengt u uw man niet een kopje thee op bed?

Ik nam het briefje mee naar Adam en legde het op bed naast zijn gezicht. Met een sombere blik las hij het.

'Onze correspondent weet niet dat ik mijn eigen naam heb gehouden,' zei ik met een poging luchtig te klinken.

'Wel dat ik in bed lig,' zei Adam.

'Wat wil dat zeggen? Thee?'

Ik liep naar de keuken en maakte het kastje open. Er lagen maar twee pakjes met theezakjes: Keniaanse voor Adam, aanstellerige Lapsang Souchong voor mij. Ik kiepte ze leeg op het aanrecht. Ze zagen er normaal uit. Ik merkte dat Adam achter me stond.

'Waarom zou ik jou thee op bed moeten brengen, Adam? Zou het iets met het bed kunnen zijn? Of met de suiker?'

Adam deed de koelkast open. In de deur stonden twee flessen melk, eentje halfvol, de andere ongeopend. Hij pakte ze er allebei uit. Ik keek in het kastje onder de gootsteen en vond een grote rode plastic teil. Ik pakte de flessen van hem af.

'Wat ga je doen?' vroeg hij.

Ik leegde de eerste fles in de teil.

'Volgens mij is dat gewoon melk,' zei ik. Ik maakte de andere fles open en begon te schenken.

'Dit is… O, jezus.'

In de melk zaten kleine schaduwen die over het oppervlak dansten. Insecten, vliegen, spinnen, het krioelde ervan. Voorzichtig zette ik de fles neer en leegde die toen in de gootsteen. Ik moest me heel goed concentreren om niet over te geven. Eerst werd ik bang, daarna boos. 'Er is hier iemand binnen geweest,' riep ik. 'Ze zijn godverdomme in de flat geweest.'

'Hmmm?' zei Adam afwezig, alsof hij hard aan iets anders stond te denken.

'Iemand heeft ingebroken.'

'Niet waar. Het is de melk. Die hebben ze op de trap gezet nadat hij was gebracht.'

'Wat moeten we nou doen?' vroeg ik.

'Mevrouw Tallis,' zei hij bedachtzaam. 'Dit is tegen jou gericht. Zullen we de politie bellen?'

'Nee,' zei ik luid. 'Nog niet.'

Ik sprak hem aan toen hij de deur uit kwam, met zijn aktetas in zijn hand.

'Waarom doe je me dit aan? Waarom?'

Hij deed een stap achteruit, alsof ik een straatrover was. 'Wat doe jij in jezusnaam…'

'Geen gelul, Jake. Nu weet ik dat jij 't bent. Eindeloos lang heb ik geprobeerd te doen alsof het iemand anders was, maar ik weet dat jij 't bent. Wie anders weet dat ik bang van insecten ben?'

'Alice.' Hij wou een hand op mijn schouder leggen, maar die schudde ik van me af. 'Rustig nou, anders denken de mensen nog dat je niet goed bij je hoofd bent.'

'Lul niet en vertel waarom je spinnen in mijn melk hebt gedaan, verdomme. Uit wraak?'

'Volgens mij ben je echt niet goed bij je hoofd.'

'Kom op, vertel. Wat heb je nog meer voor plannetjes? Probeer jij me soms langzaam helemaal geschift te maken?'

Hij keek me aan, en die steenharde blik gaf me een misselijk gevoel. 'Als je het mij vraagt,' zei hij, 'ben jij al helemaal geschift.' En hij draaide zich abrupt om en liep met gestage pas van me vandaan.

Adam interesseerde het helemaal niets, maar telkens wanneer ik de dagen daarna langs een kiosk kwam, keek ik even of ze het verhaal afgedrukt hadden. De zaterdag daarop stond het erin. Ik zag het meteen, een fotootje van een berg in een kader op de voorpagina: 'Hogerop: bergen en geld. Zie bijlage twee.' Vlug trok ik het andere deel eruit om te kijken wat Joanna had geschreven. Kennelijk ging het verhaal pagina's door, te veel om in de winkel te lezen. Ik kocht de krant en nam hem mee naar huis.

Adam was al weg. Deze keer was ik daar blij om. Ik zette een pot koffie voor mezelf. Ik wou hier alle tijd voor nemen. Op het omslag van de bijlage van de *Participant* stond een grandioze foto van de Chungawat in het felle zonlicht tegen een blauwe hemel, met een onderschrift alsof hij uitgestald was in de etalage van een makelaar: 'Top in de Himalaya te huur: £ 30.000. Geen ervaring vereist.' Opnieuw raakte ik gefascineerd door de eenzame schoonheid van de berg. Was Adam daar bovenop geweest? Nou ja, niet helemaal dan. Ik sloeg de krant open en keek. Vier pagina's. Er stonden foto's bij Greg, Klaus, Françoise, zo mooi in die hoge schoenen, stelde ik met een jaloers gevoel vast. Er stonden ook een paar klimmers op die dood waren. En Adam natuurlijk, maar foto's van hem, daar was ik nou wel aan gewend. Er stond een kaart bij, een paar routebeschrijvingen. Ik nam een slokje koffie en begon te lezen.

Eigenlijk was lezen niet het juiste woord. Ik vloog gewoon snel door de tekst heen om te zien welke namen genoemd werden en hoe vaak. Adam kwam voornamelijk aan het eind aan bod. Dat las ik wel door, om te zien of er nog schokkende nieuwe dingen in stonden. Maar dat was niet het geval. Gerustgesteld ging ik terug naar het begin en las het nu zorgvuldig door. Joanna's verhaal kwam overeen met het boek van Klaus, maar was verteld vanuit een ander perspectief. Klaus' versie van de ramp op de Chungawat werd gekleurd door zijn eigen gevoelens: een mengeling van opwinding, onvermogen, bewondering, desillusie en angst. Ik had respect voor hem, omdat hij had toegegeven hoe chaotisch het in die storm was geweest met al die stervende mensen, en ervoor was uitgekomen dat hij niet had gehandeld zoals hij dat graag had gezien.

Joanna beschouwde het als een moraliteit over het corrumperende effect van geld en een heldencultus. Enerzijds had je heldhaftige personen die geld nodig hadden, en anderzijds had je rijkelui die moeilijke bergen wilden beklimmen, of liever, wilden zéggen dat ze moeilijke bergen hadden beklommen, aangezien je erover zou kunnen twisten of ze die bergen ook inderdaad beklommen hadden. Dat was allemaal geen nieuws voor me. Onnodig te zeggen dat het tragische slachtoffer in deze zaak Greg was, die zij niet te spreken had kunnen krijgen. Nadat ze haar artikel was begonnen met de verschrikkingen op de Chungawat – die me nog steeds de rillingen bezorgden, hoe melodramatisch ze ook werden beschreven – wijdde Joanna zich aan de vroegere carrière van Greg. Zijn prestaties waren inderdaad opzienbarend. Niet zozeer wat de bergen betrof die hij had beklommen – de Everest, K2, McKinley, Annapurna – maar de manier waarop: in de winter, zonder zuurstof, in sneltreinvaart naar de top met een minimum aan uitrusting.

Joanna had kennelijk de knipsels uitgeplozen. In de jaren tachtig was Greg een klimmende mysticus geweest. Een hoge berg was een voorrecht, dat je met jaren oefening werd verleend. In het begin van de jaren negentig was hij blijkbaar bekeerd: 'Ik was vroeger een elitaire klimmer,' had Greg ooit gezegd. 'Nu ben ik democraat. Klimmen is een geweldige ervaring. Daar wil ik iedereen in laten delen.' Iedereen, schreef Joanna droogjes, die vijftigduizend dollar kon neertellen. Greg had een ondernemer ontmoet, ene Paul Molinson, en samen hadden ze een bedrijf opgezet, Top-ervaringen. Drie jaar lang hadden ze artsen, advocaten, arbitrageanten en rijke erfgenamen bergen laten beklimmen, die tot voor kort het terrein van een selecte groep ervaren klimmers waren.

Joanna spitste zich toe op een van de expeditieleden die op de Chungawat was omgekomen, Alexis Hartounian, een effectenmakelaar op Wall Street. Een rancuneuze (anonieme) klimmer zei: 'Die man heeft een van de moeilijkste klimtochten van de wereld gemaakt. Hij was absoluut geen klimmer, maar toch bazuinde hij rond dat hij de Everest had gedaan, alsof het een bustochtje was. Nou, door schade en schande…'

Joanna's verslag van de gebeurtenissen op de berg was niet meer dan een aftreksel van het verhaal van Klaus, vergezeld van een schematische tekening, waarin het vaste touw aan de westkant van de graat getekend was. Ze beschreef een chaotische situatie met onbekwame klimmers, mensen die ziek waren, onder wie iemand die geen woord Engels sprak. Ze citeerde anonieme klimexperts, die zeiden dat de omstandigheden boven de achtduizend meter veel te extreem waren voor klimmers die niet voor zichzelf konden zorgen. Niet alleen brachten ze hun eigen leven in gevaar, maar ook dat van alle anderen in de groep. Klaus had gezegd dat hij het daar gedeeltelijk mee eens was, maar een paar anonieme commentatoren gingen nog verder. Een berg als de Chungawat vereist absolute betrokkenheid en concentratie, vooral als het weer omslaat. Zij impliceerden dat Greg zo druk was met zakelijke beslommeringen en de speciale behoeften van zijn onervaren klimmers, dat zijn oordeel daardoor vertroebeld werd en, erger nog, dat zijn prestaties eronder leden. 'Als je je energie in de verkeerde zaken steekt,' zei iemand, 'dan gaan er dingen mis op het verkeerde moment, vaste touwen raken los, mensen gaan de verkeerde kant op.'

Het was een cynisch verhaal over geknoei en desillusie en Adam verscheen aan het eind als het symbool van vervlogen idealen. Het was bekend dat hij zijn bedenkingen had over de expeditie, en vooral over zijn eigen aandeel daarin, maar toen puntje bij paaltje kwam, was hij degene die de berg op en af ging om mensen te redden die zichzelf niet konden redden. Joanna had een paar overlevenden te spreken weten te krijgen, die vertelden dat ze hun leven aan hem te danken hadden. Natuurlijk kreeg hij een nog aantrekkelijker aura door niemand als schuldige te willen aanwijzen, ja, zich zelfs te onthouden van elk commentaar. Ook had je het dramatische verhaal van zijn eigen vriendin die in de groep omgekomen was. Adam had haar daar weinig over verteld, maar ze had iemand anders gevonden die zei dat hij steeds weer naar buiten ging om haar te zoeken voordat hij bewusteloos in zijn tent in elkaar zakte.

Toen Adam terugkwam, had hij geen enkele interesse in het artikel, behalve een minachtende frons toen hij de kop zag. 'Wat weet die trut ervan?' was zijn enige commentaar. Later las ik hem in bed de anonieme kritiek op Greg voor. 'Wat vind je daarvan, lief?' vroeg ik.

Hij pakte de krantenbijlage uit mijn handen en smeet die op de grond. 'Ik vind het gelul,' zei hij.

'Omdat het niet accuraat weergeeft wat er is gebeurd?'

'O ja,' zei hij lachend. 'Jij bent wetenschapper. Jij bent in de waarheid geïnteresseerd.' Het klonk neerbuigend.

Het leek wel alsof ik getrouwd was met Lawrence van Arabië of kapitein Scott of zoiets. Bijna iedereen die ik kende vond wel een reden om me de dagen erna op te bellen voor een praatje. Mensen die afkeurend hadden gestaan tegenover de onfatsoenlijke haast waarmee ik getrouwd was, waren ineens vol begrip. Mijn pa belde en praatte over koetjes en kalfjes, om vervolgens tussen neus en lippen door te melden dat hij het artikel had gelezen en te opperen dat we een keer moesten langskomen. Maandagmorgen op kantoor had iedereen plotseling iets dringends met me te bespreken. Mike kwam binnen met zijn koffie en reikte me een onbelangrijk stuk papier aan. 'We worden nooit wezenlijk op de proef gesteld, hè?' zei hij met een peinzende blik in zijn glanzende ogen. 'Dat betekent dat we onszelf nooit echt leren kennen, omdat we niet weten hoe we in een noodsituatie zullen reageren. Het moet geweldig zijn voor je… eh… man om in zo'n brandhaard te zijn geweest en het er zo goed van af te hebben gebracht.'

'Hoezo, mijn "eh… man", Mike? Hij is mijn man, ik kan je de trouwakte laten zien, als je wil.'

'Zo bedoelde ik het niet, Alice. Ik moet er gewoon nog aan wennen. Hoe lang ken je hem nou?'

'Een paar maanden, zoiets.'

'Niet te geloven. Ik moet eerlijk bekennen dat ik, toen ik het voor het eerst hoorde, dacht dat je knettergek was geworden. Het leek me niets voor Alice Loudon zoals ik haar kende. Nu zie ik dat we allemaal ongelijk hadden.'

'We?'

'Het hele kantoor.'

Ik was ontzet. 'Jullie dachten allemaal dat ik gek was geworden?'

'We waren allemaal verbaasd. Maar nu zie ik dat jij gelijk had en wij ongelijk. Het is net als in dat artikel. Het gaat allemaal over het vermogen om je hoofd erbij te houden onder druk. Jouw man heeft dat vermogen.' Mike had in zijn kop koffie gestaard, uit het raam gekeken, overal heen behalve naar mij. Nu keek hij me aan. 'Jij hebt het ook.'

Ik probeerde niet te giechelen om dat compliment, als het dat al was. 'Nou, reuze bedankt, meneer. En nu terzake.'

Dinsdag had ik het gevoel dat ik had gepraat met iedereen in de wereld die mijn telefoonnummer had, behalve met Jake. Toch was ik verbaasd toen Claudia zei dat er een Joanna Noble aan de lijn was. Ja, ze wilde echt met mij spreken en niet als smoes om Adam te bereiken. En ja, het was belangrijk en ze wilde een gesprek onder vier ogen. Diezelfde dag nog, als dat kon. Ze zou in de buurt van mijn werk kunnen afspreken, nu, als ik tijd had. Het zou maar een paar minuten kosten. Wat kon ik zeggen? Ik zei dat ze naar de receptie moest komen en een uur later zaten we in een bijna lege broodjeszaak om de hoek. Ze had nog niets gezegd, me alleen begroet.

'Door jouw verhaal ben ik ook een beetje beroemd geworden,' zei ik. 'Ik ben in ieder geval de vrouw van een held.'

Ze keek verlegen en stak een sigaret op. 'Hij is ook een held,' zei ze. 'Onder ons gezegd, ik had spijt van bepaalde stukken in het artikel, waarin ik zo scheutig ben met beschuldigingen. Maar wat Adam daarboven heeft gedaan is ongelooflijk.'

'Ja,' zei ik. 'Een held, en dat is-ie.' Joanna reageerde niet. 'Ik neem aan dat je alweer met een ander verhaal bezig bent,' zei ik.

'Meer dan een,' zei ze.

Ik zag dat ze zat te friemelen met een stuk papier. 'Wat is dat?'

Ze keek omlaag, bijna alsof ze het zonder dat ze dat wist in haar handen had gekregen en ze ervan opkeek.

'Dit zat vanochtend bij de post.' Ze gaf me het papier.

'Lees maar,' zei ze.

Het was een heel kort briefje.

Beste Joanna Noble,

Wat u over Adam Tallis schrijft, daar werd ik niet goed van. Ik zou u de

waarheid over hem kunnen vertellen, als u dat zou willen. Als u interesse
hebt, kijk dan in kranten van 20 oktober 1989. Als u wilt, kunt u met me
praten en dan zal ik u vertellen wat voor iemand het is. Het meisje in het
artikel ben ik.

Met vriendelijke groet, Michelle Stowe

Ik keek Joanna niet-begrijpend aan. 'Een gestoorde,' zei ik.

Joanna knikte. 'Ik krijg veel van zulke brieven. Maar ik ben naar de bibliotheek gegaan. Het kranten- en knipselarchief op mijn werk, en dit heb ik gevonden.' Ze gaf me nog een stuk papier. 'Het is maar een klein berichtje. Het stond op een binnenpagina, maar ik dacht... Nou ja, kijk maar wat je ervan vindt.'

Het was een kopie van een klein nieuwsbericht met de kop: 'Rechter tikt verkracht meisje op de vingers'. Een naam in de eerste alinea was onderstreept: die van Adam.

Gisteren is in Winchester een jongeman op de eerste dag van zijn proces vrijgesproken van verkrachting , toen rechter M. Clark de jury instrueerde hem niet schuldig te verklaren. 'U verlaat deze rechtszaal zonder één smet op uw blazoen,' zei de rechter tegen Adam Tallis, 23 jaar. 'Ik kan slechts mijn spijt betuigen dat u hier ter verantwoording werd geroepen voor zo'n ondeugdelijke, ongegronde aanklacht.'

De heer Tallis was beschuldigd van het verkrachten van mejuffrouw X, die hier op juridische gronden niet bij naam genoemd kan worden, na wat werd beschreven als 'een dronken feest' in de buurt van Gloucester. Na een kort verhoor van X, dat zich toespitste op haar seksuele verleden en haar geestelijke gesteldheid tijdens het feest, verzocht de verdediging bij monde van raadsman Jeremy McEwan om een verklaring van onontvankelijkheid, die onmiddellijk door de rechter werd ingewilligd.

Rechter Clark zei het te betreuren dat 'X het voordeel had van de mantel der anonimiteit, terwijl de naam en reputatie van de heer Tallis door het slijk werden gehaald'. Op de trap van het gerechtsgebouw zei de juridisch adviseur van de heer Tallis, Richard Vine, dat zijn cliënt zeer verheugd was over het vonnis en gewoon de draad van zijn leven weer wilde oppakken.

Toen ik klaar was met lezen, pakte ik mijn koffiekopje met vaste hand op en nam een slokje. 'En?' zei ik. Joanna zweeg. 'Wat moet dit voorstellen? Ga je er soms een stukje over schrijven?'

'Wat zou ik moeten schrijven?' vroeg Joanna.

'Je hebt Adam op een voetstuk gezet,' zei ik. 'Misschien is het nu tijd om hem er vanaf te slaan.'

Joanna stak nog een sigaret op. 'Ik vind niet dat ik dit verdien,' zei ze koeltjes. 'Ik heb alles gezegd wat ik moest zeggen over bergbeklimmen. Ik ben niet van plan om die vrouw op te zoeken. Maar…' Nu zweeg ze even en keek onzeker. 'Het had meer met jou te maken dan met iets anders. Ik wist niet wat ik moest doen. Uiteindelijk vond ik dat het mijn plicht was om dit aan jou te laten zien. Misschien ben ik wel arrogant en bemoeizuchtig. Vergeet het dan gewoon, als je wil.'

Ik haalde diep adem en dwong mezelf rustig te spreken. 'Het spijt me dat ik dat zei.'

Joanna glimlachte flauwtjes en blies een wolk rook uit. 'Goed,' zei ze. 'Dan ga ik maar.'

'Mag ik deze houden?'

'Natuurlijk. Het zijn maar kopieën.' Haar nieuwsgierigheid werd haar kennelijk te machtig. 'Wat ga je ermee doen?'

Ik schudde mijn hoofd. 'Niets. Hij is toch onschuldig bevonden?'

'Ja.'

'Zonder één smet op zijn blazoen, toch?'

'Klopt.'

'Dus ga ik helemaal niets doen.'

19

Het lag natuurlijk niet zo simpel. Ik hield mezelf voor dat Adam onschuldig was bevonden. Ik hield mezelf voor dat toen ik hem mijn jawoord gaf, ik hem had beloofd dat ik hem zou vertrouwen. Dit was de eerste keer dat dat vertrouwen op de proef werd gesteld. Ik zou niets tegen hem zeggen, ik zou niet reageren op de laster. Ik zou er niet eens over nadenken.

Wie hield ik hier voor de gek? Ik dacht er de hele tijd aan. Ik dacht aan dat onbekende meisje, die vrouw, wat dan ook, dronken met een dronken Adam. Ik dacht aan Lily, die haar T-shirt uitdeed en haar bleke zeemeerminnenlichaam en haar krijtwitte rug toonde. En ik dacht eraan hoe Adam met mij omging: hij bond me vast, legde zijn handen om mijn nek, gebood me te doen wat hij me opdroeg. Hij vond het lekker om me pijn te doen. Hij genoot van mijn zwakte onder zijn kracht. Hij bestudeerde me aandachtig om te zien waar mijn pijn zat. De seks tussen ons, die eerst een soort extatische hartstocht had geleken, werd bij nader inzien iets anders. Wanneer ik alleen was in mijn kantoor, deed ik mijn ogen dicht en haalde me verschillende excessen voor de geest. De herinnering bezorgde me een misselijkmakend, maar vreemd soort genot. Ik wist niet wat ik ermee aan moest.

De eerste avond nadat ik Joanna had gesproken, zei ik tegen hem dat ik me rot voelde. Ik moest ongesteld worden. Ik had krampen in mijn rug.

'Maar je moet pas over zes dagen ongesteld worden,' zei hij.

'Dan ben ik te vroeg,' antwoordde ik. God, ik was getrouwd met een man die mijn menstruatiecyclus beter kende dan ikzelf. Ik probeerde mijn ongenoegen met een grapje af te doen. 'Zo zie je maar weer, de Drakloop is onmisbaar.'

'Ik zal je masseren. Dat helpt.' Hij hielp iemand in Kensington met het leggen van een houten vloer, dus waren zijn handen eeltiger dan ooit. 'Je staat stijf van de spanning,' zei hij. 'Ontspan.'

Ik hield het twee dagen vol. Op donderdagavond kwam hij thuis met een grote tas boodschappen en kondigde aan dat hij voor de verandering zou koken. Hij had zwaardvis gekocht, twee verse rode pepers, een knoestig stukje gemberwortel, een bosje koriander, basmatirijst in een bruine papieren zak en een fles paarsrode wijn. Hij stak alle kaarsen aan en deed de lichten uit, zodat het sombere keukentje er plotseling als een heksenhol uitzag.

Ik las de krant en keek toe hoe hij de koriander zorgvuldig waste, zodat er geen korreltje aarde meer op de blaadjes zat. Hij legde de pepers op een bord en hakte ze fijn. Toen hij merkte dat ik naar hem keek, legde hij het mes neer, kwam naar me toe en kuste me, waarbij hij zijn handen van mijn gezicht weghield. 'Ik wil niet dat je die scherpe peper in je gezicht krijgt,' zei hij.

Hij maakte een marinade voor de vis, spoelde de rijst schoon en liet die in een pan water staan, waste zijn handen grondig, ontkurkte daarna de wijn en schonk die in twee niet bij elkaar passende glazen.

'Het duurt een uurtje,' zei hij. Hij stopte zijn handen in zijn broekzakken en haalde er twee dunne leren riemen uit. 'Ik denk er al de hele dag aan dat ik je wil vastbinden.'

'En als ik nu nee zeg?' Ik flapte het er zomaar uit. Mijn mond was plotseling zo droog dat ik moeilijk kon slikken.

Adam bracht zijn glas naar zijn mond en nam een slokje. Hij

keek me aandachtig aan. 'Hoezo, nee? Wat voor soort nee?'

'Ik moet je iets laten zien,' zei ik, en ik liep naar mijn tas en haalde er de gekopieerde brief en het krantenstukje uit. Ik gaf ze aan Adam.

Hij zette zijn wijn op tafel en las ze op zijn gemak door. Daarna keek hij me aan. 'En?'

'Ik... ik heb ze van die journaliste gekregen en...' Ik zweeg abrupt.

'Wat wil je me nou eigenlijk vragen, Alice?' Ik gaf geen antwoord. 'Wil je me vragen of ik haar heb verkracht?'

'Nee, natuurlijk niet. Ik bedoel, de rechter heeft je toch vrijgesproken en, verdomme, we zijn getrouwd, toch? Hoe zou je dan zoiets voor me kunnen verzwijgen? Het moet iets heel belangrijks voor je zijn geweest. Ik wil weten wat er is gebeurd. Dat is logisch. Wat verwacht je dan, verdomme?' Tot mijn verbazing sloeg ik met mijn vuist op tafel, zodat de glazen ervan trilden.

Heel even kwam er iets treurigs in zijn ogen, maar hij werd niet kwaad zoals ik had verwacht. 'Ik ga ervan uit dat je mij gelooft,' zei hij zacht, bijna in zichzelf. 'En dat je aan mijn kant staat.'

'Dat is ook zo. Natuurlijk. Maar...'

'Maar je wil weten hoe het gegaan is?'

'Ja.'

'Tot in de details?'

Ik haalde diep adem en zei ferm: 'Ja, tot in alle details.'

'Je hebt erom gevraagd, hoor.' Hij schonk zichzelf nog wat wijn in en ging onderuit zitten in zijn stoel, terwijl hij naar me keek. 'Ik was op een feestje bij een vriend in Gloucestershire. Een jaar of acht geleden. Ik was net terug uit Amerika, waar ik met een vriend had geklommen in Yosemite Park. We waren behoorlijk afgemat en hadden wel zin in een verzetje. Er waren een heleboel mensen, maar ik kende er niet een van, behalve de man die het feest gaf. De drank vloeide rijkelijk. Er gingen wat drugs rond.

Er werd gedanst, gezoend. Het was zomer, een zwoele avond. In de bosjes waren een paar stelletjes. Toen kwam er een meisje naar me toe, dat me meetrok naar de dansvloer. Ze was behoorlijk dronken. Ze probeerde me ter plekke uit te kleden. Ik nam haar mee naar buiten. Toen we nog over het gazon liepen, had ze haar jurk al uit. We gingen achter een dikke boom staan. Ik hoorde een paar meter verder een ander stel bezig. Ze zeurde over haar vriendje, dat ze laaiende ruzie hadden gehad en dat ze zin had om met me te neuken en dat ik dingen met haar moest doen die haar vriendje nooit deed. Dus dat heb ik gedaan. Daarna zei ze dat ik haar had verkracht.'

Er viel een stilte.

'Wilde ze het ook?' vroeg ik zachtjes. 'Of zei ze dat ze het niet wilde?'

'Tja, Alice, dat is een interessante vraag. Heb jij wel eens nee tegen mij gezegd?'

'Ja, maar…'

'En heb ik je ooit verkracht?'

'Zo simpel is het niet.'

'Seks is nooit zo simpel. Wat ik met jou doe, vind je dat lekker?'

'Ja.' Er stonden zweetdruppels op mijn voorhoofd.

'Toen ik je vastbond, vroeg je of ik daarmee op wilde houden, maar vond je het lekker?'

'Ja, maar… Dit is afschuwelijk, Adam.'

'Je hebt erom gevraagd. Toen ik…'

'Hou maar op. Het is gewoon niet zo simpel, Adam. Het gaat over wat de bedoeling was. Die van haar, die van jou. Wilde ze dat je ermee ophield?'

Adam nam nog een slokje wijn en slikte het langzaam door. 'Naderhand wel. Ze had gewild dat ik ermee ophield. Ze wou dat het niet was gebeurd, dat is waar. Ze wilde haar vriendje terug. Soms wil je dingen die je hebt gedaan terugdraaien.'

'Even voor de duidelijkheid: er was geen moment waarop je dacht dat ze zich verzette of niet meer wilde?'

'Nee.'

We staarden elkaar aan.

'Maar soms' – hij bleef me aanstaren, alsof hij me op de proef stelde – 'is dat moeilijk te zeggen bij vrouwen.'

Dat viel helemaal verkeerd. 'Praat niet zo over *vrouwen*, alsof we alleen maar anonieme objecten zijn.'

'Maar ze was natuurlijk ook een object. Net als ik. Ik kwam haar tegen op een feest, toen we allebei dronken waren. Ik geloof niet dat ik wist hoe ze heette, en zij wist niet hoe ik heette. Zo wilden we het. We waren allebei uit op seks. Wat is daar verkeerd aan?'

'Ik ben niet...'

'Is jou dat nooit overkomen? Jawel, dat heb je me zelf verteld. Dat draagt toch bij aan het plezier op dat moment?'

'Misschien wel,' gaf ik toe. 'Maar ook aan de schaamte erna.'

'Dat geldt niet voor mij.' Hij keek me kwaad aan en ik voelde hoe woedend hij was. 'Ik vind het onzin om je druk te maken over dingen die je toch niet kan veranderen.'

Ik probeerde met vaste stem te spreken. Ik wilde niet huilen. 'Die avond na ons trouwen, in de hut, toen wilde ik het, Adam. Ik wilde dat je alles met me deed wat je maar wou. Maar toen ik de volgende ochtend wakker werd, had ik er een slecht gevoel over. Ik vond dat we te ver waren gegaan, dat we een verboden gebied hadden betreden.'

Adam schonk nog wat wijn voor me in en daarna voor zichzelf. We hadden ongemerkt bijna de hele fles leeggedronken.

'Heb jij dat nooit ervaren?' vroeg ik.

Hij knikte. 'Jawel.'

'Na seks?'

'Niet per se. Maar ik begrijp wel wat je bedoelt.' Hij trok een grimas naar me. 'Ik herken het gevoel.'

We dronken samen onze wijn en de kaarsen flakkerden.

'De zwaardvis is nu wel genoeg gemarineerd,' zei ik.

'Ik zou nooit iemand verkrachten.'

'Nee,' zei ik. Maar ik dacht: hoe kan je dat weten?

'Zal ik de vis dan gaan klaarmaken?'

'Nog niet.'

Ik aarzelde. Het leek alsof mijn leven aan een scharnier zat. Ik kon het de kant op duwen die ik maar wilde, ik kon het ene doen of het andere laten. Vertrouwen en gek worden. Wantrouwen en gek worden. Vanuit mijn positie leek het uiteindelijk niet veel verschil te maken. Het was pikdonker buiten en ik hoorde de regen gestaag vallen. De kaarsen waren aan het uitgaan en wierpen dansende schaduwen op de muren. Ik stond op en liep naar de plek waar hij de leren riemen had laten vallen. 'Toe maar dan, Adam.'

Hij bleef zitten waar hij zat. 'Wat bedoel je nou?' vroeg hij.

'Ik bedoel ja.'

Maar ik bedoelde geen ja, niet honderd procent. De volgende dag belde ik Lily vanaf mijn kantoor en sprak vroeg in de avond met haar af, meteen na het werk. Ik had geen zin om naar haar viezige kelderwoninkje te gaan. Ik dacht niet dat ik op de smoezelige lakens zou kunnen zitten, omringd door oude foto's van Adam. Ik stelde voor om elkaar te ontmoeten in de koffieshop in John Lewis in Oxford Street, de meest neutrale en minst gezellige tent die ik kon verzinnen.

Lily zat er al, met een cappuccino en een grote chocolademuffin voor zich. Ze droeg een zwarte wollen jas, een grove moerbeirode trui en enkellaarsjes. Ze had zich niet opgemaakt. Haar zilvergrijze haar was losjes opgestoken. Ze zag er tamelijk normaal uit en tamelijk lief, toen ze naar me glimlachte. Niet zo gestoord. Ik lachte flauwtjes terug. Ik wilde haar niet aardig vinden.

'Problemen?' zei ze joviaal, toen ik tegenover haar ging zitten.

'Wil je nog een koffie?' antwoordde ik.

'Nee, dank je. Maar ik zou nog wel een muffin lusten, ik heb de hele dag niets gegeten.'

Ik bestelde een cappuccino voor mezelf en nog een muffin. Ik staarde haar aan over de rand van mijn kopje en wist niet waar ik moest beginnen. Lily vond de stilte blijkbaar geen probleem en stoorde zich evenmin aan mijn schutterigheid. Ze at gretig en smeerde chocola over haar kin. Ze gedroeg zich een beetje als een klein kind, bedacht ik.

'We waren nog niet helemaal klaar met ons gesprek,' zei ik tam.

'Wat wil je weten?' vroeg ze scherp. 'Mevrouw Tallis,' zei ze er nog bij.

Er golfde een paniekgevoel door me heen.

'Ik ben mevrouw Tallis niet. Waarom noem je me zo?'

'Ach, zeik toch niet.'

Ik liet het rusten. Er waren immers al dagen geen telefoontjes geweest of brieven gekomen. Niet sinds ik Jake erop had aangesproken.

'Heeft Adam wel eens geweld tegen je gebruikt?'

Ze stootte een gillend lachje uit.

'Grof geweld, bedoel ik,' zei ik.

Ze veegde haar mond af. Ze genoot.

'Heb je wel eens nee gezegd, bedoel ik.'

'Wat bedoel je nou werkelijk? Hoe moet ik dat weten? Zo was het niet. Je weet toch hoe hij is?' Ze glimlachte tegen me. 'Trouwens, hoe zou hij het vinden dat jij afspraakjes met me maakt? Dat jij z'n verleden zit uit te pluizen?' Weer liet ze dat snelle, spookachtige giecheltje van haar horen.

'Ik heb geen idee wat hij daarvan zou vinden.'

'Ik bedoel ook niet wat hij zou vinden. Maar wat hij zou dóén.'

Ik gaf geen antwoord.

'Ik zou niet graag in jouw schoenen staan.' Daarna trok er een heftige rilling door haar heen en ze leunde over de tafel tot haar gezicht vlak bij dat van mij was. Er zat een stukje chocola op een van haar hagelwitte tanden. 'Maar ook weer wel.' Ze sloot haar ogen en ik kreeg het afschuwelijke gevoel dat ik er getuige van was hoe zij in haar verbeelding een fetisjistisch toneelstukje met Adam opnieuw opvoerde.

'Ik ga,' zei ik.

'Wil je een raad van mij aannemen?'

'Nee,' zei ik, wat al te snel.

'Probeer hem niet dwars te zitten of hem te veranderen. Dat lukt je nooit. Je moet je naar hem schikken.'

Ze stond op en liep weg. Ik betaalde.

20

Ik liep direct op Klaus af en omhelsde hem. Hij sloeg zijn armen om me heen. 'Gefeliciteerd,' zei ik.

'Leuk feestje, hè?' zei hij stralend. Daarna werd zijn lach een beetje wrang. 'Zijn die mensen niet helemaal voor niets doodgegaan op die berg. Is er toch nog iets goeds uit voortgekomen, in de vorm van mijn boek. Laat niemand zeggen dat ik niet geprofiteerd heb van andermans ellende.'

'Daar zíjn andere mensen voor, denk ik,' zei ik en daarna lieten we elkaar los.

'Waar is je man, de held?' vroeg Klaus, terwijl hij om zich heen keek.

'Die verstopt zich ergens tussen de mensen, om bewonderaars van zich af te houden. Is er nog iemand anders van de expeditie?'

Klaus keek rond. De presentatie van zijn boek vond plaats in de bibliotheek van de alpinistenvereniging in South Kensington. Het was een grotachtige ruimte met planken met in leer gebonden boeken langs de muren, uiteraard, maar er stonden ook stokoude, verweerde bergschoenen in glazen vitrines en aan de muren hingen pickels als trofeeën en foto's van stroeve mannen in tweedpakken, en van bergen, een heleboel bergen.

'Greg is hier ergens.'

Ik was stomverbaasd. 'Greg? Waar dan?'

'Daar in de hoek, in gesprek met die oude man. Ga jezelf maar voorstellen. Dat is Lord Montrose. Hij stamt uit het roemruchte verleden van Himalaya-expedities waarbij ze het onnodig vonden om hun dragers met stijgijzers uit te rusten.'

Ik drong me door de menigte heen. Deborah stond in de ene hoek. Er liepen een hoop lange, blakend gezonde vrouwen rond. Ik zat me af te vragen met welke Adam allemaal naar bed was geweest. Stom. Stom.

Greg stond gebogen over Lord Montrose in zijn oor te schreeuwen, toen ik op hen af kwam lopen. Ik bleef even staan, totdat Greg me achterdochtig aankeek. Misschien dacht hij dat ik een verslaggever was. Greg zag eruit zoals ik me vroeger altijd een bergbeklimmer had voorgesteld, voordat ik in contact kwam met mensen als Adam en Klaus. Greg was geen lange man, net als zij. Hij had een onwaarschijnlijk lange baard, zoals de man in de limerick van Edward Lear, die er twee leeuweriken en een winterkoninkje in aantrof. Hij had lang, slordig haar. Hij moest nog in de dertig zijn, maar hij had dunne rimpels in zijn voorhoofd en om zijn ogen. Lord Montrose keek me aan en verdween daarna als een schim in de menigte, alsof ik hem afstootte.

'Ik ben Alice Loudon,' zei ik tegen Greg. 'Ik ben pas getrouwd met Adam Tallis.'

'O,' zei hij, met een frons van herkenning. 'Gefeliciteerd.'

Er viel een stilte. Greg keek over zijn schouder naar de foto naast ons aan de muur. 'Kijk,' zei hij. 'Op een van de eerste expedities daar deed een Victoriaanse dominee een stap achteruit om het uitzicht te bewonderen en trok vier collega's mee de diepte in. Ze kwamen tussen hun eigen tenten terecht, die helaas drieduizend meter lager stonden.' Hij ging verder met de volgende foto. 'K2. Prachtig, hè? Bijna vijftig mensen zijn er omgekomen.'

'Waar is K-één?'

Greg lachte.

'Die bestaat niet meer. In 1856 beklom een Britse luitenant die meewerkte aan de Grote Topografische Kaart van India een berg en* zag honderdtweeënnegentig kilometer van hem vandaan twee pieken in het Karakoram-gebergte. Dus die noteerde hij als K1 en K2. Later ontdekten ze dat K1 al een naam had: Masherbrum. Maar K2 is gebleven.'

'Die heb jij beklommen,' zei ik. Greg gaf geen antwoord. Ik wist wat ik moest zeggen. Ik flapte het er in één keer uit. 'Heb je vanavond met Adam gepraat? Dat moet je doen. Hij vindt de stukken in de krant over de Chungawat heel vervelend. Zal ik je nu naar hem toe brengen? Dan maak je mij ook blij en red je hem van al die prachtige, vrouwelijke aanbidders.'

Greg wendde zenuwachtig zijn blik af en keek de kamer rond, zoals mensen doen op feestjes als ze half naar jou luisteren en half rondkijken of er niet een interessanter iemand is om mee te praten. Hij moet geweten hebben dat ik geen bergbeklimmer was en hij had vast geen enkele belangstelling voor mijn verhaal, dus voelde ik me voor schut staan.

'Dus hij vindt 't vervelend?' zei Greg zachtjes, terwijl hij me nog steeds niet aankeek. 'En waarom dan?'

Waarom deed ik dit? Ik haalde diep adem. 'Omdat het beschreven wordt in termen die niets te maken hebben met hoe het echt op die berg was, met die storm en zo.'

Hierop keek Greg me wel aan en liet een vermoeid lachje horen. Hij begon te spreken met duidelijke moeite, alsof het nog steeds erg pijnlijk voor hem was. 'Ik vind,' zei hij langzaam, 'dat degene die een expeditie leidt er de verantwoordelijkheid voor moet nemen.'

'Het was geen pleziertochtje,' zei ik. 'Iedereen op die expeditie wist heel goed dat ze een heel gevaarlijk terrein betraden. Op zo'n berg kan je geen mooi weer garanderen, alsof het een reisje naar de zon is.'

De lijnen in zijn gezicht plooiden zich. Op een bepaalde manier leek het alsof de tijd die hij in de Himalaya had doorgebracht, in dat onbeschermde zonlicht en de zuurstofarme lucht, hem het aura van een stokoude boeddhistische monnik had verleend. Midden in dat verweerde, door de zon gelooide gezicht straalden de prachtige babyblauwe ogen. Ik kreeg het gevoel dat hij de hele last van het gebeurde op zijn schouders had genomen. Ik vond hem geweldig aardig.

'Ja, Alice,' antwoordde hij. 'Dat klopt.'

Zoals hij dat zei, klonk het eerder als nog een voorbeeld van zijn verkeerde beoordeling dan als een vorm van verontschuldiging.

'Ik wou dat je hierover met Adam praatte,' zei ik wanhopig.

'Waarom zou ik met hem praten, Alice? Wat zou hij me zeggen?'

'Hij zou zeggen,' zei ik na een stilte, 'dat het op achtduizend meter hoogte een andere wereld is en dat het verkeerd is om het gebeurde te veroordelen.'

'Het punt is,' zei Greg, bijna verbijsterd, 'dat ik het daar niet mee eens ben. Ik weet wel dat...' Hij zweeg even. 'Ik weet wel dat Adam vindt dat het daarboven anders is, anders dan waar ook. Maar ik denk dat je wel kunt oordelen over iemands gedrag op de top van een berg, net als overal elders. Het gaat er gewoon om dat je het goed doet.'

'Hoe bedoel je?'

Hij zuchtte en keek om zich heen om te zien of er iemand meeluisterde. Gelukkig was dat niet zo. Hij nam een slokje uit zijn glas en toen nog een. Ik dronk witte wijn, hij dronk whisky.

'Moet ik mezelf weer opnieuw straffen? Misschien was het onverantwoordelijk van me om met betrekkelijk onervaren klimmers de Chungawat op te gaan. Ik dacht dat ik me goed had voorbereid.' Hij keek me doordringend aan, met een nieuwe harde blik in zijn ogen. 'Misschien denk ik dat nog steeds. Ik werd ziek op de berg, doodziek, en ik moest zowat gesleept worden naar het basiskamp. Het was een zware storm, een van de ergste die ik ooit in mei heb meegemaakt. Maar ik dacht dat mijn systeem van vaste touwen, met ondersteuning van dragers en professionele gidsen, waterdicht was.' We keken elkaar aan en ik zag dat zijn gezicht ontspande, totdat er alleen maar een intens treurige uitdrukking overbleef. 'Maar, zul jij zeggen en zullen anderen zeggen, er zijn vijf mensen omgekomen. En dan lijkt het, nou ja, ongepast om te gaan protesteren dat er een touw vasttrok of een vergrendeling het begaf of een paaltje losschoot, of dat ik met mijn gedachten elders was.' Hij haalde even zijn schouders op.

'Het spijt me,' zei ik. 'Ik weet niets van dat technische gedoe.'

'Nee,' zei Greg. 'Dat geldt voor de meeste mensen.'

'Maar ik weet wel iets van emoties, van de nasleep. Het was voor iedereen vreselijk. Ik heb het boek van Klaus gelezen. Hij vindt het erg dat hij zo machteloos was op die berg. En Adam. Hij zit er nog steeds vreselijk mee dat hij zijn vriendin niet heeft kunnen redden, Françoise.'

'Ex-vriendin,' zei Greg afwezig. Hij maakte niet de indruk dat hij getroost was. Plotseling kwam er een jonge vrouw op ons af.

'Hallo,' zei ze opgewekt. 'Ik ben Kate van de uitgeverij van Klaus.'

Er viel een stilte, waarin Greg en ik elkaar als medeplichtigen aankeken.

'Ik ben Alice,' zei ik.

'Ik ben Greg.'

Op het gezicht van de vrouw kwam een blijk van herkenning.

'O, jij was…'

Toen zweeg ze verward en bloosde.

'Het was erg gênant,' zei ik. 'Er viel een gapende stilte. Greg kon haar zin natuurlijk niet afmaken en zich voorstellen als degene die de schuld droeg van de hele ramp en ik vond het niet mijn taak om ertussen te komen en haar te helpen. Dus ze werd knalrood en daarna sloop ze weg. Het was... Hé, dat is koud.'

Adam had het dekbed van me afgetrokken.

'Waar heb je met Greg over gepraat?'

Terwijl hij dat zei begon hij mijn armen en benen te bewegen en me rond te draaien, alsof ik een etalagepop was.

'Voorzichtig. Ik vond dat ik iemand moest spreken die in jouw leven belangrijk was. En ik wilde hem zeggen hoe erg je je die stukken in de krant aantrekt.' Ik probeerde me om te draaien om Adam recht te kunnen aankijken. 'Vind je dat erg?'

Ik voelde zijn handen achter op mijn hoofd, daarna trok hij hard aan mijn haar en duwde mijn gezicht keihard in de matras. Ik kon me niet inhouden en schreeuwde het uit.

'Ja, dat vind ik erg. Het heeft niets met jou te maken. Wat weet jij er nou van?' Ik had tranen in mijn ogen. Ik probeerde me los te wurmen, maar Adam drukte me met zijn elleboog en knie op het bed neer, terwijl hij tegelijkertijd met zijn vingers over mijn lichaam streek. 'Wat heb je toch een onuitputtelijk heerlijk lijf,' zei hij teder, terwijl hij met zijn lippen mijn oor beroerde. 'Ik hou van elk stukje ervan en ik hou van jou.'

'Ja,' kreunde ik.

'Maar,' en nu werd zijn toon harder, hoewel het nog steeds een soort gefluister was, 'ik wil niet dat je je met zaken bemoeit die jou niet aangaan, want dan word ik heel erg kwaad. Begrijp je dat?'

'Nee,' zei ik. 'Daar begrijp ik eigenlijk niets van. Ik ben het er niet mee eens.'

'Alice, Alice,' zei hij verwijtend, terwijl zijn vingers van mijn nek langs mijn ruggengraat streken. 'We zijn niet geïnteresseerd in elkaars werelden, in elkaars vroegere leven. Het enige wat belangrijk is zijn wij, in dit bed.'

Plotseling kromp ik ineen. 'Au, dat doet pijn!' riep ik.

'Wacht,' zei hij. 'Wacht even. Je moet je gewoon ontspannen.'

'Nee, nee, dat kan ik niet,' zei ik, terwijl ik me probeerde los te wurmen, maar hij duwde me naar beneden, zodat ik nauwelijks kon ademhalen.

'Ontspan je en vertrouw op mij,' zei hij. 'Vertrouw op mij.'

Plotseling schoot er een vlammende pijn door mijn hele lijf, een soort lichtflits die ik zag en ook voelde, die als een razende door me heen ging, zonder ophouden, en ik hoorde een schreeuw die ergens anders vandaan leek te komen, maar hij kwam van mij.

Mijn huisarts, Caroline Vaughan, is maar een jaar of vijf ouder dan ik en wanneer ik haar zie, meestal voor een recept of een prik, heb ik altijd het gevoel dat we onder andere omstandigheden vriendinnen hadden kunnen zijn. Dat maakte het in dit geval een beetje gênant. Ik had haar gebeld met het dringende verzoek of ik onderweg naar mijn werk even tussendoor kon komen. Ja, het was erg belangrijk. Nee, het kon niet wachten tot morgen. Het inwendige onderzoek deed ongelooflijk zeer en ik lag op de tafel op mijn knokkels te bijten om het niet uit te schreeuwen. Caroline was met me aan het praten, maar hield daar na een tijdje mee op. Even later deed ze haar handschoenen uit en ik voelde haar warme vingers op de bovenkant van mijn rug. Ze zei dat ik me weer mocht aankleden en ik hoorde dat ze haar handen waste. Toen ik achter het scherm vandaan kwam, zat ze aan haar bureau te schrijven. Ze keek op. 'Kun je zitten?'

'Dat gaat net.'

'Dat verbaast me.' Ze had een ernstige, bijna sombere uitdrukking op haar gezicht. 'Het zal jou niet verbazen dat je een gescheurde anus hebt?'

Ik probeerde Caroline aan te kijken met een neutraal gezicht, alsof het gewoon om een griepje ging. 'En nu?'

'Het zal waarschijnlijk vanzelf genezen, maar je moet de komende week veel fruit en vezels eten, zodat de boel niet verder beschadigt. Ik zal je ook een licht laxeermiddel voorschrijven.'

'Is dat alles?'

'Hoe bedoel je?'

'Het doet zo'n pijn.'

Caroline dacht even na en schreef daarna nog iets op het recept. 'Dit is een verdovende crème, die wel zal helpen. Kom volgende week weer langs. Als het dan nog niet geheeld is, moeten we aan anale dilatatie gaan denken.'

'Wat is dat?'

'Maak je geen zorgen. Het is een simpele ingreep, maar je moet wel helemaal onder narcose.'

'God.'

'Maak je geen zorgen.'

'Oké.'

Ze legde haar pen neer en gaf me de recepten. 'Alice, ik ga hier geen preek tegen je houden. Maar behandel je lichaam in godsnaam met respect.'

Ik knikte. Ik wist niet wat ik moest zeggen.

'Je hebt blauwe plekken op de binnenkant van je dijen,' ging ze verder. 'Op je billen, je rug en zelfs op de linkerkant van je nek.'

'Je zal wel gemerkt hebben dat ik een bloes aanheb met een hoge kraag.'

'Wil je erover praten?'

'Het lijkt erger dan het is, Caroline. Ik ben net getrouwd. We laten ons wel eens meeslepen.'

'Dan zijn felicitaties zeker op z'n plaats,' zei Caroline, maar ze lachte er niet bij.

Ik stond op, ineenkrimpend van de pijn. 'Dank je,' zei ik.

'Alice.'

'Ja.'

'Gewelddadige seks…'

'Dat is het niet.'

'Gewelddadige seks, zei ik, kan een spiraal worden waar je

moeilijk uit los kan komen. Net als mishandeling.'

'Nee, je hebt het mis.' Ik werd warm over mijn hele lijf, van woede en vernedering. 'Seks draait toch vaak om pijn? En macht en onderwerping en zo.'

'Zeker. Maar niet om gescheurde anussen.'

'Nee.'

'Oppassen, hoor.'

'Ja.'

21

Ze was makkelijk op te sporen. Ik had de brief, die ik gelezen had tot mijn ogen er pijn van deden. Ik wist hoe ze heette, haar adres stond boven aan het papier in krullende letters. Ik belde op een ochtend op mijn werk gewoon inlichtingen en kreeg haar telefoonnummer. Ik bleef een paar minuten staren naar de cijfers die ik achter op een gebruikte envelop had geschreven en vroeg me af of ik haar ook echt zou bellen. Wie zou ik zeggen dat ik was? Stel dat er iemand anders opnam? Ik liep de gang in naar de drankenautomaat en haalde een piepschuimen bekertje oranje-bloesemthee en daarna ging ik in mijn kantoor zitten met de deur potdicht. Ik schoof een zacht kussentje onder me, maar het deed nog steeds pijn.

De telefoon ging lang over. Ze was er zeker niet, op haar werk waarschijnlijk. Ik was voor een deel opgelucht.

'Hallo?'

Ze was er toch. Ik schraapte mijn keel. 'Spreek ik met Michelle Stowe?'

'Ja.' Ze had een hoge, iele stem.

'Ik ben Sylvie Bushnell. Ik ben een collega van Joanna Noble van de *Participant*.'

'Ja?' De stem werd argwanend, behoedzaam.

'Ze heeft me je brief gegeven en ik vroeg me af of ik daarover met je zou kunnen praten.'

'Tja,' zei ze. 'Ik had 'm niet moeten schrijven. Ik was kwaad.'

'We wilden graag jouw versie van het verhaal horen, dat is alles.'

Het was even stil.

'Michelle?' zei ik. 'Je hoeft me alleen maar te vertellen wat je kan vertellen.'

'Tja, ik weet niet.'

'Ik zou bij je langs kunnen komen.'

'Als je maar niet iets publiceert waar ik niet achter sta.'

'Geen sprake van,' zei ik, wat nog waar was ook.

Ze zag het niet zo zitten, maar ik drong aan en zij stemde toe en ik zei dat ik de volgende ochtend bij haar langs zou komen. Ze woonde maar vijf minuten van het station. Het was een fluitje van een cent.

Ik las niet in de trein. Ik zat stil, meedeinend met de schommelende wagon, en staarde uit het raam naar de huizen van Londen, die langzaam verdwenen en plaatsmaakten voor groene velden. Het was een sombere, grijze dag. De vorige avond had Adam mijn hele lijf gemasseerd met olie. Hij had heel voorzichtig gedaan, om de blauwe plekken heen, en had de opgezwollen paarse schaafwonden teder gestreeld, alsof het glorieuze oorlogsverwondingen waren. Hij had me in bad gedaan en me in twee handdoeken gewikkeld en zijn handen op mijn voorhoofd gelegd. Wat was hij bezorgd, wat was hij trots op me dat ik zo kon lijden.

De trein reed door een lange tunnel en ik zag mijn gezicht in het raam: dunne, gezwollen lippen, wallen onder mijn ogen, slordige haren. Ik pakte een borstel en een elastiekje uit mijn tas en bond mijn haar strak naar achteren. Ik bedacht dat ik niet eens een notitieblok of een pen bij me had. Die zou ik daar wel kopen.

Michelle Stowe deed de deur open met een baby aan de borst. Hij was aan het drinken, zijn ogen waren stijf dicht in zijn gerimpelde, rode gezichtje. Zijn mond was gulzig bezig. Toen ik naar binnen liep, verloor hij even zijn houvast en ik zag dat hij een blinde, instinctieve beweging maakte, zijn mond ging wijd open, piepkleine vuistjes gingen open en maaiden door de lucht. Daarna vond hij de tepel weer en ging verder met zijn ritmische gezuig.

'Ik haal hem zo van de borst,' zei ze.

Ze ging me voor naar een klein vertrek met een kamerbrede bank. Er brandde een straalkachel. Ik ging op de bank zitten en wachtte. Ik hoorde haar zachtjes kirren en de baby zachtjes huilen. Er hing een zoete geur van talkpoeder. Op de schoorsteen stonden foto's van de baby, sommige met Michelle, andere met een magere, kale man.

Michelle kwam binnen, zonder baby, en ging aan het andere eind van de bank zitten.

'Wil je thee of zo?'

'Nee, dank je.'

Ze zag er jonger uit dan ik. Ze had donker krullend haar en volle bleekrode lippen in een rond, alert gezicht. Alles leek zacht aan haar: de glanzende krullen in haar haar, haar kleine witte handen, haar melkwitte borsten, haar mollige, postnatale buik. Ze had iets wulps en tegelijk iets huiselijks, met een oud crèmekleurig vest om zich heen, voeten in rode sloffen gestoken, een melkvlek op haar zwarte T-shirt. Voor het eerst van mijn leven speelde het moederinstinct in me op. Ik pakte de spiraalblocnote uit mijn tas en legde hem op schoot. Ik pakte de pen op.

'Waarom heb je Joanna geschreven?'

'Iemand liet me het tijdschrift zien,' zei ze. 'Ik weet niet wat ze ermee wilden. Ik was door een beroemdheid verkracht.'

'Wil je erover vertellen?'

'Welja,' zei ze.

Ik hield mijn ogen op de blocnote gericht en zette zo nu en dan een willekeurige krabbel, die voor steno zou kunnen doorgaan. Michelle had de vermoeide familiaire toon van iemand die een anekdote al te vaak heeft verteld. Ten tijde van het incident – ze gebruikte dat vreemde woord, misschien door de politie en het proces – was ze achttien jaar. Ze was op een feest, even buiten Gloucester. Het feest werd gegeven door een vriend van haar vriend ('Tony was toen mijn vriend,' legde ze uit). Onderweg naar het feest had ze ruzie gekregen met Tony en hij had haar daar alleen gelaten en was met twee jongens naar de dichtstbijzijnde pub gegaan. Ze was kwaad en voelde zich voor schut gezet en ze was dronken geworden, zei ze, van cider en goedkope rode wijn op een lege maag. Toen ze Adam tegenkwam, draaide de kamer. Ze stond in een hoek met een vriendin te praten, toen Adam binnenkwam met nog een andere man.

'Een knappe vent. Je hebt vast zijn foto wel gezien.' Ik knikte. 'Dus die twee mannen stonden daar en ik weet nog dat ik tegen Josie zei: "Neem jij de blonde, dan neem ik die kanjer."'

Tot zover klopte het met Adams verhaal. Ik tekende een verlepte bloem in een hoekje van de blocnote.

'En wat gebeurde er toen?' vroeg ik. Maar Michelle hoefde niets gevraagd te worden. Ze wilde haar verhaal heel graag kwijt. Ze wilde er graag met een vreemde over praten en eindelijk op haar woord geloofd worden. Ze dacht dat ik aan haar kant stond, de journalist-therapeut.

'Ik liep op hem af en vroeg hem ten dans. We dansten een tijdje en toen begonnen we te zoenen. Mijn vriend was nog steeds niet terug. Ik had zin om hem te laten zien wat ik kon.' Ze keek op om te zien of ik geshockeerd was door die bekentenis, door het soort verklaring dat tijdens een kruisverhoor moest zijn afgedwongen. 'Dus ik ben begonnen. Ik zoende hem en stopte mijn handen onder zijn overhemd. We gingen samen naar buiten. Er waren al anderen buiten aan het zoenen en zo. Hij trok me naar de bosjes. Hij is sterk. Tja, een bergbeklimmer, hè? Toen we nog op het gazon waren, met allemaal mensen die keken, deed hij mijn jurk van achteren een beetje los.' Ze haalde even scherp adem, als een soort snik. 'Het klinkt idioot, want zo naïef ben ik heus niet, maar ik wilde niet…' Ze zweeg en zuchtte. 'Ik wou gewoon een beetje lol hebben,' zei ze gelaten. Ze deed haar handen omhoog en duwde haar donkere haar naar achteren. Ze zag er te jong uit om acht jaar geleden achttien te zijn geweest.

'Wat is er gebeurd, Michelle?' vroeg ik.

'We gingen apart staan van de anderen, achter een boom. We zoenden, niets aan de hand.' Haar stem was nu heel zacht en ik moest naar voren leunen om haar te kunnen verstaan. 'Toen deed hij zijn hand tussen mijn benen en ik liet hem even begaan. Maar toen zei ik dat ik het niet wilde. Dat ik weer naar binnen wilde. Ineens kreeg ik er een heel naar gevoel over. Ik dacht dat mijn vriend zou terugkomen. Hij was zo lang en sterk en als ik mijn ogen opendeed, zag ik hem heel indringend naar me kijken, en als ik ze dichtdeed werd ik spuugmisselijk en tolde de hele wereld om me heen. Ik was behoorlijk dronken.'

Terwijl Michelle deze scène beschreef, probeerde ik me op de woorden te concentreren en er geen beeld bij te vormen. Wanneer ik naar haar keek en haar bemoedigend toelachte of een goedkeurend gebrom liet horen, probeerde ik niet te focussen op haar gezicht, maar maakte er een vage vlek van, een bleek stuk huid. Ze vertelde dat ze geprobeerd had zich los te rukken. Adam had haar jurk uitgetrokken en die achter hen in de donkere bosjes gegooid, en daarna was hij haar weer gaan zoenen. Deze keer deed het een beetje pijn, zei ze, en zijn hand tussen haar benen deed ook pijn. Ze begon bang te worden. Ze probeerde onder zijn armen uit te komen, maar hij hield haar nog steviger vast. Ze probeerde te schreeuwen, maar hij legde zijn hand op haar mond, zodat er geen geluid uit kwam. Ze wist nog dat ze 'alsjeblieft' wilde zeggen, maar dat het gesmoord werd door zijn vingers. 'Als hij me hoorde smeken, dacht ik, zou hij wel ophouden,' zei ze. Ze was bijna in tranen. Ik tekende een groot vierkant vóór op mijn blocnote en een kleiner er binnenin. Ik schreef het woord in het kleine vierkant: 'alsjeblieft'.

'Voor een deel geloofde ik nog steeds niet dat dit echt gebeurde. Ik dacht nog steeds dat hij uiteindelijk wel zou ophouden. Verkrachten gaat niet zo, dacht ik. Dat doet een man met een masker op, die uit een donker steegje te voorschijn springt, zoiets, je weet wel. Hij duwde me op de grond. Het prikte als een gek. Mijn kuit lag op een brandnetel. Hij had nog steeds zijn hand op mijn mond. Eén keer haalde hij die weg om me te zoenen, maar het voelde niet meer als een zoen, maar als een soort mondprop. Daarna drukte hij zijn hand weer op m'n mond. Ik dacht maar steeds dat ik zou gaan overgeven. Hij deed zijn andere hand tussen mijn benen en probeerde me op te geilen. Daar deed hij echt hard z'n best voor.' Michelle keek me doordringend aan. 'En ik vond het ergens nog lekker ook, dat is nog het ergste, snap je?' Ik knikte weer. 'Als je verkracht wíl worden, dan is het geen verkrachten meer, toch? Toch?'

'Dat weet ik niet.'

'Toen neukte hij me. Je hebt geen idee hoe sterk hij is. Het leek alsof hij ervan genoot om me pijn te doen tijdens het neuken. Ik lag daar maar, als een verlamd konijn, en wachtte tot het voorbij was. Toen hij klaar was, zoende hij me weer, alsof het allemaal afgesproken was. Ik kon niets zeggen, ik kon niets doen. Hij ging m'n jurk zoeken en m'n slipje. Ik lag te huilen en hij keek alleen maar naar me, alsof hij me interessant vond. Toen zei hij tegen me: "Het is gewoon seks," of "het is maar seks" of zoiets en daarna liep hij weg en liet me stikken. Ik kleedde me aan en ging terug naar binnen. Ik zag Josie met haar blonde man en ze knipoogde naar me. Hij danste met een ander meisje. Hij keek niet op.'

Michelle keek wezenloos voor zich uit, bijna onbewogen. Ze had het wat al te vaak doorleefd. Ik vroeg met een neutrale stem wanneer ze naar de politie was gegaan. Ze zei dat ze een week had gewacht.

'Waarom zo lang?'

'Ik voelde me schuldig. Ik had te veel gedronken, ik had hem opgehitst, ik had het stiekem achter de rug van mijn vriend gedaan.'

'Hoe kwam het dat je toen wel aangifte deed?'

'Mijn vriend had het gehoord. We kregen ruzie en hij maakte het uit. Ik was in de war. Ik ben naar de politie gegaan.'

Plotseling keek ze om zich heen. Ze stond op en liep de kamer uit. Ik haalde een paar keer diep adem om te kalmeren, toen ze met de baby in haar armen terugkwam. Ze ging weer zitten, met de baby in de holte van haar arm. Af en toe stak ze haar pink in zijn mond, waar hij bedachtzaam op zoog.

'De politie was vol begrip. Ik had nog een paar blauwe plekken. En hij… hij had dingen met me uitgespookt, daar is een medisch rapport van. Maar de rechtszaak was vreselijk.'

'Hoezo?'

'Toen ik getuigde, besefte ik ineens dat ík terechtstond. De advocaat vroeg me naar mijn verleden, mijn seksuele verleden dus. Met hoeveel mannen ik had geslapen. Daarna nam hij met me door wat er op het feest was gebeurd. Dat ik ruzie had gekregen met mijn vriend, wat ik aanhad, hoeveel ik had gedronken, dat ik hem eerst had gezoend, dat ik hem had verleid. Hij, Adam, zat braaf in de beklaagdenbank met een doodernstig, droevig gezicht. De rechter schorste de zitting. Ik kon wel door de grond zakken, het was allemaal ineens zo smerig. Mijn hele leven. Ik heb niemand ooit zo gehaat als hem.' Er viel een stilte. 'Geloof je me?' zei ze.

'Je bent heel eerlijk geweest,' zei ik. Ze wilde meer van me. Haar bolle meisjesgezicht staarde me aan met een indringende, smekende blik. Ik had vreselijk met haar te doen, maar ook met mezelf. Ze pakte de baby op en duwde haar gezicht in de zachte harmonica van zijn nek. Ik stond op. 'En heel dapper,' zei ik met moeite.

Ze tilde haar hoofd op en staarde me aan. 'Ga je er iets aan doen?'

'Dat ligt juridisch nogal moeilijk.' Het laatste wat ik wilde was haar valse hoop geven.

'Ja,' zei ze op fatalistische toon. Ze had kennelijk niet al te hoge verwachtingen. 'Wat had jij gedaan, Sylvie? Zeg 's eerlijk.'

Ik dwong mezelf om haar recht aan te kijken. Het leek alsof ik door het verkeerde eind van een telescoop keek. Ik werd opnieuw overspoeld door het besef van mijn dubbele verraad. 'Ik weet niet wat ik had gedaan,' zei ik. Toen bedacht ik ineens iets. 'Ben je wel eens in Londen?'

Ze fronste niet-begrijpend haar wenkbrauwen. 'Met dit mannetje?' vroeg ze. 'Ik zou niet weten waarom.'

Ze leek oprecht. En trouwens, de telefoontjes en brieven waren schijnbaar opgehouden.

De baby begon te huilen en ze tilde hem op, zodat zijn hoofd tegen haar kin lag. Hij lag op haar borst, met zijn armen langs zijn zij, als een klein bergbeklimmertje tegen de rotswand gedrukt. Ik glimlachte naar haar. 'Je hebt een prachtig ventje,' zei ik. 'Goed gedaan.'

Op haar gezicht brak als antwoord ook een glimlach door. 'Ja, niet slecht, hè?'

22

'Wát heb je gedaan?'

Tot dusver had ik altijd gedacht dat de uitdrukking over open-
vallende monden een metafoor of poëtische overdrijving was,
maar het was onmiskenbaar: de mond van Joanna Noble viel
open.

In de trein terug had ik, toch al geschokt en overstuur, feitelijk een paniekaanval gekregen, toen het voor het eerst tot me
doordrong wat ik eigenlijk had gedaan. Ik stelde me voor dat Michelle de *Participant* zou bellen en naar Sylvie Bushnell zou vragen om te klagen of iets aan haar verhaal toe te voegen, om vervolgens te ontdekken dat er daar niemand met die naam bekend
was en dat ze dan met Joanna zou spreken. Het spoor naar mij
was niet bepaald lang en kronkelig. Hoe zou Michelle reageren
op zo'n gemene streek? En een tweede, en niet helemaal onbelangrijke vraag was wat er met mij zou gebeuren. Ook al had ik
niet echt iets onwettigs gedaan, ik stelde me voor dat ik het aan
Adam moest uitleggen.

Ik zou de kwestie meteen regelen, voor zover dat mogelijk
was. Ik belde Joanna Noble onderweg vanuit een telefooncel en
stond de volgende morgen vroeg voor haar flat in Tufnell Park.

Ik keek naar Joanna. 'Denk om je as,' zei ik.

'Wat?' vroeg ze, nog steeds verbijsterd.

Ik pakte een schoteltje van tafel en hield het onder de door-

buigende askegel aan het eind van de sigaret in haar rechterhand. Ik tikte op de sigaret en de as sneeuwde omlaag op het
schoteltje. Ik bereidde me erop voor om de naakte biechtzin die
ik zojuist had uitgesproken verder uit te leggen.

'Ik schaam me dood, Joanna. Ik zal precies vertellen wat ik
heb gedaan en daarna mag jij daar je oordeel over vellen. Ik heb
Michelle Stowe gebeld en me voorgedaan als jouw collega van de
krant. Ik ben met haar gaan praten en ze heeft me verteld wat er
tussen haar en Adam is gebeurd. Ik móést er gewoon achterko-
men en ik kon geen andere manier verzinnen. Maar het was verkeerd. Ik voel me vreselijk.'

Joanna drukte haar sigaret uit en stak een volgende aan. Ze
haalde haar vingers door haar haar. Ze zat nog in haar ochtendjas. 'Wat was in godsnaam je bedoeling?'

'De boel onderzoeken.'

'Ze dacht dat ze met een journalist sprak. Ze dacht dat ze een
dappere verklaring aflegde namens alle verkrachtingsslachtof-
fers, maar in werkelijkheid was ze jouw ongezonde nieuwsgierigheid aan het bevredigen over wat jouw *mannie*' – dat laatste werd
met bittere minachting uitgesproken – 'met zijn kleine pikkie
deed voordat jullie getrouwd waren.'

'Ik probeer mezelf niet te verdedigen.'

Joanna nam een diepe trek van haar sigaret. 'Heb je haar een
valse naam opgegeven?'

'Ik zei dat ik Sylvie Bushnell heette.'

'Sylvie Bushnell? Hoe verzín je 't? Je...' Maar toen werd het
haar allemaal te veel. Joanna begon te giechelen en daarna onbe-
daarlijk te lachen. Ze legde haar hoofd op tafel en liet haar voorhoofd er twee keer zachtjes op neerbonzen. Ze nam weer een
trekje en begon tegelijk te hoesten en te lachen. Uiteindelijk
kwam ze tot bedaren. 'Als jij aanvalt, is het ook meteen raak, zeg.
Je zou mijn baantje moeten overnemen. Ik moet koffie hebben.
Wil je ook?'

Ik knikte en ze zette water op en deed koffie in een cafetière terwijl we praatten.

'En wat heeft ze je dan verteld?'

Ik gaf een beknopt verslag van wat Michelle had gezegd.

'Hmm,' zei Joanna. Ze leek niet erg onder de indruk. Ze schonk twee bekers koffie in en ging weer tegenover me zitten aan de keukentafel. 'En hoe voel je je nu na je avontuur?'

Ik nam een slokje koffie. 'Dat ben ik nog aan het uitzoeken. Uit het lood geslagen, onder andere.'

Joanna keek sceptisch. 'Echt waar?'

'Wat dacht jij?'

Ze stak nog een sigaret op. 'Is het zo anders dan wat er in de krant stond? Op basis van jouw verhaal zou ik Adam nog steeds vrijspreken. Het verbaast me dat het überhaupt een rechtszaak is geworden.'

'De juridische formaliteiten interesseren me niet, Joanna. Het gaat mij erom hoe het is gegaan. Hoe het *misschien* is gegaan.'

'Jezus, Alice, we zijn volwassen, hoor.' Ze schonk nog wat koffie in haar beker. 'Kijk, ik zie mezelf niet als iemand die links en rechts met kerels het bed induikt. Maar ik heb seks gehad met mannen om ze weg te krijgen of om van het gezeur af te zijn. Ik heb in dronken toestand seks gehad met mannen met wie ik dat nooit had willen hebben als ik nuchter was geweest. Ik heb het gedaan zonder dat ik het eigenlijk wilde, en ik heb er de volgende ochtend spijt van gehad, of tien minuten erna al. Een paar keer heb ik mezelf zo vernederd dat ik er misselijk van werd. Jij niet?'

'Dat is voorgekomen.'

'Ik wil alleen maar zeggen dat de meesten van ons dat grijze gebied hebben betreden en geëxperimenteerd hebben met wat we nu echt willen. Het is wel moeilijk, maar het is dus wel even iets anders dan de man die met een masker en een mes door je raam naar binnen klimt.'

'Het spijt me, Joanna. Maar het zit me niet lekker.'

'Dat hoeft ook helemaal niet. Dat is het nou juist. Maar ik weet niets van jou en Adam. Hoe hebben jullie elkaar ontmoet?'

'Tja, het was niet bepaald teder en romantisch met violen op de achtergrond, zal ik maar zeggen.'

'Precies. Toen ik Adam ontmoette was hij onbeleefd tegen me, geërgerd, lastig. Ik vermoed dat zijn houding een combinatie was van desinteresse, achterdocht en minachting, maar ik voelde me zeer tot hem aangetrokken. Die vent is sexy, toch?' Er viel een stilte, die ik niet probeerde op te vullen.

'Dat is-ie toch?'

'Het is mijn man,' zei ik nuffig.

'Godsamme, Alice, doe niet zo heilig. Die man is een heel epos op zich. Hij heeft eigenhandig de levens gered van bijna iedereen op die expeditie. Klaus heeft me over z'n leven verteld. Hij is van Eton weggelopen toen hij zestien was en vervolgens naar de Alpen vertrokken. Daar heeft hij een paar jaar rondgehangen en daarna is hij naar de Himalaya gegaan, waar hij jaren heeft rondgetrokken en geklommen. Hoe durf je zo'n man te strikken voordat ik hem ben tegengekomen?'

'Ik ken het verhaal, Joanna. Het is een schok om zijn andere kant te ontdekken.'

'Welke andere kant?'

'Dat hij gewelddadig en gevaarlijk kan zijn.'

'Is hij gewelddadig geweest tegen jou?'

'Ach… nou ja.' Ik haalde mijn schouders even op.

'O, je bedoelt op een aardige manier.'

'Aardig is niet echt het woord, geloof ik.'

'Mmm,' zei Joanna goedkeurend, haast gretig. 'Jij hebt een probleem, Alice.'

'O ja?'

'Je bent verliefd geworden op een held, een heel bijzondere man die anders is dan wie ook. Hij is vreemd en onvoorspelbaar, en ik denk dat je soms wel eens zou willen dat hij een jurist was, die om halfzeven 's avonds thuiskomt voor het eten en een knuffeltje en één keer in de week de missionarishouding. Wat voor relatie had je hiervoor?'

'Ik heb iemand verlaten voor Adam.'

'Wat was dat voor iemand?'

'Heel aardig. Maar niet zoals die jurist waar je het net over had. Je kon erg met hem lachen, hij was attent, we waren maatjes, we hadden veel dezelfde interesses, we hadden het leuk samen. De seks was goed.'

Joanna leunde over de tafel en keek me diep in de ogen. 'Mis je hem?'

'Het is allemaal zo anders met Adam. We doen geen dingen samen, zoals ik dat met andere vriendjes gewend was. We zijn nooit gewoon samen, ontspannen, zoals Jake en ik. Het is allemaal zo… zo intens, zo vermoeiend ergens. En de seks, nou ja, die is fantastisch, maar ook verontrustend. Verwarrend. Ik ken de regels niet meer.'

'Mis je Jake?' vroeg Joanna weer.

Die vraag had ik mezelf nooit eerder gesteld. Ik had letterlijk geen tijd gehad om me dat af te vragen.

'Geen seconde,' hoorde ik mezelf zeggen.

23

Het was half maart, het was weer bijna zomertijd. De parken waren bezaaid met krokussen en narcissen, op straat zag je vrolijker gezichten. De zon stond iedere dag een beetje hoger. Joanna Noble had gelijk. Ik zou er nooit achter komen wat er in het verleden was gebeurd. Iedereen heeft zijn geheimen en misstappen. Er bestaat geen leven zonder schaamte. Je kunt maar beter de donkere dingen in het donker houden, waar ze kunnen helen en vervagen. Je kunt maar beter de kwellingen die jaloezie en paranoïde nieuwsgierigheid opwekken opzijschuiven.

Ik besefte dat Adam en ik niet de rest van ons leven samen de wereld konden blijven uitsluiten en elkaars lichamen verkennen in vreemde, verduisterde kamers. We moesten de wereld een beetje binnenlaten. Al die vrienden die we hadden verwaarloosd, familieleden die we in de steek hadden gelaten, verplichtingen die we hadden verzaakt, films die we niet hadden gezien, kranten die we niet hadden gelezen. We moesten ons wat meer als normale mensen gedragen. Dus ging ik het huis uit om nieuwe kleren te kopen, ik ging naar de supermarkt om gewone levensmiddelen te halen: eieren, kaas, meel, dat soort dingen. Ik maakte afspraken, zoals ik in mijn vorige leven had gedaan.

'Ik ga morgen met Pauline naar de film,' zei ik tegen Adam, toen hij binnenkwam.

Hij trok zijn wenkbrauwen op. 'Waarom?'

'Ik heb behoefte aan vrienden. En ik dacht, misschien kunnen we zaterdag mensen te eten vragen.'

Hij keek me onderzoekend aan.

'Ik wou Sylvie en Clive vragen,' hield ik vol. 'En zullen we Klaus uitnodigen, of Daniël, en misschien ook Deborah? Of zeg jij 't maar.'

'Sylvie en Clive en Klaus en Daniël en Deborah? Hier?'

'Is dat zo gek?'

Hij pakte mijn hand en frummelde aan de trouwring. 'Waarom doe je dit?'

'Wat?'

'Dat weet je best.'

'Het kan niet alleen maar...' Ik zocht wanhopig naar woorden. 'Intens zijn. We hebben een gewoon leven nodig.'

'Waarom?'

'Heb je nooit eens zin om gewoon voor de buis te hangen? Of vroeg naar bed te gaan met een boek?' De herinnering aan mijn laatste weekend met Jake kwam plotseling scherp naar boven: al dat onopvallende huiselijke geluk, dat ik in mijn euforie overboord had gegooid. 'Of gaan vliegeren of bowlen?'

'Bowlen? Wat lul je nou?'

'Je weet best wat ik bedoel.'

Hij zweeg. Ik sloeg mijn armen om hem heen en drukte hem tegen me aan, maar ik voelde dat hij zich verzette.

'Adam, jij bent mijn allerliefste lief. Ik zit voor het leven aan je vast. Maar in het huwelijk gaat het om doodgewone dingen, karweitjes, saaie plichten, werk, ruzietjes, ruzies weer bijleggen. De hele mikmak. Niet alleen om, nou ja, om brandend verlangen.'

'Hoezo niet?' zei Adam zonder omwegen. Het was geen vraag. Het was een uitspraak. 'Wie zegt dat?'

Ik liet hem los en ging in de leunstoel zitten. Ik wist niet zeker of ik kwaad of wanhopig moest zijn, of ik moest schreeuwen of huilen.

'Ik wil ooit kinderen, Adam, tenminste, dat denk ik. Ik wil ooit een huis kopen en een doodgewone middelbare vrouw zijn. Ik wil samen met jou oud worden.'

Hij liep de kamer door en knielde aan mijn voeten en legde zijn hoofd in mijn schoot. Ik streelde zijn slordige haar en rook het zweet van die dag op hem. 'Je blijft altijd bij mij,' zei hij met verstikte stem.

Paulines zwangere buik werd al aardig dik en haar gezicht, doorgaans bleek en streng, zag er bol en rozig uit. Haar donkere haar, dat meestal opgestoken was, hing los op haar schouders. Ze zag er jong, mooi en gelukkig uit. We deden schutterig tegen elkaar, overdreven beleefd en stroef. Ik probeerde me te herinneren waar we altijd over praatten als we elkaar zagen, vóór Adams tijd: alles en niets, denk ik. Vrijblijvend geroddel, gefluisterde vertrouwelijkheden, intieme futiliteiten, die een soort verbale uitingen van genegenheid waren. We giechelden veel, we zwegen, we kibbelden en maakten het weer goed. Maar vanavond moesten we echt ons best doen om het gesprek op gang te houden en als er maar even een stilte viel, vulde een van ons die haastig weer op.

Na de film gingen we naar een pub. Zij dronk tomatensap en ik gin. Toen ik geld uit mijn portemonnee haalde om af te rekenen, viel de foto eruit die Adam van mij had genomen op de dag dat hij me ten huwelijk vroeg.

'Wat een vreemde foto,' zei ze, terwijl ze hem opraapte. 'Je kijkt alsof je net een spook hebt gezien.'

Ik stopte hem weer tussen mijn creditcards en mijn rijbewijs. Ik wilde niet dat iemand anders ernaar gluurde; hij was alleen voor mijn ogen bestemd.

We bespraken de slechte film nogal tam, totdat ik het plotseling niet meer kon uithouden. 'Hoe is het met Jake?' vroeg ik.

'Goed, hoor,' zei ze neutraal.

'Nee, ik wil echt weten hoe het met hem gaat.'

Pauline keek me met toegeknepen ogen aan. Ik keek niet weg, ik glimlachte niet wezenloos, en toen ze begon te praten, voelde ik dat als een soort triomf. 'Het was de bedoeling dat jullie zouden trouwen en kinderen krijgen. Toen veranderde het plotseling. Hij zei dat alles goed ging en dat het als een donderslag bij heldere hemel kwam. Is dat zo?'

Ik knikte. 'Ongeveer wel, ja.'

'Hij is geschokt. Hij heeft je zo verkeerd ingeschat.' Ik zweeg. 'Toch? Hield je van hem?'

Ik dacht terug aan het verre verleden van mij en Jake. Ik kon me nauwelijks meer zijn gezicht voor de geest halen. 'Natuurlijk hield ik van hem. En ik had jou en de club, Clive en Sylvie en de rest, als een grote familie. Ik denk dat ik hetzelfde dacht als Jake. Ik had het gevoel dat ik jullie allemaal in de steek liet. Dat gevoel heb ik nog steeds. Het lijkt net alsof ik een buitenstaander ben geworden.'

'Daar gaat het toch allemaal om?'

'Wat?'

'Buitenstaander zijn. De eenzame held kiezen en alles voor hem opgeven. Het mooie sprookje.' Haar stem was vlak en een beetje minachtend.

'Dat is niet wat ik wil.'

'Heeft iemand je verteld dat je er totaal anders uitziet dan drie maanden geleden?'

'Nee.'

'Nou, dat is dus zo.'

'Hoezo?'

Pauline keek me peinzend aan, met een bijna harde blik in haar ogen. Ging ze terugslaan?

'Je ziet er magerder uit,' zei ze. 'Moe. Niet zo verzorgd als vroeger. Je had altijd mooie kleren aan en je haar zat goed en alles leek ordelijk en beheerst aan je. Maar nu…' Ze staarde me aan en ik was me op een onaangename manier bewust van de blauwe plek in mijn nek. 'Je ziet er een beetje, tja, verlopen uit. Ziek.'

'Ik ben niet beheerst,' zei ik strijdlustig. 'Ik geloof niet dat ik dat ooit ben geweest. Maar jij ziet er daarentegen stralend uit.'

Pauline liet een glimlach van kalme voldoening zien. 'Dat komt door de zwangerschap,' spinde ze. 'Je moet het ook eens proberen.'

Toen ik terugkwam van de film was Adam niet thuis. Om een uur of twaalf besloot ik niet meer voor hem op te blijven en kroop in bed. Ik bleef tot één uur wakker, ik las, ik luisterde of ik zijn voetstappen op de trap hoorde. Daarna sliep ik onrustig en werd steeds wakker en keek naar de verlichte wijzers op de wekker. Hij kwam pas om drie uur thuis. Ik hoorde dat hij zijn kleren uitgooide en een douche nam. Ik zou hem niet vragen waar hij was geweest. Hij kroop in bed en ging als een lepeltje tegen me aan liggen, warm en schoon, ruikend naar zeep. Hij legde zijn handen op mijn borsten en kuste mijn nek. Waarom neemt iemand om drie uur 's nachts een douche?

'Wat heb jij al die tijd gedaan?' zei ik.

'Ruimte gemaakt in onze relatie, wat dacht jij?'

Ik zei het etentje af. Ik had al het eten en drinken al in huis, maar ik kon het toch niet door laten gaan. Ik kwam die zaterdagochtend met de boodschappen binnen. Adam zat in de keuken een biertje te drinken. Hij sprong op en hielp me met uitpakken. Hij hielp me uit mijn jas en masseerde mijn vingers, die verkrampt waren van het dragen van de zware tassen. Hij zei dat ik moest gaan zitten en legde de gebraden kip en de kaasjes in de kleine koelkast. Hij zette thee voor me en deed voorzichtig mijn schoenen uit en masseerde mijn voeten. Hij sloeg zijn armen om me heen, alsof hij me aanbad en kuste mijn haar, en hij zei heel teder: 'Ben jij vorige week buiten Londen geweest, Alice?'

'Nee, hoezo?' Ik schrok zo erg dat ik niet helder kon denken. Mijn hart bonsde onaangenaam luid en ik wist zeker dat hij het door mijn katoenen bloes kon voelen.

'Helemaal niet?' Hij kuste me op mijn wang.

'Ik heb vorige week alleen maar gewerkt, dat weet je toch.'

Hij had iets ontdekt. Mijn hersens werkten als een bezetene.

'Ja, dat weet ik.' Zijn handen gleden omlaag en pakten mijn billen vast. Hij hield me dicht tegen zich aan en kuste me weer.

'Ik ben naar een vergadering geweest in Maida Vale, dat is alles.'

'Op welke dag?'

'Ik weet het niet meer.' Misschien had hij die dag het kantoor gebeld, misschien was het dat. Maar waarom vroeg hij me dat nu? 'Woensdag, geloof ik. Ja.'

'Woensdag. Wat toevallig.'

'Hoe bedoel je?'

'Je huid is vandaag zo zacht als zijde.' Hij kuste mijn oogleden en daarna begon hij heel langzaam de knopen van mijn bloes los te maken. Ik bleef doodstil zitten, terwijl hij de bloes uittrok. Wat had hij ontdekt? Hij maakte mijn beha los en deed die ook uit.

'Pas op, Adam, de gordijnen zijn open. Misschien ziet iemand ons.'

'Dat geeft niets. Doe mijn overhemd uit. Zo, ja. Nu mijn riem. Haal de riem uit mijn spijkerbroek.'

Dat deed ik.

'Voel nu in mijn zak. Toe dan, Alice. Nee, niet die zak, de andere.'

'Er zit niets in.'

'Jawel. Het is alleen erg klein.'

Mijn vingers voelden een stijf propje papier. Ik trok het eruit.

'Dat is 't, Alice. Een treinkaartje.'

'Ja.'

'Van vorige week woensdag.'

'Ja. En?' Waar had hij dat gevonden? Ik moest het in mijn jas of tas hebben laten zitten, of zoiets.

'Op de dag dat jij voor je werk in… Waar was je ook weer?'

'Maida Vale.'

'Ja, Maida Vale.' Hij begon mijn spijkerbroek uit te doen. 'Maar het kaartje is voor Gloucester.'

'Waar wil je heen, Adam?'

'Zeg jij 't maar.'

'Waarom is een treinkaartje zo belangrijk?'

'Zo, stap maar uit je broek. Het zat in je jaszak.'

'Waarom snuffel jij in m'n jaszak?'

'Wat had jij in Gloucester te zoeken, Alice?'

'Doe niet zo idioot, Adam. Ik ben helemaal niet in Gloucester geweest.' Het kwam geen moment bij me op om hem de waarheid te vertellen. Ik had tenminste nog een klein restje zelfbehoud over.

'Doe je slipje uit.'

'Nee, hou op.'

'Waarom Gloucester, vraag ik me af.'

'Ik ben er niet geweest, Adam. Mike is er een paar dagen geleden geweest, misschien woensdag wel, om naar een opslagruimte te kijken. Misschien is het zijn kaartje. Maar waarom is het zo belangrijk?'

'Wat deed het dan in jouw zak?'

'God mag het weten. Maar als je me niet gelooft, bel hem dan op en vraag het hem maar. Toe dan. Ik zal het nummer voorzeggen.'

Ik keek hem kwaad en uitdagend aan. Ik wist dat Mike het weekend weg was.

'Dan zullen we het verder niet meer over Mike en Gloucester hebben, oké?'

'Ik ben het al vergeten,' zei ik.

Hij duwde me op de grond en knielde over me heen. Het leek

alsof hij elk moment kon gaan huilen en ik stak mijn armen naar hem uit. Toen hij me met zijn riem sloeg, zodat de gesp in mijn huid sneed, deed het niet eens zo'n pijn. En de tweede keer ook niet. Was dit de spiraal waar mijn huisarts me voor had gewaarschuwd?

'Ik hou zielsveel van je, Alice,' kreunde hij naderhand. 'Je hebt geen idee hoeveel. Laat me niet in de steek. Ik zou het niet kunnen verdragen.'

Ik zei het etentje af met het excuus dat ik griep had. Ik was inderdaad zo uitgeput dat het net voelde alsof ik ziek was. We aten de kip die ik had gekocht in bed op en gingen vroeg slapen, met de armen stevig om elkaar heen.

24

Als tijdelijke held en beroemdheid begon Adam berichten te ontvangen van de buitenwereld, die hem werden doorgestuurd door de kranten en uitgeverijen waarheen ze verzonden waren. Mensen schreven hem het soort brieven dat ze naar dokter Livingstone of Lawrence van Arabië hadden kunnen sturen, ingewikkelde theorieën en grieven uitgesmeerd over een tiental pagina's, in een priegelig handschrift en ongebruikelijke kleuren inkt. Er waren bewonderende brieven bij van jonge meisjes, waar ik om moest lachen en een beetje nerveus van werd. Er was een brief van de weduwe van Tomas Benn, die op de berg was omgekomen, maar die was in het Duits en Adam nam niet de moeite om hem voor me te vertalen. 'Ze wil me zien,' zei hij vermoeid, terwijl hij de brief op de stapel gooide.

'Wat wil ze dan?' vroeg ik.

'Praten,' zei hij kortaf. 'Horen dat haar man een held was.'

'Ga je met haar afspreken?'

Hij schudde zijn hoofd. 'Ik kan niets voor haar doen. Tommy Benn was een rijke stinkerd die daar niets te zoeken had, dat is alles.'

Verder waren er mensen die op expeditie wilden. En mensen met projecten, ideeën, obsessies, fantasieën en een hoop blabla. Adam ging er meestal niet op in. Een paar keer werd hij overgehaald om ergens wat te drinken en dan ging ik met hem mee naar een bar in het centrum van Londen, waar hij een gesprek had met een tijdschriftredacteur of een enthousiaste onderzoeker.

Op een dag werd hij weer eens benaderd op een manier die niet veel goeds voorspelde, een buitenlands accent op een storende lijn, op een regenachtige dinsdagochtend. Ik nam de telefoon op en reageerde niet erg enthousiast. Ik gaf de hoorn over de dekens aan Adam, die domweg onbeleefd was. Maar de beller drong aan, zodat Adam erin toestemde om hem te ontmoeten.

'En?' vroeg ik Adam, toen hij laat op de avond binnen kwam sloffen en een biertje uit de koelkast pakte.

'Ik weet het niet,' zei hij, terwijl hij het flesje op zijn machomanier opensloeg op de rand van de tafel. Hij zag er verward, bijna verbijsterd uit.

'Waar ging het over?'

'Een man in een pak, ene Volker, die voor een Duits televisiestation werkt. Weet iets van klimmen. Hij zegt dat ze een documentaire willen maken over een bergbeklimming en ze willen graag dat ik die ga leiden. Wanneer, waar ook ter wereld en met wie ik maar wil, hoe uitdagender hoe beter. En zij financieren de boel.'

'Dat klinkt ongelooflijk. Dat is toch ideaal?'

'Er zit vast een addertje onder het gras. Er moet iets fout zijn aan dat plan, maar ik ben er nog niet achter wat dat is.'

'Hoe zit 't met Daniël? Ik dacht dat je volgend jaar met hem zou gaan.'

'Daniël kan de pot op. Dat was alleen maar voor het geld. Ik kan gewoon niet geloven dat ze het echt menen.'

Maar blijkbaar meenden ze het echt. Er volgden meer afspraakjes in de bar, en daarna vergaderingen. Op een avond laat, toen we een beetje aangeschoten waren, vertelde Adam me wat hij graag wilde doen. Hij wilde de Everest op en niet eens proberen op de top te komen, hij wilde alleen alle rotzooi van de berg halen, stukken tent en gerafeld touw, lege zuurstofflessen, afval en ook een paar lijken die daar nog steeds lagen, opeengepakt in hun laatste nutteloze schuilplaats. Ik vond het een schitterend plan en moedigde hem aan om zijn idee op te schrijven, waarna ik het in presentabele vorm zou uittypen. Het televisiestation vond alles best. Het zou een fantastische tv-film opleveren, met bergen en ecologie erin.

Het was geweldig. Ik voelde me ook geweldig. Adam was een soort kokende pot geweest, spattend en spetterend op het fornuis, en nu leek het alsof hij plotseling was teruggebracht tot een wat hanteerbaarder gepruttel. Het belangrijkste in Adams leven was klimmen en een paar maanden lang was hij bijna alleen op mij gericht geweest, waardoor ik me was gaan afvragen of ik niet uitgeput zou raken, letterlijk uitgezogen zou worden door al die intense aandacht. Ik hield van Adam, ik verafgoodde Adam, ik was bezeten van Adam, maar het was nu soms een opluchting om met een wijntje in bed te liggen, terwijl hij praatte over het aantal mensen dat hij zou meenemen, over de tijd waarin hij zou gaan, en ik verder niets inbracht. Ik knikte alleen maar en was blij dat hij zo enthousiast was. Het was leuk, gewoon leuk, maar niet wereldschokkend, en dat was ook prima, maar ik paste er wel voor op om dat tegen Adam te zeggen.

Wat mijzelf betrof, ik werd ook geleidelijk aan rustiger over Adams verleden. Het hele Michelle-verhaal was nu deel van het geheel, iets wat iedereen wel eens meemaakt als je jong bent. En Michelle had nu toch een man en een kind. Ze had mijn hulp niet nodig. Zijn vorige vriendinnen, degenen met wie hij een lange relatie had gehad, betekenden niet meer voor me dan bijvoorbeeld de bergen die hij bedwongen had. Als er in gesprekken met Klaus, Deborah of Daniël of een van zijn andere oude klimvrienden eentje ter sprake kwam, had ik daar geen bijzondere aandacht voor. Maar je bent natuurlijk geïnteresseerd in alles wat te maken heeft met de persoon van wie je houdt, dus als ik helemaal niets gezegd had, zou dat een act zijn geweest. Zodoende pikte ik hier en daar wat informatie over hen op, vormde er in mijn gedachten een beeld bij en zette ze in chronologische volgorde.

Op een avond waren we weer in Deborahs flat in Soho, maar deze keer als gast. Daniël zou ook komen. Ik had voorgesteld dat Daniël mee zou gaan met de Everest-expeditie. Adam was meestal net zo geneigd om mijn advies op het gebied van bergbeklimmen aan te nemen als het advies van de deurkruk van onze slaapkamer, maar in dit geval keek hij eerder peinzend dan afkeurend. Het grootste deel van de avond waren hij en Daniël in een diep gesprek gewikkeld, zodat Deborah en ik aan elkaar waren overgeleverd.

Het was een eenvoudige maaltijd, alleen ravioli, gehaald aan de overkant van de straat, salade van om de hoek en flessen Italiaanse rode wijn, geschonken in gevaarlijk grote glazen. Nadat we klaar waren met eten, pakte Deborah een van de flessen van tafel en gingen we op de grond voor de open haard zitten. Ze schonk mijn glas weer vol. Ik was niet echt dronken, maar ik zag de wereld om me heen wazig worden en had het gevoel alsof er een zachte matras tussen mij en de vloer zat. Deborah ging languit liggen.

'Ik denk soms dat er spoken in deze flat zijn,' zei ze lachend.

'Vroegere bewoners of zo?' zei ik.

Ze lachte. 'Nee, jij en Adam. Hier is het allemaal begonnen.'

Ik veronderstelde dat de kleur op mijn wangen gecamoufleerd zou worden door het vuur en de wijn. 'Ik hoop maar dat we het netjes hebben achtergelaten,' was alles wat ik kon uitbrengen.

Ze stak een sigaret op en pakte een asbak van tafel. Daarna ging ze weer op de grond liggen. 'Je bent goed voor Adam,' zei ze.

'O ja? Ik ben soms bang dat ik niet genoeg mee kan komen in zijn wereld.'

'Dat bedoel ik juist.'

Ik keek naar de tafel. Adam en Daniël tekenden diagrammen en spraken zelfs over spreadsheets. Deborah knipoogde naar me.

'Het wordt de mooiste afvalhoop in de geschiedenis,' lachte ze.

Ik keek naar hen. Ze zouden niet horen wat ik zei.

'Maar zijn laatste... eh... vriendin, Lily, die had toch ook niets met bergbeklimmen? Heb je haar wel 's gezien?'

'Een paar keer. Maar ze was totaal onbelangrijk. Het was maar iets tijdelijks. Ze was best aardig, maar ze zeurde zo, ze liep de hele tijd achter Adam aan te zaniken. Toen hij zijn ogen opende en inzag hoe ze werkelijk was, liet hij haar vallen.'

'En wat was Françoise voor iemand?'

'Ambitieus. Rijk. Technisch een behoorlijk goeie klimster.'

'En ook nog mooi.'

'Mooi?' zei Deborah ironisch. 'Alleen als je houdt van vrouwen met lange benen, een slank lijf, een gebruinde huid en lang zwart haar. Helaas houden de meeste mannen daarvan.'

'Het was heel erg voor Adam.'

'Erger voor Françoise. Maar goed' – ze trok een grimas – 'het was toch al voorbij. Ze was een klimmers-groupie. Ze viel op dat soort kerels.' Ze ging wat zachter praten. 'Het duurde misschien even voordat Adam het doorhad, maar hij is een volwassen man. Hij weet heel goed wat er gebeurt als je met klimmende dokters naar bed gaat.'

En toen drong het tot me door.

'Dus jij en...' en ik knikte in de richting van Adam.

Deborah boog zich naar voren en legde haar hand op die van mij. 'Alice, het had niks te betekenen, voor geen van ons beiden. Ik wilde alleen niet dat er tussen ons een geheim bestond.'

'Dat begrijp ik,' zei ik. Ik vond het niet erg. Niet heel erg. 'En vóór Françoise was er een zekere Lisa,' zei ik, aandringend.

'Wil je dit echt?' vroeg Deborah met geamuseerde argwaan. 'Adam liet Lisa stikken toen hij verliefd werd op Françoise.'

'Was ze Amerikaanse?'

'Nee, Britse. Uit Wales of Schotland, zoiets. Parttime klimster, geloof ik. Ze waren Een Stel.' Ze sprak de woorden uit alsof ze van zichzelf komisch waren. 'Jaren lang. Maar vat het niet verkeerd op, Alice. Ze waren Een Stel' – ze maakte met haar vingers onzichtbare aanhalingstekens in de lucht – 'maar ze hebben nooit samengewoond. Adam heeft zich nog nooit zo aan iemand gebonden als aan jou. Dit is iets anders.'

Ik bleef aandringen. 'Er was altijd iemand op de achtergrond, hoewel hij andere affaires had die niets om het lijf hadden, volgens jouw zeggen. Maar hij had altijd een vaste relatie. Na de een kwam meteen de andere.'

Deborah stak nog een sigaret op en fronste nadenkend haar wenkbrauwen. 'Misschien. Ik weet niet meer met wie hij iets had, zoals dat heet, vóór Lisa. Misschien ken ik haar helemaal niet. Er was een paar jaar daarvoor, toen ik hem pas leerde kennen, een meisje. Hoe heette ze ook weer? Penny. Ze is met een andere oude vriend van me getrouwd, een klimmer die Bruce Maddern heet. Ze wonen in Sydney. Ik heb ze al tien jaar niet meer gezien.' Ze keek om naar mij en daarna keek ze even naar Adam. 'Jezus, waar zijn we mee bezig? Je wil dit vast niet allemaal horen. Het punt is dat Adam trouw bleef aan vrouwen van wie hij niet echt hield.' Ze glimlachte. 'Je kan op hem bouwen. Hij zal je niet laten zitten. En je moet hem niet in de steek laten. Ik heb met die man geklommen. Hij kan er niet tegen als je iets nalaat wat je hebt beloofd.'

'Dat klinkt gevaarlijk,' zei ik opgewekt.

'En hoe zit het met klimmen, Alice? Ambities in die richting? Hé, Adam, neem je Alice volgend jaar mee?'

Adam draaide zich vriendelijk naar me om. 'Misschien moet je het haar vragen.'

'Ik?' zei ik verschrikt. 'Ik krijg blaren. Ik word moe en chagrijnig. Ik ben niet fit. Ik hou erg van warmte en kleren om me heen.

Mijn idee van geluk is een warm bad en een zijden blouse.'

'Daarom zou je moeten klimmen,' zei Daniël, die met twee bekers koffie naar ons toe kwam en bij ons op de grond ging zitten. 'Luister, Alice, ik was een paar jaar geleden op de Annapurna. Er was iets mis met de voorraden. Er is altijd wel iets mis. Meestal is het zoiets als dat je op zesduizend meter hoogte ineens twee linkerwanten blijkt te hebben, maar deze keer had iemand in plaats van vijf paar sokken er vijftig besteld. Dat hield in dat ik elke keer dat ik in de tent kwam brandschone sokken kon aantrekken en van die weelde genieten. Jij hebt nooit geklommen, dus jij weet niet hoe heerlijk het was om mijn natte voeten in die warme droge sokken te stoppen. Maar stel je alle warme baden die je ooit hebt gehad als één groot bad voor.'

'Bomen,' zei ik.

'Wat?' zei Daniël.

'Waarom beklim je geen bomen? Waarom moeten het per se bergen zijn?'

Daniël lachte breeduit. 'Ik denk dat ik die vraag maar laat beantwoorden door de beroemde vrijbuiter en bergbeklimmer, Adam Tallis.'

Adam dacht even na. 'Op de top van een boom kun je niet poseren voor een foto,' zei hij na een tijdje. 'Daarom beklimmen de meeste mensen bergen. Om te poseren op de top.'

'Maar jij niet, schat,' zei ik, en ik geneerde me meteen voor mijn serieuze toon.

Zwijgend gingen we allemaal bij de open haard liggen en keken in de vlammen. Ik nam kleine slokjes koffie. Toen boog ik me in een opwelling naar voren, pakte Deborahs sigaret, nam een trekje en gaf hem weer aan haar terug.

'Ik zou zó weer kunnen beginnen,' zei ik. 'Vooral op zo'n avond als deze, liggend voor de open haard, een beetje aangeschoten, na een heerlijk etentje met vrienden.' Ik keek naar Adam, die naar mij keek, terwijl de gloed van het vuur op zijn gezicht scheen. 'De ware reden is heel iets anders. Ik denk dat ik iets als klimmen wel had willen doen, voordat ik Adam tegenkwam. Maar het gekke is: Adam heeft me doen inzien hoe geweldig het is om een berg te beklimmen en tegelijkertijd heeft hij me van dat idee afgebracht. Als ik het zou doen, dan wil ik me ook verantwoordelijk voelen voor andere mensen. Ik zou niet willen dat zij zich de hele tijd voor mij verantwoordelijk moesten voelen.' Ik keek om me heen. 'Als wij samen zouden klimmen, zouden jullie me omhoog moeten sleuren. Deborah zou waarschijnlijk in een spleet vallen, Daniël zou me zijn handschoenen moeten geven. Ik zou het wel redden. Maar jullie zouden er de prijs voor betalen.'

'Je zag er heel mooi uit vanavond.'

'Dank je,' zei ik slaperig.

'En wat je zei over die bomen was heel geestig.'

'Dank je.'

'Ik had het je daardoor bijna vergeven dat je Debbie zat uit te horen over mijn verleden.'

'Ah.'

'Weet je wat ik wil? Ik wil dat het is alsof ons leven begon op het moment dat we elkaar voor het eerst ontmoet hebben. Denk je dat dat zou kunnen?'

'Ja,' zei ik. Maar ik bedoelde nee.

25

De geschiedenis die ik op school had geleerd, maar die ik nu grotendeels weer was vergeten, werd in handige categorieën
ingedeeld: de Middeleeuwen, de Reformatie, de Renaissance, de
Tudors en Stuarts. Voor mij werd Adams vroegere leven nu in
soortgelijke categorieën opgedeeld: strepen afgezonderde tijd,
als gekleurd zand in een fles. Je had de Lily-periode, de Françoi-
se-periode, de Lisa-periode, de Penny-periode. Ik had het nu
nooit meer met Adam over zijn verleden, dat was een verboden
onderwerp. Maar ik dacht er wel over na. Ik pikte kleine details
op over de vrouwen van wie hij had gehouden en voegde ze in bij
het grotere beeld. Al doende besefte ik dat er een gat zat in de
chronologie – een lege plek, waarin een vrouw had moeten zijn,
maar er niet was. Het zou maar een jaartje zijn geweest zonder
vaste relatie, maar dat scheen niet te passen in wat ik als het patroon in Adams leven was gaan beschouwen.

Het leek alsof ik in dit landschap een geliefd persoon naar me
toe zag komen, steeds dichterbij, tot die plotseling in de mist verdween. Ik berekende dat het ongeveer acht jaar geleden was, deze
leemte. Ik wilde er niemand naar vragen, maar de behoefte om
het gat te vullen werd steeds groter. Ik vroeg Adam of hij foto's
van zichzelf had toen hij jonger was, maar blijkbaar had hij die
niet. Ik probeerde er met luchtige vragen achter te komen wat hij
in die tijd deed, alsof ik uiteindelijk een lijn kon trekken langs de

onbetekenende stippeltjes, zodat er een belangrijk antwoord te voorschijn zou komen. Maar terwijl ik namen van bergtoppen en levensgevaarlijke routes te weten kwam, vond ik geen vrouw die de ruimte tussen Lisa en Penny kon vullen. Maar ik was de Adam-kenner bij uitstek. Ik moest het zeker weten.

In een weekend in maart keerden we terug in zijn ouderlijk huis. Adam moest een deel van zijn uitrusting halen, die hij had opgeslagen in een van de grote bijgebouwen, dus had hij een busje gehuurd.

'Ik hoef pas zondag terug te zijn. Misschien kunnen we zaterdag in een hotelletje slapen.'

'Met roomservice,' zei ik. Het kwam niet bij me op om voor te stellen dat we bij zijn vader zouden logeren. 'En een eigen badkamer, graag.'

We vertrokken vroeg. Het was een stralende morgen in de vroege lente, kristalhelder. Sommige bomen stonden al in bloei en de dauw trok op van de velden die we op onze rit naar het noorden passeerden. Alles ademde een frisse, hoopvolle sfeer. We stopten bij een cafetaria langs de snelweg om te ontbijten. Adam dronk koffie en at zijn koffiebroodje niet op, terwijl ik een grote baconsandwich nam – pezige roze plakjes tussen sneetjes klef witbrood – en een beker warme chocola.

'Ik hou van vrouwen met een goede eetlust,' zei hij. Dus at ik zijn koffiebroodje ook op.

We kwamen om een uur of elf aan en net als in een sprookje zag alles er nog precies hetzelfde uit als toen we er laatst waren. Niemand kwam ons begroeten en Adams vader was nergens te bekennen. We liepen de donkere hal in, waar de staande klok op wacht stond, en deden onze jas uit. We gingen naar de koude woonkamer, waar een lege tumbler op een bijzettafeltje stond. Adam riep zijn vader, maar er kwam geen antwoord. 'Laten we maar beginnen,' zei hij. 'Het is zo gepiept.'

We trokken onze jas weer aan en liepen naar buiten door de

achterdeur. Achter het huis stond een aantal oude bijgebouwen van verschillende grootte, want, legde Adam uit, er was vroeger een boerderij op het landgoed geweest. Ze waren grotendeels vervallen, maar sommige waren opgeknapt, de daken hadden nieuwe pannen gekregen en het onkruid was weggekapt voor de voordeur. Ik gluurde door de ramen tijdens het passeren. In één gebouw stonden kapotte meubels, kisten met lege wijnflessen, oude warmteaccumulatoren en, in een hoek geschoven, een tafeltennistafel zonder netje. Houten tennisrackets en een paar cricketbats lagen opgestapeld op een brede plank. Er stonden talrijke blikken verf naast elkaar op de plank erboven, met druipende kleuren langs de zijkant. Een tweede gebouw deed dienst als gereedschapsschuur. Ik zag een grasmaaier, een paar harken, een roestige zeis, schoppen, hooivorken, schoffels, grote zakken compost en cementmix, zagen met scherpe tanden.

'Wat zijn dat?' vroeg ik, wijzend op een aantal zilverglanzende dingen die aan grote haken aan de muur hingen.

'Eekhoornvallen.'

Er was één gebouw waar ik naar binnen wilde, want ik had door het kapotte raam een grote porseleinen theepot zonder tuit uit een grote doos zien steken en ik zag aan een haak een gescheurde, waardeloze vlieger hangen. Het leek me de plek waar alle versleten familiebezittingen werden bewaard, de dingen die niemand meer wilde, maar die ook niet zomaar konden worden weggegooid. Er stonden hutkoffers op de vloer en volgepropte kisten. Het zag er allemaal heel netjes uit en heel treurig. Ik was benieuwd of de spullen die van Adams moeder waren geweest hier lang geleden waren opgeslagen en sindsdien nooit meer aangeraakt. Ik vroeg het aan Adam, maar hij trok me bij het raam weg. 'Laat maar, Alice. Het is allemaal troep die hij al jaren geleden de deur uit had moeten doen.'

'Kijk je er nooit meer naar?'

'Waarvoor? Kijk, hier liggen mijn spullen.'

Ik had niet gedacht dat het er zoveel waren. De lange, lage ruimte stond er bijna vol mee. Alles was keurig ingepakt en opgeslagen: een heleboel dozen en tassen met labels erop met Adams duidelijke handschrift er dwars overheen. Er waren touwen van verschillende dikte en kleur, in stijve trossen. Er hingen pickels aan de balken. Er lagen een paar rugzakken, leeg en dichtgeknoopt tegen het stof. Eén dunne nylon tas was een tent, de andere, kortere, was een GoreTex slaapzak. Een doos stijgijzers stond naast een doos lange, dunne spijkers. Er was een doos met allerlei klemmen, schroeven, krammen. Verband in cellofaan verpakt stond op een smalle plank en op een bredere plank stonden een butagasstelletje, een paar gastankjes, tinnen bekers en verscheidene waterflessen. Twee paar versleten bergschoenen lagen aan de ene kant.

'Wat zit daarin?' vroeg ik, met mijn teen duwend tegen een zachte nylon tas.

'Handschoenen, sokken, thermisch ondergoed, dat soort dingen.'

'Je hebt best veel bagage.'

'Zo weinig mogelijk,' antwoordde hij, terwijl hij rondkeek. 'Ik draag die spullen niet voor de lol.'

'Waarom zijn we hier?'

'Hierom, bijvoorbeeld.' Hij haalde een vrij grote tas te voorschijn. 'Dit is een portaledge, een soort tentje dat je aan een steile rotswand kan bevestigen. Ik heb er eens vier dagen in gezeten, in een razende storm.'

'Lijkt me doodeng,' huiverde ik.

'Knus juist.'

'Waarom heb je die nu nodig?'

'Hij is niet voor mij. Voor Stanley.'

Hij rommelde in een Tupperware-bak vol tubetjes zalf, pakte er een paar uit en stopte ze in zijn jaszak. Hij pakte een van de pickels van de balk en legde hem naast het tentje. Daarna ging hij op zijn hurken zitten en begon kartonnen doosjes en kistjes te voorschijn te halen, waarvan hij de labels bestudeerde. Hij leek totaal verdiept in zijn taak.

'Ik ga een eindje lopen,' zei ik na een tijdje. Hij keek niet op.

Het was warm genoeg om zonder jas te gaan. Ik liep naar de moestuin, waar een paar verlepte doorgeschoten kolen stonden te wiebelen en onkruid over het latwerk kroop dat bestemd was voor pronkbonen. Iemand had de tuinslang zachtjes aan laten staan, zodat er een grote modderplas midden in de tuin was ontstaan. Het was allemaal nogal deprimerend. Ik draaide de kraan dicht en keek rond of ik Adams vader ergens zag, waarna ik vastberaden op het vervallen gebouwtje af liep waar ik de porseleinen theepot en de vlieger had gezien. Ik wilde in de dozen snuffelen, de dingen aanraken die Adam als kind had gehad en foto's van hem en zijn moeder vinden.

Er zat een grote sleutel in de deur, die gemakkelijk omdraaide. De deur ging naar binnen open. Ik deed hem zachtjes achter me dicht. Iemand was hier pas geleden geweest, want het dikkere stof lag alleen maar op sommige kisten en hutkoffers, terwijl andere tamelijk schoon waren. In een hoek zag ik het skelet van een vogel. Er hing een muffe, bedompte lucht in het vertrek.

Maar ik had het goed: hier werden de oude familiebezittingen bewaard. De theepot hoorde bij een porseleinen servies. Er zaten nog vage bruinige kringen in de kopjes, markeerstrepen van iemand die er in het verre verleden thee uit had gedronken. Er stond een pakkist, waarin rubberlaarzen hoog opgestapeld waren. Sommige waren klein. Die waren vast van Adam als klein jongetje geweest. De grootste zwarte hutkoffer droeg de vergulde initialen V.T. op het deksel. Hoe heette zijn moeder? Ik kon me niet herinneren dat hij me dat ooit had verteld. Ik deed hem voorzichtig open. Ik hield mezelf voor dat ik niets verkeerd deed, dat ik alleen maar wat rondsnuffelde, maar tegelijk dacht ik niet dat Adam het zo zou opvatten. De hutkoffer zat vol oude, muffe kleren, met een sterke mottenballenlucht. Ik voelde aan een marineblauwe rok, een gehaakte omslagdoek, een lavendelkleurig vest met paarlemoeren knopen. Elegante, maar degelijke kleren. Ik sloot het deksel en maakte een gedeukte witte koffer ernaast open. Die zat vol babykleren: van Adam. Truitjes met ingebreide boten en ballonnen, gestreepte tuinbroeken, wollen mutsjes, een pak met een kaboutercapuchon, piepkleine broekjes. Ik begon bijna te kirren. Er was ook een doopjurk, die begon te vergelen. De ladenkast tegen de ene muur, waar verscheidene knoppen aan ontbraken en die aan één kant zwaar gekrast was, zat vol kleine boekjes, die bij nadere bestudering dingen als schoolschriften en rapporten bleken te zijn van de twee meisjes en van Adam op Eton. Ik sloeg er willekeurig een open, uit 1976. Toen moet hij twaalf geweest zijn, het jaar waarin zijn moeder overleed. Wiskunde: 'Als Adam zijn grote talent aan leren zou besteden in plaats van aan lastig zijn,' stond er in een keurig handschrift in blauwe inkt, 'zou het goed met hem gaan. Maar nu…' Ik klapte het boekje dicht. Dit was niet zomaar snuffelen, dit leek meer op spioneren.

Ik liep langzaam naar de andere hoek van het vertrek. Ik wilde foto's vinden. In plaats daarvan, in een kleine koffer die twee keer omwonden was met een riem, vond ik brieven. Eerst dacht ik dat het brieven van Adams moeder waren, ik weet niet waarom. Misschien omdat ik naar sporen van haar zocht en ik aan het handschrift meende te zien dat het van een vrouw was. Maar toen ik het bovenste stapeltje pakte en erdoorheen bladerde, realiseerde ik me onmiddellijk dat ze van een heleboel verschillende mensen waren, in een heleboel verschillende handschriften. Ik las vluchtig de bovenste brief, met blauwe balpen gekrabbeld, en mijn adem stokte.

'Mijn allerliefste Adam,' begon hij. Hij was van Lily. Door een laatste restje gewetensbezwaar hield ik op met lezen. Ik legde het bundeltje neer, maar pakte het daarna weer op. Ik las de brieven niet helemaal door, maar tegen wil en dank pikte ik bepaalde memorabele zinnen op, waarvan ik wist dat ik ze niet zou kunnen vergeten. Ik keek alleen maar van wie ze waren. Ik was net een archeoloog, zei ik bij mezelf, die door de lagen van Adams geschiedenis spitte, dwars door alle bekende perioden.

Eerst waren er brieven, kort en fragmentarisch, van Lily. Daarna, in zwarte inkt, met het bekende krullerige, sierlijke Franse schuinschrift, van Françoise. Die waren meestal lang. Ze waren niet zo vurig als die van Lily, maar hun onverbloemde intimiteit deed me ineenkrimpen. Haar Engels was buitengewoon levendig en had zelfs een zekere charme vanwege de sporadische fouten. Onder Françoise zaten een paar brieven van allerlei personen. Een van een verrukte Bobby en de andere van een vrouw die met 'T' ondertekende, en daarna een serie ansichtkaarten van Lisa. Lisa hield van uitroeptekens en onderstrepingen.

En daarna, onder Lisa – of vóór Lisa – kwam een reeks brieven van een vrouw over wie ik nog nooit had gehoord. Ik tuurde naar de handtekening: Adèle. Ik ging weer op mijn hurken zitten en luisterde. Het was doodstil. Het enige wat ik hoorde was het geratel van de wind in de losse dakpannen boven me. Adam was zeker nog bezig met het uitzoeken van zijn spullen. Ik telde hoeveel brieven van Adèle er waren: dertien, de meeste nogal kort. Onder haar brieven lagen er zes van Penny. Ik had de vrouw tussen Lisa en Penny gevonden, tussen Penny en Lisa. Adèle. Ik begon met de onderste, vermoedelijk de eerste die ze hem had geschreven, en las ze allemaal.

De eerste zeven of acht brieven waren kort en zakelijk: ze maakte afspraken met Adam, noemde een plaats en tijd en drong aan op voorzichtigheid. Adèle was getrouwd; dus daarom had Adam erover gezwegen. Ook nu nog hield hij hun geheim in ere. De volgende brieven waren langer en emotioneler. Adèle voelde zich duidelijk schuldig tegenover haar man, die ze haar 'trouwe Tom' noemde, en tegenover vele anderen: ouders, zus, vrienden.

Ze smeekte Adam steeds om het haar niet zo moeilijk te maken. De laatste brief was een afscheidsbrief. Ze schreef dat ze Tom niet meer kon bedriegen. Ze vertelde Adam dat ze van hem hield en dat hij nooit zou weten hoeveel hij voor haar had betekend. Ze zei dat hij de beste minnaar was die ze ooit had gehad. Maar ze kon Tom niet in de steek laten. Hij had haar nodig en Adam kennelijk niet. Had ze ooit iets van hem geëist?

Ik legde de dertien brieven op mijn schoot. Dus Adèle had Adam verlaten om haar huwelijk te redden. Misschien was hij nooit over haar heen gekomen en was dat de reden dat hij niet over haar praatte. Misschien voelde hij zich wel vernederd door haar. Ik schoof mijn haar achter mijn oren met handen die een beetje klam waren van de zenuwen, en luisterde weer. Was dat een deur die ik hoorde dichtgaan? Ik pakte de brieven bij elkaar en legde ze boven op die van Penny.

Op het moment dat ik de rest er op wilde leggen, zodat die laag van het verleden bedekt zou worden met nog recentere verledens, zag ik dat Adèle haar laatste brief op formeel briefpapier had geschreven, in tegenstelling tot de andere, met een briefhoofd, alsof ze haar getrouwde status daarmee wilde benadrukken. Tom Funston en Adèle Blanchard. Er prikkelde iets in mijn geheugen, als een tinteling langs mijn ruggengraat. Blanchard: de naam kwam me vaag bekend voor.

'Alice?'

Ik deed de koffer dicht en schoof hem zonder de riem terug op zijn plaats.

'Waar ben je, Alice?'

Ik krabbelde overeind. Er zat stof op de knieën van mijn broek en mijn jas was smerig.

'Alice.'

Hij was vlakbij en hij riep me, terwijl hij steeds dichterbij kwam. Ik liep zo zacht als ik kon naar de dichte deur, terwijl ik mijn haar fatsoeneerde. Hij kon me hier maar beter niet vinden.

Er stond een kapotte leunstoel met hoog opgetaste gele damasten gordijnen in de hoek van het vertrek, links van de deur. Ik trok de stoel een eindje naar voren, ging er gehurkt achter zitten en wachtte tot de voetstappen voorbijgingen. Dit was belachelijk. Als Adam me midden in dit gebouwtje had aangetroffen, hoefde ik alleen maar te zeggen dat ik wat aan het rondkijken was. Als hij ontdekte dat ik me achter een stoel verstopte, kon ik helemaal niets zeggen. Het zou niet alleen gênant zijn, het zou een scène opleveren. Ik kende mijn man. Ik wilde net opstaan, toen de deur werd opengeduwd en ik hem binnen hoorde komen.

'Alice?'

Ik hield mijn adem in. Misschien kon hij me zien door de stapel gordijnen.

'Ben je daar, Alice?'

De deur ging weer dicht. Ik telde tot tien en stond op. Ik liep terug naar de koffer met brieven, deed hem open en pakte er Adèles laatste brief uit, waarmee mijn lijstje van huwelijksmisdaden werd uitgebreid met diefstal. Daarna deed ik de koffer dicht en bond er deze keer de riem omheen. Ik wist niet waar ik de brief zou stoppen. Natuurlijk niet in mijn zakken. Ik probeerde hem in mijn beha te proppen, maar ik had een strak ribbeltruitje aan waar je het papier doorheen zou zien. Mijn slipje dan? Uiteindelijk deed ik mijn ene schoen uit en verborg de brief daarin.

Ik haalde diep adem en liep naar de deur. Hij zat op slot. Adam moest hem afgesloten hebben toen hij weer naar buiten ging, een routinegebaar. Ik duwde er hard tegen, maar hij gaf geen centimeter mee. Ik keek in paniek rond of ik een stuk gereedschap zag. Ik haalde de oude vlieger van de muur en schoof de middenstok uit het gescheurde papier. Die stak ik in het slot, al wist ik niet zeker wat ik daarmee hoopte te bereiken. Ik hoorde de sleutel met een *klenk*-geluid buiten op de grond vallen.

Het onderste glas in het raam was kapot. Als ik de scherpe randen weghaalde, zou ik me erdoorheen kunnen wurmen. Misschien. Ik begon glasscherven uit het kozijn te halen. Daarna deed ik mijn jas uit en duwde hem door het gat. Ik schoof een hutkoffer tot onder het raam, ging erop staan en zwaaide mijn ene been door het raam. Het was veel te hoog, ik kon niet bij de grond aan de andere kant. Met grote moeite wurmde ik mezelf door het gat, totdat mijn tenen op een stevig oppervlak stootten. Ik voelde een stuk glas, dat ik vergeten was weg te halen, door mijn spijkerbroek steken en in mijn dij prikken. Ik maakte me klein en duwde mezelf door het gat, zodat mijn hoofd in het felle daglicht naar buiten stak. Als iemand me nu zou zien, wat zou ik dan zeggen? Andere been naar buiten. Zo. Ik bukte me om mijn jas op te rapen. Mijn linkerhand bloedde. Ik zat onder de aarde, spinnenwebben en het stof.

'Alice?'

Ik hoorde zijn stem in de verte. Ik haalde diep adem. 'Adam.' Dat klonk best ferm. 'Waar ben je, Adam? Ik heb je overal gezocht.' Ik klopte het stof van me af, likte aan mijn wijsvinger en wreef ermee over delen van mijn gezicht.

'Waar zat je nou, Alice?' Hij kwam de hoek om met zijn gretige, knappe gezicht.

'Waar zat *jij*, zal je bedoelen.'

'Je hebt je hand gesneden.'

'Niks aan de hand. Maar ik moet het wel even schoonmaken.'

In de garderobe – een ouderwetse bedoening, waar de geweren werden bewaard, evenals de tweedpetten en de groene rubberlaarzen – waste ik mijn handen en gooide water over mijn gezicht.

Zijn vader zat in een leunstoel in de woonkamer, alsof hij daar de hele tijd al had gezeten en we hem gewoon niet hadden opgemerkt. Hij had een pas ingeschonken glas whisky naast zich. Ik liep naar hem toe en gaf hem een hand; ik voelde de dunne botten onder de loszittende huid.

'Dus je hebt een vrouw gevonden, Adam,' zei hij. 'Blijven jullie lunchen?'

'Nee,' zei Adam. 'Alice en ik gaan nu naar een hotel.' Hij hielp me in mijn jas, die ik nog als een bundeltje onder mijn arm droeg. Ik keek glimlachend naar hem op.

26

Op een avond kwam er een man of vijftien bij ons pokeren. Ze zaten op kussens op de grond en dronken sloten bier en whisky en rookten tot alle schoteltjes vol peuken lagen. Om een uur of twee in de ochtend had ik ongeveer drie pond verloren, terwijl Adam achtentwintig pond gewonnen had.

'Hoe kom jij zo goed?' vroeg ik, nadat iedereen weg was, op Stanley na, die laveloos op ons bed lag met zijn rastalokken over het kussen gespreid en geen cent meer op zak.

'Jaren oefenen.' Hij spoelde een glas om en zette het in het afdruiprek.

'Soms vind ik het zo vreemd om te denken aan al die jaren dat we niet samen waren,' zei ik. Ik pakte een verdwaalde tumbler op en dompelde die onder water. 'Dat toen ik met Jake was, jij met Lily was. En dat je met Françoise was, en met Lisa en…' Ik zweeg. 'Wie was er vóór Lisa?'

Hij keek me koeltjes aan. Hij liet zich niet bedotten. 'Penny.'

'O.' Ik probeerde luchtig te klinken. 'Was er niemand tussen Lisa en Penny?'

'Niemand in het bijzonder.' Hij haalde weer even zijn schouders op.

'Trouwens, er ligt een vent in ons bed.' Ik stond op en gaapte. 'Is de bank wat voor je?'

'Alles is wat voor me, als jij er ook maar bent.'

Er is een groot verschil tussen iets niet zeggen en iets expres verzwijgen. Ik belde haar op mijn werk, tussen twee ruzieachtige vergaderingen over de vertraging van de Drakloop. Dit was de laatste keer, besloot ik, de allerlaatste keer dat ik in Adams verleden zou graven. Alleen dit nog en dan zou ik het allemaal laten rusten.

Ik sloot de deur van mijn kantoor, draaide rond in mijn stoel, zodat ik met mijn gezicht naar het raam zat, uitkijkend op een muur, en toetste het nummer in dat boven aan de brief stond. De lijn was stil. Ik probeerde het nog eens, je kon nooit weten. Niets. Ik vroeg de centrale of ze de lijn konden testen en ik kreeg te horen dat het nummer was opgeheven. Dus vroeg ik of ze me het nummer van A. Blanchard konden geven, in West Yorkshire. Daar was niet één Blanchard bekend. T. Funston dan? Ook niemand onder die naam. Het spijt ons, mevrouw, zeiden ze. Ik huilde bijna van frustratie.

Wat doe je, als je iemand wilt opsporen? Ik las de brief nog eens door, op zoek naar aanwijzingen waarvan ik zeker wist dat die er niet waren. Het was een mooie brief: eerlijk en recht uit het hart. Tom was haar man, schreef ze, en een vriend van Adam. Hij was altijd aanwezig in hun relatie. Ooit zou hij erachter komen en ze was niet bereid hem zo te kwetsen. Evenmin kon ze leven met de schuldgevoelens die ze nu had. Ze vertelde Adam dat ze stapeldol op hem was, maar dat ze hem niet meer kon ontmoeten. Ze vertelde hem dat ze een paar dagen bij haar zuster ging logeren en dat hij niet moest proberen haar op andere gedachten te brengen of contact met haar te zoeken. Ze was vastbesloten. Hun affaire zou tussen hen tweeën blijven: hij mocht het aan niemand vertellen, zelfs niet aan zijn beste vrienden en ook niet aan de vrouwen die na haar zouden komen. Ze zei dat ze hem nooit zou vergeten, maar dat ze hoopte dat hij haar ooit zou vergeven. Ze wenste hem het allerbeste.

Het was een volwassen brief. Ik legde hem op mijn bureau en

wreef in mijn ogen. Misschien moest ik het maar zo laten. Adèle had Adam bezworen om het aan niemand te vertellen, ook niet aan toekomstige vriendinnen. Adam hield zich gewoon aan haar verzoek. Zo was hij nou eenmaal. Een man van zijn woord. Adam nam de dingen erg letterlijk, op het griezelige af.

Ik pakte de brief weer op en staarde ernaar, zodat de woorden vervaagden. Waarom ging er ergens een lampje branden bij haar naam? Blanchard. Waar had ik die eerder gehoord? Misschien van een van Adams klimmersvrienden. Zij en haar man waren immers bergbeklimmers. Ik piekerde nog even door en ging daarna naar mijn volgende vergadering met de marketingafdeling.

Adèle bleef in mijn hoofd zitten. Als je eenmaal jaloers bent, wordt die jaloezie door van alles gevoed. Je kunt vermoedens hardmaken, maar je kunt er nooit de onjuistheid van aantonen. Ik zei bij mezelf dat als Adèles plaatje duidelijk was geworden, ik los zou raken van mijn bezeten seksuele nieuwsgierigheid. Ik belde Joanna Noble en vroeg of ik van haar deskundigheid gebruik mocht maken.

'Wat nu weer, Alice? Nog meer paranoia van de liefhebbende echtgenote?' Het klonk alsof ze moe van me werd.

'Helemaal niet.' Ik gaf een kort, monter lachje. 'Dit is iets heel anders. Ik moet gewoon iemand opsporen. En ik denk dat ze onlangs in de krant heeft gestaan. Ik weet dat jij toegang hebt tot krantenarchieven.'

'Ja,' zei ze op haar hoede. 'Iets heel anders, zei je?'

'Ja, totaal.'

Er klonk een tikkend geluid aan de andere kant, alsof ze haar pen op haar bureau liet stuiteren. 'Als je morgenochtend vroeg komt,' zei ze na een tijdje, 'om een uur of negen, kunnen we de naam door de computer halen en alle belangrijke gegevens uitprinten.'

'Volgende keer doe ik iets voor jou.'

'Ja,' zei ze. Het was even stil. 'Alles goed aan het Adam-front?' Het klonk alsof ze het over de Eerste Wereldoorlog had.

'Hmm,' zei ik opgewekt. 'Heel goed.'

'Tot morgen dan.'

Ik was er voor negenen, maar Joanna was er nog niet. Ik wachtte in de ontvangstruimte en zag haar voordat ze mij zag. Ze maakte een vermoeide en gestresste indruk, maar toen ze mij daar zag zitten, zei ze: 'Oké, laten we gaan. De bieb is in de kelder. Ik heb maar een minuut of tien.'

De bibliotheek bestond uit rijen en rijen schuifplanken vol bruine mappen, geordend naar onderwerp en daarna alfabetisch. Diana, Diëten, Dinosaurussen, dat soort dingen. Joanna ging me voor langs al die planken naar een vrij grote computer. Ze trok een tweede stoel bij, gebaarde dat ik daar moest gaan zitten en zette zich achter het scherm. 'Geef me die naam maar, Alice.'

'Blanchard,' zei ik. 'Adèle Blanchard. B-L…' Maar ze had hem al ingetypt.

De computer kwam piepend tot leven. Getallen vulden de rechter bovenhoek en op het kloksymbool ging een wijzer rond. We wachtten zwijgend.

'Adèle, hè?'

'Ja.'

'Er zit geen Adèle Blanchard in de computer, Alice. Sorry.'

'Geeft niets,' zei ik. 'Het was maar een gok. Heel erg bedankt.' Ik stond op.

'Wacht 's, hier heb ik een andere Blanchard. Ik dacht al dat de naam me bekend voorkwam.'

Ik keek over Joanna's schouder mee. 'Tara Blanchard.'

'Ja, dit is een klein stukje over een jonge vrouw, die een paar weken geleden uit een kanaal in Oost-Londen is opgevist.'

Daarom kwam de naam me zo bekend voor. Ik voelde een

steek van teleurstelling. Joanna drukte op een toets om meer informatie te krijgen: er was maar één stukje, en dat was min of meer gelijk aan het andere.

'Wil je dit geprint hebben?' vroeg ze op een licht ironische toon. 'Misschien is Adèle haar tweede naam.'

'Vast.'

Terwijl de printer het velletje over Tara Blanchard eruit ratelde, vroeg ik Joanna of ze nog iets van Michelle had gehoord.

'Godzijdank niet. Alsjeblieft.'

Ze gaf me de print. Ik vouwde het papier dubbel en daarna nog een keer. Ik zou het eigenlijk in de vuilnisbak moeten gooien. Maar ik deed het niet. Ik stopte het in mijn zak en nam een taxi naar kantoor.

Ik bekeek het knipsel pas weer bij de lunch, een broodje kaas met tomaat en een appel, die ik gekocht had in een café in de buurt, en mee had teruggenomen naar mijn kantoor. Ik las de paar regeltjes weer door: het lichaam van de 28-jarige Tara Blanchard, een receptioniste, was op 2 maart in een kanaal in Oost-Londen gevonden door een groepje tieners.

In Adèles brief had iets over een zuster gestaan. Ik sjorde het telefoonboek van de plank en bladerde erdoorheen, al verwachtte ik niets te vinden. Maar daar stond het: Blanchard, T.M., Bench Road 23B, Londen EC2. Ik pakte de telefoon, maar bedacht me. Ik belde Claudia om te zeggen dat ik wegging en vroeg of ze mijn telefoontjes wilde aannemen. Ik was zo weer terug.

Bench Road 23B was een smal, met steentjes bedekt rijtjeshuis, ingeklemd tussen andere huizen, dat een algemene indruk van verwaarlozing uitstraalde. Er stond een dode plant voor het ene raam en er hing een roze doek in plaats van gordijnen voor het andere. Ik drukte op de bel bij de B en wachtte. Het was halftwee en als Tara een huisgenoot had gehad, was die waarschijnlijk niet thuis. Ik wilde net op de andere bellen drukken om te zien of ik een paar buren te voorschijn kon lokken, toen ik voetstappen hoorde en door het dik geribbelde glas een gedaante naar me toe zag komen. De deur ging open aan de ketting en een vrouw staarde door de kier. Ik had haar kennelijk wakker gemaakt: ze had een ochtendjas om zich heen getrokken en ze had dikke ogen. 'Ja?'

'Neem me niet kwalijk dat ik u lastigval,' begon ik, 'maar ik ben een vriendin van Tara en ik was in de buurt, dus…'

De deur ging dicht, ik hoorde de ketting wegschuiven en daarna ging de deur wijd open. 'Kom dan maar binnen,' zei ze. Ze was een kleine, mollige vrouw, jong, met een bos rossig haar en piepkleine oren.

Ze keek me afwachtend aan.

'Ik ben Sylvie,' zei ik.

'Maggie.'

Ik liep achter haar aan de trap op, naar de keuken.

'Wil je thee?'

'Alleen als je hebt.'

'Ik ben nu toch wakker,' zei ze heel vriendelijk. 'Ik ben verpleegster, ik draai op het moment nachtdiensten.'

Ze zette de ketel op en ging daarna tegenover me zitten aan de groezelige keukentafel. 'Dus jij was bevriend met Tara?'

'Dat klopt,' zei ik zelfverzekerd. 'Maar ik kwam hier nooit.'

'Ze nam nooit mensen mee naar huis.'

'Ik ken haar eigenlijk van toen ze klein was,' zei ik. Maggie ging in de weer met de thee. 'Ik las in de krant dat ze dood was en ik wilde weten wat er gebeurd was.'

'Het was afschuwelijk,' zei Maggie, die opstond om twee theezakjes in een theepot te doen en er kokend water op te schenken. 'Suiker?'

'Nee. Weet de politie hoe het is gebeurd?'

'Ze is beroofd. Haar portemonnee was weg toen ze haar vonden. Ik heb haar altijd gewaarschuwd dat ze niet in het donker langs het kanaal moest lopen. Maar ze deed het altijd. Het is twee keer zo snel vanaf het station.'

'Afschuwelijk,' zei ik. Ik dacht aan het donkere kanaal en huiverde. 'Ik was eigenlijk meer bevriend met Adèle.'

'Haar zus?' Een golf van opwinding spoelde door me heen: dus Tara was toch Adèles zuster. Maggie zette mijn kopje thee met een klap voor me neer. 'Arme ziel. Arme ouders ook. Stel je eens voor waar zij doorheen gaan. Ze kwamen een week of wat geleden haar spullen ophalen. Ik wist niet wat ik tegen ze moest zeggen. Ze waren heel dapper, maar er is niets ergers dan een kind verliezen, toch?'

'Nee. Hebben ze hun adres en telefoonnummer achtergelaten? Ik zou heel graag contact met ze zoeken om te zeggen hoe erg ik het vind.' Ik was veel te goed geworden in bedriegen, dacht ik.

'Ik heb het wel ergens. Ik geloof niet dat ik het in mijn boekje heb opgeschreven. Ik dacht niet dat ik het nodig zou hebben. Maar het ligt waarschijnlijk ergens op een stapel. Wacht even.' Ze begon in een stapel papieren te rommelen bij het broodrooster, rekeningen in zwart en rood, reclamefolders, ansichtkaarten, afhaalmenu's, maar uiteindelijk vond ze het neergekrabbeld op het telefoonboek. Ik schreef het over op een stukje van een oude envelop en stopte het daarna in mijn portefeuille.

'Als je ze spreekt,' zei ze, 'zeg dan dat ik alle spulletjes die ze hadden laten liggen heb weggegooid, zoals ze ook wilden, behalve de kleren. Die heb ik aan een goed doel gegeven.'

'Hebben ze dan niet al haar spullen meegenomen?'

'Bijna alles: alle persoonlijke bezittingen natuurlijk, sieraden, boeken, foto's en zo meer. Maar ze hebben ook wat laten liggen. Ongelooflijk hoeveel rotzooi een mens verzamelt, hè? Ik zei dat ik dat zou regelen.'

'Mag ik ze zien?' Ze staarde me verbaasd aan. 'Voor het geval er een aandenken bij zit,' voegde ik er nog zwakjes aan toe.

'Alles ligt in de vuilnisbak, als de vuilnismannen het niet al hebben opgehaald.'

'Mag ik even kijken?'

Maggie leek te aarzelen. 'Als jij zin hebt om door sinaasappelschillen en kattenvoer en theezakjes te rommelen, ga dan gerust je gang. De bakken staan vlak bij de voordeur, waarschijnlijk heb je ze gezien toen je binnenkwam. Op die van mij staat 23B, wit geschilderd.'

'Ik kijk wel even als ik wegga. En reuze bedankt.'

'Je zal er niks vinden. Het is allemaal oude troep.'

Het moet een gek gezicht zijn geweest, een vrouw in een chic grijs broekpak, die in een vuilnisbak staat te graaien. Hoe haalde ik het toch in mijn hoofd om Tara op te sporen, die op geen enkele manier belangrijk voor me was, behalve als smerig middel om haar ouders te vinden? En die ouders had ik al gevonden en ook zij waren niet belangrijk voor me, behalve als middel om de vrouw die wellicht Adèle was te vinden. En zij zou niet belangrijk voor me mogen zijn. Ze was alleen maar een zoekgeraakt stukje in het verleden van iemand anders.

Kippenpoten, lege tonijnblikjes en blikjes kattenvoer, een paar slabladeren en wat oude kranten. Ik zou vast stinken als ik weer op kantoor was. Een kapotte schaal, een lampje. Ik kon dit maar beter methodisch aanpakken. Ik begon dingen uit de bak te trekken en ze op het deksel op te stapelen. Er liep een stel voorbij, dat probeerde te kijken alsof dit heel normaal gedrag was. Lippenstiften en oogpotloden: die waren vast van Tara. Een spons, een gescheurde douchemuts, een paar glossy tijdschriften. Ik legde ze op straat, naast de wankelende stapel op het vuilnisbakdeksel, en tuurde daarna weer in de bijna lege bak. Een gezicht staarde me aan. Een bekend gezicht.

Heel langzaam, als in een nachtmerrie, deed ik mijn hand omlaag en pakte het stukje krant op. Er kleefden theeblaadjes aan. 'De held keert terug,' kopte het. Naast de bak, in een hoek gepropt, vond ik een plastic tas. Ik vouwde hem glad en stopte de krant erin. Ik graaide rond op de bodem van de bak en haalde nog meer stukjes krant naar boven. Ze waren vies en nat, maar ik kon Adams naam nog lezen en zijn gezicht nog herkennen. Ik vond andere doorweekte papieren en enveloppen en stopte ze allemaal in de plastic tas, mopperend over de stank en de nattigheid.

Een klein oud vrouwtje met twee enorme honden aan twee riemen liep voorbij en keek me afkeurend aan. Ik maakte een grimas. Ik was nu ook in mezelf aan het praten. Een gekke vrouw, die in vuilnisbakken rommelde en zichzelf de stuipen op het lijf joeg.

27

Mijn handen waren vettig en vies. Ik kon zo niet terug naar mijn werk en ik had zin om naar huis te gaan en deze hele ervaring van mijn lijf te boenen, uit mijn haar, uit mijn hoofd. Ik kon die tas met nat papier niet meenemen naar de flat. Ik moest een plek vinden waar ik kon zitten en mijn gedachten op een rijtje zetten. Ik had zoveel uit mijn duim gezogen, zoveel voor Adam achtergehouden dat ik nu niet meer spontaan tegen hem kon doen. Steeds moest ik bedenken wat ik hem eerder had verteld, hoe mijn verhaal in elkaar moest zitten om overeen te komen met vorige leugens. Dat was het voordeel van de waarheid spreken: je hoefde je niet de hele tijd zo te concentreren. Ware dingen pasten als vanzelf in elkaar. De gedachte aan de kloof die ik tussen mij en Adam had gecreëerd maakte de grijze dag grijzer en nog minder draaglijk.

Ik liep doelloos over straat op zoek naar een café of een andere plek waar ik kon uitrusten en nadenken, een plan maken. Ik zag alleen maar af en toe een buurtwinkeltje, maar na een tijdje kwam ik bij een grasveldje bij een school, met een drinkfonteintje en een klimrek. Er zaten jonge moeders met baby's in kinderwagens en luidruchtige peuters wiebelden aan het rek. Ik liep naar het fonteintje, dronk ervan en waste daarna mijn vuile handen in het dunne stroompje en droogde ze af aan de binnenkant van mijn jasje.

Eén bank was nog vrij en ik ging erop zitten. Het was vast Tara geweest die de telefoontjes had gepleegd en de briefjes had geschreven en met de melk had geknoeid, dat alles vanwege een morbide gedweep met Adam, een overblijfsel van zijn relatie met haar zuster. Vroeger zou ik zulk gedrag als ondenkbaar hebben afgedaan, niet in verhouding tot de emotie, maar ik was inmiddels een soort deskundige in obsessies geworden. Ik probeerde mezelf te kalmeren. Een tijdlang durfde ik nauwelijks in de tas te kijken.

Toen ik nog op school zat, had een van mijn vriendjes een neef die in een punkband zat die een jaar of twee beroemd was. Af en toe kwam ik zijn naam of zelfs een foto van hem tegen in een tijdschrift, en soms scheurde ik die uit om aan mijn vriendinnen te laten zien. Wat was er logischer dan dat Tara geïnteresseerd zou zijn in krantenartikelen over hem? Dat ze die zou uitscheuren? Bijna iedereen die ik kende, in welke hoedanigheid ook, was tenslotte gefascineerd door de Adam over wie zij in de kranten lazen. Tara kende hem ook echt. Ik bracht mijn vingers naar mijn neus. Er zat nog steeds een weeë, zurige lucht aan. Ik haalde het beeld voor ogen van mezelf, die stiekem snuffelde in de vuilnisbak van de dode zuster van een ex van mijn man. Ik dacht eraan dat ik Adam keer op keer had bedrogen. Was dit zo anders dan mijn eerdere bedrog jegens Jake?

Ik bedacht dat ik er goed aan zou doen om deze tas in de eerste de beste vuilnisbak te gooien en terug naar Adam te gaan en hem te vertellen wat ik had gedaan en had ontdekt, om alles te bekennen en zijn begrip te vragen. Als ik dan te laf was om op te biechten wat ik had gedaan, kon ik er in ieder geval een streep onder zetten, zodat we de draad weer konden oppakken. Ik daagde mezelf uit. Ik stond inderdaad op en keek om me heen of ik een vuilnisbak zag, en ja. Maar ik kon het niet weggooien.

Onderweg naar huis liep ik een kantoorboekhandel binnen en kocht een paar kartonnen mappen. Zodra ik buiten stond,

pakte ik ze uit en schreef op de ene 'Drakloop. Conf. apr.'95, aantekeningen'. Dat klonk saai genoeg om iemands belangstelling
de kop in te drukken. Ik haalde Tara's treurige krantenknipsels
voorzichtig uit de tas, waarbij ik ervoor probeerde te zorgen dat
ik geen vet op mijn kleren morste. Ik stopte ze in de map en gooide de tas weg. Toen werd ik paranoïde en schreef nog meer onbetekenende woorden op drie andere mappen. Toen ik thuiskwam
had ik ze nonchalant in mijn hand. Ze zagen er gewoon uit als
dingen van mijn werk.

'Je ziet er gespannen uit,' zei Adam. Hij was achter me komen
staan en pakte me bij mijn schouders. 'Daar zit een stijve spier.'
Hij begon de plek te kneden, waardoor ik kreunde van genot.
'Waarom ben je zo gespannen?'

Waarom was ik zo gespannen? Er kwam iets in me op.

'Ik weet het niet, Adam. Al die telefoontjes en boodschappen
misschien, daar werd ik depressief van.' Ik draaide me om en nam
hem in mijn armen. 'Maar ik voel me nu veel beter. Ze zijn opgehouden.'

'Ja, hè?' Adam fronste zijn wenkbrauwen.

'Ja, er is al ruim een week niets meer geweest.'

'Je hebt gelijk. Maakte je je daar echt zorgen over?'

'Het werden er steeds meer. Maar ik vraag me af waarom ze ineens zijn opgehouden.'

'Dat komt ervan als je met je naam in de krant staat.'

Ik kuste hem. 'Adam, ik heb een voorstel.'

'Wat?'

'Een jaar saaiheid. Niet in alles, natuurlijk. Maar onder de
achtduizend meter of wat dan ook. Ik wil dat alles wat mij aan-
gaat ontzettend saai wordt.'

Toen gaf ik een gil. Ik kon er niets aan doen, want Adam had
me opgepakt met een soort brandweermannenzwaai. Hij droeg
me de flat door en gooide me op bed. Hij keek grijnzend op me

neer. 'Ik zal zien wat ik eraan kan doen,' zei hij. 'En wat jou be-treft' – hij pakte Sherpa op en kuste hem op zijn neus – 'de voor-stelling is niet geschikt voor jeugdige katjes.' Hij zette hem zachtjes buiten de slaapkamer en deed de deur dicht.

'En ik?' vroeg ik. 'Moet ik ook weg?'

Hij schudde zijn hoofd.

De volgende morgen gingen we samen het huis uit en namen sa-men de metro. Adam ging die dag met de trein de stad uit; hij zou pas 's avonds terugkeren. Ik had een drukke dag met vergaderin-gen, die me volledig in beslag namen. Toen ik knipperend met mijn ogen het kantoor uit liep in de plotseling ongefilterde lucht, kreeg ik het gevoel alsof er een zwerm bijen in mijn hoofd zat. Ik kocht een fles wijn en een kant-en-klare maaltijd, die ik al-leen maar hoefde op te warmen en uit zijn folieverpakking te ha-len.

Toen ik thuiskwam was de buitendeur van het slot, maar dat was niets bijzonders. Er woonde een muzieklerares beneden en zij liet de voordeur open als ze lesgaf. Maar toen ik bij de deur van onze flat kwam, was er iets helemaal mis en ik liet de bood-schappen vallen. De niet bepaald degelijke deur was opengebro-ken. Er zat iets op vastgeplakt met tape. Het was de bekende bruine envelop. Mijn mond was droog, mijn vingers trilden toen ik hem van de deur haalde en hem driftig openscheurde. Er stond iets geschreven in grove zwarte hoofdletters: ZWARE DAG GEHAD, ADAM? NEEM EEN BAD.

Ik duwde de deur zachtjes open en luisterde. Het was dood-stil.

'Adam?' zei ik zachtjes, onnodig. Er kwam geen antwoord. Ik vroeg me af of ik gewoon zou weggaan, de politie bellen, op Adam wachten, alles behalve naar binnen gaan. Ik wachtte en luisterde nog een tijdje, maar er was duidelijk niemand binnen.

Uit een soort merkwaardig, automatisch gevoel voor netheid raapte ik de boodschappen van de grond en liep het huis in. Ik zette de tas op de keukentafel. Heel even probeerde ik voor mezelf de schijn op te houden dat ik niet wist wat me te doen stond. De badkamer. Ik moest in de badkamer gaan kijken. De persoon was nu verder gegaan door zelf te komen en een grap uit te halen, iets achter te laten, gewoon om te laten zien dat hij binnen kon komen als hij dat wilde. Dat hij ons kon dwingen iets te zien waarvan hij wilde dat we het zagen.

Ik keek rond. Er was niets van zijn plaats. Dus, onvermijdelijk, als verdwaasd liep ik naar de badkamer. Ik hield voor de deur even stil. Zou het een valstrik zijn? Ik duwde tegen de deur. Niets. Ik duwde hem open en sprong achteruit. Weer niets. Ik ging naar binnen. Het was waarschijnlijk iets stoms, iets onbelangrijks, en toen keek ik in het bad. Eerst dacht ik dat iemand een bonthoed had gepakt en die voor de grap in dieprode verf had gedompeld en hem daarna in het bad had gegooid. Maar toen ik me naar voren boog, zag ik dat het Sherpa was, onze kat. Ik had hem bijna niet herkend, omdat hij niet alleen over zijn hele romp was opengesneden, maar het bijna leek alsof er een poging was gedaan om het beestje helemaal binnenstebuiten te keren. Hij was een afgrijselijke, walgelijke homp bloed. Maar toch boog ik me nog verder voorover en streelde het topje van zijn bebl0ede kop, als afscheid.

Toen Adam me aantrof, lag ik al een tijd in bed met al mijn kleren aan, mijn hoofd onder het kussen, een uur, twee uur, ik was de tel kwijt. Ik zag zijn gezicht dat vragend naar me keek. 'Badkamer,' zei ik. 'Het briefje ligt op de vloer.'

Ik hoorde hem weggaan en terugkomen. Zijn gezicht was ijzig, maar toen hij naast me ging liggen en zijn armen om me heen sloeg, zag ik tranen in zijn ogen. 'Ik vind het zo rot voor je, m'n lieve Alice,' zei hij.

'Ja,' snikte ik. 'Maar ook rot voor jou.'

Hij schudde zijn hoofd. 'Nee, ik bedoel... ik...' Zijn stem brak en hij drukte me tegen zich aan. 'Ik heb niet naar je geluisterd, ik was... Politie. Zal ik de politie maar bellen?'

Ik haalde mijn schouders op, terwijl de tranen schuin over mijn gezicht biggelden. Ik kon niet praten. Ik hoorde vaag een vrij lang gesprek aan de telefoon, Adam heftig. Tegen de tijd dat er twee agenten langskwamen, anderhalf uur later, was ik weer tot mezelf gekomen. Ze waren groot, of ze maakten dat de flat klein leek, en ze kwamen heel behoedzaam binnenlopen, alsof ze bang waren om iets omver te gooien. Adam ging hen voor naar de badkamer. Een van hen vloekte. Daarna kwamen ze er weer uit, beiden schudden hun hoofd.

'Godallemachtig,' zei de andere. 'Hufters.'

'Denkt u dat er meer dan één dader is geweest?'

'Jongelui,' zei de andere. 'Helemaal gestoord.'

Dus het was Tara toch niet geweest. Ik begreep er helemaal niets meer van. Ik was ervan overtuigd dat zij het was. Ik keek op naar Adam.

'Kijk,' zei hij, en hij gaf hun het laatste briefje. 'Die krijgen we al een paar weken. En ook telefoontjes.'

De agenten keken ernaar zonder veel belangstelling.

'Gaat u geen vingerafdrukken nemen?' vroeg ik.

Ze keken elkaar aan.

'We nemen een verklaring op,' zei de ene, terwijl hij een aantekenboekje uit zijn uitpuilende jasje haalde. Ik vertelde hem dat ik onze kat opengesneden in ons bad had gevonden. Dat onze deur was opengebroken. Dat we anonieme telefoontjes en briefjes hadden gekregen, waarvan we niet de moeite hadden genomen ze aan te geven of te bewaren, maar toen was het blijkbaar opgehouden. Hij schreef het ijverig op. Halverwege raakte zijn pen leeg, dus gaf ik hem er een uit mijn zak.

'Jongelui,' zei hij, toen ik klaar was.

Toen ze naar buiten liepen, keken ze allebei kritisch naar de deur.

'Ik zou iets stevigers nemen,' zei een van hen peinzend. 'Mijn zoontje van drie kan deze opentrappen.' En toen waren ze weg.

Twee dagen later ontving Adam een brief van de politie. 'Beste meneer Tallis,' stond er bovenaan met de hand geschreven, maar de tekst was een slechte fotokopie. Hij ging verder: 'U heeft een misdaad aangegeven. Er is geen arrestatie verricht, maar we houden de zaak aan. Als u nog meer informatie heeft, neem dan contact op met de dienstdoende agent op het politiebureau aan Wingate Road. Als u hulp nodig heeft van Slachtofferhulp, neem dan contact op met de dienstdoende agent op het politiebureau aan Wingate Road. Hoogachtend.' De handtekening was een krabbeltje. Een gekopieerd krabbeltje.

28

Liegen wordt gemakkelijker. Het is deels een kwestie van oefenen. Ik werd een actrice die haar rol als Sylvie Bushnell, de journaliste of de bezorgde vriendin, perfect beheerste. Ik had ook ontdekt dat andere mensen je over het algemeen op je woord geloven, vooral als je hun geen verzekering of een industriële stofzuiger wilt verkopen.

Dus drie dagen na mijn gegraai in de vuilnisbak van een vermoorde vrouw die ik helemaal niet kende, zat ik in een huis in een dorp midden in Midden-Engeland en dronk thee die haar moeder voor me had gezet. Het was doodeenvoudig geweest om hen op te bellen, te zeggen dat ik Tara had gekend, dat ik in de buurt was, dat ik op condoléancebezoek wilde komen. Tara's moeder was er meteen op ingegaan, bijna overdreven.

'Erg vriendelijk van u, mevrouw Blanchard,' zei ik.

'Jean,' zei de vrouw.

Jean Blanchard was een vrouw van achter in de vijftig, ongeveer zo oud als mijn eigen moeder, gekleed in een broek en een vest. Haar halflange haar werd grijs, ze had diepe groeven in haar gezicht, die eruitzagen alsof ze in hardhout waren uitgesneden, zodat ik me afvroeg hoe ze haar nachten doorbracht. Ze hield me een schaal koekjes voor. Ik pakte een dun koekje en knabbelde er een stukje vanaf, terwijl ik de gedachte dat ik het van haar stal in een donker hoekje van mijn geest wegstopte.

'Waar kende je Tara van?'

Ik haalde diep adem. Maar ik had het goed voorbereid. 'Ik kende haar niet zo goed,' zei ik. 'Ik heb haar leren kennen via een groep wederzijdse vrienden in Londen.'

Jean Blanchard knikte. 'We maakten ons zorgen over haar, toen ze naar Londen verhuisde. Ze was de eerste van de familie die uit dit gebied wegging. Ik weet wel dat ze volwassen was en goed voor zichzelf kon zorgen. Hoe vond jij haar overkomen?'

'Londen is een grote stad.'

'Dat vond ik nou ook,' zei mevrouw Blanchard. 'Ik kon er nooit goed tegen. Christopher en ik zijn haar gaan opzoeken, maar eerlijk gezegd vonden we het daar niet erg leuk, al dat lawaai en verkeer en die mensen. We vonden de flat die ze huurde ook niet veel soeps. We waren van plan een huis voor haar te zoeken, maar toen...' Ze stokte.

'Wat vond Adèle ervan?' vroeg ik.

Mevrouw Blanchard keek me verward aan. 'Pardon? Ik begrijp je niet.'

Ik had ergens een fout gemaakt. Ik voelde me plotseling duizelig, bijna een soort hoogtevrees, alsof ik bij een afgrond stond en gestruikeld was. Ik probeerde wanhopig te bedenken wat ik eventueel verkeerd begrepen zou hebben. Had ik misschien de verkeerde familie te pakken? Waren Adèle en Tara misschien dezelfde persoon? Nee, ik had over haar gepraat tegen de vrouw in de flat. Zeg iets neutraals.

'Tara praatte altijd over Adèle.'

Mevrouw Blanchard knikte, nog steeds niet in staat om te spreken. Ik wachtte en durfde niet verder te gaan. Ze pakte een zakdoek uit haar zak, veegde haar ogen af en snoot daarna haar neus. 'Daarom is ze dus naar Londen gegaan. Ze is nooit over Adèle heen gekomen. En dan Toms dood nog...'

Ik boog me voorover en legde mijn hand op die van mevrouw Blanchard. 'Het spijt me ontzettend,' zei ik. 'Het moet zo verschrikkelijk voor je zijn geweest. Het een na het ander…' Ik moest meer te weten komen. 'Wanneer is het gebeurd?'

'Tom?'

'Adèle.'

Mevrouw Blanchard glimlachte droevig. 'Voor andere mensen zal het wel lang geleden zijn. Januari 1990. Ik telde altijd de dagen.'

'Ik heb Adèle nooit gekend,' zei ik, wat bijna de eerste eerlijke zin was die ik tegenover mevrouw Blanchard had uitgesproken. 'Maar volgens mij ken ik, *kende* ik,' verbeterde ik mezelf streng, 'een paar van haar vrienden. Bergbeklimmers. Deborah, Daniël, Adam… hoe hij ook heet.'

'Tallis?'

'Ik geloof van wel,' zei ik. 'Het is zo lang geleden.'

'Ja, Tom klom vroeger met ze. Maar we kenden hem al als jongetje. We waren bevriend met zijn ouders, lang geleden.'

'Echt waar?'

'Hij is vrij beroemd geworden. Hij heeft mensenlevens gered op een berg en hij heeft in alle kranten gestaan.'

'O ja? Dat wist ik niet.'

'Hij zal het je zelf kunnen vertellen, want hij komt in de loop van de middag op bezoek.'

Ik was bijna wetenschappelijk geïnteresseerd in de manier waarop ik voorovergeleund kon blijven zitten met een belangstellende uitdrukking op mijn gezicht, ook al leek het alsof de gewreven houten vloer op me afkwam en me in mijn gezicht zou slaan. Ik moest onmiddellijk iets bedenken. Of zou ik me gewoon ontspannen en me overgeven, zodat het noodlot zijn gang kon gaan? Een rudimentair stukje in mijn hersens, ergens heel diep vanbinnen, was nog over en vocht om te overleven.

'Dat zou heel leuk zijn geweest,' hoorde ik mezelf zeggen. 'Maar ik moet helaas terug. Ik moet echt weg, ben ik bang. Reuze bedankt voor de thee.'

'Maar je bent er net,' wierp mevrouw Blanchard zenuwachtig tegen. 'Ik moet je iets laten zien, voordat je weggaat. Ik heb Tara's spulletjes uitgezocht en ik dacht dat je haar fotoalbum wel zou willen zien.'

Ik keek naar haar droevige gezicht. 'Natuurlijk wil ik dat graag, Jean,' zei ik. Ik keek snel op mijn horloge. Het was vijf over halfdrie. De treinen kwamen elk uur in Corrick aan en ik was in tien minuten van het station hierheen gelopen, dus Adam was niet met de laatste trein. Was hij misschien met de auto? Dat leek me onwaarschijnlijk. 'Weet je ook wanneer de trein naar Birmingham gaat?' vroeg ik aan mevrouw Blanchard, die met het fotoalbum onder haar arm geklemd weer binnenkwam.

'Ja, die gaat om vier over…' Ze keek op haar horloge. 'Vier over drie gaat de volgende.'

'Dus ik heb nog zeeën van tijd,' zei ik met een gedwongen glimlachje.

'Nog een kopje thee?'

'Nee, dank je,' zei ik. 'Maar ik zou erg graag de foto's willen zien. Als je ertegen kan.'

'Natuurlijk, liefje.'

Ze trok haar stoel bij die van mij. Terwijl ze praatte, maakte ik berekeningen in mijn hoofd. Als ik om kwart voor drie wegging, zou ik bij het station zijn vóór Adam er was – en misschien zat hij helemaal niet in de trein van drie uur, maar als dat wel zo was, zou ik veilig op het andere perron zijn, waar ik mezelf wel ergens kon verbergen. Mevrouw Blanchard zou vertellen dat er net iemand op bezoek was geweest die hem kende, maar ik kon me niet herinneren dat ik op welke manier dan ook mijn ware identiteit had prijsgegeven. Wat Adam betrof zou ik gewoon een van die tientallen, honderden meisjes uit zijn verleden zijn.

Stel dat ik het mis had? Stel dat Adam al kwam als ik nog hier was? Ik deed krukkige, halfslachtige pogingen om een goede smoes te verzinnen, maar keurde alles af, omdat het nergens op sloeg. Ik had al mijn concentratie nodig om overeind te blijven, om te kunnen doorpraten. Ik wist niets van Tara Blanchard, behalve dat haar lichaam in een kanaal in Oost-Londen was gevonden. Nu zag ik haar als een hummeltje met engelenwangetjes in de zandbak van de kleuterschool. Met paardenstaart en blazer. In zwempak en feestjurken. Adèle stond er ook vaak op. Als kind was ze een nors dikkertje, maar later werd ze een mooi meisje met lange benen. Adam was consequent, dat moest ik toegeven. Maar het ging te langzaam. Ik keek steeds op mijn horloge. Om achttien voor drie waren we nog maar halverwege het album. Daarna hield mevrouw Blanchard even op om een verhaal te vertellen, waar ik niet naar kon luisteren. Ik deed alsof ik zo geïnteresseerd was dat ik de bladzijde wel moest omslaan om te zien wat er kwam. Kwart voor. Nog steeds waren we niet aan het eind. Dertien minuten.

'Dat is Adam,' zei mevrouw Blanchard.

Ik dwong mezelf om te kijken. Hij zag er ongeveer net zo uit als de Adam die ik kende. Zijn haar was langer. Hij was ongeschoren. In een lachende groep met Adèle, Tara, Tom, een paar anderen die ik niet kende. Ik zocht naar een teken van samenzweerderigheid tussen hem en Adèle, maar kon niets ontdekken.

'Nee,' zei ik. 'Ik haal hem, denk ik, door de war met iemand anders.'

Misschien weerhield dat mevrouw Blanchard ervan om mij tegenover Adam te noemen. Maar ik moest er niet te veel op vertrouwen. Tien voor. Met een plotselinge wanhopige opluchting zag ik dat mevrouw Blanchard bij een lege bladzijde van het album was aangekomen. Het boek was niet vol. Ik moest vastbesloten zijn. Ik pakte haar hand. 'Jean, dat was…' Ik zweeg, alsof de emoties te hevig waren om uitgesproken te worden. 'Maar nu moet ik echt gaan.'

'Ik geef je wel een lift,' zei ze.

'Nee,' zei ik, terwijl ik probeerde om niet te gaan gillen. 'Na dit, na dit alles, loop ik liever.'

Ze deed een stap naar voren en omhelsde me. 'Kom nog eens langs, Sylvie,' zei ze.

Ik knikte en liep binnen enkele seconden over het pad. Maar het had langer geduurd dan ik dacht. Het was zes voor. Ik overwoog de andere richting op te gaan, maar dat leek een nog slechter plan. Zodra ik de oprijlaan uit was en de weg op liep, begon ik te rennen. Mijn lichaam was daar niet klaar voor. Na honderd meter kwam mijn adem in hijgende stoten naar buiten en schoten er scherpe pijnscheuten door mijn borst.

Ik sloeg een hoek om en zag het station voor me, te ver voor me. Ik dwong mezelf om te rennen, maar toen ik bij het parkeerterrein was, vol forenzenauto's, zag ik een trein binnenrijden. Ik kon niet het risico nemen om op het station Adam tegen het lijf te lopen. Ik keek wanhopig om me heen. Zo te zien was er geen schuilplaats. Ik zag alleen een telefooncel en in wanhoop rende ik daarheen en pakte de hoorn van de haak. Ik zorgde ervoor dat ik met mijn rug naar het station stond, maar ik stond wel vlak naast de ingang. Ik keek op mijn horloge. Eén minuut over drie. Ik hoorde het geluid van de trein die wegreed. Die van mij zou over een minuutje of zo aankomen. Ik wachtte. Stel dat Adam het station uit kwam en wilde telefoneren?

Ik hield mezelf hoogst waarschijnlijk voor de gek. Ik raakte ervan overtuigd dat Adam niet in de trein had gezeten. De verleiding om me om te draaien werd bijna onweerstaanbaar. Ik hoorde de voetstappen van verscheidene mensen, die uit het station kwamen en daarna omlaag liepen, naar het grind van het parkeerterrein. Eén paar voetstappen stopte naast me. In de gebroken reflectie van het glas voor me zag ik iemand voor de telefooncel staan, die wachtte tot ik klaar was. Ik kon het niet duidelijk zien. Er werd op de deur getikt. Ik beheerste me en sprak een paar willekeurige zinnen in de hoorn. Ik draaide me een klein beetje om. Daar was hij, iets netter gekleed dan normaal. Ik kon niet zien of hij een das droeg. Hij was langs de telefooncel gelopen en stond nu op het parkeerterrein. Hij hield een oude vrouw aan en zei iets tegen haar. Ze keek rond en wees de straat in. Hij vertrok.

Ik hoorde nog een trein aankomen. Die van mij. Ik bedacht met afgrijzen dat mijn trein aan de andere kant stond. Ik zou een brug over moeten. Niet omkijken, Adam, niet omkijken. Ik hing de hoorn aan de haak, rende de cel uit en botste tegen de vrouw. Ze gaf een kreet van ergernis. Ze begon iets te zeggen, maar ik was al weg. Had Adam omgekeken? De automatische deuren van de trein gingen net dicht toen ik het perron op kwam. Ik schoof mijn arm tussen hun dichtklappende kaken. Ik nam aan dat dit gesignaleerd werd door een centraal elektronisch brein en dat ze dan weer zouden opengaan. Of zou de trein toch vertrekken? Ik zag voor me hoe ik onder de wielen werd gesleurd en afschuwelijk verminkt op het volgende station werd gevonden. Dat zou Adam iets geven om over na te denken.

De deuren gingen open. Ik vond dat dit meer was dan ik verdiende. Ik ging achter in de wagon zitten, ver van alle anderen, en begon te huilen. Toen keek ik naar mijn arm. Het rubber van de deur had een keurige zwarte afdruk nagelaten, als een rouwband. Ik moest erom lachen. Ik kon er niets aan doen.

29

Ik was alleen. Eindelijk besefte ik hoe alleen ik nu was, en met dat besef kwam de angst.

Adam was er uiteraard nog niet toen ik thuiskwam, maar ik ging ervan uit dat hij snel zou terugkomen. Haastig trok ik een oud T-shirt aan en kroop schuldbewust in bed. Ik lag in het donker. Ik had de hele dag niets gegeten en zo nu en dan knorde mijn maag, maar ik had geen zin om op te staan en naar de keuken te lopen. Ik wilde niet dat Adam bij zijn thuiskomst zag dat ik de koelkast plunderde of zat te eten aan de keukentafel of welk gewoon huiselijk tafereel dan ook. Wat zou ik tegen hem kunnen zeggen? Ik had alleen maar vragen, maar die kon ik hem niet stellen. Na elk nieuw bedrog had ik mezelf verder in het nauw gedreven en ik wist niet hoe ik daar weer uit moest komen. Maar hij had mij ook bedrogen. Ik huiverde bij de herinnering dat ik me in die telefooncel had verborgen, terwijl hij langsliep. Wat een afschuwelijke komedie was het allemaal. Ons hele huwelijk was gebaseerd op begeerte en bedrog.

Toen hij zachtjes fluitend binnenkwam, lag ik doodstil en deed net alsof ik sliep. Ik hoorde dat hij de deur van de koelkast opendeed, er iets uithaalde en de deur weer dichtdeed. Ik hoorde dat het blikje bier werd opengemaakt en daarna werd opgedronken. Nu kleedde hij zich uit en gooide zijn kleren op de grond aan het voeteneind van het bed. Het dekbed werd weggetrokken toen hij naast me kroop en ik voelde koude lucht. Zijn warme handen gleden van achteren om me heen. Ik zuchtte alsof ik diep in slaap was en ging een eindje van hem weg liggen. Hij schoof op en voegde zijn lichaam naar de contouren van dat van mij. Ik bleef zwaar en regelmatig ademen. Even later was Adam in slaap gevallen, zijn warme adem tegen mijn nek. Toen probeerde ik na te denken.

Wat wist ik? Ik wist dat Adam een geheime affaire had gehad met een vrouw die, dat was nu duidelijk, iets was overkomen. Ik wist dat die vrouw een zuster had, die krantenknipsels verzamelde over Adam en die een paar weken geleden uit een kanaal was opgedregd. Ik wist natuurlijk ook dat een andere vriendin van hem, Françoise met het lange zwarte haar, in de bergen was omgekomen en dat Adam haar niet had kunnen redden. Ik dacht aan die drie vrouwen terwijl hij naast me sliep. Met z'n vijven in bed.

Adam was iemand die zijn hele leven omringd was geweest door geweld en dood. Maar goed, hij leefde dan ook in een wereld waarin mannen en vrouwen wisten dat ze vroegtijdig zouden kunnen sterven, en waarin gevaar juist een van de essentiële dingen was. Voorzichtig wurmde ik me los uit zijn omhelzing en draaide me om in bed om naar hem te kijken. In het licht van de straatlantaarn kon ik zijn gezicht net onderscheiden, sereen in slaap, volle lippen die zachtjes puften bij elke uitademing. Ik voelde een hevige steek van medelijden met hem. Geen wonder dat hij soms somber en vreemd was en dat hij zijn liefde uitte met geweld.

Toen het licht werd, werd ik wakker en sloop uit bed. De planken kraakten, maar Adam werd niet wakker. Zijn ene arm lag boven zijn hoofd. Hij zag er zo vol vertrouwen uit, zoals hij daar naakt lag te dromen, maar ik merkte dat ik niet meer naast hem kon liggen. Ik pakte de kleren die bij de hand waren – zwarte broek, enkellaarsjes, een oranje coltrui die dun werd bij de ellebogen – en kleedde me aan in de badkamer. Ik nam niet de moeite om mijn tanden te poetsen of me te wassen. Dat kwam later wel. Ik moest gewoon het huis uit, alleen zijn met mijn gedachten, er niet zijn als hij wakker werd en me naar zich toe wilde trekken. Ik liep de flat uit en kromp even ineen bij de klap van de deur toen ik die dichttrok.

Ik wist niet waar ik heen ging. Ik liep stevig door, zonder jas, en ademde de koude lucht diep in. Ik was nu kalmer, omdat het dag was. Het zou op de een of andere manier wel goedkomen met me. In een café bij Shepherd's Bush dronk ik een kop koffie, bitter en zwart. De lucht van vet en spek maakte me een beetje draaierig. Het was bijna zeven uur, maar het verkeer stond al vast op de wegen. Ik liep verder, met Adams instructies in gedachten, toen we in het Lake District waren. Probeer een ritme te vinden, één stap tegelijk, denk om je adem, kijk niet te ver vooruit. Ik dacht helemaal niet na, ik liep alleen maar. De kiosken waren open en ook een paar levensmiddelenwinkels. Na een tijdje besefte ik waar mijn voeten me heen brachten, maar ik stopte niet, hoewel ik steeds langzamer ging lopen. Ach, misschien was het helemaal niet zo'n slecht idee. Ik moest met iemand praten en er waren maar bitter weinig mensen over.

Ik was er om tien over acht, klopte hard op de deur en werd plotseling ontzettend zenuwachtig. Maar het was te laat om weg te rennen. Er klonken voetstappen, en daar stond hij en daar stond ik.

'Alice.'

Het klonk niet alsof hij schrok om me te zien, maar hij was ook niet erg blij. En hij vroeg me niet binnen.

'Hallo, Jake.'

We staarden elkaar aan. De laatste keer dat we elkaar hadden gezien, had ik hem ervan beschuldigd dat hij spinnen in mijn melkfles had gestopt. Hij liep nog in zijn ochtendjas, maar het was een ochtendjas die ik niet kende, een post-Alice exemplaar.

'Kwam je zomaar even langs?' zei hij, met een zweem van zijn oude ironie.

'Mag ik binnenkomen? Even maar.'

Hij trok de deur verder open en deed een stap achteruit.

'Het is hier allemaal anders,' zei ik, terwijl ik om me heen keek.

'Wat had je dan gedacht?'

Er stond een nieuwe bank, er hingen nieuwe gordijnen en er lagen grote nieuwe kussens op de grond bij de open haard. Een paar schilderijen die ik niet kende hingen aan de muur (die nu groen was in plaats van gebroken wit). Er stonden geen oude foto's meer van hem en mij.

Ik had er niet goed over nagedacht, of helemaal niet. Maar nu begreep ik dat ik er op een bepaalde manier van uit was gegaan dat ik in mijn oude, verworpen huis zou stappen en dat het op me lag te wachten, hoewel ik op wrede wijze duidelijk had gemaakt dat ik nooit meer zou terugkomen. Als ik eerlijk was tegenover mezelf, was ik er waarschijnlijk ook van uitgegaan dat Jake eveneens op me zat te wachten, hoe slecht ik hem ook had behandeld. Dat hij een arm om me heen zou slaan en zeggen dat ik moest gaan zitten en dat hij thee en geroosterd brood voor me zou maken en zou luisteren terwijl ik mijn huwelijksellende uitstortte.

'Dit slaat nergens op,' zei ik na een tijdje.

'Wil je koffie, nu je er toch bent?'

'Nee. Ja, goed.'

Ik liep achter hem aan naar de keuken. Nieuwe ketel, nieuw broodrooster, nieuwe bij elkaar passende bekers aan nieuwe haken, een heleboel nieuwe planten op de vensterbank. Bloemen op tafel. Ik ging op een stoel zitten.

'Kom je je laatste spulletjes halen?' vroeg hij.

Ik begreep nu dat het geen zin had om hier te komen. Ik had vannacht het vreemde idee gehad dat ik, ook al was ik iedereen kwijtgeraakt, Jake nog niet was verloren. Ik zette door met nog een paar vreselijke zinnen.

'Ik ben een beetje de kluts kwijt,' zei ik.

Jake trok zijn wenkbrauwen op en gaf me de koffie aan. Hij was te heet om te drinken, dus zette ik het kopje voor me neer en draaide het rond op de tafel, waarbij ik een beetje morste. 'Alles is een beetje vreemd geworden.'

'Vreemd?' zei hij.

'Mag ik even naar de wc?'

Ik stommelde het kleine kamertje binnen en staarde naar mezelf in de spiegel. Mijn haar was vet en mijn wangen waren bleek en ingevallen, en ik had diepe kringen onder mijn ogen. Ik had me gisteravond en vanmorgen niet gewassen, dus mascara en make-up waren doorgelopen op mijn gezicht. Mijn oranje trui zat binnenstebuiten, maar ik nam niet de moeite dat te veranderen. Waarom zou ik?

Ik waste in ieder geval mijn gezicht en terwijl ik de wc doortrok, hoorde ik een schurend geluid in de kamer boven. De slaapkamer. Er was nog iemand in huis.

'Sorry,' zei ik, toen ik terugkwam. 'Het was een vergissing.'

'Wat is er aan de hand, Alice?' vroeg hij met een stem waarin oprechte bezorgdheid doorklonk. Maar niet als iemand die nog steeds van me hield, meer alsof ik een zwerfkat was die als een zielig hoopje voor zijn deur lag.

'Ik doe gewoon een beetje melodramatisch.' Ik bedacht iets. 'Mag ik wel even telefoneren?'

'Je weet waar hij staat.'

Ik belde inlichtingen en vroeg het nummer van het politiebureau in Corrick. Ik schreef het nummer op de palm van mijn hand met een viltstift die op de grond lag. Toen ik begon te bellen, herinnerde ik me de telefoontjes die Adam en ik steeds kregen. Ik moest voorzichtig zijn. Ik legde de hoorn weer neer.

'Ik moet weg,' zei ik.

'Wanneer heb je voor het laatst gegeten?' vroeg Jake.

'Ik heb geen honger.'

'Zal ik een taxi bellen?'

'Ik kan lopen.'

'Waarheen?'

'Wat? Weet ik niet.'

Boven nam iemand een bad. Ik stond op. 'Sorry, Jake. Sorry, hoor.'

Hij glimlachte. 'Het is wel goed,' zei hij.

30

Ik kocht een telefoonkaart bij de kiosk, de duurste die ze hadden, en zocht daarna een telefooncel.

'Politiebureau,' zei een metaalachtige vrouwenstem.

Ik had mijn eerste zin voorbereid. 'Mag ik iemand spreken die de zaak Adèle Blanchard behandelt?' vroeg ik gebiedend.

'Welke afdeling?'

'God, geen idee.' Ik aarzelde. 'Recherche?'

Er viel even een stilte aan de andere kant. Ergernis? Verwarring? Daarna hoorde ik gesmoord praten. Ze had kennelijk haar hand op de hoorn. Toen kwam ze terug.

'Ik zal kijken of ik u kan doorverbinden.'

Er klonk een piep toen ze dat deed.

'Zegt u 't maar,' zei een andere stem, deze keer van een man.

'Ik ben een vriendin van Adèle Blanchard,' zei ik zelfverzekerd. 'Ik ben een aantal jaren in Afrika geweest en ik wilde alleen maar weten of er al schot zit in haar zaak.'

'Hoe is uw naam?'

'Pauline,' zei ik. 'Pauline Wilkes.'

'We mogen helaas geen informatie verstrekken door de telefoon.'

'Heeft u over haar gehoord?'

'Het spijt me, mevrouw, heeft u iets aan te geven?'

'Ik... nee, sorry. Bedankt.'

Ik hing op en belde weer inlichtingen. Ik kreeg het nummer van de openbare bibliotheek van Corrick.

Toen ik voor de tweede keer in Corrick aankwam, voelde ik me een beetje zenuwachtig. Stel dat ik mevrouw Blanchard tegenkwam? Toen zette ik die gedachte van me af. Wat maakte het uit? Ik zou liegen, zoals gebruikelijk. Ik was niet meer in een openbare bibliotheek geweest sinds ik een klein meisje was. Ik beschouw ze als ouderwetse gemeentegebouwen, een soort stadhuizen, donker, met zware ijzeren radiatoren en zwervers die schuilen voor de regen. De bibliotheek van Corrick was licht en nieuw en bevond zich naast een supermarkt. Er waren schijnbaar evenveel cd's en video's als boeken en ik was bang dat ik in de weer zou moeten met een muis of een microfiche. Maar toen ik bij de balie vroeg waar de plaatselijke krant te vinden was, werd ik naar planken gestuurd waar tachtig jaar *Corrick en Whitham Advertiser* in enorme gebonden boeken stond opgeslagen. Ik sjorde jaargang 1990 eruit en zette die met een klap op tafel.

Ik las de vier voorpagina's van januari door. Er was een ruzie over een rondweg, een vrachtwagenongeluk, een fabriekssluiting en iets over de gemeente en afvalverwerking, maar niets over Adèle Blanchard. Dus ging ik terug naar het begin van de maand en bladerde de binnenpagina's door van de hele maand januari. Nog steeds niets. Ik wist niet wat ik moest doen en ik had niet veel tijd. Ik had geen zin gehad om weer met de trein te gaan. Ik had de auto van Claudia, mijn assistente, geleend. Als ik om negen uur vertrok en snel heen en weer reed, zou ik op tijd terug kunnen zijn voor de vergadering om twee uur met Mike en de indruk wekken dat ik een hele dag had gewerkt.

Ik had er niet op gerekend dat het doorlezen van de kranten zo lang zou duren. Wat moest ik doen? Misschien had Adèle ergens anders gewoond, alleen had haar moeder gezegd dat Tara als eerste uit hun gebied wegging. Ik las het eerste nummer van februari door. Nog steeds niets. Ik keek op mijn horloge. Bijna halftwaalf. Ik zou de februarinummers doornemen en daarna weggaan, ook al had ik niets gevonden.

Het geval wilde dat het in het nummer van de laatste vrijdag van de maand, de 22ste, stond. Het was een klein stukje onder aan pagina vier:

VROUW 'VERMIST'.

De ongerustheid neemt toe over het lot van een jonge vrouw uit Corrick. Adèle Funston, 23 jaar, wordt vermist. Haar man, Thomas Funston, die voor zijn werk in het buitenland verbleef, zei tegen de *Advertiser* dat Adèle tijdens zijn afwezigheid een wandeltocht had gepland op een onbepaalde locatie: 'Toen ik niets van haar hoorde, begon ik ongerust te worden.' Hij sprak samen met zijn schoonvader, Robert Blanchard, ook uit Corrick, de hoop uit dat mevrouw Funston haar vakantie verlengd had. Hoofdinspecteur Horner vertelde de *Advertiser* dat hij 'niet overdreven bezorgd is. Als mevrouw Funston niets mankeert, zou ik haar willen verzoeken om iets van zich te laten horen,' zei hij tegen ons. Mevrouw Funston was in de regio bekend als onderwijzeres op de St.Eadmunds basisschool in Whitham.

Vermist. Ik keek om me heen. Niemand in de buurt. Zo zachtjes mogelijk scheurde ik het bericht uit de krant. Moedwillige vernieling, dacht ik grimmig bij mezelf.

31

Joanna Noble stak een sigaret op. 'Mag ik voordat we beginnen iets zeggen wat misschien hard klinkt?'

'Voordat we beginnen? Je lijkt wel een dokter of een advocaat.'

'Tja, wat ben ik? Dat bedoel ik juist. Wacht even, één seconde.' Ze schonk onze glazen vol uit de fles witte wijn die ik bij de bar had gekocht.

'Proost,' zei ik ironisch. Ze nam een grote slok wijn, terwijl ze met haar sigaret naar me wees. 'Hoor 's, Alice, ik heb massa's mensen geïnterviewd en soms had ik een hekel aan ze en een paar keer dacht ik dat we misschien vrienden zouden kunnen worden, maar dat is om welke reden dan ook nooit gebeurd. Nu lijkt het erop dat ik bevriend raak met de *vrouw* van iemand die ik heb geïnterviewd, alleen…'

'Alleen wat?'

Ze nam een trekje van haar sigaret. 'Ik weet niet wat jij van plan bent. Als je mij wilt spreken, is dat dan omdat ik zo'n aardig, ondersteunend, geruststellend iemand ben en je niemand anders kunt verzinnen om je hart bij uit te storten? Of denk je soms dat ik een soort professionele deskundigheid bezit die jij kunt gebruiken? Wat doen we hier? Wat ik wel zou willen weten is of het verhaal dat ik van jou denk te horen te krijgen niet beter verteld zou kunnen worden aan een vriendin of een familielid of…'

'Of een psychiater?' onderbrak ik haar kwaad, maar ik zweeg abrupt. Het was niet eerlijk van me om haar haar achterdocht te verwijten. Ik vertrouwde mezelf niet eens. 'Je bent geen vriendin, dat besef ik, maar ik kan dit niet met een vriendin of een familielid bespreken. En je hebt gelijk dat je me niet vertrouwt. Ik kom bij jou, omdat jij dingen weet die andere mensen niet weten.'

'Is dat onze band?' vroeg Joanna bijna snerend, maar daarna glimlachte ze wat vriendelijker. 'Laat maar. Ik ben ergens ook gevleid dat je met me wilde praten. Nou, vertel 't maar.'

Ik haalde diep adem en daarna vertelde ik haar met zachte stem wat ik de afgelopen dagen en weken had gedaan: dat ik met Adam details had uitgewisseld over ons seksuele verleden, dat ik brieven van de onbekende Adèle had gevonden, ik vertelde over de dood van haar zuster, over mijn bezoek aan haar moeder. Hierop trok Joanna haar wenkbrauwen op, maar ze zei niets. Het voelde heel vreemd aan om dit allemaal uit te spreken en ik merkte dat ik al pratend naar mezelf luisterde, alsof ik een verhaal hoorde vertellen door een vrouw die ik niet kende. Ik besefte daardoor hoe volkomen geïsoleerd ik had geleefd, terwijl ik de gebeurtenissen steeds maar weer in mijn hoofd had afgedraaid zonder dat ik het aan iemand kwijt kon. Ik probeerde het echt als een verhaal te brengen, chronologisch en helder. Toen ik klaar was, liet ik Joanna het knipsel zien over Adèles vermissing. Ze las het met een diepe frons en gaf het daarna aan me terug.

'En?' zei ik. 'Ben ik gek?'

Ze stak nog een sigaret op. 'Hoor 's,' zei ze een beetje kribbig, 'als het allemaal zo fout loopt, waarom ga je dan niet bij die vent weg?'

'Adèle ís bij Adam weggegaan. Ik heb de brief waarin ze met hem breekt. Die is van 14 januari 1990.'

Joanna keek oprecht verschrikt en ze had duidelijk grote moeite om haar gedachten te ordenen en te spreken.

'Laat me de dingen even op een rijtje zetten,' zei ze ten slotte, 'zodat we weten waar het over gaat: volgens jou is het zo dat toen Adèle het uitmaakte met Adam – jouw man – hij haar heeft vermoord en zich op zo'n briljante wijze van het lichaam heeft ontdaan dat het nooit is gevonden.'

'Iemand heeft het lichaam laten verdwijnen.'

'Of ze heeft zelfmoord gepleegd. Of ze is gewoon weggelopen en heeft nooit naar huis gebeld.'

'Mensen verdwijnen niet zomaar.'

'O nee? Weet je wel hoeveel mensen er vandaag de dag als vermist zijn opgegeven in Engeland?'

'Natuurlijk weet ik dat niet.'

'Zoveel mensen als er in Bristol wonen, of in Stockport of in welke middelgrote stad dan ook. Er is in Engeland een hele geheime spookstad, bewoond door verdwenen, vermiste mensen. Er zijn er die gewoon weggaan.'

'Haar laatste brief aan Adam was niet wanhopig. Er stond gewoon in dat ze bij haar man wilde blijven, dat ze haar leven op orde wilde brengen.'

Joanna schonk nog eens in. 'Heb je ook bewijzen over Adam? Hoe weet je dat hij niet op expeditie was?'

'Het was winter. En haar brief was trouwens naar een adres in Londen gestuurd.'

'Godallemachtig, het gaat toch niet alleen om bewijzen? Denk je echt dat hij in staat is om in koelen bloede een vrouw te vermoorden en gewoon verder te leven?'

Ik dacht even na. 'Ik geloof niet dat er iets is wat Adam niet zou kunnen, als hij dat wilde.'

Joanna glimlachte. 'Ik snap jou niet. Ik hoor nu voor het eerst in je toon dat je van hem houdt.'

'Natuurlijk. Daar gaat het niet om. Maar wat denk jij, Joanna? Over wat ik je heb verteld?'

'Hoezo, "wat denk jij?" Wat wil je van me? Ik voel me ergens verantwoordelijk voor deze zaak. Ik heb jou over die verkrachting verteld en je in deze waanzinnige toestand gebracht. Ik heb het gevoel dat ik je onder druk heb gezet, zodat je iets wil bewijzen, wat dan ook, zodat je achter de waarheid komt. Hoor 's...' Ze maakte een hulpeloos gebaar. 'Mensen doen zulke dingen niet.'

'Dat is niet waar,' zei ik. Ik voelde me verrassend kalm. 'Dat weet jij maar al te goed. Maar wat moet ik doen?'

'Ook al was dit waar, wat het niet is, dan nog is er geen bewijs en kun je dat op geen enkele manier krijgen. Je zit vast aan wat je nu weet, namelijk niets. Dat betekent dat je twee dingen kunt doen: het eerste is weggaan bij Adam.'

'Dat zou ik niet kunnen. Dat durf ik niet. Jij kent hem niet. Als je in mijn schoenen stond, zou je weten dat dat onmogelijk was.'

'Als je bij hem blijft, kun je de rest van je leven dubbelagentje spelen. Dan vergiftig je alles. Als je verder wil met hem, ben je het aan jezelf en hem verplicht om hem alles op te biechten. Om uit te leggen hoe bang je bent.'

Ik begon te lachen. Er viel niets te lachen, maar ik kon er niets aan doen.

'Doe er maar wat ijs op.'

'Wáárop, Bill? Het doet overal pijn.'

Hij lachte. 'Bedenk toch wat een gunst je je cardiovasculaire systeem hebt bewezen.'

Bill Levenson mocht er dan misschien uitzien als een gepensioneerde lijfwacht, in werkelijkheid was hij de algemeen directeur uit Pittsburgh, die de leiding had over onze afdeling. Hij was in het begin van de week aangekomen en had vergaderingen belegd en evaluatiegesprekken gevoerd. Ik had verwacht ontboden te worden voor een kruisverhoor in de directiekamer, maar in plaats daarvan had hij me uitgenodigd op zijn fitnessclub om een spel dat racketball heette te spelen. Ik zei dat ik daar nog nooit van had gehoord.

'Heb je nooit squash gespeeld?'

'Nee.'

'Wel eens getennist?'

'Op school.'

'Dat is hetzelfde.'

Ik kwam opdagen in een nogal leuk geruit shortje en trof Bill bij wat een gewone squashbaan leek. Hij gaf me een veiligheidsbril en een racket dat eruitzag als een sneeuwschoen. Racketball bleek helemaal niet hetzelfde te zijn als tennis. Ik had een paar vage herinneringen aan schooltennis: een beetje elegant op en neer hupsen bij de baseline, af en toe een sierlijke zwaai met je racket, veel gegiechel en geflirt met de leraar. Racketball bestond uit wanhopige zweterige duiken en sprints, die me al snel tot een tuberculeus gepiep brachten, terwijl spieren begonnen te trillen en te trekken in vreemde krochten van mijn dijen en bovenarmen. Het was mooi om een paar minuten bezig te zijn met een activiteit die alle zorgen uit mijn hoofd joeg. Als mijn lichaam nou maar die last had kunnen dragen.

Na twintig minuten van het geplande halfuur viel ik op mijn knieën en vormde met mijn mond het woord 'genoeg', waarna Bill me van de baan haalde. Ik was in ieder geval niet in een conditie om de reactie van de andere lenige, gebruinde leden van Bills club te zien. Hij bracht me naar de deur van de vrouwenkleedkamer. Toen ik later bij hem in de bar ging zitten, was ik tenminste een beetje opgeknapt. Als mijn benen maar wat beter functioneerden. Lopen was plotseling een handeling geworden waar ik bij na moest denken, alsof ik het nog maar pas had geleerd.

'Ik heb een fles water voor ons besteld,' zei Bill, die opstond toen ik erbij kwam. 'Je hebt vocht nodig.'

Wat ik nodig had was een dubbele gin-tonic en een bed, maar, laf als ik was, nam ik het water aan. Bill deed zijn horloge af en legde het tussen ons op tafel. 'Ik heb je verslag gelezen en dat gaan we in exact vijf minuten bespreken.'

Ik opende mijn mond om te protesteren, maar ik kon voor het eerst niets bedenken.

'Het was bullshit. Zoals je wel weet. De Drakloop is hard bezig in een zwart gat te verdwijnen en dat kost ons geld. Uit jouw, laat ik zeggen, afstandelijke toon in het verslag, maak ik op dat je je daarvan bewust bent.'

Alles wat ik als eerlijk antwoord zou kunnen geven was dat de toon van mijn verslag afstandelijk was, omdat ik de laatste paar maanden andere dingen aan mijn hoofd had. Dus ik zweeg.

Bill ging verder. 'Het nieuwe ontwerp is nog niet aangeslagen. Ik geloof niet dat het gaat aanslaan. En *jij* gelooft niet dat het gaat aanslaan. Wat ik zou moeten doen is de afdeling opheffen. Als ik iets anders moet doen, hoor ik dat nu van je.'

Ik begroef mijn hoofd in mijn handen en heel even overwoog ik of ik het gewoon daar zou laten totdat Bill was vertrokken. Of misschien moest ik zelf maar vertrekken. Het andere deel van mijn leven was nu ook een ramp. Toen dacht ik: ach, lik m'n reet. Ik hief mijn hoofd op en keek in het licht verbaasde gezicht van Bill. Misschien dacht hij dat ik in slaap was gevallen. 'Nou,' zei ik, om mezelf tijd te geven om na te denken. 'Het geïmpregneerde koper was tijdverspilling. De voordelen waren niet opzienbarend en ze zijn er trouwens niet eens in geslaagd om het te maken. De nadruk op het gemakkelijke inbrengen was ook een vergissing. Daardoor is het minder betrouwbaar als anticonceptiemiddel.' Ik nam een slokje water. 'Het zit 'm niet in het ontwerp van de Drak III. Het zit 'm in het ontwerp van de baarmoederhalzen waar ze aan vastzitten.'

'Dus?' zei Bill. 'Wat doen we eraan?'

Ik haalde mijn schouders op. 'Doe de Drak IV de deur uit. Pas de Drak III een beetje aan en noem hem de Drak IV. Spendeer dan geld aan advertenties in vrouwenbladen. Maar niet met foto's in soft-focus van stelletjes die op een strand naar de zonsondergang kijken. Geef gedetailleerde informatie over welke spiraaltjes geschikt zijn en welke niet. En geef vooral advies over hoe je ze moet laten inbrengen. Als ze goed worden ingebracht zou dat een grotere verbetering geven dan de Drak IV voor elkaar had gekregen, ook al was die van de grond gekomen.' Ik kreeg ineens een idee. 'En je zou Giovanna kunnen vragen om een herscholingscursus voor huisartsen te organiseren om die dingen in te brengen. Zo, ik heb gezegd.'

Bill gromde wat en pakte zijn horloge op.

'De vijf minuten zijn trouwens om,' zei hij, terwijl hij het weer om zijn pols deed. Toen tilde hij een leren koffertje van de grond, zette het op tafel en klikte het open. Ik nam aan dat hij mijn ontslagpapieren te voorschijn ging halen, maar in plaats daarvan had hij een glossy tijdschrift in zijn hand. Het heette *Guy* en was duidelijk voor mannen bestemd. 'Moet je zien,' zei hij. 'Ik weet iets over jou.' De moed zonk me in de schoenen, maar ik bleef glimlachen. Ik wist wat er zou komen. 'Jezus,' zei hij, 'die man van jou is ongelooflijk.' Hij sloeg het tijdschrift open. Ik zag in een flits bergtoppen, gezichten met sneeuwbrillen, een paar bekende gezichten: Klaus, het elegante kiekje van Françoise, dat schijnbaar het enige beschikbare plaatje was, een prachtige foto van Adam, genomen op een onbewaakt ogenblik terwijl hij praat met Greg.

'Ja, hij is ongelooflijk,' zei ik.

'Ik heb wel wandeltochten gemaakt op de middelbare school en ik kan een beetje skiën, maar die klimmers, dat is andere koek. Dat willen we allemaal wel kunnen.'

'Er zijn er een heleboel omgekomen, hoor,' zei ik.

'Dat bedoel ik niet. Ik heb 't over wat je man heeft gedaan. Weet je, Alice, ik zou alles eraan geven, mijn carrière, de hele rataplan, om dat over mezelf te kunnen weten, om mezelf zo bewezen te hebben. Het is een ongelooflijk artikel. Ze hebben iedereen geïnterviewd, en híj heeft 't hem geflikt. Adam was de held. Hé, ik weet niet hoe jij met afspraken zit. Ik vlieg zondag terug, maar misschien kunnen we elkaar ontmoeten.'

'Dat zou leuk zijn,' zei ik afhoudend.

'Ik zou het een voorrecht vinden,' zei Bill.

'Mag ik het lenen?' zei ik, wijzend op het tijdschrift.

'Natuurlijk,' zei Bill. 'Dat wordt smullen voor je.'

32

Ik had hem kennelijk wakker gemaakt, ook al was het al na elven. Hij had een dik gezicht en kleine ogen van de slaap en droeg een groezelige, scheef geknoopte pyjama. Zijn haar stond overeind, zodat hij er nog hariger uitzag dan ik me kon herinneren.

'Greg?'

'Ja?' Hij staarde me in de deuropening aan, zonder een teken van herkenning.

'Alice. Sorry dat ik je stoor.'

'Alice?'

'Alice, van Adam en Alice. We hebben elkaar ontmoet op de boekpresentatie.'

'O ja.' Het was even stil. 'Kom maar binnen. Ik verwachtte vanochtend niet echt bezoek, zoals je ziet.' En hij lachte plotseling, met erg lieve babyblauwe ogen in zijn verfrommelde, ongewassen gezicht.

Ik had verwacht dat Greg in de rommel zou wonen, maar het was een keurig huisje, alles netjes opgeruimd, elk oppervlak schoon en ordelijk. En overal hingen foto's van bergen, machtige besneeuwde toppen in zwart-wit of kleur aan alle witte muren. Het was een beetje een vreemde sensatie om in dit overdreven nette huis te staan, omringd door zulke dramatische vergezichten.

Hij vroeg niet of ik wilde gaan zitten, maar ik deed het toch maar. Ik had heel Londen doorkruist om hem te spreken, al wist ik niet waarom. Misschien had ik gewoon een leuke herinnering aan hem van onze eerste korte ontmoeting en klampte ik me daaraan vast. Ik schraapte mijn keel en hij keek ineens geamuseerd. 'Moet je horen, Alice,' zei hij. 'Jij voelt je ongemakkelijk, omdat je zomaar komt binnenvallen en je niet weet hoe je moet beginnen. En ik voel me ook ongemakkelijk, omdat ik niet aangekleed ben op een tijd dat elk respectabel mens dat wel is en omdat ik een spijker in m'n kop heb. Dus zullen we naar de keuken gaan? Ik laat jou zien waar de eieren liggen en dan maak jij roereieren en je zet koffie en ik kleed me aan. En daarna mag je me vertellen wat je hier komt doen. Je komt toch niet voor de gezelligheid langs?'

Ik bleef sprakeloos staan.

'En je ziet eruit alsof je in weken niet hebt gegeten.'

'Niet veel,' bekende ik.

'Eieren dus?'

'Eieren lijkt me heerlijk.'

Ik klopte vier eieren en goot ze in een koekenpan op een laag vuur, terwijl ik de hele tijd bleef roeren. Roereieren moeten heel langzaam bereid worden en zacht blijven, in plaats van een soort rubber te worden. Zelfs ik weet dat. Ik zette koffie, veel te sterk, maar waarschijnlijk konden we allebei wel een stoot cafeïne gebruiken, en roosterde vier sneetjes oud brood. Het ontbijt stond klaar toen Greg in de keuken terugkwam. Ik merkte dat ik razende honger had en de zoutige, romige eieren en het boterige geroosterde brood maakten me kalm en rustig. De wereld draaide niet meer voor mijn ogen. Ik nam slokken bittere koffie tussen de happen door. Tegenover me at Greg met methodisch genot: hij verdeelde de eieren gelijkmatig over het brood en prikte het met zijn vork in keurige vierkantjes. Het gaf een vreemde sfeer van kameraadschap. We spraken niet.

Toen hij zijn bord leeg had, legde hij zijn mes en vork neer en duwde zijn bord weg. Hij keek me verwachtingsvol aan. Ik haalde diep adem, glimlachte naar hem en voelde tot mijn ontsteltenis hete tranen op mijn wangen. Greg schoof een doos zakdoekjes naar me toe en wachtte. 'Je denkt vast dat ik gek ben,' zei ik, en ik snoot mijn neus. 'Ik dacht dat je me misschien zou kunnen helpen om het te begrijpen.'

'Wat begrijpen?'

'Adam, denk ik.'

'Aha.'

Hij stond plotseling op. 'Laten we een eindje om gaan.'

'Ik heb geen jas. Die hangt nog op kantoor.'

'Ik leen je wel een jack.'

Buiten zetten we er flink de pas in langs de drukke weg naar Shoreditch en de Theems. Opeens ging Greg me voor langs een trappetje naar beneden, zodat we op een jaagpad kwamen. Het verkeer was ver achter ons en het was er even stil als op het platteland. Het leek geruststellend, maar toen dacht ik aan Tara. Had haar lichaam in dit kanaal gedreven? Ik wist het niet. Greg liep even snel als Adam, met dezelfde soepele gang. Hij bleef staan en keek me aan. 'Waarom vraag je dat uitgerekend aan mij?'

'Het is allemaal zo snel gegaan,' zei ik. 'Ik en Adam, bedoel ik. Ik dacht dat het verleden niet belangrijk was, dat niets belangrijk was. Maar zo werkt het niet.' Ik bleef weer staan. Ik kon Greg niet al mijn angsten vertellen. Adam had zijn leven gered. Hij was Adams vriend, zoiets. Ik keek naar het water. Rimpelloos. Kanalen stromen niet als rivieren. Ik wilde praten over Adèle, Françoise of Tara. Maar ik zei: 'Zit je er niet mee dat iedereen hem als de held beschouwt en jou als de schurk?'

'Schurk?' zei hij. 'Ik dacht dat ik alleen maar de lafaard was, de zwakkeling, het Elisha Cook junior-type.'

'Wie?'

'Hij was een acteur, die altijd lafaards en zwakkelingen speelde.'

'Sorry, ik wou niet…'

'Ik zit er niet mee dat hij als een held wordt gezien, want dat was hij ook. Zijn moed, zijn kracht, zijn kalmte, al die dingen waren op die dag buitengewoon.' Hij keek me even van opzij aan. 'Wil je dat horen? Wat de rest betreft, ik geloof niet dat ik het met jou wil hebben over mijn falen. Vrouw van de held en zo.'

'Zo zit het niet, Greg.'

'Zo zit het wel, denk ik. Daarom trof je me vanmorgen in mijn pyjama met een kater. Maar ik begrijp het niet, dat is wat me zo dwarszit. Wat zegt Adam erover?'

Ik haalde diep adem. 'Ik denk dat Adam gelooft dat er mensen op die expeditie waren die niets te zoeken hadden op de Chungawat.'

Greg stootte een lachje uit, dat overging in een schurende hoest. 'Absoluut,' zei hij, toen hij weer was bijgetrokken. 'Carrie Frank, de huidarts, was een fitte wandelaar, maar ze had nooit eerder geklommen. Ze wist niet hoe ze haar stijgijzers moest onderdoen. En ik weet nog dat ik naar Tommy Benn schreeuwde, omdat hij zich verkeerd aan de rotspunt had vastgemaakt. Hij viel bijna van de berg af. Hij reageerde niet en ik weet nog dat hij geen woord Engels begreep. Geen woord. God, wat moest die vent bij ons? Ik moest omlaag om zijn karabiner opnieuw te bevestigen. Maar ik dacht dat ik het goed had geregeld, dat ik een waterdicht systeem had ontwikkeld. Maar het faalde en vijf mensen verloren onder mijn bescherming het leven.'

Ik legde een hand op zijn arm, maar hij ging verder. 'Uiteindelijk was Adam de held en ik niet. Je begrijpt sommige dingen in je leven niet? Dan kunnen we elkaar een hand geven.'

'Maar ik ben bang.'

'Dan kunnen we elkaar ook een hand geven,' zei hij nog eens met een halve lach.

Plotseling was er, heel misplaatst, een tuintje aan de overkant van het kanaal, met rijen rode en paarse tulpen.

'Ben je bang voor iets in het bijzonder?' vroeg hij na een tijdje.

'Voor zijn hele verleden, denk ik. Het is allemaal zo duister.'

'En zo vol met vrouwen,' voegde Greg eraan toe.

'Ja.'

'Moeilijk voor je.'

We gingen samen op een bank zitten.

'Praat hij wel eens over Françoise?'

'Nee.'

'Ik had iets met haar, wist je dat?' Hij keek me niet aan toen hij dat zei, en ik kreeg de indruk dat hij het nooit eerder had verteld. Het kwam hard aan bij mij, onverwacht hard.

'Had jij iets met Françoise? Nee, nee dat wist ik niet. God, Greg, wist Adam het wel?'

Greg antwoordde niet meteen. Toen zei hij: 'Het begon op de expeditie. Ze was erg geestig. Erg mooi.'

'Dat schijnt.'

'Het was over tussen haar en Adam. Toen we allemaal in Nepal aankwamen, zei ze tegen hem dat het afgelopen was. Ze was zijn avontuurtjes zat.'

'Heeft *zij* het uitgemaakt?'

'Heeft Adam je dat niet verteld?'

'Nee,' zei ik langzaam. 'Hij heeft er niets over gezegd.'

'Hij kan er niet tegen om afgewezen te worden.'

'Even voor de goede orde,' zei ik. 'Françoise maakte een eind aan haar lange relatie met Adam en een paar dagen later kregen jullie samen iets?'

'Ja. En een paar weken daarna, als je het precies wilt weten, kwam ze om in de bergen, omdat ik met de vaste touwen had zitten klooien en Adam redde mijn leven, het leven van zijn vriend die misbruik van hem had gemaakt.'

Ik probeerde iets te verzinnen dat als troost zou kunnen dienen, maar gaf het op.

'Ik moet weer aan de whisky.'

'Hoor even, Greg, wist Adam van jou en Françoise?'

'We hebben het toen niet verteld. We dachten dat het misschien te veel zou afleiden. Niet dat hij nou zo'n braverik was. En naderhand…' Hij liet de zin wegebben.

'Heeft hij er nooit over gepraat?'

'Nee. Ga je het erover hebben met hem?'

'Nee.'

Niet daarover en nergens over. We waren het punt van elkaar dingen vertellen allang gepasseerd.

'Je hoeft niet om mij te zwijgen. Het is niet meer van belang.'

We liepen terug en ik trok zijn jack uit en gaf het aan hem terug. 'Ik pak hier de bus,' zei ik. 'Bedankt, Greg.'

'Ik heb niks gedaan.'

In een opwelling sloeg ik mijn armen om zijn nek en kuste hem op zijn mond. Ik voelde zijn baard prikken.

'Pas goed op jezelf,' zei ik.

'Adam is een bofkont.'

'Ik dacht dat ík de bofkont was.'

33

Als ik samen was met Adam kwam het me soms voor dat ik verblind was, zodat ik hem niet goed kon zien, laat staan hem analyseren of een oordeel over hem vellen. Je had seks, slaap, flarden van gesprekken, eten en sporadische pogingen tot afspraken, en zelfs die dingen gebeurden in een gehaaste sfeer, alsof we al het mogelijke probeerden te doen voordat de boot zonk, voordat de vlammen het huis in de as legden met ons erin. Ik had me gewoon als een mak schaap bij de dingen neergelegd, aanvankelijk dankbaar om los te zijn van gedachten, van gepraat, van verantwoordelijkheid. De enige manier om hem objectief te beoordelen was indirect, naar wat mensen over hem zeiden. Deze afstandelijker Adam kon een opluchting zijn en ook nuttig, als een foto van de zon, waar je direct naar kon kijken om iets te weten te komen over dat ding daarboven, buiten je directe gezichtsveld, dat op jou neerbrandde.

Toen ik van mijn bezoek aan Greg terugkwam, zat Adam televisie te kijken. Hij rookte en dronk whisky. 'Waar ben je geweest?' vroeg hij.

'Werk,' zei ik.

'Ik heb gebeld, maar je was niet op kantoor.'

'Een vergadering,' zei ik vaag.

Het belangrijkste van liegen is dat je geen onnodige informatie verschaft waarmee je ontmaskerd kan worden. Adam draaide zich even naar me om, maar reageerde niet. Er was iets mis met de beweging, alsof het gewoon wat te langzaam of te snel ging. Misschien was hij een beetje dronken. Hij zapte heen en weer tussen twee programma's, een paar minuten het ene, dan een paar minuten het andere, en dan weer terug.

Ik dacht aan het tijdschrift dat ik van Bill Levenson had geleend.

'Heb je dit gezien?' zei ik, terwijl ik het omhoog hield. 'Er staat nog meer over jou in.'

Hij keek even om, maar zei niets. Ik kende het verhaal van de ramp op de Chungawat op mijn duimpje, maar ik wilde het lezen in het licht van wat ik nu over Adam, Françoise en Greg wist en kijken of het verschil maakte. Dus ik ging aan de keukentafel zitten en bladerde ongeduldig door de advertenties voor sportschoenen, eau de cologne, fitness-toestellen, Italiaanse kostuums, allemaal mannendingen, bladzijden lang. Toen was ik er, een lang opvallend artikel getiteld 'De zone des doods: dromen en desillusies op 8500 meter'.

Het was een veel langer, veel uitvoeriger stuk dan dat van Joanna. De schrijver, Anthony Kaplan, had met alle overlevenden van de expeditie gepraat en ook, en dat stak me wel, met Adam zelf. Waarom vertelde hij me zulke dingen niet? Het moest een van die lange telefoongesprekken zijn geweest of een van die bijeenkomsten in bars, waar hij de afgelopen twee maanden zo druk mee was geweest.

'Ik wist niet dat je met die journalist had gepraat,' zei ik op wat ik hoopte een luchtige toon.

'Hoe heet hij?' vroeg Adam, die weer inschonk.

'Anthony Kaplan.'

Adam nam een slokje en daarna nog een. Hij kromp een beetje ineen. 'Die vent was een lul,' zei hij.

Ik voelde me bekocht. Het was vrij normaal om alles te weten van de triviale, alledaagse dingen in het leven van een vriend of collega, maar niets van hun innerlijke roerselen. Van Adam was dat het enige wat ik wist. Zijn verbeelding, zijn fantasieleven, zijn dromen, maar slechts toevallige flarden van wat hij werkelijk deed in het leven. Dus verslond ik alles over Adam, over dat hij de uitrusting van anderen kon dragen, toen zij alleen nog maar konden kruipen vanwege hoogteziekte. Iedereen had de mond vol over zijn zorgzaamheid, zijn verstandigheid, zijn kalmte.

Er was één nieuw detail over Adam. Een ander expeditielid, een binnenhuisarchitecte die Laura Tipler heette, vertelde Kaplan dat ze een paar dagen in één tent had geslapen met Adam op weg naar het basiskamp. Daar had Greg natuurlijk op gedoeld toen hij zei dat Adam niet bepaald een celibatair leven had geleid na Françoise. Daarna was Adam zonder veel tamtam vertrokken. Ongetwijfeld om zijn krachten te sparen. Ik vond het niet zo erg. Het was allemaal erg volwassen en met wederzijds goedvinden, zonder rancunes aan beide kanten. Tipler vertelde Kaplan dat Adam met zijn gedachten duidelijk ergens anders was, bij de voorbereidingen op de beklimming, het inschatten van de risico's en het vermogen van de expeditieleden om daarmee om te gaan, maar zij had genoeg aan zijn lichaam. Het loeder. Ze beschreef de episode bijna nonchalant aan Kaplan, alsof het een leuke aanbieding was uit de brochure, die niet bij de prijs was inbegrepen. Maar was hij dan echt met elke vrouw die hij tegenkwam naar bed geweest? Ik vroeg me af wat hij ervan had gevonden als ik zo'n seksleven had gehad.

'Vragenuurtje,' zei ik. 'Wie is Laura Tipler?'

Adam dacht even na en begon toen schamper te lachen. 'Een godvergeten blok aan het been.'

'Ze sliep bij jou in de tent, zegt ze.'

'Wat wil je nou, Alice? Wat wil je dat ik zeg?'

'Niks. Alleen kom ik steeds dingen over je te weten uit tijdschriften.'

'Jij komt niets van mij te weten uit die rotzooi.' Hij keek

kwaad. 'Waarom hou je je daarmee bezig? Waarom ben je zo aan het wroeten?'

'Ik ben niet aan het wroeten,' zei ik behoedzaam. 'Ik ben geïnteresseerd in jouw leven.'

Adam nam nog een whisky. 'Ik wil niet dat je in mijn leven geïnteresseerd bent. Ik wil dat je in *mij* geïnteresseerd bent.'

Ik keek alert rond. Wist hij iets? Maar hij had zijn aandacht weer bij de televisie, zappend van kanaal naar kanaal, klik, klik, klik.

Ik las verder. Ik had gehoopt, of gevreesd, dat er iets uitvoeriger zou worden ingegaan op de breuk tussen Adam en Françoise en op de eventuele spanningen tussen hen op de berg. Maar Kaplan vermeldde alleen maar in het kort dat ze een verhouding hadden gehad en voor de rest kwam ze nauwelijks in het artikel voor, behalve aan het eind toen ze verdwenen was. De gedachte hield me bezig dat de twee vrouwen die Adam hadden afgewezen, allebei dood waren. Had hij misschien minder zijn best gedaan om de groep van Françoise te redden dan de andere? Maar dat werd al snel tegengesproken door Kaplans beeldende beschrijving van hoe het in de storm op de berg was toegegaan. Zowel Greg als Claude Bresson waren uitgeschakeld. Het opmerkelijke was niet dat er vijf mensen waren omgekomen, maar dat er überhaupt overlevenden waren, en dat was bijna geheel te danken aan de inspanningen van Adam, die er steeds weer in de storm op uit ging. Toch knaagde het aan me en ik vroeg me af of dat de verklaring was voor de kalmte waarmee hij die nachtmerrie had opgehaald.

Adam hield zich op de vlakte, zoals gebruikelijk, maar op een gegeven moment vroeg Kaplan hem of hij gedreven werd door de grote romantische traditie van Britse ontdekkingsreizigers als kapitein Scott. 'Scott ging dood,' was Adams antwoord. 'En al zijn mannen met hem. Mijn held is Amundsen. Die kwam bij de Zuidpool als een advocaat die een juridisch document opmaakt.

Het is geen kunst om de mensen onder jouw leiding op glorieuze wijze te laten omkomen. Maar het is een hele klus om ervoor te zorgen dat de touwen goed vastzitten en om de mensen veilig terug te brengen.'

Kaplan maakte van dat citaat gebruik om verder in te gaan op het probleem van de losgeraakte touwen. De wrede paradox van de catastrofe, zo zei hij, was dat er juist door het nieuwe systeem van Greg McLaughlin niet aan verantwoordelijkheden te ontsnappen viel in de nasleep van de expeditie. Claude Bresson had de verantwoordelijkheid voor het rode touw, Adam voor het gele touw en Greg had de grootste verantwoordelijkheid op zijn schouders genomen door het blauwe touw te zekeren, het touw dat de expeditieleden over de Gemini-graat naar de col vlak onder de top zou voeren.

Het was allemaal verschrikkelijk simpel, maar om het nog simpeler te maken was er een uitgebreid schema getekend, waarin de positie van het blauwe touw op de westelijke graat te zien was en de plek op het hoogste punt waar het de verkeerde richting was opgegaan, zodat een groep klimmers het touw had gemist en op de oostelijke graat aan hun eind waren gekomen. Arme Greg. Ik was benieuwd of hij wist van deze laatste uitbarsting van publiciteit.

'Arme Greg,' zei ik hardop.

'Hè?'

'Arme Greg,' zei ik. 'Terug in de schijnwerpers.'

'Aasgieren,' zei Adam bitter.

Zelfs in opzet verschilde Kaplans artikel op geen enkele manier van wat ik in Joanna's stuk had gelezen en, vanuit een persoonlijker perspectief gezien, in het boek van Klaus. Ik las het artikel nog eens door, om eventuele verschillen te ontdekken. Het enige wat ik vond was een onbelangrijke correctie. In Klaus' boek was de klimmer die de volgende morgen halfdood werd gevonden en 'help, help' mummelde Pete Papworth. Kaplan had de verhalen van alle betrokkenen samengevoegd en vastgesteld, voor zover het wat uitmaakte, dat Papworth in die nacht was overleden en dat Tomas Benn de stervende was. Nou en. Afgezien daarvan waren alle verhalen precies hetzelfde.

Ik liep de kamer door, ging op de leuning van Adams stoel zitten en woelde door zijn haar. Hij gaf zijn whisky aan me, ik nam een slokje en gaf hem weer terug.

'Denk je er vaak aan, Adam?'

'Waaraan?'

'De Chungawat? Spookt hij door je hoofd? Denk je wel eens hoe het anders had kunnen lopen, dat de omgekomen mensen gered hadden kunnen worden of dat jij had kunnen omkomen?'

'Nee, nooit.'

'Ik wel.'

Adam leunde naar voren en klikte de televisie uit. Het werd ineens heel stil in de kamer en ik hoorde geluiden op straat en een vliegtuig dat overkwam. 'Waarom in godsnaam?'

'De vrouw van wie je hield kwam om op die berg. Dat laat me niet los.'

Adams ogen knepen zich toe. Hij zette zijn glas neer. Hij ging rechtop zitten en pakte mijn gezicht in zijn handen. Ze waren groot en beresterk. Ik besefte dat hij mijn hoofd eraf kon rukken, als hij dat wilde. Hij keek me doordringend aan. Probeerde hij naar binnen te kijken?

'Jij bent de vrouw van wie ik houd,' zei hij, zonder zijn blik af te wenden. 'Jij bent de vrouw die ik vertrouw.'

34

'Bill Levenson voor je.' Claudia hield de telefoon omhoog met een meelevende blik in haar ogen, alsof ze me overdroeg aan een beul. Ik pakte met een grimas de hoorn van haar over. 'Hallo, met Alice.'

'Oké, Alice.' Hij klonk joviaal voor een man die me een kopje kleiner ging maken. 'Je bent aangenomen.'

'Wat?' Ik trok mijn wenkbrauwen op naar Claudia, die bij de deur bleef hangen, wachtend tot ze mijn gezicht zou zien betrekken.

'Je bent aangenomen,' herhaalde hij. 'Ga je gang. De Drakloop iv: je mag 'm hebben.'

'Maar…'

'Je hebt je toch niet bedacht, Alice?'

'Helemaal niet.'

Ik had helemaal nergens aan gedacht. De Drakloop was wel het laatste waar ik de laatste dagen aan had gedacht. Zelfs nu kon ik nauwelijks de energie opbrengen om geïnteresseerd te klinken.

'Dan kun je je gang gaan. Stel een eisenpakket en een planning op en stuur me een mailtje. Ik heb het in de groep gegooid voor je en ze zijn er klaar voor. Je hebt groen licht gekregen, Alice. Dus karren maar.'

'Mooi,' zei ik. Als hij wilde dat ik opgewonden of dankbaar

was, zou hij bedrogen uitkomen. 'Wat gebeurt er met Mike en Giovanna en de anderen?'

'Ik neem het pretpakket wel voor mijn rekening.'

'Ah.'

'Goed gewerkt, Alice. Ik weet zeker dat je een succes zal maken van de Drakloop IV.'

Ik ging later dan gebruikelijk van kantoor, zodat ik Mike niet hoefde tegen te komen. Later, zei ik bij mezelf, zou ik hem mee uit nemen en dan zouden we samen dronken worden en de directie en hun smerige praktijken door het slijk halen, alsof we allebei volkomen onbesmet waren door hun werkwijze. Maar nu niet. Ik had andere zorgen aan mijn hoofd, dus kon ik me alleen maar vluchtig met Mike bezighouden. Die kant van mijn leven was opgeschort. Ik borstelde mijn haar en bond het achter op mijn hoofd in een knot, daarna pakte ik mijn overvolle in-bakje op en gooide de hele inhoud in de prullenbak.

Klaus stond te wachten bij de draaideur, hij at een donut en las de krant van gisteren, die hij opvouwde toen hij me zag.

'Alice!' Hij kuste me op beide wangen en keek me daarna onderzoekend aan. 'Je ziet er een beetje moe uit. Gaat het wel goed met je?'

'Wat doe jij hier?'

Hij keek een beetje schuldbewust, wat voor hem pleitte. 'Adam vroeg of ik je naar huis wilde brengen. Hij maakte zich zorgen om je.'

'Er is niets met mij aan de hand. Je verspilt je tijd.'

Hij stak mijn arm door de zijne. 'Het is me een genoegen. Ik had toch niets te doen. Je mag me een kopje thee geven in de flat.'

Ik aarzelde en liet duidelijk merken dat ik er weinig zin in had.

'Ik heb het Adam beloofd,' zei Klaus, terwijl hij me naar het metrostation begon te trekken.

'Ik wil lopen.'

'Lopen? Dat eind?'

Dit werd irritant. 'Er is niets met me aan de hand en ik ga naar huis lopen. Ga je mee?'

'Adam zei al dat je koppig was.'

'Het is lente. Kijk naar de lucht. We kunnen door West End en Hyde Park lopen. En anders hoepel je maar op en ga ik alleen.'

'Jij wint, zoals altijd.'

'Wat is Adam dan aan het doen, dat hij me niet zelf kan komen halen?' vroeg ik, nadat we de weg waren overgestoken, op de plek waar ik Adam voor het eerst had gezien en hij mij.

'Ik geloof dat hij een afspraak had met een cameraman of zo, die misschien meegaat op de expeditie.'

'Heb je het stuk in *Guy* gezien over de Chungawat?'

'Ik heb Kaplan aan de telefoon gehad. Hij klonk erg professioneel.'

'Hij heeft niets nieuws te melden.'

'Dat heb ik begrepen, ja.'

'Behalve één ding: volgens jou was de man die de nacht had overleefd en stervend werd gevonden en om hulp riep Pete Papworth, maar volgens Kaplan was het Tomas Benn.'

'Die Duitser?' Klaus fronste zijn wenkbrauwen, alsof hij zijn geheugen probeerde op te frissen, en toen glimlachte hij. 'Kaplan zal het wel weten. Ik was op dat moment niet helemaal bij mijn verstand.'

'En je hebt niet verteld dat Laura Tipler in Adams tent sliep.'

Hij keek me vreemd aan, zonder zijn pas in te houden. 'Dat leek me een schending van de privacy.'

'Wat was zij voor iemand?'

Klaus kreeg een licht afkeurende uitdrukking op zijn gezicht, alsof ik een soort ongeschreven regel overtrad. Toen zei hij: 'Dat was voordat hij jou kende, Alice.'

'Dat weet ik. Mag ik dan niets over haar weten?' Hij gaf geen antwoord. 'Of over Françoise? Of wie dan ook?' Ik hield op. 'Sorry. Ik wou niet zo doordrammen.'

'Debbie zei al dat je een beetje te veel over dingen doorgaat.'

'O ja? Zij heeft ook iets met hem gehad.' Mijn stem klonk onnatuurlijk hoog. Ik begon bang te worden van mezelf.

'God, Alice.'

'Misschien moeten we maar niet lopen. Misschien neem ik wel een taxi. Ik voel me een beetje moe.'

Zonder een woord te zeggen stapte Klaus de rijweg op en riep een passerende zwarte taxi aan. Hij hielp me erin en stapte ook in, ondanks mijn protesten.

'Sorry,' zei ik weer.

We zaten een tijdje in gespannen stilzwijgen in de taxi, terwijl die zich een weg baande door de avondspits.

'Je heb geen reden om jaloers te zijn,' zei hij uiteindelijk.

'Ik ben niet jaloers. Al die geheimen en mysteries komen me m'n strot uit, ik ben 't zat om dingen over Adam te weten te komen via stukken in kranten of wat mensen zich per ongeluk op een onbewaakt moment laten ontglippen. Het is net alsof ik de hele tijd in een hinderlaag lig. Ik weet nooit waar de verrassing vandaan zal komen.'

'Naar wat ik heb begrepen,' zei Klaus, 'word jij helemaal niet de hele tijd belaagd door verrassingen. Ik denk eerder dat je ernaar op zoek bent.' Hij legde een warme, eeltige hand op die van mij. 'Heb vertrouwen in hem,' zei hij. 'Hou op met jezelf zo te kwellen.' Ik begon te lachen, en toen ging het gelach over in een hikkend gesnik.

'Sorry,' zei ik weer. 'Ik ben meestal niet zo.'

'Misschien moet je hulp zoeken,' zei Klaus.

Ik stond versteld. 'Denk je dat ik gek aan het worden ben? Denk je dat echt?'

'Nee, Alice, het zou kunnen helpen om hier met een buitenstaander over te praten. Begrijp me goed, Adam is een maat van me, maar ik weet ook wat voor koppige klootzak hij kan zijn. Als je problemen hebt, zoek dan hulp om ze uit de weg te ruimen.'

'Misschien heb je gelijk.' Ik ging achterover zitten en sloot mijn brandende ogen. Ik voelde me hondsmoe en verschrikkelijk neerslachtig. 'Misschien ben ik dom geweest.'

'We zijn allemaal wel eens dom,' zei hij. Hij keek opgelucht, omdat ik zo plotseling inbond.

Toen de taxi stopte, vroeg ik hem niet binnen voor de kop thee die hij zichzelf had beloofd, maar ik geloof niet dat hij dat erg vond. Hij omhelsde me voor de deur en liep snel de weg af, met flapperende jas. Ik sjokte de trap op, terneergeslagen en een beetje beschaamd over mezelf. Ik ging naar de badkamer en staarde in de spiegel. Het beviel me niet wat ik zag. Daarna keek ik de flat rond, die er nog net zo bij lag als toen ik die ochtend wegging. In de gootsteen stonden al dagen dezelfde borden, laden stonden open, potten honing en jam zonder deksel, oud brood op de broodplank, een paar volle vuilniszakken bij de deur, kruimels en stof op de linoleumvloer. In de woonkamer stonden overal bekers, er lagen kranten en tijdschriften op de grond, samen met lege whisky- en wijnflessen. Een verschrompeld bruin bosje narcissen stond in een jampotje. Het tapijt zag eruit alsof het in weken niet was gezogen. Trouwens, we hadden het bed ook al in geen weken verschoond en evenmin de was gedaan.

'Kutzooi,' zei ik walgend. 'Ik zie er klote uit en de flat ziet er ook klote uit. Oké dan.'

Ik rolde mijn mouwen op en begon met de keuken. Ik zou mijn leven in eigen hand nemen. Bij elk oppervlak dat ik schoonmaakte, voelde ik me beter. Ik deed de afwas, gooide al het oude of bedorven eten, alle kaarsstompjes, alle reclamefolders weg en boende de vloer met warm zeepwater. Ik verzamelde alle flessen en oude kranten en gooide ze weg, ik stopte niet eens om het nieuws van de afgelopen week te lezen. Ik gooide Sherpa's bakje weg, terwijl ik probeerde niet te denken aan de laatste aanblik die ik van hem had. Ik haalde het bed af en legde de lakens in de hoek van de kamer om ze naar de wasserette te brengen. Ik zette schoenen in paren bij elkaar, boeken in nette stapeltjes. Ik maakte de vuile streep in het bad schoon en verwijderde de kalkaanslag van de douche. Ik gooide de handdoeken op de stapel vuile was.

Daarna zette ik thee en begon aan de kartonnen dozen onder ons hoge bed, waar Adam en ik uit gewoonte de spullen neergooiden die we niet meteen gebruikten, maar nog niet wilden wegdoen. Heel even overwoog ik of ik ze niet gewoon buiten bij de vuilnisbak zou zetten, zonder ze uit te zoeken. Maar toen zag ik een stukje papier met Paulines nieuwe nummer van haar werk erop gekrabbeld. Dat mocht ik niet weggooien. Dus begon ik de oude rekeningen door te nemen, de nieuwe rekeningen, de ansichtkaarten, de wetenschappelijke tijdschriften die ik nog niet had gelezen, de fotokopieën van materiaal over Drakloop, de stukjes papier met boodschappen die ik voor Adam had achtergelaten of Adam voor mij. 'Om twaalf uur terug. Niet gaan slapen', las ik en tranen welden weer op. Lege enveloppen. Ongeopende enveloppen, gericht aan de eigenaar van de flat. Ik nam ze mee naar het schrijfbureautje in de hoek van de slaapkamer en sorteerde ze in drie stapeltjes. Een om weg te gooien, een om meteen te lezen en een om terug te doen in de doos. Een van de stapeltjes viel om, zodat verscheidene papieren achter het bureau vielen. Ik probeerde ze te pakken, maar de spleet was te nauw. Ik had zin om ze daar te laten liggen, maar nee, ik zou alles in de flat opruimen. Zelfs de dingen die je niet zag. Dus trok ik met een enorme krachtsinspanning het bureau van de muur. Ik pakte de papieren en natuurlijk lagen er de dingen die altijd achter bureaus blijven steken: een verschrompeld klokhuis, een paperclip, het dopje van een pen, een verfrommelde envelop. Ik keek naar de envelop om te zien of hij de prullenbak in kon. Hij was aan Adam gericht. Toen draaide ik hem om en ineens kreeg ik het gevoel dat ik zo'n harde stomp in mijn maag had gekregen dat ik nog maar met moeite kon ademhalen.

'Slechte dag gehad?' las ik. Het was Adams krabbelhandschrift, in dikke zwarte inkt. Toen, op de volgende regel: 'Zware dag gehad, Adam?' Daarna: 'Zware dag gehad, Adam? Neem een bad.' Ten slotte stond er onderaan in bekende hoofdletters geschreven: ZWARE DAG.

De woorden waren achter elkaar geschreven als een schrijfoefening van een kleuter: ZWARE DAG ZWARE DAG ZWARE DAG ZWARE DAG ZWARE DAG.

Toen: ADAM ADAM ADAM ADAM ADAM ADAM.

En ten slotte: ZWARE DAG GEHAD, ADAM? NEEM EEN BAD.

Ik moest niet kwaad worden. Ik moest niet bezeten raken. Ik probeerde uit alle macht een redelijke, geruststellende verklaring te zoeken. Misschien was Adam wat aan het droedelen geweest, terwijl hij aan het briefje dacht en de woorden steeds opnieuw opschreef. Maar dat stond niet op het papier. Dit waren geen droedels. Het was Adam die het handschrift van de vorige briefjes nadeed – van Tara's briefjes – totdat hij het kon, zodat het verband tussen Tara en de bedreigingen zou worden verbroken. Nu begreep ik het. Ik begreep het van Sherpa en ik begreep alles. Ik begreep wat ik al een hele tijd wist. De enige waarheid die ik niet kon verdragen.

Ik pakte de envelop op. Mijn handen trilden niet. Ik verborg hem in mijn onderbroekenla, samen met de brief van Adèle, en daarna ging ik terug naar het bed en schoof de dozen er weer onder en wreef zelfs de putten die ze in het tapijt hadden gemaakt glad.

Ik hoorde zijn voetstappen de trap op komen en ik ging rustig in de keuken zitten. Hij kwam binnen en boog zich over me heen. Ik kuste hem op zijn mond en sloeg mijn armen stevig om hem heen. 'Ik heb grote schoonmaak gehouden,' zei ik en mijn stem klonk heel gewoon.

Hij kuste me terug en keek me recht aan, maar ik vertrok geen spier en wendde mijn blik niet af.

35

Adam wist het. Of hij wist iets. Hij was er namelijk altijd en hield me de hele tijd in de gaten. Een onoplettende toeschouwer zou het vergeleken kunnen hebben met het begin van onze relatie, toen we het geen van beiden konden verdragen om van de ander gescheiden te zijn. Nu was het meer zoiets als een zeer plichtsgetrouwe arts die een onstabiele patiënt geen moment uit het oog kan verliezen, omdat hij vermoedt dat ze zichzelf misschien iets zal aandoen.

Het was niet helemaal waar dat Adam me overal op de voet volgde. Hij ging niet elke dag mee naar mijn werk en was er ook niet altijd als ik thuiskwam. Hij belde me daar niet de hele tijd. Maar het gebeurde vaak genoeg, zodat ik besefte dat nog meer onderzoek op eigen houtje riskant zou zijn. Hij was er en ik wist zeker dat er momenten waren dat hij in de buurt was, en ik dat niet zag. Soms, als ik over straat liep, keek ik om me heen met het gevoel dat ik bespied werd of dat ik iemand in een flits had gezien, maar ik zag hem nooit. Toch had hij er geweest kunnen zijn. Het maakte trouwens niet uit. Ik had het gevoel dat ik alles wist wat ik moest weten. Het zat allemaal in mijn hoofd. Ik moest er alleen goed over nadenken. Ik moest de gebeurtenissen op een rijtje zetten.

Greg zou een paar maanden naar Amerika gaan en op de zaterdag voor zijn vertrek organiseerden een paar vrienden een afscheidsfeestje. Het regende bijna de hele dag en Adam en ik kwamen pas om een uur of twaalf ons bed uit. Toen kleedde Adam zich ineens snel aan en zei dat hij een paar uur weg moest. Hij liet me achter met een kop thee en een harde zoen op mijn mond. Ik lag in bed en dwong mezelf over alles na te denken, duidelijk, punt voor punt, alsof Adam een probleem was dat ik moest oplossen. Alle elementen waren aanwezig. Ik moest ze alleen in de juiste volgorde zetten. Ik lag onder het dekbed en hoorde de regen op het dak kletteren, het geluid van auto's die sneller door plassen gingen rijden en ik dacht over alles na tot mijn hoofd er pijn van deed.

Ik kauwde en herkauwde de gebeurtenissen op de Chungawat, de storm, de hoogteziekte van Greg en Claude Bresson, de buitengewone prestatie van Adam door de klimmers over de Gemini-graat te leiden, het verkeerd gelegde touw en de daaruitvolgende rampzalige dwaalweg van de vijf klimmers: Françoise Colet, Pete Papworth, Caroline Frank, Alexis Hartounian en Tomas Benn. Françoise Colet, die net haar relatie met Adam had verbroken en een affaire met Greg was begonnen.

Adèle Blanchard verbrak haar relatie met Adam. Hoe zou de Adam die ik kende hiermee omgaan? Hij wenste haar dood en ze verdween. Françoise Colet verbrak haar relatie met Adam. Hij wenste haar dood en ze kwam om op de berg. Dat wilde niet zeggen dat hij haar vermoord had. Als je iemand dood wenste en die persoon ging dood, betekende dat dan dat je daar verantwoordelijk voor was, ook al had je zijn dood niet veroorzaakt? Ik dacht er steeds maar over na. Stel dat hij niet genoeg zijn best had gedaan om haar te redden? Maar zoals iedereen zei, had hij al meer gedaan dan wie ook onder zulke omstandigheden. Stel dat hij haar groep als laatste op de prioriteitenlijst had gezet, terwijl hij de levens van andere mensen redde? Maar iemand moest toch prioriteiten stellen. Klaus kon bijvoorbeeld die doden niet in de schoenen geschoven worden, omdat hij niet eens in een conditie was geweest om zichzelf te redden, laat staan de volgorde had kunnen vaststellen waarin hij anderen zou redden. Het was allemaal zo dom. Adam had trouwens niet kunnen weten dat er een storm zou komen.

Toch was er iets, een jeukplekje, zo minuscuul dat je het niet precies kunt aanwijzen, je kunt niet zeggen of het op je huid zit of eronder, maar het laat je niet met rust. Misschien was er een klimtechnisch detail, maar geen van de deskundigen had daar iets over gezegd. Het enige relevante technische detail was dat Gregs vaste touw op het cruciale moment was losgeraakt, maar dat had op alle afdalende groepen een even grote invloed. Het was gewoon toeval dat de groep van Françoise de verkeerde weg naar beneden nam. Maar het liet me niet los. Waarom kon ik het niet van me afzetten?

Ik gaf het op. Ik douchte lang, trok een spijkerbroek aan en een van Adams overhemden en roosterde een boterham. Ik had geen tijd om die op te eten, omdat er werd gebeld. Ik verwachtte niemand en wilde absoluut geen bezoek, dus eerst deed ik niet open. Maar de bel ging weer – nu langer aangehouden – dus rende ik de trap af.

Een vrouw van middelbare leeftijd stond voor de deur onder een grote zwarte paraplu. Ze was erg klein en gedrongen, met kort grijzend haar, rimpels om haar ogen en lijnen langs haar neus tot haar mondhoek. Ik dacht meteen dat ze er ongelukkig uitzag. Ik had haar nooit eerder gezien.

'Ja?' zei ik.

'Adam Tallis?' zei ze. Ze had een sterk accent.

'Nee, het spijt me, hij is er niet.'

Ze keek niet-begrijpend.

'Hij is er niet,' zei ik nog eens, langzaam, terwijl ik naar haar gekwelde gezicht keek en haar afhangende schouders. 'Kan ik u helpen?'

Ze schudde haar hoofd en legde toen haar hand op haar in

een regenjas gestoken borst. 'Ingrid Benn,' zei ze. 'Ik ben de vrouw van Tomas Benn.' Ik had moeite om haar te verstaan, en het praten scheen een enorme inspanning te zijn. 'Sorry, mijn Engels niet…' Ze maakte een hulpeloos gebaar. 'Ik wil met Adam Tallis spreken.'

Ik deed de deur wijd open. 'Kom binnen,' zei ik. 'Kom alstublieft binnen.' Ik nam de paraplu van haar over en klapte hem dicht, terwijl ik de waterdruppels er vanaf schudde. Ze kwam binnen en ik deed de deur goed achter haar dicht.

Ik herinnerde me nu dat ze Adam en Greg een aantal weken geleden had geschreven met het verzoek of ze met hen kon komen praten over de dood van haar man. Ze ging aan de keukentafel zitten in haar dure, degelijke pak, met haar nette schoenen, een kop thee in de hand, die ze niet opdronk. Ze staarde me hulpeloos aan, alsof ik met een antwoord op de proppen zou komen, hoewel ze net als Tomas bijna geen woord Engels sprak en ik geen woord Duits kende.

'Ik vind het heel erg,' zei ik. 'Van uw man. Echt heel erg.'

Ze knikte naar me en begon te huilen. Tranen stroomden over haar wangen en ze veegde ze niet af, maar bleef passief zitten, een waterval van verdriet. Er was wel iets indrukwekkends aan haar stille, lijdzame verdriet. Ze schermde het niet af, maar liet het over zich heen komen. Ik gaf haar een zakdoekje en ze hield het in haar hand, alsof ze niet wist waarvoor het diende. 'Waarom?' zei ze na een tijdje. 'Waarom? Tommy zegt…' Ze zocht naar het woord, maar gaf het op.

'Het spijt me,' zei ik heel langzaam. 'Maar Adam is er niet.'

Het scheen niet zoveel uit te maken. Ze haalde een sigaret te voorschijn en ik pakte een schoteltje voor haar en ze rookte en huilde en sprak in flarden Engels, maar ook Duits. Ik zat daar maar en keek in haar grote, droevige bruine ogen, schouderophalend, knikkend. Toen werd ze geleidelijk aan kalm en we bleven even zwijgend zitten. Was ze al bij Greg geweest? Het beeld van hen samen trok me niet aan. Het artikel in *Guy* over de ramp lag opengeslagen op tafel en Ingrids oog viel erop en ze trok het naar zich toe. Ze keek naar de groepsfoto van de expeditie en streelde het gezicht van haar dode man. Ze keek me met een flauwe glimlach aan. 'Tomas,' zei ze, bijna onhoorbaar.

Ze draaide de bladzijde om en keek naar de tekening van de berg met de uitgezette touwen. Ze begon er met haar vinger op te kloppen. 'Tommy zegt goed, hij zei. Geen probleem.'

Daarna ging ze verder in het Duits en ik begreep er helemaal niets van, totdat ik een bekend woord hoorde, dat een paar keer werd herhaald. 'Ja,' zei ik. 'Help.' Ingrid keek alsof ze het niet begreep. Ik zuchtte. 'Help,' zei ik langzaam. 'De laatste woorden van Tomas. Help.'

'Nee, nee,' zei ze nadrukkelijk. '*Gelb*.'

'Help.'

'Nee, nee. *Gelb*.' Ze wees op het tijdschrift. '*Rot*. Hier. *Blau*. Hier. *Und gelb*.'

Ik keek haar wezenloos aan. '*Rot* is… eh… rood, ja? En *blau* is…'

'Blauw.'

'En *gelb*…'

Ze keek rond en wees op een kussen van de bank.

'Geel,' zei ik.

'Ja, geel.'

Ik moest wel lachen om de verwarring en Ingrid glimlachte ook treurig. Maar toen leek het alsof er een knopje in mijn hoofd werd omgedraaid: het laatste cijfer van een combinatieslot schoot op zijn plaats. De deuren zwaaiden open. Geel. *Gelb*. Ja. Hij zou nooit in het Engels hebben geroepen, al stervende, toch? Natuurlijk niet. Niet de man die de expeditie hinderde, omdat hij geen woord Engels sprak. Zijn laatste woord was een kleur geweest. Waarom? Wat had hij willen zeggen? Buiten viel de regen bij bakken naar beneden, Toen glimlachte ik weer. Hoe had ik zo stom kunnen zijn?

'Alstublieft?'

'Mevrouw Benn,' zei ik. 'Ingrid. Het spijt me vreselijk.'

'Ja.'

'Maar je kunt maar beter weggaan.'

'Gaan?'

'Ja.'

'Maar…'

'Adam kan jou niet helpen.'

'Maar…'

'Ga terug naar je kinderen,' zei ik. Ik had geen idee of ze die had, maar ik vond haar er als een moeder uitzien, een beetje als mijn eigen moeder eigenlijk.

Ze stond gehoorzaam op en pakte haar regenjas.

'Het spijt me vreselijk,' zei ik weer, en ik duwde haar paraplu in haar hand, en ze ging weg.

Greg was dronken toen we daar kwamen. Hij omhelsde me een beetje te onstuimig en daarna omhelsde hij ook Adam. Het was weer de oude club: Daniël, Deborah, Klaus, andere klimmers. Het viel me op dat ze zich gedroegen als soldaten met verlof, die elkaar ontmoeten in zorgvuldig uitgekozen schuilplaatsen, omdat ze weten dat gewone burgers nooit echt zouden begrijpen wat zij hadden meegemaakt. Het was een tussenplaats en een tussentijd, waàr ze zich maar doorheen moesten slaan totdat ze weer naar het echte leven van extremiteit en gevaar terugkeerden. Ik vroeg me, voor de zoveelste keer, af wat ze van mij dachten. Was ik alleen maar een verzetje voor ze, zo'n wild avontuurtje dat soldaten in de Tweede Wereldoorlog in hun weekendverlof hadden?

De sfeer was tamelijk joviaal. Als Adam er een beetje afwezig bij zat, lag dat misschien gewoon aan mijn overgevoeligheid. Hij was algauw druk in gesprek gewikkeld. Maar één ding leed geen twijfel: Greg zag er beroerd uit. Hij zweefde van groep naar groep, maar zei heel weinig. Hij vulde de hele tijd zijn glas bij. Na een tijdje was ik alleen met hem.

'Ik voel me niet zo thuis hier,' zei ik ongemakkelijk.

'Ik ook niet,' zei Greg. 'Kijk, het regent niet meer. Ik zal je de tuin van Phil en Marjorie laten zien.'

Het feestje vond plaats in het huis van een oude klimmersvriend, die het klimmen na de universiteit had opgegeven en in het Londense zakenleven was beland. Dus terwijl zijn vrienden nog steeds niet honkvast waren en over de wereld zwierven, hier en daar geld bij elkaar brachten, sponsors zochten, had Phil dit prachtige grote huis vlak bij Ladbroke Grove. We liepen buiten. Het gras was nat en ik voelde mijn voeten koud en nat worden, maar het was lekker om buiten te zijn. We liepen naar de lage muur achter in de tuin en keken naar het huis aan de andere kant. Ik draaide me om. Ik zag Adam door het raam op de eerste verdieping bij een groepje mensen staan. Zo nu en dan keek hij naar ons. Greg en ik hieven ons glas naar hem. Hij hief zijn glas naar ons.

'Ik vind dit fijn,' zei ik. 'Ik vind het fijn als ik weet dat deze avond lichter is dan gisteravond en dat morgenavond lichter zal zijn dan vanavond.'

'Als Adam niet stond te kijken, zou ik je willen kussen, Alice,' zei Greg. 'Ik bedoel, ik wil je kussen, maar als Adam niet keek, zou ik je zeker kussen.'

'Dan ben ik blij dat hij er staat, Greg,' zei ik. 'Kijk.' Ik wapperde met mijn hand voor zijn gezicht om mijn trouwring te tonen. 'Vertrouwen, eeuwige trouw, dat soort dingen.'

'Sorry, ik weet het.' Greg keek weer somber. 'Wel eens van de Titanic gehoord?'

'Wel eens,' zei ik met een flauw glimlachje, omdat ik besefte dat ik opgezadeld was met een stomdronken Greg.

'Weet je…' Toen zweeg hij. 'Weet je dat er geen enkele officier die de Titanic overleefde ooit nog kapitein op een schip is geworden?'

'Nee, dat wist ik niet.'

'Dat bracht ongeluk, snap je. Ze kwamen nooit meer aan de bak. De kapitein bofte dat hij met het schip ten onder ging. Dat hoort een kapitein ook te doen. Weet je waarom ik naar Amerika ga?'

'Om te klimmen.'

'Nee, Alice', zei hij zeer beslist. 'Nee. Ik ga de tent sluiten. Klaar. Finito. Een streep in het zand. Ik ga ander werk zoeken. Kapitein Ahab ging tenminste samen met de walvis ten onder. Er zijn mensen doodgegaan onder mijn hoede en dat was mijn schuld, dus ik ben uitgerangeerd.'

'Greg,' zei ik. 'Dat is niet zo. Het was niet jouw schuld, bedoel ik.'

'Hoe bedoel je?' vroeg hij.

Ik keek om me heen. Adam was nog boven. Hoe idioot het misschien ook was, hoe dronken hij ook was, ik moest het Greg vertellen voordat hij wegging. Wat ik verder ook zou doen of laten, ik was dit aan hem verplicht. Waarschijnlijk zou de kans zich nooit meer voordoen. Misschien dacht ik ook dat ik in Greg een bondgenoot zou vinden, dat ik niet zo alleen zou zijn als ik het hem vertelde. Ik had de valse hoop dat hij ineens uit zijn dronken, huilerige toestand zou komen en me te hulp zou schieten.

'Heb je Klaus z'n boek gelezen?' vroeg ik.

'Nee,' zei hij, terwijl hij zijn glas wodka hief.

'Niet doen,' zei ik, terwijl ik hem tegenhield. 'Niet meer drinken. Ik wil dat je goed luistert naar wat ik ga zeggen. Je moet weten dat toen de vermiste groep op de Chungawat naar het kamp werd gebracht, er één persoon halfdood was. Weet je nog wie?'

Op Gregs gezicht lag een ijzige, sombere uitdrukking. 'Ik was toen ook niet bepaald helder. Was het niet Peter Papworth? Hij riep om hulp, de stumper. De hulp die ik hem niet had kunnen geven.'

'Nee,' zei ik. 'Klaus had het mis. Het was Papworth niet, het was Tomas Benn.'

'Nou ja,' zei Greg. 'We waren allemaal niet op ons best. Ad fundum.'

'En wat was Benns opvallendste kenmerk?'

'Hij kon voor geen meter klimmen.'

'Nee, je hebt het me zelf verteld. Hij sprak geen woord Engels.'

'Dus?'

'Help, help, help. Dat hoorden ze hem zeggen toen hij stervende was en in coma raakte. Een raar moment om ineens Engels te gaan praten.'

Greg haalde zijn schouders op. 'Misschien zei hij het in het Duits.'

'Het Duitse woord voor "help" is *Hilfe*. Dat klinkt heel anders.'

'Misschien was het iemand anders.'

'Het was niet iemand anders. Het tijdschriftartikel citeert drie verschillende mensen, die zijn laatste woorden hebben gemeld. Twee Amerikanen en een Australiër.'

'En waarom hebben ze gemeld dat ze dat gehoord hadden?'

'Ze meldden dat omdat ze dat van hem verwachtten. Maar ik denk niet dat hij dat heeft gezegd.'

'Wat zei hij dan wel, volgens jou?'

Ik keek om me heen. Adam was nog steeds veilig binnen. Ik zwaaide vrolijk naar hem.

'Ik denk dat hij *gelb* zei.'

'"Gelb?" Wat betekent dat in godsnaam?'

'Dat betekent "geel" in het Duits.'

'*Geel?* Waarom lag-ie te zwetsen over geel, terwijl hij stervende was. Was-ie soms aan het hallucineren?'

'Nee, ik denk dat hij nadacht over het probleem dat zijn dood veroorzaakte.'

'Hoe bedoel je?'

'De kleur van het touw dat de groep over de Gemini-graat had gevolgd. Langs de verkeerde kant van de graat. Een geel touw.'

Greg wilde iets zeggen, maar hield abrupt zijn mond. Ik keek toe hoe hij langzaam over mijn woorden nadacht.

'Maar het touw langs de Gemini-graat was blauw. Mijn touw. Ze gingen de verkeerde kant op, omdat het touw losraakte. Omdat ik het niet goed gezekerd had.'

'Ik denk van niet,' zei ik. 'Ik denk dat de bovenste twee haken van je touw loskwamen, omdat iemand ze eruit had getrokken. En ik denk dat Françoise, Peter, Carrie, Tomas en die ander – hoe heette die ook weer?'

'Alexis,' mompelde Greg.

'Die namen de verkeerde route, omdat een touw hen die kant op leidde. Een geel touw.'

Greg keek onthutst, gekweld.

'Hoe kan daar nou een geel touw zijn geweest?'

'Omdat het daar werd uitgezet om ze de verkeerde kant op te sturen.'

'Maar wie…?'

Ik draaide me om en keek nog eens omhoog naar het raam. Adam keek even naar ons en daarna weer naar de vrouw met wie hij praatte.

'Misschien was het een vergissing,' zei Greg.

'Het kon geen vergissing zijn,' zei ik langzaam.

Er viel een heel lange stilte. Een aantal keren keek Greg me aan, maar hij keek meteen weer weg. Plotseling ging hij op de natte grond zitten tegen een struik die terugveerde, zodat we allebei water over ons heen kregen. Hij trilde hevig en snikte hulpeloos.

'Greg,' siste ik dringend. 'Beheers je.'

Hij huilde maar door. 'Dat kan ik niet. Dat kan ik niet.'

Ik boog me voorover, greep hem stevig vast en schudde hem door elkaar.

'Greg, Greg.' Ik hielp hem overeind. Zijn gezicht was rood en betraand. 'Je moet me helpen, Greg. Ik heb niemand. Ik sta alleen.'

'Ik kan het niet. Ik kan het niet. De teringkankerlijer. Ik kan het niet. Waar is m'n wodka?'

'Die heb je laten vallen.'

'Ik moet wat drinken.'

'Nee.'

'Ik moet wat drinken.'

Greg wankelde terug door de tuin, het huis in. Ik wachtte even, hijgend, terwijl ik kalm probeerde te worden. Ik was aan het hyperventileren. Het duurde een paar minuten. Nu moest ik terug naar binnen en normaal doen. Zodra ik de keuken in het souterrain binnenliep, hoorde ik een verschrikkelijke klap en daarna geschreeuw van boven en glasgerinkel. Ik rende de stenen trap op. In de voorkamer was het een chaos. Er werd gevochten op de vloer, meubels waren omvergetrapt, een gordijn was omlaaggehaald. Er klonk geschreeuw en gegil. Eerst kon ik niet eens zien wie er aan het vechten waren, maar toen zag ik dat Greg van iemand werd weggetrokken. Het was Adam, met zijn handen voor zijn gezicht. Ik rende naar hem toe.

'Teringkankerlijer!' schreeuwde Greg. 'Teringkankerlijer.' Hij keek om zich heen en kwam tot bezinning. Hij rende als een bezetene de kamer uit. De voordeur werd dichtgesmeten.

Overal in de kamer zag je verbijsterde gezichten. Ik keek naar Adam. Hij had een diepe schram over zijn wang. Zijn oog was al aan het opzwellen. Hij keek me aan. 'O, Adam,' zei ik, en rende naar hem toe.

'Waar ging dat nou over?' vroeg iemand. Het was Deborah. 'Alice, jij was met hem aan het praten. Wat bezielde hem ineens?'

Ik keek de kamer rond naar Adams vrienden, collega's, kameraden, allemaal keken ze me vragend aan, allemaal woedend over de plotselinge aanval. Ik haalde mijn schouders op. 'Hij was dronken,' zei ik. 'Er zal plotseling iets in hem zijn geknapt. Het werd hem eindelijk allemaal te veel.' Ik bemoeide me weer met Adam. 'Ik zal het wel even schoonmaken, schat.'

36

Het was zo'n zwembad als uit mijn jeugd – dompige, groen bete-gelde kleedhokjes, een vierkant bad met oud pleisterwerk en kleine haarballetjes op de bodem, waarschuwingsborden dat je niet mocht rennen, duiken, roken en vrijen, slaphangende vlag-getjes onder de flikkerende tl-verlichting. In de gemeenschappe-lijke kleedkamer zag je vrouwen in allerlei vormen en maten. Het was net een tekening uit een kinderboek, die verschillende soorten mensen liet zien: billen met kuiltjes en dikke aderen, hangborsten, holle ribbenkasten en benige schouders. Ik keek naar mezelf in de doffe spiegel voordat ik mijn zwempak aan-deed en schrok weer hoe ongezond ik eruitzag. Waarom had ik dat niet eerder gezien? Ik deed mijn badmuts op en mijn zwem-bril, zo strak dat mijn oogballen uitpuilden, en liep met grote passen naar het bad. Vijftig baantjes: die was ik van plan te doen.

Ik had al maanden niet gezwommen. Mijn benen, cirkelend met de schoolslag of wild trappend met crawlen, voelden zwaar aan. Mijn borst deed pijn. Water sijpelde mijn bril binnen en stak in mijn ogen. Een man op zijn rug, met heen en weer zagen-de armen, stootte tegen mijn buik en schreeuwde iets naar me. Ik telde tijdens het zwemmen, starend door mijn bril naar het tur-quoise water. Wat was dit saai, op en neer, op en neer. Ik wist weer waarom ik het nooit had volgehouden. Maar na zo'n baantje of twintig kwam ik in een ritme dat bijna meditatief werd en in plaats van te puffen en te tellen, begon ik te denken. Niet meer panisch, maar langzaam en kalm. Ik besefte dat ik in groot gevaar verkeerde en ik wist ook dat niemand me zou helpen. Greg was wat dat betreft mijn laatste kans geweest. Ik was nu alleen. De spieren in mijn armen deden pijn van het zwemmen.

Het leek absurd, maar toch was ik haast opgelucht. Ik was alleen, voor het eerst in maanden. Ik was weer mezelf. Na al die hartstocht, woede en angst, na al die totaal verwarrende stuurloosheid, kon ik weer helder denken, alsof ik uit een koortsachtige droom was ontwaakt. Ik was Alice Loudon. Ik was verdwaald geweest, maar nu was ik weer gevonden. Tweeënveertig, drieënveertig, vierenveertig. Ik smeedde een plan terwijl ik gestaag doorzwom en alle crawlende mannen uit de weg ging. De knopen in mijn schouder werden losser.

In de kleedkamer droogde ik me stevig af, trok mijn kleren aan zonder ze nat te maken op de modderige vloer en maakte me daarna op voor de spiegel. Er stond een vrouw naast me die ook eyeliner en mascara opdeed. We grijnsden elkaar toe, twee vrouwen die zich wapenden tegen de boze buitenwereld. Ik föhnde mijn haar en stak het op, zodat er geen haren in mijn gezicht sprongen. Ik zou het snel afknippen, Alice met de nieuwe look. Adam was dol op mijn haar. Soms begroef hij zijn gezicht erin alsof hij verdronk. Wat leek het lang geleden, die hartstochtelijke, donkere vergetelheid. Ik zou een korte kop nemen bij de kapper, zodat ik al dat weelderige gewicht niet zou hoeven torsen.

Ik ging niet meteen terug naar mijn werk. Ik liep een eindje van het zwembad een Italiaans restaurant binnen en bestelde een glas rode wijn, een fles mineraalwater met bubbeltjes en een salade van zeebanket met knoflookbrood. Ik haalde het briefpapier te voorschijn dat ik die ochtend had gekocht en een pen. Boven aan het papier schreef ik in vette hoofdletters: AAN WIE DIT LEEST, en zette er een dubbele streep onder. De wijn werd gebracht en ik nam er voorzichtige slokjes van. Ik moest nu mijn hoofd erbij houden.

'Mocht ik dood gevonden worden,' schreef ik, 'of verdwijnen zonder een spoor achter te laten, dan ben ik vermoord door mijn echtgenoot, Adam Tallis.'

De salade en het knoflookbrood kwamen op tafel en de ober maalde er royaal zwarte peper overheen met een gigantische pepermolen. Ik reeg een rubberachtig ringetje inktvis aan mijn vork en stak het in mijn mond, kauwde zorgvuldig en spoelde het weg met water.

Ik schreef alles op wat ik wist in een net handschrift en in zo overtuigend mogelijke bewoordingen. Ik vertelde dat Adèle dood was en dat haar laatste brief aan Adam vlak voordat ze verdween, onder in mijn la met ondergoed lag. Ik vertelde over Tara, Adèles zuster, die Adam lastig viel, wanhopig, meelijwekkend, en uit een kanaal in Oost-Londen werd gevist. Ik beschreef ook de moord op Sherpa. Vreemd genoeg was het de kat, en niet de vrouwen, waardoor ik me heel duidelijk bewust werd van het gevaar dat ik zelf liep. Ik zag het beest weer voor me, opengesneden in het bad. Heel even voelde ik mijn maag omdraaien. Ik kauwde op knapperig brood en nam nog een slok wijn om mijn zenuwen in bedwang te houden. Daarna gaf ik mijn analyse van wat er op de berg met Françoise precies was gebeurd. Ik vertelde dat Françoise Adam had afgewezen, ik vertelde over Gregs schijnbaar waterdichte systeem van touwen, over de laatste woorden van de stervende Duitser. Ik tekende zo netjes mogelijk een schema zoals het in het tijdschrift stond, met behoorlijke pijlen en stippellijntjes. Ik gaf het adres van Greg en zei dat men wat ik had geschreven bij hem op juistheid kon toetsen.

Op een apart vel schreef ik een provisorisch testament. Ik liet al mijn geld aan mijn ouders na. Mijn sieraden gingen naar Paulines baby, als het een meisje was, en naar Pauline zelf als het een jongetje was. Jake erfde mijn twee schilderijen en mijn broer mijn weinige boeken. Dat was voldoende. Ik had toch al niet zoveel na te laten. Ik dacht aan mijn begunstigden, maar op een neutrale manier. Toen ik over mijn leven met Jake nadacht, voelde ik geen enkele wroeging. Het leek allemaal zo lang geleden, een andere wereld en een andere ik. Ik verlangde niet terug naar die oude wereld, zelfs nu niet. Ik wist niet waarnaar ik verlangde. Ik kon niet op die manier vooruitkijken, in de toekomst, misschien omdat ik het niet durfde. Ik zat vast in het rampzalige heden en ik moest nu voetje voor voetje verder gaan, om een weg te zoeken door het gevaar. Ik wilde niet dood.

Ik vouwde de papieren op, stopte ze in een envelop en deed ze in mijn tas. Ik at mijn lunch methodisch op en spoelde het laatste hapje weg met rode wijn. Ik bestelde een stukje citroentaart als dessert, die heerlijk romig en zurig was, en een dubbele espresso. Nadat ik had afgerekend pakte ik mijn nieuwe zaktelefoon en belde Claudia. Ik zei dat ik werd opgehouden en pas over een uur terug op kantoor zou zijn. Als Adam belde moest ze zeggen dat ik in een vergadering zat. Ik verliet het restaurant en hield een taxi aan.

Sylvie was in gesprek met een cliënt en haar assistente zei dat ze het de hele middag erg druk had.

'Zeg maar dat Alice haar dringend wil spreken en dat het maar een paar minuten hoeft te duren.'

Ik wachtte in de hal en bladerde door nummers van vrouwenbladen van vorig jaar, waarin ik las hoe je moest afvallen en meervoudige orgasmen kon krijgen en worteltaart moest bakken. Na een minuut of twintig kwam een vrouw met rode ogen Sylvies werkkamer uit en ik ging naar binnen.

'Alice.' Ze omhelsde me en duwde me toen een eindje van zich af. 'Je bent fantastisch mager. Sorry dat je moest wachten. Ik zat al sinds de lunch met een hysterische gescheiden vrouw opgescheept.'

'Ik zal je niet lang ophouden,' zei ik. 'Ik weet dat je het heel druk hebt. Ik wilde vragen of je iets voor me wil doen. Iets heel simpels.'

'Natuurlijk, zeg 't maar. Hoe is het met die zalige man van je?'

'Daarom ben ik hier,' zei ik en ik ging tegenover haar zitten, zodat haar grote, rommelige bureau tussen ons in stond.

'Is er iets aan de hand met hem?'

'Zoiets.'

'Je wil toch niet scheiden, hè?'

Ze kreeg een nieuwsgierige, bijna inhalige blik in haar ogen.

'Je hoeft alleen maar iets te doen. Ik wil dat je iets voor me bewaart.' Ik haalde de dichte envelop uit mijn tas en schoof hem naar haar toe. 'Ik besef dat dit idioot en melodramatisch klinkt, maar mocht ik dood gevonden worden of verdwijnen, dan moet je die aan de politie geven.'

Ik voelde me opgelaten. Er viel een doodse stilte. Sylvies mond stond open, ze had een wezenloze uitdrukking op haar gezicht. 'Lieve Alice, maak je een geintje?'

'Nee. Is er een probleem?'

De telefoon op haar bureau ging, maar ze nam niet op en we wachtten beiden tot hij ophield.

'Nee,' zei ze afwezig. 'Niet echt.'

'Goed zo.' Ik stond op en pakte mijn tas. 'Doe de groeten aan de club. Zeg maar dat ik ze mis. Dat ik ze altijd heb gemist, hoewel ik dat in het begin nog niet wist.'

Sylvie bleef in haar stoel zitten en staarde me aan. Toen ik bij de deur was, sprong ze op en rende achter me aan. Ze legde een hand op mijn schouder.

'Wat is er aan de hand, Alice?'

'Sorry, Sylvie.' Ik gaf haar een zoen op haar wang. 'Een andere keer misschien. Pas goed op jezelf. En fijn dat je mijn vriendin bent. Dat helpt.'

'Alice,' zei ze weer, hulpeloos. Maar ik was al weg.

Ik was om vier uur terug op kantoor. Ik sprak een uur met de marketingafdeling en een halfuur met de boekhouding over mijn toekomstige budget. Uiteindelijk bonden ze in, omdat ik dat duidelijk niet van plan was. Ik peesde door het papierwerk op mijn bureau en ging eerder weg dan anders. Adam stond op me te wachten, zoals ik al had verwacht. Hij las niet, staarde niet om zich heen en keek niet op zijn horloge. Hij stond roerloos, alsof hij op wacht stond, met zijn geduldige blik op de draaideuren gericht. Hij had er waarschijnlijk al een uur zo gestaan.

Toen hij me zag lachte hij niet naar me, maar hij nam mijn tas van me over en toen sloeg hij zijn armen om me heen en keek me strak aan. 'Je ruikt naar chloor.'

'Ik heb gezwommen.'

'En parfum.'

'Die heb ik van jou.'

'Je ziet er prachtig uit vandaag, schat. Zo fris en mooi. Ik kan niet geloven dat je mijn vrouw bent.'

Hij kuste me, heftig en lang, en ik kuste hem terug en drukte me tegen hem aan. Mijn lichaam voelde aan als een soort zware logge massa, die nooit meer zou huiveren van begeerte. Ik sloot mijn ogen, omdat ik zijn priemende blik, die zich nooit van me afwendde, niet kon verdragen. Wat zag hij? Wat wist hij?

'Ik neem je vanavond mee uit eten,' zei hij. 'Maar eerst gaan we naar huis, want ik wil met je neuken.'

'Je hebt het allemaal goed gepland,' zei ik, gelaten glimlachend in zijn dicht omklemmende armen.

'Inderdaad. Tot in alle details, Alice.'

37

Ik protesteerde niet toen hij mijn pillenstrip pakte en de gele pil-
letjes een voor een in de wc gooide. Als iemand me een halfjaar
geleden had verteld dat ik het goed zou vinden dat mijn geliefde
– mijn *man* – mijn anticonceptiepillen zonder mijn toestemming door de wc zou spoelen, zou ik hem hard hebben uitgela-
chen. Toen hij het laatste pilletje eruit had geschud, nam hij me
bij de hand en leidde me zwijgend naar de slaapkamer. Hij vrijde
heel teder met me, waarbij hij me de hele tijd dwong hem aan te
kijken. En ik protesteerde niet. Maar ik maakte voortdurend als
een bezetene berekeningen in mijn hoofd. Hij wist waarschijnlijk niet dat de pil altijd een tijd doorwerkt, zodat ik de gouden
kans van deze maand wel zou mislopen. Ik zou de komende weken in ieder geval niet zwanger worden, dacht ik. Maar toch ervoer ik het alsof hij een kind in me plantte, dat ik alleen maar
passief ontving, zonder protest. Het deed me beseffen hoe weinig
ik me altijd had ingeleefd in mishandelde vrouwen of de vrouwen van alcoholisten. Het noodlot sluipt naderbij als een vloedgolf op een toeristenstrand. Op het moment dat je hem kan zien,
ben je machteloos of kun je er niets tegen doen, en je wordt er-
door opgetild en meegesleurd. Ik had me in zoveel dingen niet
ingeleefd, dacht ik. Mijn leven was grotendeels geruisloos voor-
bijgegaan en ik had niet echt goed nagedacht over hoe andere
mensen leefden en in wat voor ellende ze verkeerden.

Toen ik terugdacht aan de laatste paar maanden, schaamde ik me er opnieuw over hoe gemakkelijk ik een oud, bemind leven van me af had geworpen: mijn familie, mijn vrienden, mijn hobby's, mijn visie op de wereld. Jake had me verweten dat ik alle schepen achter me verbrandde, waardoor mijn gedrag een schijn van edele onverschrokkenheid kreeg. Maar ik had ook *mensen* in de steek gelaten. Nu moest ik mijn zaken op orde brengen, of ten minste een verzoenend gebaar maken naar degenen die ik misschien had gekwetst. Ik schreef een brief aan mijn ouders, waarin ik zei dat ik besefte dat ik niet veel contact had gezocht, maar dat ze niet moesten vergeten dat ik heel erg van ze hield. Ik stuurde mijn broer, die ik een jaar geleden voor het laatst had gezien, een ansichtkaart met vrolijke, toegenegen woorden. Ik belde Pauline en sprak een boodschap in op haar antwoordapparaat waarin ik vroeg hoe het met de zwangerschap ging en zei dat ik haar graag gauw wilde zien en dat ik haar had gemist. Ik deed een verlate verjaardagskaart voor Clive op de bus. En nadat ik diep adem had gehaald, belde ik Mike. Hij klonk eerder timide dan bitter, maar hij was wel blij dat ik hem belde. Hij zou de volgende dag met zijn vrouw en zijn zoontje met vakantie naar een huis in Bretagne gaan, zijn eerste vakantie in maanden. Ik nam van iedereen afscheid, maar dat wisten ze niet.

Ik had mijn oude leven ontegenzeggelijk kapotgemaakt, en nu probeerde ik een manier te vinden om mijn nieuwe leven ook te laten instorten, zodat ik eruit zou kunnen ontsnappen. Nog steeds waren er momenten – met de dag minder – dat ik onmogelijk kon geloven dat ik dit werkelijk meemaakte. Ik was getrouwd met een moordenaar, een mooie moordenaar met blauwe ogen. Als hij er ooit achter zou komen dat ik dat wist, zou hij mij ook vermoorden, daar twijfelde ik niet aan. Als ik probeerde weg te gaan, zou hij me ook vermoorden. Hij zou me vinden en me vermoorden.

Die avond zou ik na mijn werk naar een lezing gaan, waarin

nieuwe cijfers werden opgevoerd over het verband tussen vrucht-baarheidsbehandelingen en eierstokkanker, deels omdat het vaag verband hield met mijn werk, deels omdat de lezing werd gehouden door een kennis van me, maar vooral omdat ik dan niet bij Adam hoefde te zijn. Hij zou buiten op me staan wachten en ik kon hem natuurlijk niet tegenhouden als hij per se mee wilde. Maar dan waren we voor de verandering eens samen in mijn wereld, een wereld van geruststellend wetenschappelijk onderzoek, empirisme en tijdelijke veiligheid. Ik zou niet naar hem hoeven kijken of met hem praten of door hem neergedrukt worden, kreunend van zogenaamde hartstocht.

Adam stond niet buiten te wachten. Ik voelde zo'n enorme opluchting dat het bijna een soort euforie was. Er viel onmiddellijk een gewicht van me af en ik kon beter nadenken. De hele wereld zag er anders uit als hij er niet stond, op de loer tot ik de deur uit kwam, me aanstarend met die priemende, broeierige blik, die ik niet meer kon inschatten. Was het haat of liefde, hartstocht of moordzucht? Bij Adam liepen die begrippen altijd erg door elkaar heen, en weer moest ik denken – nu met een huivering van pure walging, doorspekt met een zweem van schaamte – aan het geweld in onze huwelijksnacht in het Lake District. Ik voelde me gevangen in één lange, grijze nawee.

Ik liep naar de gehoorzaal, wat ongeveer een kwartier duurde, en toen ik de hoek om kwam en naar het gebouw liep, zag ik hem staan met een bos gele rozen in zijn hand. Passerende vrouwen keken begerig naar hem, maar hij scheen het niet te merken. Hij had alleen maar oog voor mij. Hij wachtte op me, maar dacht dat ik van de andere kant zou komen. Ik bleef staan en verborg me in de dichtstbijzijnde portiek. Een golf van misselijkheid sloeg over me heen. Ik zou nooit aan hem kunnen ontsnappen, hij was me één stap voor, was altijd op me aan het wachten, altijd met zijn handen aan me zittend en me tegen zich aandrukkend, hij liet me nooit gaan. Hij was te overweldigend. Ik wachtte tot de paniek wegtrok en daarna, ervoor oppassend dat hij me niet zag, draaide ik me om en rende de weg terug tot de hoek. Daar hield ik een taxi aan.

'Waarheen, dame?'

Waarheen? Waar kon ik heen? Ik kon niet van hem weglopen, want dan zou hij weten dat ik het wist. Ik haalde verslagen mijn schouders op en vroeg aan de chauffeur of hij me naar huis wilde brengen. Gevangenis. Ik besefte dat ik zo niet kon doorgaan. De doodsangst die me overspoelde toen ik Adam zag, was een volkomen fysiek gevoel. Hoeveel langer kon ik net doen alsof ik van hem hield, net doen alsof ik in extase raakte wanneer hij me streelde, net doen alsof ik niet doodsbenauwd was? Mijn lichaam kwam in opstand. Maar ik wist niet wat ik anders moest doen.

Toen ik binnenkwam ging de telefoon.

'Hallo?'

'Alice?' Het was Sylvie en ze klonk zenuwachtig. 'Ik dacht niet dat je er zou zijn.'

'Waarom bel je dan?'

'Ik wilde eigenlijk met Adam spreken. Dit is een beetje gênant.'

Ik voelde me plotseling koud en zweterig, alsof ik moest overgeven. 'Adam?' zei ik. 'Waarom zou jij met Adam willen spreken, Sylvie?'

Het bleef stil aan de andere kant.

'Sylvie?'

'Ja, nou ja, ik wou het je zeggen, hoor, hij zou er met je over praten, maar nu het zo is, tja…' Ik hoorde dat ze een trekje nam van haar sigaret. Toen zei ze: 'Het is namelijk zo, en ik weet dat je dit als verraad zal zien, maar je zal ooit begrijpen dat ik het uit vriendschap heb gedaan: ik heb de brief gelezen. En toen heb ik 'm aan Adam laten lezen. Hij kwam namelijk zomaar ineens langs en ik wist niet wat ik moest doen, maar ik heb 'm dus door hem laten lezen, omdat ik denk dat je aan het instorten bent of zoiets, Alice. Het is gestoord, volkomen gestoord wat jij geschreven hebt, je hebt waanbeelden. Dat moet je toch zelf ook inzien, en dat doe je vast ook wel. Dus ik wist niet wat ik moest doen en toen heb ik 'm aan Adam laten lezen. Hallo? Alice? Ben je daar nog?'

'Aan Adam.' Ik herkende mijn eigen stem niet, zo vlak en uitdrukkingsloos. Ik dacht als een bezetene na: er was geen tijd meer te verliezen. De tijd was op.

'Ja, hij was geweldig, in één woord geweldig. Het deed hem natuurlijk verdriet, Jezus, nou. Hij huilde toen hij de brief las en zei maar steeds je naam. Maar hij verwijt je niets, dat moet je begrijpen, Alice. En hij is bang dat je, nou ja, dat je iets doms zal gaan doen. Dat was het laatste wat hij tegen me zei. Hij zei dat hij bang was dat je in jouw toestand misschien, nou ja, dat je jezelf misschien iets aandoet.'

'Besef je wel wat je hebt gedaan?'

'Luister nou, Alice…'

Ik legde de hoorn midden in haar smekende zin neer en bleef even als verlamd staan. Het leek erg koud en stil in de kamer. Ik kon elk geluidje horen, het gekraak van een vloerplank toen ik mijn gewicht verplaatste, het gemurmel van de waterleidingbuizen, het gesuis van de wind buiten. Dat was het. Als ik dood zou worden gevonden, had Adam al de angst geuit dat ik mezelf misschien iets zou aandoen. Ik rende naar de slaapkamer en trok de la open waar ik Adèles brief en Adams vervalste briefje aan zichzelf had verborgen. Ze lagen er niet meer. Ik rende naar de voordeur en toen hoorde ik zijn voetstappen, nog ver aan de voet van de hoge trap.

Er was geen ontsnappen mogelijk. We woonden boven aan de trap. Ik keek om me heen in het besef dat er geen andere uitgang was, geen schuilplaats. Ik overwoog even de politie te bellen, maar daar zou ik niet eens tijd voor hebben. Ik rende naar de badkamer en draaide de douche helemaal open, zodat het water luidruchtig op de tegelvloer spetterde. Toen trok ik de douche-gordijnen piepend dicht en liet de badkamerdeur een eindje openstaan, en daarna rende ik naar de woonkamer, pakte mijn sleutels en dook de piepkleine keuken in, waar ik achter de open deur ging staan, nauwelijks verscholen. Het nummer van *Guy* lag binnen handbereik op het aanrecht. Ik pakte het op. Dat was tenminste iets.

Hij kwam binnen en trok de deur achter zich dicht. Mijn hart bonsde luid, zodat ik dacht dat hij het wel moest horen. Ik herinnerde me ineens dat hij een bos bloemen bij zich had. Hij zou eerst de keuken in lopen om ze in het water te zetten. O god, alstublieft, alstublieft. Mijn adem ging in gierende stoten, zodat mijn borst zeer deed. Ik stootte een rasperig snikje uit. Ik kon er niets aan doen.

Maar toen, als door een wonder, ebde de angst weg en er bleef een soort nieuwsgierigheid over, alsof ik toekeek bij mijn eigen noodlot. Mensen die verdrinken schijnen hun leven in een flits aan zich voorbij te zien gaan tijdens het sterven. In de paar seconden die ik stond te wachten, schoten er beelden door mijn hoofd van mijn leven met Adam: zo'n korte tijd eigenlijk, hoewel het alles wat er daarvóór was geweest had weggevaagd. Ik keek als een toeschouwer naar mezelf: ons eerste oogcontact, over een drukke straat heen; onze eerste vrijpartij, zo heftig dat het nu bijna komisch aandeed; onze trouwdag, toen ik bijna doodging van geluk. Toen zag ik Adam met opgeheven hand, Adam die een broekriem vasthoudt, Adam met zijn handen om mijn nek. De beelden leidden allemaal naar nu: het moment waarop ik zou zien dat Adam me vermoordde. Maar ik was niet bang meer. Ik voelde me bijna vredig. Het was al heel lang geleden sinds ik me vredig had gevoeld.

Ik hoorde hem de kamer doorlopen. Langs de keuken. Naar de badkamer en de stromende douche. Ik pakte het nieuwe hangslot tussen duim en wijsvinger, hield het in de aanslag, en spande mijn lichaam om weg te rennen.

'Alice,' riep hij. 'Alice.'

Nu. Ik sprintte de keuken uit, de gang in en wrikte de voordeur open.

'Alice!'

Daar was hij, hij kwam met grote passen op me af, gele bloemen tegen zijn borst gedrukt. Ik zag zijn gezicht, zijn prachtige moordenaarsgezicht.

Ik trok de deur op slot en stak de zware sleutel erin en draaide die als een idioot om. Opschieten, alsjeblieft opschieten. Hij draaide om in het slot en ik haalde hem eruit en rende blindelings naar de trap. Terwijl ik dat deed, hoorde ik Adam op de deur bonzen. Hij was sterk, o god, hij was sterk genoeg om hem open te breken. Hij had hem al eens eerder met gemak opengekregen, toen hij in ons eigen huis had ingebroken om Sherpa af te maken.

Ik rende de trap af, met twee treden tegelijk. Op een gegeven moment klapten mijn knieën dubbel en ik verzwikte mijn enkel. Maar hij kwam niet. Het gebons werd zachter. Het nieuwe slot hield. Als ik hier uitkwam, zou ik een wrange voldoening halen uit het feit dat hij zich klem had gezet toen hij de deur openbrak om onze kat af te maken.

Nu was ik op straat. Ik rende weg naar de hoofdstraat en pas toen ik aan het eind was, keek ik even snel over mijn schouder om te zien of ik hem zag. Was hij dat, die figuur die in de verte op me af kwam rennen? Ik racete over de hoofdstraat, tussen auto's door, sprong opzij voor een fiets. Ik zag het kwade gezicht van de fietser toen hij een schuiver maakte om me te ontwijken. Ik had een stekende pijn in mijn zij, maar ik ging niet langzamer lopen. Als hij me inhaalde, zou ik gillen en schreeuwen. Maar ze zouden alleen maar denken dat ik gek was. Niemand bemoeit zich trouwens met echtelijke ruzies. Ik dacht dat ik iemand mijn naam hoorde roepen, maar misschien was dat alleen maar mijn schreeuwende verbeelding.

Ik wist waar ik heen ging. Het was vlakbij. Nog een paar meter. Als ik het maar haalde. Ik zag het blauwe licht, een genummerd busje buiten geparkeerd. Ik raapte mijn laatste restje energie bij elkaar en stormde door de deuren naar binnen, waarna ik abrupt en niet erg elegant stilstond bij de balie, waar het verveelde gezicht van een politieagent naar me opkeek.

'Ja?' zei hij, terwijl hij zijn pen oppakte. Ik begon te lachen.

38

Ik zat in een gang te wachten en te kijken. Ik zag alles alsof ik
door het verkeerde eind van een telescoop keek. Mensen in uniform en in burger repten zich heen en weer, telefoons rinkelden.
Ik weet niet precies of ik een overdreven dramatisch idee had van
hoe het er op een politiebureau in het centrum van Londen aan
toeging, of ik pooiers en prostituees en randfiguren verwachtte
te zien, die snel naar de balie werden gebracht en een procesver-
baal kregen, of ik verwachtte dat ikzelf naar een verhoorkamer
gebracht zou worden met een doorkijkspiegel, waar ik afwisselend aan de tand zou worden gevoeld door een aardige en een gemene smeris. Maar ik had nooit verwacht dat ik doelloos op een
groezelig plastic stoeltje zou zitten, dat in een gang in de weg
stond, alsof ik op de eerstehulp was beland met een verwonding
die niet ernstig genoeg was voor een spoedbehandeling.

Onder normale omstandigheden zou ik geïntrigeerd zijn geweest door de vluchtige inkijkjes in de ellende van andere mensen, maar nu gingen dat soort dingen geheel langs me heen. Ik
vroeg me af wat Adam dacht en wat hij buiten aan het doen was.
Ik moest een plan trekken. Het was zo goed als zeker dat wie mij
ook te woord zou staan me voor gek zou verklaren en me weer
terug zou brengen in die angstwekkende wereld achter het plexi-
glas bij de balie en alles wat me daar te wachten stond. Ik had het
onbehaaglijke gevoel dat als ik mijn echtgenoot van zeven moor-

den beschuldigde, dat zeven keer zo ongeloofwaardig zou zijn als wanneer ik hem van maar één moord beschuldigde, wat op zich al vrij onaannemelijk was.

Wat ik nu het allerliefst wilde was dat een vaderlijke of moederlijke persoon me zou vertellen dat ze me geloofden, dat zij de zaak nu verder zouden afhandelen en dat mijn zorgen voorbij waren. Maar die kans was ondenkbaar. Ik moest het heft in eigen hand nemen. Ik herinnerde me dat ik als tiener een keer dronken thuiskwam van een feest en mezelf dwong een imitatie te doen van iemand die nuchter was. Maar ik deed zo mijn best om langs de bank en de stoelen te lopen zonder ertegenaan te botsen en ik was zo buitengewoon nuchter, dat mijn moeder onmiddellijk vroeg wat ik had uitgespookt. Ik stonk waarschijnlijk een uur in de wind naar nepchampagne. Vandaag moest ik dat beter doen. Ik moest ze overtuigen. Ik had immers Greg overtuigd, al was ik daar weinig mee opgeschoten. Het was niet van belang om ze helemaal te overtuigen. Het ging er gewoon om dat ik ze zo geïnteresseerd kreeg dat ze misschien wel vonden dat ze erachteraan moesten. Ik moest niet teruggaan naar de boze wereld, waar Adam op me wachtte.

Voor het eerst in jaren verlangde ik hevig naar mijn vader en moeder: niet zoals ze nu waren, oud en onzeker, vastgeroest in hun afkeuring en bewust blind voor de bittere, gruwelijke buitenwereld. Nee, ik verlangde naar hen zoals ik hen zag als klein meisje, voordat ik had geleerd hen te wantrouwen: grote, sterke figuren die mij vertelden wat goed en fout was, die mij beschermden tegen het kwaad, die mijn voorbeeld waren. Ik dacht weer aan mijn moeder die knopen aan overhemden naaide in de brede leunstoel onder het raam, een toonbeeld van bekwaamheid en geruststellendheid. Ik dacht aan mijn vader die het vlees sneed op zondagmiddag, in heel precieze dunne roze plakjes. Ik zag mezelf tussen hen in zitten, groeiend onder hun hoede. Hoe was dat brave meisje, met een beugel en enkelsokjes, in mij veranderd, hier op dit politiebureau, vrezend voor mijn leven? Wat zou ik graag weer dat meisje willen zijn, en wat wilde ik graag gered worden.

De politieagente die me naar binnen had gebracht, kwam terug met een man van middelbare leeftijd in een overhemd met opgerolde mouwen. Ze leek wel een schoolmeisje dat terugkomt met een boze leraar. Ik vermoedde dat ze het hele bureau af was geweest om iemand te vinden die niet aan de telefoon zat of druk was met het invullen van formulieren, en deze man had erin toegestemd om even de gang in te komen, vooral om mij de deur te wijzen. Hij keek op me neer. Ik vroeg me af of ik moest opstaan. Hij leek een beetje op mijn vader en die gelijkenis maakte dat er tranen in mijn ogen kwamen. Ik knipperde ze driftig weg. Ik moest een kalme indruk maken.

'Mevrouw…?'

'Loudon,' zei ik. 'Alice Loudon.'

'U wilt informatie doorgeven, begrijp ik?' zei hij.

'Ja,' zei ik.

'Nou?'

Ik keek om me heen. 'Gaan we hier praten?'

De man fronste. 'Het spijt me, dame, maar we zitten op het moment een beetje krap in de ruimte. Dus u zult het hier moeten doen.'

'Oké,' zei ik. Ik balde mijn vuisten in mijn schoot, zodat hij ze niet zou zien trillen, schraapte mijn keel en probeerde mijn stem in bedwang te houden. 'Een vrouw die Tara Blanchard heet is een paar weken geleden gevonden in een kanaal, vermoord. Heeft u daarvan gehoord?' De rechercheur schudde zijn hoofd. Mensen bleven heen en weer rennen, maar ik ging verder. 'Ik weet wie het heeft gedaan.'

De rechercheur hief zijn hand op om me het zwijgen op te leggen. 'Ho even, mevrouwtje. Het lijkt me het beste om uit te zoeken welk bureau deze zaak behandelt en ze dan even te bellen, zodat u daar uw verhaal kwijt kan. Oké?'

'Nee, niet oké. Ik ben hier gekomen, omdat ik gevaar loop. De man die Tara Blanchard heeft vermoord is mijn echtgenoot.' Ik verwachtte een reactie op mijn verklaring, al was het alleen maar een ongelovige lach, maar er gebeurde niets.

'Uw echtgenoot?' zei de rechercheur, die een blik wisselde met de agente. 'En wat brengt u op dat idee?'

'Ik denk dat Tara Blanchard mijn man chanteerde, of in ieder geval lastigviel, dus heeft hij haar vermoord.'

'Viel ze hem lastig?'

'We kregen de hele tijd telefoontjes, 's avonds laat, vroeg in de ochtend. En dreigbriefjes.'

Hij had een wezenloze uitdrukking op zijn gezicht. Moest hij werkelijk de moeite nemen om te proberen te begrijpen wat ik zei? Dat was vast geen aanlokkelijk vooruitzicht. Ik keek om me heen. Onder deze omstandigheden kon ik niet verder gaan. Wat ik te zeggen had, zou misschien meer indruk maken als het wat formeler werd afgehandeld.

'Neem me niet kwalijk, meneer… ik weet niet hoe u heet.'

'Byrne. Inspecteur Byrne.'

'Kunnen we niet ergens praten waar het wat rustiger is? Ik vind het vreemd om dit op de gang te doen.'

Hij slaakte een vermoeide zucht om zijn ongeduld te laten blijken. 'Er zijn geen kamers beschikbaar,' zei hij. 'U kunt aan mijn bureau gaan zitten, als u dat beter vindt.'

Ik knikte en Byrne ging me voor. Onderweg haalde hij koffie voor me. Ik nam het bekertje aan, hoewel ik er geen trek in had. Als het maar de indruk wekte dat we een vertrouwensrelatie hadden.

'Zo, waar waren we gebleven, weet u het nog?' vroeg hij, toen hij aan zijn bureau ging zitten, met mij tegenover zich.

'We kregen dreigbriefjes.'

'Van de vermoorde vrouw?'

'Ja, Tara Blanchard.'

'Zette ze haar naam er dan onder?'

'Nee, maar na haar dood ben ik naar haar flat gegaan en daar vond ik tussen haar vuilnis krantenknipsels over mijn man.'

Byrne keek verbaasd, om niet te zeggen verschrikt. 'U heeft haar vuilnis doorzocht?'

'Ja.'

'Waar gingen die krantenknipsels over?'

'Mijn man, Adam Tallis heet-ie, is een bekende bergbeklimmer. Vorig jaar was hij betrokken bij een vreselijke ramp op een berg in de Himalaya, waarbij vijf mensen omkwamen. Hij is een soort held. Maar goed, de kwestie is dat we nog zo'n briefje ontvingen nadat Tara Blanchard al dood was. En dat niet alleen. Het briefje had te maken met een inbraak in onze flat. Onze kat werd vermoord.'

'Heeft u die inbraak aangegeven?'

'Ja, twee agenten van dit bureau zijn langs geweest.'

'Nou, dat is tenminste iets,' zei Byrne vermoeid, en toen, alsof het de moeite van het opmerken bijna niet waard was: 'Maar als dat gebeurde nadat die vrouw blijkbaar al dood was…'

'Precies,' zei ik. 'Het was onmogelijk. Maar een paar dagen geleden was ik ons huis aan het uitmesten en toen vond ik achter een bureau een verfrommelde envelop. En Adam had daarop duidelijk zitten oefenen op het briefje dat die laatste keer werd bezorgd.'

'Dus?'

'Dus Adam had geprobeerd elke connectie tussen de briefjes en de vrouw te verdoezelen.'

'Mag ik dat briefje zien?'

Voor dit moment was ik steeds bang geweest. 'Adam is erachter gekomen dat ik hem verdenk. Toen ik vandaag in de flat terugkwam, was het briefje verdwenen.'

'Hoe is hij daar achter gekomen?'

'Ik heb alles opgeschreven en dat in een envelop gedaan en die aan een vriendin van me gegeven, voor het geval mij iets zou overkomen. Maar ze heeft het gelezen en het aan Adam gegeven.'

Byrne glimlachte flauwtjes en trok meteen daarna weer een strak gezicht. 'Misschien deed ze dat in uw belang,' zei hij. 'Misschien wilde ze u helpen.'

'Ik weet zeker dat ze me wilde helpen. Maar dat heeft ze niet gedaan. Ze heeft me in gevaar gebracht.'

'Het probleem... eh... mevrouw...'

'Alice Loudon.'

'Het probleem is dat moord een zeer ernstig vergrijp is.' Hij praatte tegen me alsof hij een klein kind de verkeersregels uitlegde. 'En omdat het zo'n ernstig vergrijp is, hebben we bewijzen nodig en niet alleen vermoedens. Mensen verdenken vaak bekenden. Ze verdenken ze van misdaden, als ze ruzie hebben gehad. Het beste is om dat soort meningsverschillen op te lossen.'

Ik voelde hem wegglippen. Ik moest verder gaan.

'U laat me niet uitspreken. De reden waarom Tara Adam lastigviel, was geloof ik dat zij hem verdacht van het vermoorden van haar zuster Adèle.'

'Heeft-ie haar *zuster* vermoord?'

Byrne trok ongelovig een wenkbrauw op. Het werd steeds erger. Ik drukte mijn handen tegen het bureau om het gevoel dat de grond onder me heen en weer bewoog te onderdrukken. Ik probeerde niet te denken aan Adam, die voor het politiebureau op me stond te wachten. Hij zou er staan, roerloos, zijn blauwe ogen strak op de deur gericht waardoor ik naar buiten zou komen. Ik wist hoe hij eruitzag als hij wachtte op iets wat hij wilde: geduldig, volkomen geconcentreerd.

'Adèle Blanchard was getrouwd en woonde in Corrick. Dat is een dorp in de Midlands, niet ver van Birmingham. Zij en haar man maakten wandeltochten en klimexpedities, en hoorden bij een groep vrienden waar Adam ook bij zat. Ze had een affaire met Adam, die ze in januari 1990 verbrak. Een paar weken later is ze verdwenen.'

'En u denkt dat uw man haar heeft vermoord.'

'Toen was hij niet mijn man. We hebben elkaar vorig jaar pas leren kennen.'

'Heeft u redenen om te denken dat hij die andere vrouw heeft vermoord?'

'Adèle Blanchard gaf Adam de bons en is verdwenen. Hij had nog een andere lange relatie: met een arts en bergbeklimster, ene Françoise Colet.'

'En waar is zij?' vroeg Byrne met een licht sarcastische uitdrukking.

'Zij kwam vorig jaar om op de berg in Nepal.'

'En uw man heeft haar zeker ook vermoord?'

'Ja.'

'Zo kan-ie wel weer, zeg.'

'Wacht nou even, ik ben nog niet klaar.' Nu dacht hij dat ik echt geschift was.

'Mevrouw... eh... ik heb het erg druk. Ik moet...' Hij wuifde wat naar de stapel papier op zijn bureau.

'Oké, ik begrijp dat het moeilijk is,' zei ik, terwijl ik een omhoogkomend paniekgevoel probeerde te onderdrukken, als een vloedgolf die me helemaal zou verzwelgen. Mijn stem klonk hijgend. 'Ik vind het erg fijn dat u naar me luistert. Als u me nog een paar minuten de tijd geeft, krijgt u het hele verhaal te horen. Daarna ga ik gewoon weg, als u dat wilt, en vergeten we de hele zaak.'

De opluchting was duidelijk van zijn gezicht af te lezen. Dat was kennelijk het meest hoopvolle nieuws dat hij had gehoord sinds ik er was.

'Goed dan,' zei hij. 'Houd het kort.'

'Dat beloof ik,' zei ik. Maar natuurlijk hield ik het niet kort. Ik had het tijdschrift bij me en met alle vragen, herhalingen en uitleg duurde het verslag bijna een uur. Ik nam met hem de details door van de expeditie, de afspraken van de gekleurde touwen, Tomas Benn die geen Engels sprak, de chaos die de storm veroorzaakte, de herhaalde afdalingen en beklimmingen van Adam, terwijl Greg en Claude niet bij machte waren om iets te doen. Ik praatte aan een stuk door, kakelend om mijn doodvonnis uit te stellen. Zolang hij luisterde, zou ik in leven blijven. Terwijl ik hem de laatste details vertelde, die wegstierven in een ongewilde stilte, kwam er een brede glimlach op Byrnes gezicht. Eindelijk had ik zijn aandacht. 'Dus de enige mogelijke verklaring is,' zei ik ten slotte, 'dat Adam het expres zo regelde dat de groep waar Françoise in zat de verkeerde kant van de Geminigraat op ging.'

Byrne glimlachte nu van oor tot oor. '*Gelb*?' zei hij. 'Is dat Duits voor geel?'

'Dat klopt,' zei ik.

'Steengoed,' zei hij. 'Dat moet ik u nageven. Steengoed.'

'Dus u gelooft me.'

Hij haalde zijn schouders op. 'Dat weet ik nog zo net niet. Het is mogelijk. Maar misschien hebben ze hem verkeerd verstaan. Of misschien heeft hij wél om hulp geroepen.'

'Maar ik heb u uitgelegd waarom dat niet kan.'

'Dat maakt niet uit. Dat moeten de autoriteiten in Nepal maar bepalen, of waar die berg ook staat.'

'Maar dat bedoel ik niet. Ik heb een psychologisch patroon vastgesteld. Vindt u dan niet dat het op basis van mijn verhaal de moeite waard is om die twee andere moorden te onderzoeken?'

Byrne had inmiddels een opgejaagde, verontruste blik in zijn ogen gekregen en er viel een lange stilte, waarin hij nadacht over wat ik had gezegd en hoe hij daarop zou reageren. Ik klampte me aan het bureau vast, alsof ik bijna viel.

'Nee,' zei hij uiteindelijk. Ik begon te protesteren, maar hij ging door: 'Mevrouw Loudon, u moet toch toegeven dat ik zo beleefd ben geweest om uw verhaal aan te horen. Het enige wat ik u kan aanraden is dat u, als u werk wilt maken van deze zaak, met de desbetreffende bureaus moet gaan praten. Maar als u hun niets concreets te bieden heeft, denk ik niet dat ze iets voor u kunnen doen.'

'Dat geeft niet,' zei ik. Mijn stem klonk vlak, gespeend van elke emotie. Het gaf inderdaad niet meer. Er viel niets meer aan te doen.

'Hoezo?'

'Adam weet nu alles. Dit was mijn enige kans. Maar u heeft natuurlijk gelijk. Ik heb geen enkel bewijs. Ik weet het gewoon. Ik ken Adam nu eenmaal.' Ik maakte aanstalten om op te staan, hem een hand te geven, weg te gaan, maar in een opwelling leunde ik over het bureau en pakte Byrnes hand. Hij keek verschrikt. 'Wat is je voornaam?'

'Bob,' zei hij schichtig.

'Als je in de komende weken hoort dat ik zelfmoord heb gepleegd of onder een trein ben gekomen of verdronken ben, is er heel wat bewijs dat ik me de laatste paar weken heel raar heb gedragen, dus zal de conclusie gauw zijn getrokken dat ik zelfmoord heb gepleegd, omdat ik geestelijk uit balans was of dat ik een zenuwinzinking had en een ongeluk op de loer lag. Maar dat is niet waar. Ik wil blijven leven. Oké?'

Hij haalde zachtjes mijn hand weg. 'Het komt allemaal goed,' zei hij. 'Praat met uw man. Jullie komen er wel uit.'

'Maar...'

Toen werden we onderbroken. En agent in uniform wenkte Byrne en ze praatten zachtjes, terwijl ze af en toe schuin in mijn richting keken. Byrne knikte naar de man, die terugging naar waar hij vandaan was gekomen. Hij ging weer achter zijn bureau zitten en keek me met een doodernstig gezicht aan.

'Uw man staat bij de balie.'

'Natuurlijk,' zei ik bitter.

'Nee,' zei Byrne vriendelijk. 'U ziet het verkeerd. Hij is hier met een arts. Hij wil u helpen.'

'Een arts?'

'Ik begrijp dat u de laatste tijd veel stress heeft gehad. U heeft vreemde dingen gedaan. Ik begrijp dat u zich zou hebben voorgedaan als journalist, dat soort dingen. Kunnen we ze binnen laten komen?'

'Maakt mij niets uit,' zei ik. Ik had verloren. Me verzetten had geen zin meer. Byrne pakte de telefoon.

De arts was Deborah. Ze leken wel filmsterren, zoals ze door het slonzige bureau liepen, lang en gebruind, tussen de bleke, vale rechercheurs en secretaresses. Deborah glimlachte onzeker toen ze me aankeek. Ik glimlachte niet terug.

'Alice,' zei ze. 'We zijn hier om je te helpen. Het komt allemaal goed.' Ze knikte naar Adam en wendde zich daarna tot Byrne. 'Bent u de dienstdoende agent?'

Hij keek niet-begrijpend. 'U moet mij hebben, ja,' zei hij op zijn hoede.

Deborah sprak met kalme, sussende stem, alsof Byrne een van haar patiënten was. 'Ik ben huisarts en onder artikel vier van de Wet op de Geestelijke Gezondheid van 1983 laat ik Alice Loudon met spoed opnemen. Na overleg met haar man, meneer Tallis hier, ben ik ervan overtuigd dat zij voor haar eigen veiligheid zo snel mogelijk voor onderzoek moet worden opgenomen.'

'Gaan jullie me krankzinnig verklaren?' vroeg ik.

Deborah keek bijna schichtig naar een aantekenboekje dat ze in haar hand hield. 'Zo zit het niet. Zo moet je niet denken. We doen alleen maar wat het beste is.'

Ik keek naar Adam. Hij had een tedere, bijna liefdevolle uitdrukking op zijn gezicht. 'Alice, mijn schat,' was het enige wat hij zei.

Byrne wist niet waar hij moest kijken. 'Het is allemaal een beetje vergezocht, maar…' zei hij.

'Het is een medisch verhaal,' zei Deborah gedecideerd. 'Maar goed, dat zal het psychiatrisch onderzoek uitwijzen. Intussen verzoek ik dat Alice Loudon onder de hoede van haar man wordt geplaatst.'

Adam stak zijn hand uit en streelde mijn wang, heel teder. 'Liefste,' zei hij. Ik keek naar hem op. Zijn blauwe ogen schenen op me neer, als de lucht. Zijn lange haar was verwaaid. Zijn mond stond een beetje open, alsof hij iets wilde zeggen of me wilde kussen. Ik deed mijn hand omhoog en raakte de halsketting aan die hij me lang geleden had gegeven, toen onze liefde nog pril was. Het leek alsof er niemand anders in de kamer was, alleen hij en ik, verder waren er alleen vage beelden en lawaai. Misschien had ik het allemaal verkeerd gezien. Plotseling leek de verleiding onweerstaanbaar om mezelf aan de zorgen van deze mensen over te leveren, mensen die echt van me hielden.

'Het spijt me,' hoorde ik mezelf zwakjes zeggen.

Adam boog voorover en nam me in zijn armen. Ik rook zijn zweet, voelde zijn ruwe wang tegen de mijne.

'Liefde is een rare zaak,' zei ik. 'Hoe kan je nu iemand vermoorden van wie je houdt?'

'Alice, liefste,' zei hij zachtjes in mijn oor, zijn hand op mijn haar. 'Ik had toch beloofd dat ik altijd voor je zou zorgen? Eeuwig en altijd.'

Hij hield me dicht tegen zich aan en het was een heerlijk gevoel. Voor eeuwig en altijd. Zo had ik het me altijd voorgesteld. Misschien was het nog steeds mogelijk. Misschien konden we de klok terugdraaien, net doen alsof hij nooit iemand had vermoord en ik dat nooit had geweten. Ik voelde de tranen over mijn wangen stromen. Een belofte om voor eeuwig en altijd voor me te zorgen. Een moment en een belofte. Waar had ik die woorden eerder gehoord? Ergens in mijn gedachten kwam een vaag, onduidelijk beeld, maar toen nam het vorm aan en ik zag het. Ik deed een stap achteruit, uit Adams omhelzing, en keek helder naar Adams gezicht.

'Ik weet het,' zei ik.

Ik keek om me heen. Byrne, Deborah en Adam keken niet-begrijpend. Dachten ze dat ik nu echt mijn verstand had verloren? Dat vond ik niet erg. Ik had mezelf weer onder controle, mijn hoofd was weer helder. Ik was niet degene die gek was.

'Ik weet waar Adam haar heeft verborgen. Ik weet waar Adam Adèle Blanchard heeft begraven.'

'Waar heeft u het over?' vroeg Byrne.

Ik keek naar Adam en hij keek strak terug, zonder een spier te vertrekken. Toen zocht ik in mijn jas en haalde mijn portemonnee te voorschijn. Ik maakte hem open en haalde er een seizoenskaart uit, bonnen, vreemd geld, en daar had je hem: de foto van mij, genomen door Adam, op het moment dat hij me ten huwelijk vroeg. Ik gaf de foto aan Byrne, die hem aannam en er met een verbaasde blik naar keek.

'Voorzichtig,' zei ik. 'Er is er maar één van. Daar ligt Adèle begraven.' Ik keek schuin naar Adam. Ook toen wendde hij zijn blik niet af, maar ik wist dat hij nadacht. Dat was zijn talent, berekeningen maken in een crisis. Wat was hij in dat mooie hoofd aan het bedenken?

Byrne draaide zich om en liet de foto aan Adam zien. 'Wat is dit?' zei hij. 'Waar is dit?'

Adam kreeg een verbijsterde, medelijdende lach op zijn gezicht. 'Dat weet ik niet precies,' zei hij. 'Het was ergens op een wandeling.' Hij keek me weer aan.

Op dat moment wist ik dat ik gelijk had.

'Nee,' zei ik. 'Het was niet zomaar een wandeling. Adam bracht me naar dat speciale plekje. Hij was al eens eerder in de steek gelaten, zei hij. Maar op die speciale plek wilde hij me ten huwelijk vragen. Een moment en een belofte. We beloofden elkaar eeuwige trouw op het lijk van Adèle Blanchard.'

'Adèle Blanchard?' zei Adam. 'Wie is dat?' Hij keek me strak aan. Ik voelde dat hij met zijn ogen probeerde in te schatten hoeveel ik wist. 'Dit is belachelijk. Ik weet niet meer waar we waren tijdens die wandeling. En jij. Jij weet dat toch ook niet meer, schat? Je lag de hele weg erheen te slapen in de auto. Jij weet niet waar dit is.'

Ik keek naar de foto met een plotselinge hevige schrik. Hij had gelijk. Ik wist het niet. Ik keek naar het gras, zo groen, zo verlokkelijk dichtbij en toch zo ver weg. Adèle, waar ben je? Waar is je verraden, gebroken, vermiste lichaam? En toen wist ik het. Ik had 't. Ik had 't.

'St. Eadmund's,' zei ik.

'Wat?' zeiden Byrne en Adam tegelijk.

'St. Eadmund's, met een a. Adèle Blanchard gaf les op de lagere school van St. Eadmund's, niet ver van Corrick, en de kerk van St. Eadmund's is daar ook. Breng me naar de kerk van St. Eadmund's en ik breng u naar die plek.'

Byrne keek van mij naar Adam en daarna weer naar mij. Hij wist niet wat hij moest doen, maar hij aarzelde. Ik ging vlak voor Adam staan, zodat onze gezichten elkaar bijna raakten. Ik keek in zijn helderblauwe ogen. Er was geen sprankje onrust te zien. Hij was geweldig. Misschien zag ik voor het eerst duidelijk voor me hoe deze man op een berg levens redde en ze wegnam. Ik hief mijn rechterhand op en streelde zijn wang, zoals hij de mijne had gestreeld. Hij deinsde heel even terug. Ik moest iets zeggen. Wat er ook gebeurde, ik zou nooit meer een andere kans krijgen.

'Ik begrijp dat je Adèle en Françoise hebt vermoord, omdat je op de een of andere gruwelijke manier van ze hield. En ik denk dat Tara je bedreigde. Had haar zuster soms iets gezegd? Wist ze het? Vermoedde ze iets? Maar hoe zit het met de anderen? Pete, Carrie, Tomas, Alexis. Toen je de berg weer opging, heb je Françoise toen over de rand geduwd? Heeft iemand dat gezien? Kwam het je gewoon goed uit?' Ik wachtte. Geen reactie. 'Je zult het nooit toegeven, hè? Die voldoening gun je de mindere goden niet.'

'Dit is idioot,' zei Adam. 'Alice heeft hulp nodig. Juridisch ge-zien kan ik haar meenemen.'

'U moet dit serieus nemen,' zei ik tegen Byrne. 'Ik heb het be-staan van een vermoord lichaam gemeld. Ik heb de plaats aange-wezen. U bent verplicht dat te onderzoeken.'

Byrne keek van de een naar de ander. Toen ontspande zijn ge-zicht in een sardonische grijns. Hij zuchtte. 'Goed,' zei hij. Daar-na keek hij naar Adam. 'Wees niet ongerust, meneer. We zullen goed voor uw vrouw zorgen.'

'Vaarwel,' zei ik tegen Adam. 'Vaarwel, Adam.'

Hij glimlachte naar me, zo'n lieve glimlach dat hij er een klein jongetje door werd, vol angstaanjagende hoop. Maar hij zei niets. Hij keek alleen maar naar me toen ik wegliep, maar ik keek niet om.

39

Agent Mayer zag eruit of ze zestien was. Ze had kort bruin haar en een rond, beetje pukkelig gezicht. Ik zat achter in de auto, een gewone blauwe auto, niet de politiewagen die ik had verwacht, en keek naar haar dikke nek boven haar nette witte kraagje. Ik vond het er stijf uitzien, afwijzend, en haar slappe handje en korte, vluchtige blik maakten een onverschillige indruk.

Ze deed geen moeite om met me te praten, maar vroeg alleen aan het begin van de rit of ik mijn riem wilde omdoen, en daar was ik blij om. Ik leunde tegen het koele plastic en staarde naar het verkeer zonder veel te zien. Het was een stralende ochtend en ik kreeg hoofdpijn van het felle licht. Maar toen ik mijn ogen dichtdeed ging het niet veel beter, want toen schoten er beelden langs mijn oogleden. Vooral het gezicht van Adam, het laatste beeld dat ik van hem had. Mijn hele lichaam schrijnde en voelde leeg. Het leek alsof ik alle verschillende lichaamsdelen kon voelen: mijn hart, mijn ingewanden, mijn longen, mijn pijnlijke nieren, het bloed dat door mijn lijf stroomde, mijn kloppende hoofd.

Om de zoveel tijd kwam de radio van agent Mayer krakend tot leven en dan sprak ze door de microfoon, een vreemdsoortig, formeel taaltje over trefpunten en aankomsttijden. Buiten deze auto ging het gewone leven door, mensen deden hun dagelijkse dingen, geërgerd, verveeld, tevreden, onverschillig, opgewonden, moe. Ze dachten aan hun werk of wat ze vanavond zouden eten of wat hun dochter die ochtend aan het ontbijt had gezegd of ze dachten aan de jongen op wie ze verliefd waren of dat hun haar geknipt moest worden of dat hun rug pijn deed. Ik kon me nauwelijks voorstellen dat ik daar ooit was geweest, in dat leven. Heel vaag, als in een halfvergeten droom, herinnerde ik me avonden in de Vine met de club. Waar spraken wij over, avond aan avond, alsof de tijd er niet toe deed, alsof we alle tijd van de wereld hadden? Was ik toen gelukkig? Ik wist het niet meer. Ik kon me Jakes gezicht nauwelijks meer voor de geest halen, tenminste, niet zijn gezicht van toen ik met hem samenwoonde, niet zijn minnaarsgezicht, niet zijn blik wanneer we samen in bed lagen. Adams gezicht kwam ertussen, zijn starende ogen. Hij had een enorme muur opgetrokken tussen mij en de wereld, mijn gezichtsveld geblokkeerd, zodat ik alleen maar hem zag.

Eerst was ik Alice van Jake en toen Alice van Adam. Nu was ik alleen maar Alice. Alice alleen. Niemand die me vertelde hoe ik eruitzag of me vroeg hoe ik me voelde. Niemand om plannen mee te maken of gedachten mee uit te wisselen of door beschermd te worden of mezelf in te verliezen. Als ik dit overleefde, zou ik alleen zijn. Ik keek naar mijn handen, die werkeloos op mijn schoot lagen. Ik luisterde naar mijn adem, zacht en regelmatig. Misschien zou ik het niet overleven. Vóór Adam was ik nooit zo bang voor de dood geweest, omdat de dood altijd ver van mijn bed had geleken, iets wat kneuterige grijze oudjes overkwam, met wie ik me niet kon vereenzelvigen. Wie zou me missen? vroeg ik me af. Nou ja, mijn ouders natuurlijk. Mijn vrienden? Toch wel, al was ik in hun ogen al verdwenen toen ik Jake en het oude leven vaarwel zei. Ze zouden hun hoofd schudden alsof ze het over iets merkwaardigs hadden. 'Arme ziel,' zouden ze zeggen. Maar Adam zou me wel missen, nou, wat zou Adam me missen. Hij zou om me huilen, echte tranen van verdriet. Hij zou me nooit vergeten en altijd om me blijven treuren. Wat was dat vreemd. Ik moest bijna glimlachen.

Ik haalde de foto weer uit mijn zak en staarde ernaar. Daar stond ik, zo gelukkig over mijn wonderbaarlijke nieuwe leven dat ik eruitzag als een idioot. Achter me was een meidoorn en gras en lucht, maar dat was alles. Stel dat ik het niet meer wist? Ik probeerde de route vanaf de kerk terug te halen, maar terwijl ik dat deed schoot ik in een zwart gat. Ik kon me niet eens de kerk meer voor de geest halen. Ik probeerde er niet meer aan te denken, alsof ik door dat te doen de laatste flarden van herinnering zou verjagen. Ik keek weer naar de foto en hoorde mijn eigen stem: 'Voor altijd,' had ik gezegd. Voor altijd. Wat zei Adam toen terug? Ik kon er niet aan denken, maar ik weet nog dat hij huilde. Ik had zijn tranen op mijn wang gevoeld. Heel even moest ik zelf bijna huilen, zoals ik daar in die kille politiewagen zat, op weg om erachter te komen of ik zou winnen of door hem verslagen zou worden, of ik zou leven of door hem kapotgemaakt zou worden. Adam was nu mijn vijand, maar hij had van me gehouden, wat dat ook betekende. Ik had ook van hem gehouden. Eén rampzalig moment wilde ik agent Mayer zeggen dat ze moest omdraaien en terugrijden, het was allemaal een vreselijke vergissing, een krankzinnige fout.

Ik vermande mezelf en keek weer uit het raam, weg van de foto. We waren nu van de snelweg af en reden door een grijs dorpje. Ik herinnerde me niets van deze weg. O god, misschien zou ik me niets meer herinneren. De nek van agent Mayer was onverzoenlijk. Ik deed mijn ogen weer dicht. Ik was zo bang dat ik er bijna kalm van werd, ziekelijk kalm, verstild kalm. Mijn ruggengraat voelde dun en broos toen ik ging verzitten, mijn vingers waren koud en stram.

'We zijn er.'

De auto stopte bij de kerk van St. Eadmund's, een solide grijs gebouw. Buiten hing een bord waarop trots werd gemeld dat de fundamenten van de kerk meer dan duizend jaar oud waren. Een golf van opluchting kwam over me toen ik me dat herinnerde. Maar hier begon de test pas. Agent Mayer stapte uit en deed het portier voor me open. Ik stapte uit en zag dat er drie mensen op ons stonden te wachten. Een andere vrouw, iets ouder dan Mayer, met een lange broek en een dikke schapenleren jas aan, en twee mannen in gele jacks, zulke jacks als bouwvakkers vaak aanhebben. Ze hadden een schop bij zich. Mijn knieën knikten, maar ik probeerde stevig door te lopen, alsof ik precies wist waar ik heen wilde.

Ze keken me nauwelijks aan toen we dichterbij kwamen. De twee mannen spraken met elkaar, keken even vluchtig op en gingen daarna door met hun gesprek. De vrouw kwam naar me toe en stelde zich voor als inspecteur Paget, en daarna pakte ze Mayer bij de elleboog en trok haar van me vandaan.

'Dit is in een paar uurtjes gepiept,' hoorde ik haar zeggen. Dus niemand geloofde me. Ik keek naar de grond. Ik had idiote enkellaarsjes aan met hakken, totaal ongeschikt voor wandelingen over heide en moddervelden. Ik wist in welke richting we zouden gaan. Ik zou gewoon de weg volgen langs de kerk. Zover geen probleem. Maar daarna werd het moeilijk. Ik zag dat de twee mannen naar me staarden, maar toen ik terugstaarde, wendden ze hun ogen af, alsof ze zich voor me geneerden. Malle Eppie. Ik schoof mijn haar achter mijn oren en deed de bovenste knoop van mijn jack dicht.

De twee vrouwen kwamen terug met een doelbewuste blik in hun ogen.

'Zo, mevrouw Tallis,' zei de inspecteur, terwijl ze naar me knikte. 'Gaat u ons maar voor.'

Het leek alsof er iets vastzat in mijn keel. Ik begon het pad op te lopen. De ene voet voor de andere, klipklop over het stille pad. Er schoot me ineens een rijmpje uit mijn jeugd te binnen: 'Eén, twee, in de maat, anders wordt de juffrouw kwaad. Maar de juffrouw wordt niet kwaad, want ze is van prikkeldraad.' Inspecteur

Paget liep naast me en de andere drie liepen een eindje achter ons. Ik kon niet verstaan wat ze tegen elkaar zeiden, maar zo nu en dan hoorde ik iemand lachen. Mijn benen waren zo zwaar als lood. De weg strekte zich voor me uit, eindeloos, vormloos. Was dit mijn laatste wandeling?

'Hoe ver is het nog?' vroeg inspecteur Paget.

Ik had geen idee. Maar na een bocht kwam er een splitsing en ik zag een oorlogsmonument met een verbrokkelde stenen adelaar erbovenop.

'Hier is 't,' zei ik, terwijl ik de opluchting uit mijn stem probeerde te weren. 'Hier zijn we geweest.'

Inspecteur Paget moest de verbazing in mijn toon gemerkt hebben, want ze wierp me een vragende blik toe.

'Ja, hier,' zei ik, want hoewel ik het monument was vergeten, kwam het, nu ik er stond, allemaal duidelijk terug.

Ik ging hen voor over het smaller wordende pad, dat meer een soort karrenspoor was. Mijn benen voelden nu lichter. Mijn lichaam wees de weg. Er zou hier ergens een pad komen. Ik keek angstvallig van links naar rechts en bleef steeds staan om in de bosjes te kijken, voor het geval de plek overwoekerd was geraakt sinds de laatste keer dat ik er was. Ik kon het toenemende ongeduld van de groep voelen. Ik zag agent Mayer een keer kijken naar een van de gravers – een magere jongeman met een lange slungelnek – en haar schouders ophalen.

'Het is hier ergens in de buurt,' zei ik.

Een paar minuten later zei ik: 'We moeten er al voorbij zijn.' We bleven midden op het pad staan, terwijl ik stond te dubben, en daarna zei inspecteur Paget heel vriendelijk: 'Ik geloof dat er verderop een zijpad is. Zullen we daar nog even kijken?'

Het was het pad. Ik omhelsde haar bijna van dankbaarheid en zette er de pas in, met de agenten achter me aan. Struiken hapten naar ons, doornen sloegen tegen onze benen, maar het deerde me niet. Hier waren we geweest. Deze keer weifelde ik niet, maar liep van het pad het bos in, want ik had een zilverberk gezien die ik herkende, wit en recht tussen de beuken. We klauterden een helling op. Toen Adam en ik hier waren, hield hij mijn hand vast en hielp me door de glibberige afgevallen bladeren. We kwamen bij een veld narcissen en ik hoorde agent Mayer een kreet van plezier slaken, alsof we een natuurwandeling maakten.

We kwamen boven aan de helling en de bomen verdwenen en we waren in een soort heidegebied. Alsof hij naast me liep hoorde ik Adams stem uit het verleden: 'Een stuk gras, ver van elk pad, ver van elk spoor, ver van de weg.'

Maar ineens wist ik niet meer waar ik heen moest. Er had een meidoornstruik gestaan, maar vanwaar ik stond kon ik die niet zien. Ik deed een paar wankele passen, bleef staan en staarde hulpeloos om me heen. Paget kwam naast me staan, zwijgend, en wachtte alleen maar. Ik haalde de foto uit mijn zak. 'Dit zoeken we.'

'Een struik.' Haar stem was neutraal, maar haar blik was gericht. Overal om ons heen stonden struiken.

Ik sloot mijn ogen en probeerde mezelf terug te denken. En toen wist ik het weer. 'Kijk met mijn ogen,' had hij gezegd. En we hadden naar de kerk beneden gekeken en naar de velden. 'Kijk met mijn ogen.'

Het leek alsof ik echt met zijn ogen keek, alsof ik in zijn voetstappen trad. Ik liep struikelend, hollend bijna, over het heideveld en daar, tussen de bomen door, zag ik beneden waar we vandaan kwamen. Daar was de kerk van St. Eadmund's, met de twee geparkeerde auto's ernaast. Daar was het tafelland van groene velden. En hier was de meidoornstruik. Ik stond er vlak voor, net als toen. Ik stond op de drassige grond en bad dat het lichaam van een jonge vrouw onder me lag.

'Hier,' zei ik tegen inspecteur Paget. 'Hier. Ga hier graven.'

Ze wenkte de mannen met de schoppen en herhaalde wat ik had gezegd: 'Ga hier graven.'

Ik deed een stap achteruit en ze begonnen te graven. De grond was stenig en het was kennelijk zwaar werk. Algauw zag ik zweetdruppels op hun voorhoofd. Ik probeerde regelmatig te ademen. Bij elke stoot van de schop wachtte ik tot er iets zou verschijnen. Niets. Ze groeven tot er een redelijk groot gat was. Niets. Uiteindelijk hielden ze op en keken naar inspecteur Paget, die naar mij keek.

'Het is hier,' zei ik. 'Ik weet het zeker. Wacht.'

Weer sloot ik mijn ogen en probeerde het me te herinneren. Ik pakte de foto en staarde naar de struik.

'Geef precies aan waar ik moet staan,' zei ik tegen inspecteur Paget, en ik duwde de foto in haar hand en ging bij de struik staan.

Ze keek me vermoeid aan, maar haalde toen haar schouders op. Ik stond daar zoals ik voor Adam had gestaan en staarde haar aan alsof ze zelf een foto van me nam. Ze staarde terug door half dichtgeknepen ogen.

'Een beetje naar voren,' zei ze.

Ik deed een stap naar voren.

'Zo, ja.'

'Hier graven,' zei ik tegen de mannen.

Weer begonnen ze de grond om te scheppen. We wachtten zwijgend, de doffe klap van de schop, het gehijg van de werkende mannen. Niets. Er was niets, alleen grove rode aarde en steentjes.

Weer hielden ze op en keken me aan. 'Alstublieft,' zei ik en mijn stem was hees. 'Graaf alstublieft nog wat door.' Ik draaide me om naar inspecteur Paget en legde mijn hand op haar mouw. 'Alstublieft,' zei ik.

Ze dacht na met een diepe frons op haar gezicht, voordat ze eindelijk sprak.

'We kunnen wel een week gaan graven. We hebben gegraven op de plek die u aangaf en niets gevonden. Het is tijd om er een punt achter te zetten.'

'Alstublieft,' zei ik. Mijn stem klonk krakerig. 'Alstublieft.' Ik smeekte om mijn leven.

Paget zuchtte diep.

'Oké,' zei ze. Ze keek op haar horloge. 'Twintig minuten en meer niet.'

Ze gebaarde naar de mannen, die met een scala aan sarcastische gromgeluiden en gevloek een paar meter verder weer begonnen. Ik liep een eindje weg en ging zitten. Ik keek het dal in. Grassen golfden als een zee in de wind.

Plotseling hoorde ik gemompel achter me. Ik rende erheen. De mannen waren niet meer aan het graven, maar ze zaten op hun knieën bij het gat en schepten aarde weg met hun handen. Ik ging op mijn hurken naast hen zitten. De aarde was er ineens donkerder en ik zag een hand, alleen de botten, uitsteken, alsof hij ons wenkte.

'Dat is 'r,' riep ik. 'Dat is Adèle, begrijpen jullie het nou?' en ik begon zelf ook in de aarde te krabben en te graaien, hoewel ik het zelf nauwelijks kon zien. Ik wilde de botten vasthouden, ze in mijn armen nemen, mijn handen om het hoofd leggen dat nu te voorschijn kwam, een afschrikwekkende grijnzende schedel, ik wilde mijn vingers door de lege ogen steken.

'Niet aankomen,' zei Paget, en ze trok me weg.

'Maar het moet,' jammerde ik. 'Dat is 'r. Ik had gelijk. Dat is 'r.' Ik was het geweest, wilde ik zeggen, als we haar niet hadden gevonden, was ik het geweest.

'Het is bewijs, mevrouw Tallis,' zei ze streng.

'Het is Adèle,' zei ik weer. 'Dat is Adèle en Adam heeft haar vermoord.'

'We hebben geen idee wie het is,' zei ze. 'Er moet sectie worden verricht, een identiteit worden vastgesteld.'

Ik keek naar de arm, de hand, het hoofd die uit de grond staken. Alle spanning vloeide uit me weg en ik voelde me volkomen uitgeput en intens treurig.

'Arme ziel,' zei ik. 'Arm kind. O hemel, o god, o jezus.'

Inspecteur Paget gaf me een grote papieren zakdoek en ik realiseerde me dat ik huilde.

'Er zit iets om de hals, inspecteur,' zei de magere graver.

Ik legde mijn hand op mijn eigen hals.

Hij hield een zwart uitgeslagen draad omhoog: 'Het is een halsketting, denk ik.'

'Ja,' zei ik. 'Ja, die had ze van hem gekregen.'

Ze draaiden zich als één man om en keken naar me, maar deze keer waren ze een en al aandacht.

'Kijk.' Ik deed mijn ketting af, zilver en glanzend, en legde die bij zijn zwart uitgeslagen tegenhanger. 'Die heb ik van Adam, het was een teken van zijn liefde voor mij, zijn eeuwige liefde.' Ik streek over de zilveren helix. 'Dit moet er ook een zijn.'

'Inderdaad,' zei inspecteur Pager. De andere helix was zwart en aangekoekt met aarde, maar hij was duidelijk te herkennen. Er viel een lange stilte. Ze keken allemaal naar me en ik keek naar het gat waar haar lichaam lag.

'Hoe heette ze ook weer?' vroeg inspecteur Paget na een tijdje.

'Adèle Blanchard.' Ik slikte heftig. 'Ze was Adams geliefde. En ik denk…' Ik begon weer te huilen, maar deze keer huilde ik niet om mezelf, maar om haar en Tara en Françoise. 'Ik denk dat ze een heel lief mens was. Een mooie jonge vrouw. O, ik vind het zo erg.' Ik begroef mijn gezicht in mijn modderige handen, ik blinddoekte mezelf, en de tranen druppelden door mijn vingers.

Agent Mayer sloeg een arm om me heen. 'We brengen u naar huis.'

Maar waar was mijn huis nu?

Inspecteur Byrne en een van zijn agentes stonden erop om me naar de flat te brengen, hoewel ik hen zei dat Adam er niet zou zijn en ik alleen maar mijn kleren zou ophalen en weer weggaan.

Ze zeiden dat ze de woning toch moesten doorzoeken, hoewel ze al geprobeerd hadden te bellen. Ze moesten meneer Tallis zien te vinden.

Ik wist niet waar ik heen zou gaan, maar dat zei ik niet tegen hen. Later zou ik verklaringen moeten afleggen, formulieren in drievoud ondertekenen, advocaten spreken. Later zou ik mijn verleden onder ogen moeten zien en zou ik oog in oog komen te staan met de toekomst. Ik zou moeten proberen om uit de gruwelijke puinhopen van mijn leven te krabbelen. Maar niet nu. Nu zette ik als verdwaasd de ene voet voor de andere, probeerde woorden in de juiste volgorde te zetten, totdat ik ergens alleen was en kon slapen. Ik was zo moe dat ik dacht dat ik staand zou kunnen slapen.

Inspecteur Byrne leidde me de trap op naar de flat. De deur hing scheef in de scharnieren, waar Adam hem had ingetrapt. Mijn knieën knikten, maar Byrne hield me bij mijn elleboog en samen gingen we naar binnen, met de agente achter ons aan.

'Ik kan het niet,' zei ik, terwijl ik stokstijf in de gang bleef staan. 'Ik kan het niet. Ik kan daar niet naar binnen. Ik kan het niet. Ik kan het gewoon niet.'

'Het hoeft ook niet,' zei hij. Hij draaide zich om naar de vrouw. 'Pak maar een paar schone kleren voor haar.'

'Mijn tas,' zei ik. 'Ik hoef eigenlijk alleen maar mijn tas te hebben. Daar zit mijn geld in. Iets anders hoef ik niet.'

'En haar tas.'

'In de woonkamer,' zei ik. Ik dacht dat ik moest overgeven.

'Kunt u niet bij familie terecht?' vroeg hij, toen we stonden te wachten.

'Ik weet het niet,' zei ik zwakjes.

'Kan ik u even spreken, inspecteur?' Het was de agente, met een ernstig gezicht. Er was iets aan de hand.

'Wat…?'

'Inspecteur.'

Toen wist ik het. Het was een weten dat als een pure golf van emotie over me heen spoelde.

Voordat ze me konden tegenhouden, was ik al naar de woonkamer gehold. Daar was mijn mooie Adam, heel langzaam draaiend aan het touw. Ik zag dat hij een stuk klimtouw had gebruikt. Geel klimtouw. Er lag een stoel op zijn kant. Hij had blote voeten. Ik raakte de verminkte voet heel zachtjes aan en kuste hem, zoals ik die eerste keer ook had gedaan. Hij was ijskoud. Hij had zijn oude spijkerbroek aan en een verschoten t-shirt. Ik keek op naar zijn gezwollen, verwoeste gezicht.

'Je had me vermoord,' zei ik terwijl ik naar hem staarde.

'Mevrouw Loudon,' zei Byrne naast me.

'Hij had me vermoord,' zei ik tegen hem, terwijl ik strak naar Adam bleef kijken, mijn allerliefste. 'Dat had hij zeker gedaan.'

'Mevrouw Loudon, kom maar mee. Het is voorbij.'

Adam had een briefje achtergelaten. Het was niet echt een bekentenis, noch een verklaring. Het was een liefdesbrief. 'Mijn Alice,' had hij geschreven. 'Jou zien was je aanbidden. Jij was mijn grootste en laatste liefde. Het spijt me dat er een eind aan moest komen. Voor eeuwig zou te kort zijn geweest.'

40

Een paar weken later, na alle drukte, na de begrafenis, werd er midden op de avond op de deur geklopt. Ik ging naar beneden en daar stond Deborah, met een ongekend chique rok en een donker colbertje aan, met een vermoeid gezicht na een dag in het ziekenhuis. We staarden elkaar aan, zonder te glimlachen. 'Ik had je eerder moeten opzoeken,' zei ze uiteindelijk.

Ik deed een stap opzij en ze liep langs me de trap op. 'Ik heb twee dingen voor je meegebracht,' zei ze. 'Dit.' Ze haalde een fles whisky uit een plastic tas. 'En dit.' Ze vouwde een krantenpagina open en gaf die aan mij. Het was een in memoriam voor Adam, geschreven door Klaus voor een krant die ik normaal niet las. 'Ik dacht dat je het misschien wel zou willen lezen.'

'Kom binnen,' zei ik.

Ik pakte de whisky, twee glazen en het krantenknipsel en liep de woonkamer in. Ik schonk ons allebei in. Zoals het een Amerikaanse betaamt, liep Deborah terug naar de keuken om ijsblokjes te halen. Ik bekeek het artikel.

Erboven, vier kolommen breed, stond een foto van een Adam die ik nog niet kende, gebruind, zonder muts, lachend in de lens ergens op een berg. Wat had ik hem weinig zien lachen of onbezorgd zien kijken. Naar mijn idee was hij altijd ernstig en intens. Achter hem waren bergtoppen als golven op een Japanse prent, gevangen in het moment van stille perfectie. Dat was nou precies wat ik altijd zo moeilijk te begrijpen vond. Als je de foto's op die bergtoppen zag was het zo stralend en schitterend. Maar wat zij me allemaal vertelden – Deborah, Greg, Klaus, en natuurlijk ook Adam – was dat de echte ervaringen daarboven nooit op een foto konden worden vastgelegd: de ongelooflijke kou, het moeizame ademen, de wind die je dreigde op te pakken en weg te blazen, het lawaai, je geest en je lichaam die traag en zwaar werden, en vooral het besef van vijandigheid, het gevoel dat dit geen wereld was voor mensen, een wereld waar je kort in verbleef in de hoop dat je de aanslag van de elementen en je eigen lichamelijke en geestelijke aftakeling zou kunnen overleven. Ik staarde naar Adams gezicht en vroeg me af naar wie hij lachte. In de keuken hoorde ik ijsblokjes tinkelen.

Ik moest eerst even wennen aan de tekst van Klaus, toen ik die vluchtig doorlas. Het was deels een persoonlijke herinnering aan zijn vriend, maar ook een poging zich te houden aan de professionele verplichting een necrologie te schrijven. Daarna las ik het stuk woord voor woord:

De bergbeklimmer Adam Tallis, die onlangs een einde aan zijn leven maakte, werd beroemd door zijn heldendaden tijdens de rampzalige storm verleden jaar op de Chungawat in het Himalaya-gebergte. Het was een roem die hij niet zelf had gezocht en hij hield niet van publiciteit, maar hij bleef even elegant en charismatisch als altijd.

Adam kwam uit een familie van militairen, waar hij zich tegen verzette (zijn vader vocht mee op D-day in Normandië in 1944). Hij werd in 1964 geboren en opgeleid op Eton, maar hij was ongelukkig op school en wilde zich eigenlijk nooit onderwerpen aan welke autoriteit of instantie dan ook die hij dat niet waard achtte. Hij ging voorgoed van school toen hij zestien was en vertrok in zijn eentje naar Europa, waar hij vele jaren rondzwierf.

Klaus gaf toen een beknopt verslag van Adams eerste klimerva-
ringen en van de gebeurtenissen op de Chungawat uit zijn boek.
Hij had de correctie in *Guy* overgenomen. Nu was het Tomas
Benn die zo dringend om hulp riep voordat hij in coma raakte.
Dit leidde tot de climax in Klaus' artikel:

Door, weliswaar te laat, om hulp te roepen pleitte Benn voor een
vorm van menselijkheid waar Adam Tallis symbool van was. Er
zijn stemmen opgegaan, vooral in de afgelopen jaren, dat normale
normen en waarden niet meer gelden op de toppen van de hoogste
bergen. Deze botte benadering is wellicht bevorderd door de nieuwe trend van commerciële expedities, waarbij de leider in de eerste plaats verantwoording aflegt aan de cliënt die hem betaalt, en
de cliënt zijn of haar leven in handen geeft van de deskundige gidsen. Adam zelf heeft duidelijk zijn bedenkingen geuit tegen deze
'yak-paden', waarlangs onervaren, maar welgestelde avonturiers
naar hoogtes worden gebracht die voorheen slechts het domein
waren van teams van zeer begaafde klimmers.

Maar toch, en nu spreek ik als iemand wiens leven door Adam
Tallis werd gered, hield hij midden in die verschrikkelijke storm de
nobele broedergeest die onder bergbeklimmers heerst, in ere.
Schijnbaar hadden de spanningen van de buitenwereld zelfs in die
esoterische wereld boven de achtduizend meter de overhand gekregen. Maar iemand was dat vergeten te zeggen aan de berggod van
de Chungawat. Adam Tallis heeft laten zien dat er in extreme omstandigheden diepere passies heersen en fundamentelere waarden
gelden.

Na zijn terugkeer van de Chungawat zat Adam niet stil. Als een
man met sterke impulsen trouwde hij met een mooie, vurige
vrouw, Alice Loudon, die hij nog maar pas had ontmoet,

Deborah was weer terug in de woonkamer. Ze ging naast me zitten en nam slokjes whisky. Terwijl ik verder las bestudeerde ze
mijn gezicht.

een wetenschapster zonder enige bergbeklimmerservaring. Het paar was hartstochtelijk verliefd en Adams vrienden dachten dat hij eindelijk de stabiele factor in zijn leven had gevonden, waar deze onrustige zwerver altijd naar had gezocht. Tekenend was misschien dat de geplande expeditie naar de Everest volgend jaar niet de top als doel had, maar het schoonmaken van de berg, misschien zijn eigen manier om het goed te maken met goden die al te lang waren getart en beledigd.

Maar het mocht niet zo zijn. Wie kan oordelen over de innerlijke kwellingen van een individu? Wie weet wat mannen en vrouwen drijft die hun vervulling zoeken op het dak van de wereld? Misschien hebben de gebeurtenissen op de Chungawat meer van hem gevergd dan zelfs zijn vrienden wisten. In onze ogen was hij gelukkiger en stabieler dan hij ooit was geweest, maar in zijn laatste weken werd hij gespannen, prikkelbaar, onbereikbaar. Ik heb het gevoel dat we hem niet geholpen hebben zoals hij ons altijd heeft geholpen. Misschien is het zo dat wanneer de sterksten bezwijken, ze ook onherstelbaar, onherroepelijk bezwijken. Ik heb een vriend verloren. Alice heeft een man verloren. De wereld heeft een zeldzaam soort heldendom verloren.

Ik legde de krant naast me neer, met de foto onderop zodat ik zijn gezicht niet hoefde te zien, en snoot mijn neus in een zakdoekje. Daarna nam ik een grote slok whisky, die in mijn zere keel brandde. Ik vroeg me af of ik me ooit weer gewoon zou voelen. Deborah legde voorzichtig haar hand op mijn schouder en ik glimlachte flauwtjes naar haar. 'Komt wel goed,' zei ik.

'Zit het je dwars?' vroeg ze. 'Wil je niet dat iedereen het weet?' De vraag scheen van heel ver te komen.

'Niet iedereen,' zei ik uiteindelijk. 'Ik moet een paar mensen opzoeken, mensen die ik heb belogen en bedrogen. Zij verdienen het om de waarheid te weten. Waarschijnlijk is dat net zo goed voor mij als voor hen. Verder maakt het niet meer uit. Het maakt echt niet uit.'

Deborah leunde naar voren en klonk met haar glas tegen dat van mij. 'Lieve Alice,' zei ze, met een geknepen, formele stem. 'Ik zeg dat zo, omdat ik citeer uit de brief die ik maar steeds aan je schreef en steeds weggooide. Lieve Alice, als ik niet tegen mezelf in bescherming was genomen, was ik er de oorzaak van geweest dat jij was opgenomen en god mag weten wat nog meer. Het spijt me zo verschrikkelijk. Mag ik je mee uit eten nemen?'

Ik knikte, waarmee ik de indirecte vraag en de directe vraag tegelijk beantwoordde. 'Ik ga me maar 's omkleden,' zei ik. 'Om tegen jou op te kunnen. Ik had een spannende dag op kantoor.'

'Ja, dat heb ik gehoord. Gefeliciteerd.'

Een kwartier later liepen we gearmd door de High Road. Het was een warme avond en ik had het gevoel dat ik echt kon geloven dat het eindelijk zomer werd, met zwoele, lange avonden en frisse ochtenden. We zwegen nog steeds. Ik merkte dat ik geen woorden of gedachten meer over had. We liepen soepel in hetzelfde ritme. Deborah nam me mee naar een nieuw Italiaans restaurant waarover ze had gelezen en bestelde pasta en salade en een fles dure wijn. Om haar schuldgevoel te verzachten, zei ze. De obers waren donker en knap en zeer attent. Toen Deborah een sigaret uit het pakje nam, schoten er twee naar voren met aanstekers. Daarna keek Deborah me recht aan. 'Wat doet de politie allemaal?' vroeg ze.

'Ik heb vorige week een dag doorgebracht met rechercheurs van verschillende bureaus. Ik heb ze ongeveer hetzelfde verhaal verteld als ik vertelde vlak voordat jij en Adam er waren.' Deborah keek even weg. 'Maar deze keer luisterden ze aandachtig en stelden vragen. Ze deden behoorlijk opgewekt. "We zoeken op het moment geen verdere verdachten" was de uitdrukking, geloof ik. Inspecteur Byrne, die jij hebt ontmoet, was buitengewoon aardig tegen me. Ik denk dat hij zich een beetje schuldig voelde.'

Een ober kwam aanrennen met een ijsemmer. Er klonk een

zacht geplop van een kurk in een servet. 'Met de complimenten van de heren.'

We keken om ons heen. Twee jongemannen in pak hieven grijnzend hun glazen naar ons.

'Wat is dit voor tent?' zei Deborah luid. 'Wie zijn die kloot-zakken? Ik zou deze fles over hun hoofd moeten uitgieten. God, wat vervelend, Alice. Dit kan je nou net niet gebruiken.'

'Ach,' zei ik. 'Het is niet belangrijk.' Ik schonk de nevelende champagne in onze glazen en wachtte tot het schuim wegtrok. 'Niets is nu belangrijk, Deborah. Stomme kerels die als muggen rondzoemen, stomme ruzies, kleine woedeuitbarstinkjes. Het is allemaal de moeite niet waard. Het leven is veel te kort. Begrijp je dat niet?' Ik klonk met haar. 'Op de vriendschap,' zei ik.

En zij zei: 'Op het overleven.'

Deborah liep naderhand met me mee naar huis. Ik vroeg haar niet boven en we kusten elkaar bij de deur. Ik liep de trap op naar de flat, waar ik de volgende week uit zou weggaan. Dit weekend moest ik mijn schamele bezittingen bij elkaar pakken en beslui-ten wat ik met die van Adam zou doen. Ze lagen nog overal ver-spreid: zijn verschoten spijkerbroek, zijn T-shirts en ruwe truien die naar hem roken, zodat ik, wanneer ik mijn ogen dichtdeed, kon geloven dat hij nog steeds in de kamer was en naar me keek; zijn leren jasje dat zijn gestalte nog steeds scheen vast te houden; zijn rugzak met klimuitrusting; de foto's die hij van mij had ge-nomen met zijn polaroid. Alleen zijn dierbare versleten berg-schoenen waren weg: Klaus – die lieve Klaus met een opgeblazen gezicht van het huilen – had ze op zijn kist gelegd. Schoenen in plaats van bloemen. Dus hij liet uiteindelijk niet veel na. Hij had altijd met zo weinig mogelijk bagage gereisd.

Ik had meteen erna gedacht dat ik het nog geen uur, nog geen minuut in deze flat zou kunnen uithouden. Maar eigenlijk vond ik het abnormaal moeilijk om weg te gaan. Maandag zou ik de splinternieuwe deur sluiten, de sleutel twee keer omdraaien en die aan de makelaar geven. Ik zou mijn tassen en spulletjes pakken en een taxi nemen naar mijn nieuwe huis, een luxe eenkamerappartement vlak bij mijn werk, met een klein binnenplaatsje, een wasmachine, een magnetron, centrale verwarming en hoogpolig tapijt. Pauline had eens tegen me gezegd, nadat ze over het ergste van haar verdovende ongelukkigheid heen was, dat als je doet alsof het goed met je gaat, het op een dag ook zo is. Je moet de schijn ophouden dat je overleeft om te kunnen overleven. Water zoekt zijn weg door de greppels die jij ervoor hebt gegraven. Dus ik zou een auto kopen. Misschien zou ik een kat nemen. Ik zou mijn Frans weer gaan opfrissen en kleren kopen. Ik zou iedere ochtend vroeg op mijn werk zijn en weten dat ik mijn nieuwe baan aankon. Ik zou alle oude vrienden weer opzoeken. Een soort leven zou tussen deze geprefabriceerde ruimtes heen kunnen dringen, geen slecht leven eigenlijk. Mensen die me zagen zouden nooit vermoeden dat die dingen maar weinig betekenden, dat ik me even onbereikbaar en leeg en treurig voelde als de lucht.

Ik kon nooit meer terugkeren naar mijn oude ik. Mijn ik vóór hem. De meeste mensen zouden het nooit te weten komen. Jake, gelukkig met zijn nieuwe vriendin, zou het nooit weten. Hij zou terugdenken aan het einde van onze relatie en de chaos en verwarring, maar het zou een vage herinnering zijn, waar alle pijn uit zou verdwijnen, als dat niet al was gebeurd. Pauline, die op haar laatste benen liep, zou het evenmin weten. Ze had me heel bedeesd gevraagd of ik misschien peettante van haar kind wilde zijn, en ik had haar op beide wangen gekust en gezegd dat ik niet gelovig was, maar dat me dat heel blij en trots zou maken. Clive, die van de ene relatie in de andere dook, zou me zien als de vrouw die de ware romantische liefde had gekend. Hij zou me iedere keer dat hij met een vrouw iets wilde beginnen of wilde beëindigen om raad vragen. En ik zou het nooit aan mijn familie kunnen

vertellen, noch aan de zijne, noch aan Klaus en de klimmersge-
meenschap, noch aan mijn collega's.

In hun ogen was ik de tragische weduwe van de held, die veel
te jong, uit eigen vrije wil, was gestorven. Ze spraken met mij en
waarschijnlijk ook over mij met een soort ingehouden respect en
verdriet. Sylvie wist het natuurlijk wel, maar ik kon er niet met
haar over praten. Arme Sylvie, die dacht dat ze de juiste belissing
had genomen. Ze was naar de begrafenis gekomen en naderhand
had ze me, gejaagd fluisterend, om vergiffenis gevraagd. Ik zei dat
ik haar vergaf – wat kon ik anders? – en toen draaide ik me om en
ging verder praten met iemand anders.

Ik was moe, maar ik had geen slaap. Ik zette thee en dronk die
uit een van Adams tinnen bekers, een beker die aan zijn rugzak
hing toen we op huwelijksreis naar het Lake District gingen op
die donkere avond vol sterren. Ik ging op de bank zitten in mijn
ochtendjas, benen onder me gevouwen, en dacht aan hem. Ik
dacht aan de eerste keer dat ik hem zag, aan de overkant van de
straat, toen hij me aan de haak sloeg met zijn starende blik en me
binnenhaalde. Ik dacht aan de laatste keer, op het politiebureau,
toen hij zo lief naar me glimlachte en me liet gaan. Hij moet geweten hebben dat het afgelopen was. We hebben geen afscheid
van elkaar genomen. Het was in hartstocht begonnen en in verschrikking geëindigd en nu in pure eenzaamheid.

Een paar dagen geleden lunchte ik met Clive en na alle kreten
van verdriet en steun had hij gevraagd: 'Wie kan zich ooit met
hem meten, Alice?'

Niemand. Adam had zeven mensen vermoord. Hij zou mij
ook hebben vermoord en tegelijk tranen hebben vergoten bij
mijn lijk. Iedere keer dat ik terugdacht aan de manier waarop hij
altijd naar me keek, met zo'n intense, aandachtige liefde, of in gedachten zijn dode lichaam langzaam aan het gele touw zag bun-
gelen, dacht ik er tegelijkertijd weer aan dat hij een verkrachter
en een moordenaar was. Mijn Adam.

Maar na dat alles zag ik nog steeds zijn mooie gezicht voor me en hoe hij me in zijn armen hield en diep in mijn ogen keek en mijn naam zei, zo teder, en dan wilde ik niet vergeten dat iemand zoveel, zielsveel van me had gehouden. Ik wil jou, zei hij, alleen jou. Niemand zou ooit weer zoveel van me houden.

Ik stond op en deed het raam open. Een groepje jongemannen liep beneden op straat voorbij, verlicht door de straatlantaarn, dronken en lachend. Een van hen keek omhoog en toen hij me in het raam zag, wierp hij me een kushandje toe en ik zwaaide naar hem en glimlachte en wendde me af. Ach, wat een droevig verhaal, mijn lief, mijn leven.